डोगरी
की चुनी हुई कहानियाँ

भारतीय शिखर कथा कोश

डोगरी
की चुनी हुई कहानियाँ

चयन एवं सम्पादन

कमलेश्वर

राजपाल

₹ 325

ISBN : 978-81-7028-912-8

प्रथम राजपाल संस्करण : 2012, द्वितीय आवृत्ति : 2014

DOGRI KI CHUNI HUI KAHANIYAN

Edited by Kamleshwar (Collection of Dogri Stories)

मुद्रक : के.एच.बी. ऑफसेट प्रोसेस, दिल्ली

राजपाल एण्ड सन्ज़

1590, मदरसा रोड, कश्मीरी गेट-दिल्ली-110006

फोन: 011-23869812, 23865483, फैक्स: 011-23867791

website : www.rajpalpublishing.com

e-mail : sales@rajpalpublishing.com

क्रम

भूमिका

डोगरी अपेक्षाकृत एक काफ़ी नयी भाषा है जिसने अपनी तमाम सहोदर बोलियों के बीच स्वयं को विकसित और भाषा के रूप में स्थापित किया। इसीलिए डोगरी में प्राकृतिक मिठास और देशज विन्यास अभी भी सुरक्षित है।

कल्हण की 'राजतरंगिणी' में डोगरी या इस प्रदेश का उल्लेख नहीं है। दुर्गर प्रदेश का पहला उल्लेख चम्बा के ताम्रपत्रों में मिलता है, जो 11वीं सदी के हैं। उस समय इस प्रदेश की सीमाएँ रावी और चिनाब नदियों के बीच मानी गयीं, जो साहसी और कर्मठ डोगरा जाति का आदि प्रदेश है। फिर 19वीं सदी में इस प्रदेश का विस्तार उत्तरवर्ती पर्वतों और सतलज-चिनाब के मैदानी इलाकों में हुआ। इस विस्तार के साथ डोगरी बोली का प्रसार और प्रचार भी बढ़ा। शुरू-शुरू में डुग्गर प्रदेश का लेखन संस्कृत भाषा में ही प्राप्त होता है, फिर धीरे-धीरे फ़ारसी, ब्रज-भाषा, हिन्दी, पंजाबी, उर्दू भाषाओं में भी लेखन के दौर आए। इस बीच डोगरी, जो कि लोक-साहित्य की भाषा थी, वह विकसित और सम्पुष्ट होती रही। डुग्गर प्रदेश के जम्मू, कांगड़ा, बशोली, गुलेर, नूरपुर और चम्बा अंचलों में ब्रजभाषा लेखन की एक समृद्ध परम्परा मिलती है जो यहाँ के राजाओं की छत्रछाया में पनपती रही। कृष्णलीला-प्रसंगों की गहरी छाप से ही पहाड़ी (पेंटिंग) कला का महत्त्वपूर्ण विकास हुआ।

डुग्गर प्रदेश कई भाषाओं का सम्मिश्रण स्थल भी रहा। यहाँ डोगरी की जगह कभी पंजाबी ने ली और कभी उर्दू ने। डुग्गर प्रदेश के पढ़े-लिखे तबके ने भी जिसकी मातृभाषा डोगरी थी, डोगरी भाषा का बहुत साथ नहीं दिया, इसलिए डोगरी में लिखी पुस्तकों का कोई क्रम या उनकी जानकारी नहीं मिलती। 1940 तक यही स्थिति रही। केवल एक कवि दत्तू का ज़िक्र मिलता है, जो अट्ठारहवीं सदी के उत्तरार्द्ध में मौजूद थे। उन्होंने संस्कृत तथा ब्रजभाषा के साथ-साथ डोगरी में भी काव्य-रचना की थी।

कवि दत्तू के बाद पाँच अन्य कवियों की डोगरी रचनाओं की जानकारी मिलती है, ये थे—शिवराम, त्रिलोचन, रुद्रदत्त, विद्यानिधि और गंगाराम।

डोगरी गद्य की विधिवत् शुरुआत सन् 1890 में मानी जा सकती है, जब जम्मू से पं. दुर्गादास मिश्र ने 'डोगरा मित्तर' नामक समाचार-पत्र निकाला। लेकिन इस पत्र की कोई प्रति अब उपलब्ध नहीं है।

हिन्दी भी डोगरी पर जब-तब फारसी, संस्कृत, पंजाबी औद उर्दू की तरह हावी होती रही है, पर यह एक ऐतिहासिक तथ्य है कि हिन्दी ने डोगरी भाषा को रूपायित करने और उसके लोकधर्मी विन्यास को साहित्यिक स्वरूप देने में अपनी महत्त्वपूर्ण भूमिका अदा की है।

डोगरी और हिन्दी के अन्तःसम्बन्ध काफी पुराने और महत्त्वपूर्ण हैं। मुझे इस सिलसिले में तीन नाम याद आते हैं! पहले लेखक हैं पं. चन्द्रधर शर्मा गुलेरी, जो डुग्गर प्रदेश के गुलेर क्षेत्र के थे और जिनकी अमर कहानी 'उसने कहा था' पर कुछ विद्वानों ने पंजाब के आंचलिक प्रभाव को रेखांकित किया है; वह भाषाई प्रभाव हो सकता है क्योंकि डुग्गर प्रदेश पर पंजाबी भाषा का असर रहा है, परन्तु गुलेरी जी की कहानी में मानवीय सम्बन्धों की जो उदात्तता है वह मूलतः डुग्गर प्रदेश की देन है।

दूसरा नाम जो मैं लेना चाहूँगा, वह यशपाल जी का है। यशपाल जी मूलतः कांगड़ा के थे और उनकी भाषा पर जो पहाड़ी परुषता की छाप है, वह भी डुग्गर प्रदेश की ही विरासत है।

तीसरे हैं, हिन्दी के विद्वान् डॉ. सिद्धेश्वर वर्मा, जिन्होंने पहाड़ी और डोगरी पर शोध करने के लिए उत्तरांचल, और विशेषतः डुग्गर प्रदेश के हर क्षेत्र को छान डाला था।

डोगरी साहित्य का इतिहास लिखनेवाले उद्‌भट विद्वान् शिवनाथ का यह मानना है कि सन 1944 से 1949 के बीच गद्य में भी बहुत कुछ लिखा गया, पर कभी प्रकाशित नहीं हो पाया। डोगरी की प्रथम सात आधुनिक कविताओं के संकलन 'गुत्तलून' का श्रेय उसके कवि दीनू पंत को है और इसी संकलन की भूमिका में गद्य के दर्शन होते हैं। इसकी भूमिका पं. गंगानाथ ने गद्य में लिखी है जो मात्र एक पृष्ठ की है।

लेकिन इसी दशक में, 1947 में भगवतप्रसाद साठे का पहला कहानी-संग्रह आया—'पहला फुल्ल', और यहीं से डोगरी गद्य और डोगरी कहानी शुरू होती है। इस संग्रह की नौ कहानियाँ डोगरा ग्रामीण जीवन से सम्बन्धित हैं। एक तरह से कहें तो भगवतप्रसाद साठे की इन कहानियों में लोक-कथाओं से आधुनिक कहानी की ओर संक्रमण करती स्थिति स्पष्ट मौजूद है, क्योंकि ये कहानियाँ अपनी शैली में लोकपरक हैं पर लोककथाओं की उपदेशात्मकता और काल्पनिकता से ग्रस्त नहीं हैं। ये कहानियाँ कलेवर में बहुत छोटी, वाक्य संक्षिप्त, मुहावरों से पोषित और कथ्य में आधुनिक हैं। इनकी भाषा जम्मू के रामनगर क्षेत्र की बोली है जो परिष्कृत होकर भाषारूप को ग्रहण करती है। किसी भी भाषा में यदि वाचिक परम्परा से लिखित परम्परा में संतरण को देखना हो तो डोगरी कहानी के इस परिदृश्य को देखा जा सकता है। भगवतप्रसाद साठे की कहानियों के साथ यह एक और महत्त्वपूर्ण पक्ष जुड़ा हुआ है कि इन कथाओं के साथ ही लिखित डोगरी गद्य की शुरुआत भी होती

है। भगवतप्रसाद साठे ने डोगरी में लिखा ही इसलिए कि वे अपनी मातृभाषा में अभिव्यक्ति का रास्ता खोलना चाहते थे।

अगले दशक में जो सबसे महत्त्वपूर्ण नाम उभरा, वह था ललिता मेहता का। इनकी कहानियों के संग्रह का शीर्षक है—'सुई-धागा'। इसी के साथ छह लेखक एक साथ सामने आते हैं, वे हैं—धर्मचन्द्र प्रशान्त, कवि रत्न, वेद राही, रामकुमार अबरोल, मदनमोहन और नरेन्द्र खजूरिया। धर्मचन्द्र प्रशान्त की कहानी असल में दन्तकथा की शैली में एक प्रेमकथा है जिसमें स्वामी-भक्ति की परम्परा का ही निर्वाह है। एक नदी है, उसे लेकर एक दन्तकथा है कि वह नदी (तवी) हर बीसवें साल उमड़ती है, और वह एक प्रेमी-युगल की बलि लेकर ही शान्त होती है। उस भयानक रात, तट के मन्दिर से रोने की आवाज़ आती है, हवाएँ सिसकियाँ भरती हैं। नदी का पानी लाल हो जाता है...यही बलि की रात होती है! वहाँ एक नाव बँधी रहती है और एक नाविक है—जो इस बलि-परम्परा का साक्षी है; और जानता है कि बलि को टाला नहीं जा सकता। बीसवें साल ऐसे ही एक दिन खुद इस नाविक का बेटा अपनी पत्नी को लेकर आता है और राज्य का राजकुमार अपनी प्रेमिका को भगाकर लाता है, और उसी नाविक के यहाँ शरण लेता है। अन्त में अपनी स्वामी-भक्ति का आदर्शपूर्ण परिचय देते हुए वह नाविक अपने बेटे और पुत्रवधू को नाव में बैठाकर बलि के लिए उमड़ती नदी को समर्पित कर देता है और अपने राजकुमार और उसकी प्रेमिका को बचा लेता है।

डोगरी कहानी का प्रारम्भिक दौर चाहे लोक-कथाओं के स्रोत से जुड़ा हो या दन्तकथाओं पर आश्रित, पर यह तो स्पष्ट है डोगरी कहानी ने अपने गद्य को इन्हीं कहानियों के माध्यम से पुष्ट किया है और कहानी कहने की कला और शैली को भी अपनी लोक-परम्परा से आत्मसात् किया है।

कवि रत्न की कहानी 'शेरू' इस बात से मुक्त है कि वह न तो लोककथा का सहारा लेती है, न किसी दन्तकथा का—वह आज के विषमतामूलक गाँव की सच्चाई को एक कुत्ते शेरू के बहाने पेश करती है, और सामाजिक अन्याय के कथ्य को उठाती है।

ललिता मेहता की कहानियाँ मूलतः ग्रामीण समाज की विपन्नता, पारिवारिक परम्पराओं, वहाँ के मान-मूल्यों और सपनों को पेश करती हैं। ललिता मेहता की कहानियाँ सहज, सीधी, उलझाव-रहित हैं और उनके आदर्शवादी रुझान को सामने लाती हैं...उनमें ग्रामीण सरलता है।

इसी के साथ वेद राही की कहानियाँ डोगरी कहानी के अंचल को बदलती हैं। पहली बार वेद राही की कहानियों में शहरों के दर्शन होते हैं और कई तरह के पात्र सामने आते हैं, जिनमें एक विधवा है, वृद्ध है, कश्मीरी हातो—मज़दूर—है, अध्यापक है, शहर में ब्याही गाँव की लड़की है और एक लेडी डॉक्टर है—यहाँ यह आभास होने लगता है कि डोगरी कहानी अब अलग-अलग क्षेत्रों में ही नहीं बल्कि

मनुष्य के मन और उसकी व्यक्तिगत दुनिया में भी पहुँच गई है। वेद राही की भाषा में वह परिष्कार मौजूद है, जो उनके अन्य समकालीनों में उतना नहीं है, इसी कारण वेद राही की भाषा मनुष्य के अन्तर्तम में पहुँचने और उसके मनोविज्ञान को समझने में भी सक्षम है।

नरेन्द्र खजूरिया, रामकुमार अबरोल और मदन मोहन की कहानियाँ ग्रामीण यथार्थ को उसके संश्लिष्ट यथार्थ में से उठाती हैं और बड़ी गहराई से ग्रामांचल के तमाम प्रश्नों, समस्याओं और स्थितियों को रूपायित करती हैं, खासतौर से रामकुमार अबरोल की कहानियों में उनके पात्र परम्परागत ग्रामीण पात्र न होकर हाड़-मांस के पात्रों की तरह सामने आते हैं जो केवल विषमता और अन्याय से ही पीड़ित नहीं, बल्कि अपने व्यक्तित्व को लेकर सामने आते हैं, जो अपने मन की आवाज़ भी सुनते हैं और आत्म-सम्मान के लिए सजग भी हैं।

नरेन्द्र खजूरिया के पास डोगरी गद्य की परिपुष्ट परम्परा है जिसके वे निर्माता भी हैं और उन्नायक भी। नरेन्द्र खजूरिया के पास बड़ी गहरी दृष्टि है और वे अपनी दुनिया, उसकी यातना और विडम्बना को इतनी गहराई से पहचानते और पेश करते हैं कि कभी-कभी तो आश्चर्य होता है कि डोगरी कहानी ने विचारशीलता की कितनी मंज़िलें इतने कम समय में पार कर ली हैं! उनकी कहानी 'कोले दियां लीकरां' एक स्तम्भित कर देनेवाली कहानी है, जो भारतीय यथार्थ की एक भयानकतम सच्चाई से मनुष्य की चेतना को आहत कर देती है। एक विपन्न ग्रामीण माँ-बाप अपनी दारुण स्थिति में अपनी बेटी को तीन सौ रुपये में बेच देते हैं, तब माँ सोचती है कि बेटी को बेचने की कीमत तो उसे बहुत कम मिली है, पर बाप सोचता है कि अगर किसी दिन उसकी बेटी भाग जाती तो उसे फूटी कौड़ी भी नहीं मिलती, इससे अच्छा यही है कि तीन सौ रुपये तो मिल गए। अपनी निपट गरीबी में भावनात्मक रूप से अवसन्न हो गये माँ-बाप की सोच का यह पक्ष एक विकट मानवीय विरूपता को प्रस्तुत करता है।

ऐसे ही नरेन्द्र खजूरिया की अन्य कहानियों में भी यांत्रिक भौतिकवाद से उत्पन्न तमाम विषम स्थितियों का गम्भीर विवेचन है और मुझे तो लगता है कि आज भारत की 'मारुति संस्कृति' और 'खुला बाज़ार की संस्कृति' से जो दारुण स्थितियाँ उत्पन्न होनेवाली हैं और होंगी, उन संदर्भों में नरेन्द्र खजूरिया की कहानियाँ बहुत संगत होकर हमारे समय (आनेवाले) को दी गयी चेतावनी की तरह रेखांकित करेंगी।

छठे दशक तक अधिकांश में ग्रामांचल ही डोगरी कहानी के कथ्य का क्षेत्र रहा है, बावजूद इसके कि वेद राही उसे आज की शहरी सच्चाइयों के क्षेत्र में भी उतार लाए। मदन मोहन की कहानियों में भी ग्रामीण अंचल के प्रश्न ही उठाए गए हैं और उनके स्वर में रामकुमार अबरोल और नरेन्द्र खजूरिया की तरह ही प्रतिवाद की अनुगूँज है।

इसी दौर में डोगरी कहानी के आद्य कथाकार भगवतप्रसाद साठे का दूसरा कथा संग्रह आया और चंचल शर्मा ने कुछ रेखाचित्र-नुमा कहानियाँ लिखीं। भगवतप्रसाद

साठे की कहानियाँ आत्मपरक और संस्मरणात्मक हो गयीं, पर यह बहुत स्वाभाविक था। अभी तक डोगरी कहानी, अपने विशुद्ध रूप में डुग्गर अंचल की प्रतीति देनेवाली कहानी ही है। ऐसी कहानी, जो पर्यटक-स्थल के रूप में मौजूद रहती है और साहित्यिक पर्यटक को अपने अंचल की पूरी जानकारी देती है।

डोगरी कहानी बहुत नवीन है—डोगरी गद्य भी, उसका प्रारम्भ ही सन् 1947 से हुआ, अतः पिछले 46-47 वर्षों में डोगरी कहानी ने जो विकास किया वह कई दिशाओं में अपनी कथा की मंज़िलें खोजने का सफर है, यानी यह नहीं कहा जा सकता कि डोगरी कहानी का मूल स्वर क्या है और उसके साथ-साथ उसने किन-किन दिशाओं में रचनात्मक प्रस्थान किया है। इतनी युवा साहित्यिक परम्परा को वादों, विचारों, आन्दोलनों में सीमित करना शायद आलोचना और समीक्षा का धर्म भी नहीं होगा, क्योंकि यह कहानी अपनी लोक-संस्कृति की वाचिक परम्परा से आगे बढ़कर लिखित रचनात्मक साहित्य की दुनिया में अभी दस-बीस कदम ही रख पायी है और सन् 60 तक इतना विपुल कथा-साहित्य भी मौजूद नहीं है कि उसका सघन वैचारिक आकलन किया जा सके और उसकी सोच के केन्द्रीय सरोकार तय किए जा सकें।

लेकिन जैसे किसी ज्वालामुखी के विस्फोट से कभी-कभी किसी क्षेत्र का समस्त भौगोलिक परिवेश बदलता है—जहाँ पहाड़ नहीं थे वहाँ पहाड़ उग आते हैं, जहाँ नदियाँ नहीं थीं वहाँ नदियाँ निकल आती हैं, घाटियाँ और तराइयाँ उपस्थित हो जाती हैं, कुछ खुले मैदान फैल जाते हैं, लगभग उसी तरह का एक रचनात्मक ज्वालामुखीय विस्फोट डोगरी कहानी में हुआ!

दो विस्फोट ऐसे हुए कि उन्होंने डोगरी कहानी का नक्शा ही बदल दिया और उसकी भौगोलिक-आंचलिक सीमाओं की प्रामाणिकता को इस्तेमाल करते हुए भी, उसे क्षेत्र-विशेष की पहचान के बावजूद एक और बड़ी मानवीय पहचान देने में सफल हुए और वे भारतीय कहानी की सोच के साथ कन्धा मिलाकर खड़े हो गये।

इन दो ज्वालामुखियों के नाम हैं—मदनमोहन और ओम गोस्वामी। मदनमोहन तो पहले भी लिख रहे थे, पर उनके नए कथा-संग्रह—'दुध, लहू ते ज़हर' ने और ओम गोस्वामी के पहले संग्रह 'नेह् न ते पोते' ने डोगरी कहानी की काया ही बदल दी और अपनी रचनात्मकता के बल पर डोगरी कहानी तब भारतीय कहानी की मुख्य धारा में अपना अवदान लेकर उपस्थित हुई।

मुझे 'समान्तर सोच और कहानी' के वर्ष याद हैं जब डोगरी, कच्छी, भारतीय नेपाली, कोंकणी, हलवी, छत्तीसगढ़ी, गोंडी, डूँगड़ी, राजस्थानी, चिंताली, निमाड़ी, खासी, जयन्ती, लाखी आदि विकसित बोलियाँ अपने साहित्यिक अस्तित्व के लिए स्वयं को परिष्कृत करके स्वतन्त्र होना चाहती थीं, जो कि उनका जन्मसिद्ध अधिकार था, परन्तु गुजराती अपनी सहोदर भाषा कच्छी को मंजूर नहीं कर रही थी और मराठी अपनी जायी भाषा कोंकड़ी को स्वीकार करने में हिचक रही थी; डोगरी को तब

स्वीकार करनेवाला कोई नहीं था और हिन्दी के घटिया भाषाई और आलोचनाधर्मी साहित्यिक धर्माचार्य जब छत्तीसगढ़, निमाड़ी, गोंडी को हिन्दी के महामण्डल में शामिल नहीं करना चाहते थे तब 'समान्तर सोच' ने एक अभियान छेड़ा था कि प्रत्येक बोली को भाषा में विकसित होकर स्वतन्त्र होने का अधिकार है, और यह उसका प्राकृतिक प्राप्य है!

इस प्राकृतिक विकास से ही हमारी बोलियाँ अपनी प्रामाणिक अनुभूतियों और अनुभवों को लेकर पुष्ट होती जायेंगी और उस विविधतापूर्ण अनुभव से हिन्दी को अतिशय शक्ति मिलेगी, हिन्दी सरकारीकरण के बावजूद बच पायेगी और अपनी जड़ों को विकसित होती बोलियों के सहारे जीवित रख पायेगी...

लेकिन बोली, लिखित अर्धविकसित बचकानी भाषा के कुछ ऐसे राजनीतिक अलमबरदार पैदा हो गए हैं, जो दोहरा खेल खेल रहे हैं; अपनी 'भाषा' के लिए नहीं, अपने लिए। वे अपने अंचल में 'हिन्दी में स्वीकृत' व्यक्ति के रूप में घूमते हैं और हिन्दी मंचों पर अपनी 'भाषा' का अंगरखा पहनकर अपनी महत्ता स्थापित करते हैं...और हिन्दी-विरोध के तेवर अपनाते हैं, वे प्रेमचन्द को भी पहचानने से इनकार कर देते हैं। वे यह भूल जाते हैं कि प्रेमचन्द हिन्दी के नहीं, वे भारत के, प्राच्य के साहित्यकार हैं और उनकी मातृभाषा का नाम 'कहानी' है।

यह क्षेपक इसलिए कि डोगरी भाषा और उसके साहित्य ने कभी भाषाई क्षुद्रता को प्रश्रय नहीं दिया और उसने भाषाई सम्मिश्रण का स्वागत करते हुए बहुत कम अवधि में अपनी भाषा और साहित्य को स्थापित किया...डोगरी ने संस्कृत, फारसी, पंजाबी, ब्रज, उर्दू और हिन्दी से अपना सघन संस्कार किया, यही कारण है कि डोगरी के पास इन तमाम भाषाओं और साहित्यिक परम्पराओं का जखीरा है। साथ ही, यह भी एक बड़ी सच्चाई है कि इस आधुनिक दौर में डोगरी के पास जितने द्विभाषी लेखक-कवि हैं, उतने किसी अन्य भाषा के पास नहीं। डोगरी के अधिकांश कथाकार हिन्दी में भी लिखते हैं और वे इसे अपनी भाषा के लिए हानिकर भी नहीं मानते। इसके अलावा डोगरी-भाषी कुछ कथाकार तो ऐसे हैं, जो हिन्दी में ही लिखते हैं, पर अपने अंचल और अपनी भाषा से उतने ही सम्पृक्त हैं, जितना कि कोई अन्यभाषी लेखक अपनी भाषा से जुड़ा हो सकता है।

डुग्गर अंचल के ऐसे कथाकारों में दुर्गादत्त शास्त्री, डॉ. ओमप्रकाश गुप्त, सुतीक्ष्ण कुमार आनन्दम, ज्योतीश्वर 'पथिक', रमेश मेहता, निर्मल विनोदी, जगमोहन, राज भल्ला, दयानन्द शर्मा जैसे हिन्दी-लेखक भी शामिल हैं, हालाँकि इनका साहित्यिक अवदान बहुत महत्त्वपूर्ण नहीं है।

डोगरी भाषा ने अपनी अस्मिता के साथ-साथ भारतीय अस्मिता को बरकरार रखा है, इसीलिए डोगरी कहानी में जो विस्फोट मदनमोहन की दूसरे दौर की कहानियों और ओम गोस्वामी की नई कहानियों से शुरू हुआ वह भारतीय कहानी की मूलधारा की व्यापक सोच में शामिल कहानी का स्वर स्थापित कर सका!

इसी में शामिल हुआ ओ.पी. शर्मा 'सारथी' का वह स्वर, जो मनुष्य के दैनंदिन यथार्थ को रेखांकित करके डोगरी कहानी की नई पहचान को स्थापित कर रहा था।

और अब डोगरी कहानी अपनी राह तैयार कर चुकी थी। ओम गोस्वामी और बंधु शर्मा की कहानियों ने अपनी अनुभव की दुनिया को और विस्तृत किया और मानवीय नियति की व्यापक चिन्ताओं से खुद को जोड़कर डोगरी कहानी शैलीगत, भाषाई और कथ्यात्मक परिपक्वता तक जा पहुँची। इसमें और इस यथार्थवादी नियति-निर्णायक प्रयास में रामनाथ शास्त्री की कथा-रचनाओं ने अपूर्व योगदान दिया।

इसी समय डोगरी को जम्मू-कश्मीर में स्कूलों और कॉलेजों में स्थान मिला और डोगरी कहानीकारों की रचनाओं के कारण डोगरी भाषा का जो स्तरीय रूप स्थापित हुआ, उसे व्यापक और सरकारी सहमति मिली। और तब डोगरी भाषा की समस्त रचनाशक्ति एकाएक स्वतन्त्र होकर अनेक विधाओं में प्रस्फुटित होने लगी। कहानी और कविता के साथ-साथ साहित्य की अन्य विधाओं में विपुल लेखन की बाढ़ आ गयी और नये लेखकों ने साहित्य-रचना के कठिन पथ का वरण किया। साथ ही, अनुवाद की ज़रूरी शुरुआत हुई जिससे डोगरी-साहित्य को अन्य भाषाओं के साथ, उनकी रचनात्मक अस्मिता को पहचानने और आगे बढ़ने की शक्ति प्राप्त हुई।

नरसिंह देव जामवाल की कहानियों ने इसी बीच नये कथ्यों को लेकर अपनी विशेष पहचान बनाई और ओम गोस्वामी ने सन् 1973 के आस-पास अपने नए कथा-संग्रह 'हाशिये दे नोट्स' से प्रयोगधर्मी कहानी का सूत्रपात किया। साथ ही, ओम गोस्वामी ने कहानी को नई दिशाओं की ओर उन्मुख किया—जहाँ मनुष्य की नियति के सवालों के साथ-साथ कथा के फार्म को अपनी नई मुक्ति मिली और इकहरे पात्रों के भीतर से उन अनुभवों की आँच निकली, जो मनुष्य को अपने उलझे और त्रस्त संसार में रहने, जीने और नवीन मूल्यवत्ता के प्रतिमानों को स्थापित कर सकने की शक्ति देती है।

डोगरी के छत्रपाल और (बहुत हद तक) पद्मा सचदेव ऐसे दो लेखक हैं जो अधिकतर अपना गद्य-साहित्य हिन्दी में लिखते हैं, लेकिन इनकी सबसे बड़ी विशेषता यही है कि ये दोनों ही लेखक नितान्त डोगरी ही बने रहते हैं क्योंकि इनकी संवेदनाओं के सूत्र अपनी समग्रता में अपने समय और माहौल से जुड़े रहते हैं। छत्रपाल की कहानियों की विशेषता है—उनके परिपुष्ट कथ्य और कथात्मकता। इसी कथात्मकता की रक्षा पद्मा सचदेव ने बड़ी कुशलता से की है और रोमांटिकता से अलग डोगरी कहानी को उन्होंने वह यथार्थवादी भूमि दी है, जो मानवीय सम्बन्धों को उनके भावनात्मक सन्दर्भों में, एक विलक्षण स्थिति का निर्माण करते हुए भी, मनुष्यता और व्यक्तिगत मूल्यों की विरासत को कहानी की आन्तरिक पकड़ से छूटने नहीं देती। परिपाटियों में पिसते व्यक्ति की नई पहचान और औरत का जो संसार पद्मा ने प्रस्तुत किया है वह उस भारतीय 'शुभ' का संसार है जो आधुनिक साहित्य से आधुनिकता के नाम पर लुप्त होता जा रहा है।

आधुनिकता की यह आँधी दो स्तरों पर सक्रिय रही है—एक तो फैशन के स्तर पर और दूसरे प्रयोग के रूप में। आधुनिकता के नाम पर फैशनवादी कहानियों की बाढ़ भारत की सभी भाषाओं में, कभी न कभी आती ही रही है। हिन्दी में यह अकहानी के रूप में आई। लेकिन डोगरी कहानी में फैशनवादी कहानियों का दौर इस वेग के साथ नहीं आया, जो भारत की अन्य भाषाओं में दिखाई दिया। इसका मूल कारण शायद यही था कि डोगरी कहानी ने अपनी लोकधर्मी जड़ें अभी खोई नहीं थीं और साथ ही प्रयोगधर्मी आधुनिक कहानियों की एक पुष्ट परिपाटी वेद राही, मदनमोहन, बंधु शर्मा, नरसिंह देव जामवाल, पद्मा सचदेव और ओम गोस्वामी की कहानियों द्वारा स्थापित हो चुकी थी। यही कारण है कि डोगरी कहानी उस 'ललित-लेखन' की ओर उन्मुख नहीं हुई जो भाषाई तराश पर ज़ोर देते हुए विकृत बिम्बों और अमूर्त प्रश्नों में उलझ जाती है।

अमूर्तता अपने में कोई मूल्य नहीं है, पर फैशनवादी लेखन उसे ही एक मूल्य के रूप में स्थापित करने की ज़िद करता है और रचनात्मकता के नाम पर साहित्यिक मूल्यवत्ता का प्रश्न उठाता है। यहीं पर रचना और रचनात्मकता का संकट खड़ा होता है और साहित्यिक मान-मूल्यों के बारे में संभ्रम की एक स्थिति पैदा होती है। फैशनवादी ललित-लेखन के प्रश्नों के सामने तब सही रचनात्मक लेखन को जवाबदेह बनाया जाता है और साहित्यालोचन की एक भ्रष्ट बुद्धिवादी व्याख्या प्रस्तुत की जाती है जो कहानी को ही नहीं, समस्त साहित्य को पाठक-विमुख कर देती है।

यह खतरा हिन्दी कहानी उठा चुकी है और रचना के पाठक-विमुख होने का मूल्य भी चुका चुकी है। हिन्दी कहानी का यह अनुभव अमहत्त्वपूर्ण नहीं है जब फैशनवादी दौर में एकाएक तिलचट्टों, छिपकलियों, रिरियाते कुत्तों, पूँछ दबाये भागती कुतियों, नीले अँधेरों और जाँघों के बीच दबी चिड़ियाओं का सैलाब आया था और कहानी अपने पाठक वर्ग से अलग-थलग हो गई थी। हिन्दी कहानी ने अपने उस अकहानी वाले दौर में तब कथा-पत्रिकाओं की असामयिक मृत्यु की अर्थी स्वयं अपने कंधे पर उठाई थी और श्मशान की ओर चल दी थी। लेकिन हिन्दी कथाभूमि के ज्वलंत जातीय प्रश्नों ने यह स्थिति ज़्यादा देर और दूर तक मंज़ूर नहीं की और ऐसी करवट ली जिसने अनुभव-सम्पन्न नए लेखकों के लिए रचना और रचनात्मकता के महाद्वार फिर प्रशस्त किए! राजेन्द्रसिंह बेदी के बाद उर्दू कहानी में भी ऐसे ही फैशनवादी लक्षण उभरे थे, पर वे भी बहुत दूर और देर तक कथा-चेतना को अवरुद्ध नहीं रख सके। पंजाबी कहानी में भी यह परिदृश्य लक्षित हुआ, लेकिन वहाँ भी उस फैशनवादी अकहानी का वही हश्र हुआ जो हिन्दी तथा उर्दू में हुआ था।

यह सब रेखांकित करने का कारण यही है कि डोगरी कहानी हिन्दी, उर्दू तथा पंजाबी कथा-चेतना के निकट रही है और इन भाषाओं के अनुभव ने डोगरी कहानी को हमेशा सतर्क भी रखा है। इस अनुभव की उपस्थिति से ज़्यादा सशक्त उपस्थिति डोगरी के उन लेखकों और उनकी आधुनिक प्रयोगधर्मी कहानियों की थी,

जिन्होंने अपने सघन जीवनानुभवों का तबादला साहित्य की कुर्सियों के लिए मंज़ूर नहीं किया था।

वेद राही की कहानियाँ तो मौजूद थीं ही, साथ ही जामवाल और ओम गोस्वामी की कहानियों और कथा-चेतना ने लादे हुए आधुनिकतावाद को प्रश्रय नहीं दिया और डोगरी कथाधारा को वह प्रगाढ़ रचनात्मक परिपुष्टता दी, जो डोगरी कहानियों की आज की पहचान है!

इसीलिए आज की डोगरी कहानी के पास बहु-आयामी विरासत भी मौजूद है और साथ ही वह उस विरासत के बोझ से भी मुक्त है। यह अद्‌भुत दृश्य डोगरी कहानी का अपना निजी परिदृश्य है...और डोगरी कहानी साहित्य-रचना के छद्म सवालों से मुक्त है। इसका श्रेय डोगरी के आधुनिक कथाकारों को जाता है, क्योंकि उन्होंने कथा-रचना को व्यक्तिगत विरासत में नहीं बदलने दिया।

डोगरी कहानी की यह यात्रा अनवरत जारी है और सबसे सुखद स्थिति यह है कि आधुनिकता के बौद्धिक भोह में डोगरी कहानी ने अपने अनुभव-संसार का तिरस्कार नहीं किया है और कहानी को लोक-कथाओं—दंत-कथाओं की रोमांटिकता से बहुत कम समय में ही उन्मुक्त कर लिया है। चमन अरोरा, मनोज, ललित और अरविन्द जैसे नए कथाकार भी इस बात का सबूत अपनी रचनाओं से दे रहे हैं कि वे अपने समय में जी रहे हैं, अपने अग्रजों की साहित्यिक विरासत की छाँव में नहीं। और यह भी महत्त्वपूर्ण है कि सृजनात्मक स्तर पर वेद राही, देशबन्धु डोगरा 'नूतन', बंधु शर्मा, ओम गोस्वामी आदि बड़ी सक्रियता से आज भी रचनारत हैं।

डोगरी कहानी में कथ्य के व्यापक विस्तार के साथ-साथ वे गहराइयाँ भी उत्कीर्ण हुई हैं जो कभी अपनी कथ्यात्मकता से कथात्मकता की रक्षा करती हैं और कभी कथात्मकता से अपनी कथ्य की। साथ ही, कहानी के फॉर्म के नए-नए प्रयोग एकाएक सामने आए हैं, जिनसे यह सहज आभास होता है कि कथाकथन के औज़ारों को बदलकर भी अपने समय, समाज और यथार्थ का गहनतम बोझ एक साथ उठाया जा सकता है। डोगरी कहानी का यही वह प्रशस्त पथ है, जिस पर कथा की अनवरत यात्रा जारी है।

—कमलेश्वर
25.10.1993

लाम

ओ. पी. शर्मा 'सारथी'

सुन्दरबनी जाने वाली गाड़ी सुबह सात बजे छूटती थी। अब आठ बज रहे थे। वर्षा इतनी ज़ोर से हो रही थी जैसे आकाश का तिरपाल फट गया हो। मैं अकेला गाड़ी में बैठा सिगरेट फूँक रहा था। मेरा ध्यान बुकिंग ऑफिस की ओर लगा हुआ था जो कि खिड़की के शीशे से आहिस्ता-आहिस्ता पिघलता हुआ दीख रहा था। अचानक बारिश ऐसे रुक गयी जैसे किसी ने जलते स्टोव की चाबी मरोड़कर हवा निकाल डाली हो। खाकी वर्दी पहने, लटकती मूँछों और दोहरे जिस्म के ड्राइवर ने बस की खिड़की खोली और अपनी सीट पर बैठकर सीट की पीठ पर लगे झोले से तौलिया निकाला और सिर सुखाने लगा।

"ड्राइवर साहब, और कितनी देर इन्तज़ार करना पड़ेगा?" मैंने पूछा।

अपने सामने लगे शीशे के टुकड़े में मुझे ढूँढ़ते हुए ड्राइवर बोला, "ख़ाली बस तो हम अड्डे से हिलाएँगे तक नहीं। सवारियाँ आ लें तो निकलेंगे।"

"पर अगर सवारियाँ नहीं आईं, तो?" मैंने हँसते हुए पूछ लिया।

"बादशाहो, घबराइए नहीं। आपको पहुँचा देंगे।" ड्राइवर ने मेरी ओर देखकर मूँछें मरोड़ते हुए कहा। कफ़ के बटन बन्द करके और कुहनियाँ स्टीयरिंग के मध्य जमाते हुए हाथ आगे बढ़ाया। गाड़ी ने एक बेसुरी लम्बी तान छेड़ी। मुसाफिरों के उतरने और चढ़ने वाले, दोनों दरवाज़े खुल गए और देखते-ही-देखते सवारियाँ अपने झोले, बैग, छतरियाँ लिए अपनी सीटों पर आ बैठीं। ड्राइवर ने एक बार फिर अपने सामने लगे शीशे में देखकर सारी गाड़ी का मुआयना किया और अपनी बराबर की फ्रंट सीट की ओर दृष्टि फेरी, जहाँ सीझी धोती में एक गोरे रंग की स्त्री सीट पर बैठते हुए अपना जूड़ा बाँध रही थी।

ड्राइवर ने सात-आठ बार हॉर्न बजाया और ऊँची आवाज़ में बोला, "ये सोहरा कंडक्टर कहाँ जा मरा, अब। मनिस्टर की सिफारिश से कंडक्टर क्या लगा, अपने को भी ट्रैफिक मनिस्टर से कम नहीं समझता।"

गाड़ी धीरे-धीरे अड्डे से सरकने लगी। पीछे से उठकर मैं ड्राइवर के पीछे

की सीट पर आ बैठा। ड्राइवर ने पीछे मुड़े बिना कहा, " बाबू जी, ये सीट लगी हुई है। खैर, फ़िलहाल बैठ जाइए।"

"कोई खास सवारी है?" मैंने पूछा।

"खास-उल-खास!" यह कहकर उसने पूरा मोड़ काटा और गाड़ी चाय की दुकान के सामने रोककर हॉर्न बजाया। दो अप-टू-डेट व्यक्ति गाड़ी पर चढ़ आए। ड्राइवर ने उन्हें पुकारा। मैं सीट से उठने लगा, लेकिन मेरे पास आये व्यक्ति ने मेरे कन्धे पर हाथ रखकर मुझे रोक दिया। वे दोनों मेरे साथ ही बैठ गये।

"बाबू जी, वो मायाधारी का बच्चा कहाँ मर गया?" ड्राइवर ने पूछा।

"आप चलो। वो बस के पीछे लटक गया है।"

गाड़ी तंग बाज़ार से निकलकर बड़ी सड़क पर दौड़ने लगी, तो चुस्त पैंट और आधी बांहों की दुश्शर्ट पहने कंडक्टर, ड्राइवर की ओर आया और कोर्निस से टिकटों की गड्डियाँ उठाकर गिनने लगा।

"बेटा मायाधारी! बुआ से मिलने चला गया था क्या?" यह कहकर ड्राइवर ने व्यंग्यपूर्ण क़हक़हा लगाया।

"हाँ, वह अपने भाई का नाम लेकर माथा पीट रही थी।" कंडक्टर इशारे से फ्रंट सीट पर बैठी स्त्री से पैसे माँगते हुए बोला, "वैसे उस्ताद, आंज कहीं कोई लाम लगी हुई थी जो तू लम्बे-लम्बें हार्न दे रहा था?"

ड्राइवर ने कंडक्टर से जो कुछ कहा, वो मुझे सुनाई न दिया, पर मेरे पीछे बैठे दो फौजियों में से एक बोला, "इन्होंने लाम का सिर्फ़ नाम ही सुना है, लाम देखी नहीं।"

"एक बार लाम से वास्ता पड़े तो पोतों-पड़पोतों को इसका नाम न लेने की नसीहत कर जाएं। क्यों बाबू जी?"

दूसरे फौजी ने मेरी ओर देखकर मुझसे हामी भरवाई।

"हाँ, युद्ध से क्या कुछ बरबादी होती है, ये लोग नहीं जानते।" मैंने कहा।

"आप फौज में रह चुके दीखते हैं।" पहले ने पूछा।

"नहीं, रहा तो नहीं, लेकिन लाम के बारे में बेशुमार किताबें पढ़ रखी हैं।"

मेरी बात सुनकर दूसरा फौजी हँसने लगा, "इन्होंने भी केवल पढ़ रखा है। युद्ध करीब से इन्होंने भी नहीं देखा।"

पहले फौजी ने बीड़ी निकाल कर दाँतों में फँसाई और बाएँ हाथ से जेब टटोलने लगा। मैंने दियासलाई जलाई और पूछा, "साथी, आपकी बांह को क्या हुआ?

फौजी ने अपनी ढँपी दाईं बाँह से तौलिया हटाया। उसे देखकर मैं भौंचक रह गया। सारी बाँह गल रही थी। कलाई से लेकर कुहनी तक तीस-चालीस बारीक सुइयाँ चुभी हुई थीं।

"ये लाम का तोहफा है।" फौजी ने दोबारा बाँह ढाँप ली और खिड़की से बाहर देखने लगा।

गाड़ी शहर से बाहर निकल आयी थी और नहर के किनारे-किनारे खुली सड़क पर फर्राटे से दौड़ी जा रही थी। बायीं ओर सड़क के साथ-साथ नज़र दौड़ाते दोनों बाबू ऊँघने लगे थे। उन्हें देखकर मेरी भी आँखें बन्द होने लगीं।

अचानक फौजी की आवाज़ सुनकर मैं ज़रा सजग होकर बैठ गया। वह ज़ोर-ज़ोर से कह रहा था, "जमाले, नीचे की सड़क सीधे कान्हाचक्क जाती है—दुर्गे के गाँव। कैसा नर सिपाही था, कितना हँसमुख! ताकतवर इतना कि जिस दंगल में कुश्ती लड़ा, विजयी हुआ। यारों का यार था। कहता था, 'अब डिस्चार्ज होकर घर चला जाऊँगा।' इकलौता बेटा था वह अपने माँ-बाप का। कहता, 'अब ज़मीन जोतनी है, नौकरी में क्या रखा है?' क्या पता था बेचारे को कि गौना लाने से पहले ही पैटन टैंक उसे फिता-फिता कर देगा...ओ, हो! उसकी लाश मैंने खींची थी। बस, पाँच-सात अंजुलियाँ तेल डाला और क्षण-भर में शरीर मिट्टी हो गया।" बोलते-बोलते वह चुप हो गया।

"बाबू जी, बाल-बच्चों को मिलने जा रहे हो?" दूसरे फौजी ने मुझसे पूछा।

"नहीं, मैंने शादी नहीं की अभी।"

"अच्छा किया। बिलकुल ठीक किया। क्यों जमाले?" फौजी ने अपने साथी की ओर देखा। फिर मुझे सुनाने लगा, "इस जमाले के साथ भी बुरा हुआ। दुश्मन के घेरे में फँस गया था। उन्होंने इसे पकड़ लिया। कितनी ही देर तक इसका अता-पता न चला। यूनिट वालों ने इसका किट-बिस्तर इसके घरवालों को पार्सल कर दिया। इसका सामान देखते ही इसकी घरवाली पगला गई। कई रोज़ अस्पताल में पड़ी रही। अब वैसे वह घर लौट आयी है, लेकिन वह इसे नहीं पहचानती। सिर्फ़ शून्य में ताकती रहती है और कभी-कभार चिल्लाती है—'हाय जमालेआ! हाय जमालेआ!!' "

"मैं कौन साबुत लौटा जो देखकर उसे खुशी होती या मुझे पहचानती!" दूसरे ने अपनी बैसाखी सँभालते हुए कहा।

"ये भी आपके साथ ही घायल हुए थे?" मैंने पूछा।

"सिर्फ़ घायल?" पहला फौजी ज़ोर से हँसा, "हम दोनों तो जन्म-जन्म से एक साथ रह रहे हैं।"

"रमाला और जमाला! रमालसिंह और जमालदीन! जुगों-जुगों के साथी। एक गाँव के वासी, इकट्ठे खेले, इकट्ठे भरती हुए, इकट्ठे ही मोर्चे पर लड़े और इकट्ठे ही हमारा मेडिकल बोर्ड हुआ। मेरी बाँह पर ज़हर निकल आया और ठीक न हुआ। इसका दायाँ पैर डॉक्टरों ने काट डाला।" उसने जमाले के पैरों की ओर देखते हुए कहा।

कुछ देर के लिए दोनों चुप हो गए। मैंने एक सिगरेट स्वयं सुलगायी और एक-एक उन्हें दी।

हम तीनों अब अपने-अपने दिमाग़ों में कुछ सोच रहे थे—यह गर-गर करती

बाँह...यह कटा हुआ पैर...सड़ती लाशें...जलते शहर और गाँव...मेरी आँखों के आगे बेहद डरावने दृश्य घूम रहे थे। एकाएक चुप्पी टूट गयी–

"यार रमाले!" जमालदीन कह रहा था, "दुनिया का हर आदमी लड़ने से इन्कार क्यों नहीं कर देता?"

रमालसिंह उसकी बात सुनकर हँसने लगा, "मूरख, अगर हर कोई लड़ने से इन्कार कर दे तो पता है क्या होगा?"

"क्या होगा?" जमालदीन ने पूछा।

"होगा ये कि दुश्मन जीत जाएगा।"

"ओ मूरख, उस हालत में कौन किसका दुश्मन होगा?" रमालसिंह जमालदीन की अकल पर हँस रहा था।

गाड़ी ने पाँच-सात झटके लिए और रुक गयी।

कंडक्टर ने मुँह में पड़ी सीटी बजाई, "जाड़ उतरने वाले जल्दी करो!"

जमालदीन ने बैसाखी खड़ी की और उसकी टेक पर लँगड़ाता-लँगड़ाता गाड़ी से उतर गया।

"दीवाली पर ससुराल जा रहा है, बैसाखी कहीं रास्ते में छोड़ जाना!" रमालसिंह की बात सुनकर जमालदीन ने दाँत भींच लिए, लेकिन तभी अपनी लँगड़ी टाँग की ओर देखकर मुस्कुराने लगा।

"कहे तो बच्चू, उठाकर छोड़ आऊँ!" रमालसिंह ने फिर व्यंग्य किया।

इस बात पर जमालदीन क़हक़हा लगाकर हँसा–"तूने मुझे उठाया और मैं पहुँचा।"

कंडक्टर ने सीटी बजा दी। हमारे देखते-देखते सड़क के किनारे खड़ी फ़सल ने जमालदीन को छिपा लिया।

"कितनी आबरू वाला है! टाँग कट गयी, पर अकड़ वही पहले-सी। अब भी नाक पर मक्खी नहीं बैठने देता।" कहकर रमालसिंह ने कंडक्टर की ओर देखा– "कंडक्टर साहब, वो सामने पुली वाले मोड़ पर, मुझे भी उतार देना।"

और वह अपना झोला सँभालने लगा।

अनुवाद : **ओम गोस्वामी**

•

अँधेरे में डूबी एक पुलिया

ओम गोस्वामी

शाम ढलते ही गाँव में सूखी टहनियों से चूल्हे सुलगने लगते। भक-भक करते जलते पत्तों के धुएँ से वातावरण में विचित्र-सी गन्ध फैल जाती। आकाश के कोनों में छितरायी वसन्ती आभा को देखकर घुन्ना असहज होने लगता। अब वह बालक नहीं था, घर-बार वाला ज़िम्मेदार व्यक्ति था। परन्तु हर शाम उसे अपना-आप उदासी के शिकंजे में कसा जाता मालूम पड़ता।

बचपन की अलबेली स्मृतियाँ राह-भटके पंछियों की तरह घर लौटने लगतीं। बछड़ों और गायों के रँभाने के सुर, धूल से भरा आसमान और जलते पत्तों की तीखी गन्ध। वह कच्ची छत पर चढ़ जाता और भगवे रंग में रँगे आकाश की ओर गर्दन उठाकर हाँक लगाता 'आ लक्ख निरंजन!' कोई न जानता था उसने अलख जगाना कहाँ सीखा। बिरादरी की बूढ़ियाँ हँसी-हँसी में कह देतीं, "भानी, तेरी गोद में गुरु गोरखनाथ का कोई चेला आया है।"

"पिछले जनम कहीं तप-भंग हुआ होगा। इसी वास्ते दुबारा जून भोगने चौरासी के चक्कर में फँस गया।" कोई दूसरी कहती।

घुन्ना आज फिर असहज था, चिन्ता में डूबा हुआ। आँगन में परेशान-हाल वह इधर-उधर चक्कर काट रहा था। एक दीवार से दूसरी दीवार तक जाता, फिर मुड़कर लौट आता। हथेलियाँ रगड़ता, हाथ मरोड़ता, मुट्ठियाँ भींचता। न जाने क्या था जो उसके तमाम अस्तित्व को जकड़े जा रहा था। जी में आता, गला फाड़कर चीखे—आ लक्ख निरंजन! और हाथ में चिमटा लिए नंगे पाँव कहीं चला जाए, चलता जाए, बस।

सहसा एक सौम्य तथा दृढ़चित्त साँवली मूरत इस आवारा सोच का रास्ता रोककर खड़ी हो जाती। यह देवकी होती। उसके सामने पड़ते ही वैराग्य का क्षणिक आवेश काफ़ूर हो जाता। घुन्ना ठिठका खड़ा रह जाता।

परकोटे के परे बिस्सो ने देखा तो जान गए कि लड़के के अंतस् में कोई प्रबल झंझावात झूल रहा है। उसकी गुमसुम तड़प को वे बरसों से देखते चले आ रहे थे। वे झटपट रसोईघर में आये और भानी से बोले, "अरी, भली लोक! तेरा घुन्ना आज कुछ ठीक नहीं लगता।"

रोटियाँ चाँटते भानी के हाथ एकाएक थम गए। अज्ञात की आशंका से मन में घबराहट घनीभूत हो उठी, "कुछ कह भी तो, हुआ क्या है?" उसकी आवाज़ में उतावलापन झलक उठा।

"वह परेशान-सा आँगन में घूम रहा है। लाड़ी (बहू) न जाने कहाँ गयी हुई है!"

हथेली से नीचे लटकती टूटने को हो आयी रोटी को सँभालते हुए भानी बोली, "भूख लगी होगी। मैं जानती हूँ, भूख लगने पर वह बावला होने लगता है।"

"मगर देखो तो, स्वभाव का कितना कड़ियल है! क्या तेरे से माँगने में कुछ हरज हो जाता है? हम गैर थोड़े ही हैं! बाप के घर से लेकर खाने में शरम आती है शरमज़ादे को?"

"मैंने आपसे कहा था—इसे अलग न करें। बाप होकर भी आपने पता नहीं कौन-से जन्म का बैर निभाया है इस बावले से।"

"तू नहीं जानती।" कहते-कहते बिस्सो राम रुके। जेब से बीड़ी निकालकर होंठों से लगाई। चिमटे से अंगारा पकड़कर उसे सुलगाने लगे। फिर पक-पक करते धुएँ के गोले हवा में उगलते हुए बोले, "इसलिए अलग किया था कि अपने हाथ-पाँव सीधे कर ले, मेरे जीते-जी। तेरे लाड़ ने उसे उमर-भर के लिए हाड़-गोड़ से हरामी बना डाला। काम के नाम पर अलख निरंजन बोलने वाला महा आलसी बना दिया उसे। मैं चाहता था कन्धों पर बोझ पड़े तो असमय का यह राग अलापना बन्द करे। गबरू जवान हो चला था, पर तूने अपने हाथ से कौर तोड़कर इसके मुँह में डालना न छोड़ा। उसी से बिगड़ गया। रेल एक बार पटरी से हट जाए तो आसानी से अपनी जगह पर नहीं आती। उसका भला चाहकर मैंने कौन बुरा काम कर डाला!"

भानी ने धुआँ छोड़ती लकड़ियों को कुरेदकर फूँक लगायी। आग की सुनहरी लपट उठते ही बोली, "अलग करके आपको ठंड पड़ गयी न? अब तो जैसे वह बड़े-बड़े पहाड़ खोदने लगा है।"

बिस्सो का स्वर कड़वाहट से भर गया, "उसे कौन मैंने घर से निकालकर चौराहे पर फेंक दिया है? उसकी शादी कराई; घर, रसोई, ज़मीन—जो उसका बनता था, दिया। आँगन में दीवार लगवाई है तो किसी दुःख के मारे नहीं, यह भी उसी के भले के वास्ते किया है ताकि समझ ले कि दुनिया वैसी नहीं जैसी दिखती है। पग-पग पर स्वार्थ और ठोकरें हैं। वह बड़ा होकर भी छोटा होने का भरम कब तक पाले रखेगा? जीने के लिए काम करना पड़ता है। नहीं तो इस ज़माने में कोई किसी को पानी के वास्ते भी नहीं पूछता...।"

भानी एकटक बिस्सो का चेहरा निहारती रही। मरद कितनी कठिन और कड़वी बातें कितनी सहजता से कह देते हैं! फिर बोली—"बेचारी देवकी है, उसने इसे हथेलियों पर उठा रखा है। नहीं तो न जाने इस बेचारे का क्या बने!" आटे का पेड़ा परात में रखकर वह उठी और बाहर चली गयी।

घुन्ना अपने आँगन में ड्योढ़ी के पास खड़ा था।

''लाड़ी!'' भानी ने नज़र से उसे इधर-उधर तलाशते हुए कहा।

भीतर से कोई आहट या आवाज़ बाहर न आयी। वह दुबारा हाँक लगाने लगी थी, तभी घुन्ने ने इधर देखा।

''क्या बात है बच्चू? देवकी कहाँ है?''

''अम्मा, मैं अम्बरसर चला जाऊँगा—स्वर्ण मन्दिर। वहाँ संगतों की जूतियाँ पोंछ डाला करूँगा। कहते हैं, वहाँ बड़ा लंगर लगता है। दो टेम की रोटी मिल जाती है।'' रोषभरी बात में बचपने की ज़िद पहचानकर धीमे-से मुस्कुरा दी भानी। एकाएक ममता उमड़ पड़ी।

''बच्चू, अगर तूने इतनी दूर सिरफ लंगर छकने जाना है तो तेरे घर में अनाज की कमी नहीं हुई अभी। पगले, किसान का खेत किसी मन्दिर से कम नहीं होता। उसके घर सदाबर्त लगा रहता है, कई लोग उससे भोजन पाते हैं। पण्डित जी क्या बतलाते रहे उस रोज़ कि गुरु नानक जी किसान थे। मेहनत के पसीने को चरणामृत मानते थे...।''

''मैं साधुओं की टोली के संग चला जाऊँगा।'' खीझकर उसने माँ के उपदेश को काट डाला। स्वर रूठे बच्चे-सा हो रहा था। देखकर भानी हँस दी।

आँखों के सामने बे-मौसम बिजली-सी चमक गयी—

दहलीज़ पर कनफटा जोगी चिमटा बजा रहा था। किसी ने बहकाकर भेजा होगा। बिस्सो के दरवाज़े पर अलख निरंजन की पुकार गूँज रही थी, घुन्ना दौड़ा-दौड़ा आँगन में चला आया था। वह जोगी के स्वर में स्वर मिलाने लगा था, 'अलख निरंजन!'

'भिख्या दे भगत!' बिस्सो को सामने आता देखकर जोगी बोला था।

बिस्सो दो गर्म-गर्म रोटियों पर आम का अचार रखकर ले आया था।

'न-न भगत, पेट भरने की बात नहीं है। हमारा सवाल बड़ा है।'

इसी समय भानी बाहर निकल आयी थी, 'क्यों बाबा, कौन-सा बड़ा सवाल है? हम गरीबों से रूखी-सूखी जैसी बन पड़ी, तुम्हारे सामने रख दी...।'

'माई! गुरु गोरख का एक बाल जोगी तेरे घर जनमा है। उसके क़ानों में मुन्दरे डलवाकर जोग पंथ की सेवा में लगा दे। नाथ उसी को लेने आये हैं।'

भानी से कोई भले ही उसके श्वासों की डोर माँग लेता, वह हँसकर दे देती पर घुन्ने को बाल जोगी बनाकर घर से निर्वासित करने की बात पर उसका एकाएक क्रोधित हो उठना अस्वाभाविक न था, 'जा-जा बाबा, रास्ता नाप अपना। इसे लाख मनौतियाँ माँगकर देवता से पाया है। अपने घर को अँधेरे में डुबोकर कुल का दीपक न दूँगी।'

जोगी आँखें लाल करता हुआ बोला—'नाथों की अमानत न लौटाएगी पगली, तो पत्थर जलकर राख हो जाएँगे। अपनी तबाही को आवाज़ न दे...।'

भानी बिफरी आवाज़ में बोली—'तू अपनी खैर मना पाखंडी! नहीं तो जलती लकड़ी से तेरा दाढ़ा झुलसा दूँगी।'

जोगी उल्टे पाँव लौट गया था, मगर भानी के हृदय में भय की गहरी छाप छोड़ गया था। क्या मालूम पिछले जनम में घुन्ना सचमुच साधु रहा हो! मगर उससे क्या! इस जनम तो वह मेरी कोख से बेटा बनकर पैदा हुआ है।...क्या पता बड़ा होने पर वह भभूति रमा कर निकल पड़े। आशंका की लहर-सी दौड़ गयी थी। अब जब कभी वह छत पर चढ़कर अलख निरंजन की गुहार लगाता, नीचे से भानी बोल पड़ती, ''राधेश्याम बोल बेटा, सीता राम बोल!''

अतीत की कौंध से निकलते ही भानी मुस्कुराने लगी। फिर घुन्ने से सम्बोधित हुई, ''भोले लड़के! अगर तुझे भूख लगी है तो इधर चला आ। मैं रोटी पका रही हूँ। तेरे मन-भाने राजमांह बना रखे हैं। भूख नहीं सह पाता तो दुनिया-भर की अंट-संट बोलने लगता है। चला आ मेरा बेटा...!''

''मैं सच कह रहा हूँ अम्मा! देवकी जो कुछ कर रही है वह ठीक नहीं है।''

एकाएक भीतर से बिस्सो की कर्कश आवाज़ गूँजी, ''खबरदार जो लाड़ी को बुरा-भला कहा तो! अरे, उस बेचारी ने तेरा घर और ज़मीन सँभाल रखी है। खेतों में बैल ले जाकर हल चलाती है, कटाई तक करती है। तू बाघड़ियों की तरह घर में पड़ा रहता है। तुझे अपने भाग्य पर इतराना चाहिए कि तेरे जैसे निखट्टू को ऐसी लाड़ी मिली जो दिन-रात तेरे लिए खटती रहती है।''

अब भानी से न रहा गया, ''बस कीजिये। उसे सराह कर क्या सिर पर चढ़ाइएगा?'' कहकर वह रसोई में लौट आयी। फिर धीरे से पूछने लगी, ''पर लाड़ी ने ऐसा क्या किया है, जिस पर इसने मुँह सुजा रखा है?''

''मैं क्या जानूँ?'' कहते-कहते बिस्सो के चेहरे पर रहस्य-भरी चमक कौंध आयी।

''आप बहुत चालाक हैं। बताइए, लाड़ी क्या कर रही है?''

''मुझे समझ नहीं आ रहा, वह ऐसा क्या ठीक कर रही है जिससे लड़का परेशान है और आप निश्चिंत होकर आँखें मींचे बैठे हैं?''

''मैं क्या करूँ! अब वह घर-परिवार वाला है। उसे अपना अच्छा-बुरा आप सोचना चाहिए।''

''दोनों में अच्छी-भली बनती थी। अचानक क्या फसाद खड़ा हो गया है?... हे रामा, मेरी किस्मत ही खोटी है। इस लड़के के चेहरे पर खुशी देखने को जी तरसता रह जाएगा।'' सहसा भानी की आवाज़ भीग आयी थी।

''तू धीरज धर, भानी! सब ठीक हो जाएगा।''

''धीरज धरूँ? पर कैसे? क्या मैं इस लड़के को सुखी न देख पाऊँगी?''

''यह तेरा वहम है पगली! दोनों जन सुखी हैं।''

''तो फिर यह बीच-बीच में घर से भाग जाने की बातें क्यों करता है?''

बिस्सो धीमे से मुस्काया, ''आज छः बरस हो चले हैं दोनों की शादी हुए। हँसी-खुशी से वे अपनी गाड़ी ठेलते जा रहे हैं। इन छोटी-छोटी बातों का बतंगड़ नहीं बनाना चाहिए।''

"पर पहले वह बात-बात पर घर से भाग जाने की बातें नहीं करता था। कुछ दिनों से यह वाला राग ज़्यादा ही अलापने लगा है।" उसका स्वर रुँधने लगा था।

"देवकी का प्रेम इतना कच्चा नहीं कि उसे ठुकराकर वह मनचाहा कर गुज़रे," बिस्सो ने कहा, "वह अपने हक पर पहरा देना खूब जानती है।"

पिछले बरस बिस्सो ने उसी कनफटे जोगी को गाँव के बाहर कुएँ के करीब बोहड़ के नीचे डेरा जमाए देखा था। मन में खटका हुआ था। हो न हो, वह हमारे घुन्ने को भगाकर ले जाने के अवसर की तलाश में यहाँ आन डटा है। ससुर की बात सुनकर देवकी का रोम-रोम आशंका से काँप उठा था। दीवार से फरसा उतारकर तेज डग भरती वह कुएँ वाली बोहड़ पर जा पहुँची थी। जोगी के पास बैठा घुन्ना चिलम भर रहा था। उससे चिलम छीनकर उसने कुएँ की जगत पर फेंककर तोड़ डाली थी। ज़मीन में गड़ा चिमटा उखाड़कर परे फेंक दिया था। धूने से जलती लकड़ी उठाकर पुराने तिपाल से छायी उसकी झोंपड़ी को आग लगा दी थी।

'यह क्या कर रही है चुड़ैल? कौन है यह पगली?' जोगी बौखला उठा था।

'पापी, मैं सुन चुकी हूँ, तू बचपन से इसके पीछे पड़ा हुआ है। क्या मैं नहीं जानती तूने यहाँ धूना क्यों रमाया है? जोग-जप करके उसे बस में करके ले जाएगा। दुष्ट, मैं इस फरसे से तेरा कपाल मोचन कर डालूँगी...।'

अहित की आशंका से बिफर उठी नागिन-सा उग्र रूप धरे देवकी को देखकर भानी का रोम-रोम झंकृत हो उठा। भौंचक खड़े घुन्ने को देखकर माँ का कलेजा बोल उठा—बच्चू, यह तूझे सही पाठ पढ़ाएगी!

सहसा जोगी सरपट भागने लगा था और बिना पीछे देखे कमान से छुटे तीर-सा गाँव से बाहर चला गया था।

देवकी ने घुन्ने को बाजू से पकड़कर भानी के सामने ला खड़ा किया, 'माँ जी, इन्हें घर ले चलिए। मैं इस ढोंगी दुष्ट का कमंडल-चिमटा नदी में फेंककर आती हूँ....।'

"क्या सोचने लगी भली लोक?" बिस्सो की आवाज़ से तंद्रा टूटी तो एकाएक भानी चौंक उठी। फिर कहने लगी, "अपनी आँखों के सामने घुन्ने के न होने की सोचकर हाथ-पाँव फूलने लगते हैं।"

सुनकर बिस्सोनाथ हँसने लगे, "यह कहीं नहीं भागेगा। न अम्बरसर, न दिल्ली। वहाँ भानी या देवकी बैठी इसकी राह नहीं तक रहीं कि महाराज जी आकर चारपाई पर विराजें तो इन्हें थाल परोसें। बाहर जाकर काम करना पड़ता है, जान मारनी पड़ती है, तब जाकर दो कौर नसीब होते हैं।"

सहसा रसोई के बाहर लोहे के कड़ाहे को ठोकर लगने की आवाज़ हुई। देखा, घुन्ना वापस लौट रहा है। उसने बापू की बातें सुन ली थीं।

भानी सचेत होकर बोली, "मेरे घुन्ने राजे! आ बैठ चटाई पर। मैं खाना परोसती हूँ।"

"मैं रोटी खाने नहीं आ रहा था। मैं बापू को समझाने आ रहा था कि आप देवकी के संग मिलकर जो कुछ कर रहे हैं, वो ठीक नहीं है।"

भानी कुछ कहती, इससे पहले ही बिस्सो बोल पड़ा, "लड़के, मुझे तेरी गिरहस्ती की बातों में आने की ज़रूरत नहीं। तू जान या देवकी जाने! अलग कर देने के बाद मेरा तुम दोनों पर वो हक नहीं रहा कि भला-बुरा बतलाकर अपनी पगड़ी की लाज रख पाऊँ। अपने धवल बालों की फिकिर है मुझे।"

असमंजस में फँसी भानी चकित-सी बिस्सो को निहारने लगी। बेटे की शिकायत माँ की आँखों में प्रश्नचिह्न बनकर तैरने लगी थी। ऐसा क्या है जो परदे के पीछे चल रहा है? बिस्सोनाथ हाथ पोंछकर बिन्ने पर बैठ चुके थे। इस प्रश्नचिह्न के प्रति वह अपने को अपराधी महसूस करने लगे।

"बात यों है भानी, दो महीने हुए साँझ की बेला थी। मैं खेतों में गोड़ाई कर रहा था, तभी देवकी मेरे पास आयी थी। देर तक घूँघट काढ़े खड़ी रही। पूछा—लाड़ी, क्या बात है? तो नीचे बैठकर सूखी टहनी से मिट्टी कुरेदने लगी। कुछ बोली नहीं। दोबारा पूछा मैंने तो बोली—बापू, कैसे बोलूँ? समझ नहीं आ रहा कि आप लोगों ने आज तक क्यों नहीं सोचा? मैंने कहा—लाड़ी, ठीक-ठाक बोल, तुझे क्या परेशानी है? मैं तेरे बाप के समान हूँ। तब बोली—इस कुल की बेल बढ़ती नहीं दिखती। मैंने कहा—सब परमात्मा की इच्छा है बेटी! वह बोली—इस घर का कोई वारिस नहीं होगा तो क्या बनेगा? मैंने कहा—उस प्रभु पर आस रख, जो बंजर धरती पर भी फसलें लहलहा देता है। वह जो करता है, उसमें ज़रूर कोई रहस्य होता है। कहने लगी—लोग पौधा इस आशा से लगाते हैं कि समय आने पर इसे फल लगेंगे, कठिन बेला में चार पल बैठने को इसकी छाया मिलेगी। मैंने समझाया—बच्चू, होनी बलवान है। वह सूख चुके पेड़ों को हरा-भरा कर देती है। पल-भर चुप रहकर वह ढेले तोड़ने लगी। फिर बोली—बापू, इनका दूसरा ब्याह करा दें। सुनकर कलेजे में जैसे बम फट गया हो। पूछा—लाड़ी, क्या घुन्ना तुझे इस बात के लिए तंग करता है? बोली—नहीं, पर जिस आँगन में औलाद न हो वहाँ भूत बसेरा करने लगते हैं। कहते हैं, वहाँ आक-धतूरा उग आता है, घूगू पंछी घर के भीतर नीड़ बनाने चले आते हैं। मैंने कहा—लाड़ी, तुझे ब्याहकर इस घर लाया था। मेरा धरम नहीं बनता कि लड़के की एक और शादी कराऊँ। तेरी ननदों का सोचना है मैंने। घुन्ने के प्रति जो फरज था, निभा डाला। वह बोली—आप रुपयों की फिकिर न करें, मैं अपने मायके से ले आऊँगी। अपने गहने-कपड़े मैं सौतिन को पहना दूँगी। आप बड़े हैं, बहुत-से लोगों से आपकी पहचान है, आप कहीं इनका रिश्ता करवा दें...।"

अचानक भानी की आँखों से आँसुओं की कतार नीचे लुढ़कने लगी—टप-टप-टप। द्रवित हुए मन को उसने आँखों से बे-रोक बहने दिया। इन्हें बिन पोंछे बोली, "यह कैसी लड़की है? किस कलेजे से यह बातें करती है? घुन्ने को साथ ले जाकर कई बार शहर में डाक्टरनियों के पास हो आयी है। मुझे लगता है, उन सबने इसी बेचारी

में नुक्स बतलाया है, पर...ये कैसी लाड़ी है! कैसे इसके फूल समान कोमल हिरदे से लोहे जैसी दिरिड़ बातें निकलती हैं...!'' अश्रुओं की लड़ी रेलगाड़ी के परस्पर बँधे रेल के डिब्बों की तरह निरन्तर रेंगती जा रही थी।

''घुन्ना क्या इसी बात पर घर से भाग जाने की रट लगाने लगा है?''

''वह सच्चे मन से उसे प्रेम करता है।''

''ऐसी लक्ष्मी को कौन नहीं पूजेगा?''

''खाते-पीते घराने की देखकर बहुत-से लोग इनके घर इसका रिश्ता माँगने आते थे। हम गरीबों के पास क्या था! इसने आपे घुन्ने को पसन्द किया था।''

''पिछले जनम का लेन-देन रहा होगा जो इस जनम में सम्बन्ध बन गया। इसी वास्ते कहते हैं रिश्तों का निरणा बिधना के दरबार में होता है। फिर धरती पर मंगल कारज होते हैं।''

''पहली बार मैंने इसे दिलासा देकर भेज दिया था। पर बाद में बार-बार रिश्ता ढूँढ़ने का हठ करती रही। एक बार धातरेआल से गुज़रते हुए मंगतू के घर रुका था। संयोग से उसने अपनी बेटी के लिए रिश्ता बताने की बात की तो मैंने उससे देवकी और घुन्ने की गिरहस्ती में बच्चे के अभाव की बात चलाई कि आँगन किस तरह बे-रौनक लगता है!''

बोलते-बोलते बिस्सो खाँसने लगा। फिर बोला, ''मंगतू मान गया तो मैंने उसे समझाया, लाड़ी आपे आकर बात चलाएगी। मेरा जिकर न करें। अगली बेर देवकी ने मुझसे पूछा तो मैंने बतलाया—लाड़ी, धातरेआल गाँव के मंगतू के घर ब्याहने योग्य बेटी है, पर वहाँ बात तुझे खुद चलानी पड़ेगी। अगले दिन यह मुँह-अँधेरे उनके घर जा पहुँची। मंगतू बाद में मिला था मुझे। बोला—बहुत लाइक लड़की है। सुबह उनके घर पहुँची तो उन्होंने पूछा—आज बड़े घर की रानी सुबह-सुबह कैसे आयी है? बोली—आपकी बिटिया रानी को लेने आयी हूँ। आपको मालूम है, हमारा आँगन सूना है। उन्होंने चाय लाकर सामने रखी तो बोली—आपके घर का चाय-पानी मैं तभी छुऊँगी जब आप मेरी बात रखेंगे। नहीं मानेंगे तो सूखे मुँह लौट जाऊँगी। मंगतू की घरवाली बोली—बेटी, तूने बहुत बड़ी बात कह दी है। सौतनता माँगने आयी है, पर यह निभती नहीं किसी से।...अपने जी का जंजाल बन जाती है। देवकी बोली—मैं सौतनता नहीं, सगापन निभाऊँगी। मैं इन दोनों की दासी बनकर रहूँगी...। फिर घुन्ने को पूछे बिना यह मंगतू के घर से गरी, रुपया और रूमाल ले आयी थी।''

''हे रामा! इसने मुझे बताया तक नहीं! आपने भी इतनी बड़ी बात मुझसे छिपाये रखी?''

''कैसे सुनाती? मैंने मना कर दिया था। कहीं बेबात पर सास और बहू में खटपट न होने लगे, यही सोचा था। और मैंने इस कारण बात नहीं छेड़ी कि क्या मालूम यह बात सिरे चढ़ेगी भी या नहीं। इसलिए पंखों के ढेर को कबूतर कहने का क्या लाभ?''

"मेरे प्रभु! इतनी सहनहारी लाड़ी मैंने किसी की नहीं देखी। ये बातें पता होतीं तो मैंने आज तक सारे गाँव में इसके गुण बखानकर धूम मचा देनी थी।"

इतने में आँगन में किसी के आने की आहट हुई। पल-भर में देवकी सामने थी—सिर पर पगड़ी बाँधे और शरीर पर लोई लपेटे।

"अरी लाड़ी! तूने यह क्या वेश बना रखा है?" भानी के स्वर में निहित प्रफुल्लता छिप न पायी थी।

बिस्सोराम भी बहू की ओर विस्फारित नेत्रों से देखे जा रहे थे।

लोई हटाकर देवकी ने घूँघट काढ़ लिया। बाँह पर कसकर बैठाई चूड़ियों को सरकाकर कलाइयों पर किया, फिर हँसते हुए कहने लगी, "मैं पुरखूह से लौटने लगी तो अँधेरा घिर चुका था। सिर पर भाइए की पगड़ी फँसाई और लोई को कंधों पर लपेटा। फिर साइकिल लेकर निकल पड़ी—ताकि मरद जात समझकर कोई उचक्का पास न फटके और अँधेरा रास्ता ठीक से पार कर लूँ। घर तो सही-सलामत पहुँच गयी, पर पसीने में नहा आयी हूँ...।"

उसे हँसते देखकर भानी सोच में पड़ गयी—क्या सचमुच इसके कलेजे में कहीं कोई कसक, कोई पीड़ा नहीं है? और जो कुछ उसके विषय में आज जाना है, उसे जानकर उसका हृदय एकदम भारी हो आया था।

एकाएक उसकी आत्मा रो दी थी।—"लाड़ी, तेरा बहुत बड़ा दिल है। यह तू क्या करने जा रही है...?"

क्षणांश भर के लिए देवकी असमंजस से डगमगा गयी। फिर ससुर को सामने पाकर घूँघट से ही बोली, "माँ जी, यह खुशी का कारज है। आप रो रही हैं?"

"रोऊँ कैसे न लाड़ी! तू कैसी औरत है? जान-बूझकर सौत ला रही है। यह तू क्या करने लगी है? अभी तूने देख लेना था। क्या पता भगवान तेरी गोद हरी कर दे! अधेड़ उमर तक औरतें आशा नहीं छोड़तीं।"

देवकी ने आगे बढ़कर अपनी चुन्नी के सिरे से सास की आँखें पोंछ डालीं।

"आपको सौगन्ध है माँ जी! अब आँखों से एक आँसू न गिराएँ।" इतना कहकर उसने अपने हाथ के रूमाल की छोटी-सी गठरी खोलकर सास के सामने रख दी—"ये दस हज़ार रुपये हैं। आप बड़ी हैं। सारा काम आपको करना है। बड़े भइया ने कहा है, यदि कम पड़े तो और मँगवा लूँ..."

अब बिस्सोनाथ की आँखों पर पानी की झिल्ली उतर आयी। बिछलते मन को काबू किया और तीव्र गति से बाहर चले गए।

अन्धकार में जी उठे सन्नाटे को रह-रहकर खुशी से लदे ठहाके बेध रहे थे।

देवकी ढोलक पर थाप दे रही थी। भानी चम्मच बजा रही थी। गाँव की बहू-बेटियाँ गीत गा रही थीं। गम में डूबी सास को देवकी बाँह से पकड़कर नचाने लगी थी। बैठक में हुक्का गुड़ागुड़ा रहे बिस्सो के होठों पर मुस्कान खिल आयी।

"शाबास बेटी! कोई तो हुआ जो इसे भी नचा सके। वरना यह तो सदा मुझी को नचाती फिरती है।" बेसाख्ता उनके मुख से निकला।

आकाश में जमघट की खिलखिलाहट भर गयी। वहाँ से उठकर वे आँगन में आँवले के पेड़ के साथ पीठ टिकाकर बैठे घुन्ने के पास चले आए। हुक्का छोड़कर चिलम पीने लगे। पक-पक करके कश खींचते हुए विचार कौंधा—कुदरत क्या-क्या रंग दिखलाती है! एक निराली लीला है। अपने बेगाने हो जाते हैं और जिनसे आस नहीं होती वे सगों से ज्यादा अपने हो जाते हैं। सुख की भरपूर बौछारें करने वालों की अपनी झोली खाली रह जाती है। पता नहीं भगवान की न्याय-तुला कैसी है...?

बिस्सो ने दम खींचा। चिलम पर लाट (लपट) न जली। वे तम्बाकू डालने भीतर जाने लगे तो घुन्ने ने मरियल-सी आवाज़ में कहा, "यह ठीक नहीं हो रहा।"

उनके आगे बढ़ रहे कदम ठिठक गये। लगा, घुना अन्तस में जोरावर झंझावात रोके हुए है।

"क्या ठीक नहीं है भई?"

"यही जो कुछ हो रहा है।"

"टेम आने पर सच्चाई को मान लेने में कुछ बुराई नहीं बच्चू!"

"मगर यह ठीक नहीं है।"

"क्या ठीक नहीं है, भई?" पुनः खीझ से भरा प्रश्न उभरा।

अब उन्हें उत्तर नहीं मिला। अँधेरे से गुज़रकर वे रसोईघर में चूल्हे के पास आन बैठे। चिलम में तम्बाकू भरकर अंगारे रखे और धुएँ के गुंजलक बिखरने लगे।

गर्मियों की दमघोंटू उमस में खुशियों भरी खिल-खिल, सन्नाटा बिखेरते शून्य को पूर्व दिशा की ठंडी बयार की तरह भिगोने लगी।

आँवले की शाखाओं पर चिड़ियों ने चिहूँ-चिहूँ की धुन छेड़ रखी थी। उनके फुदकने-फड़फड़ाने से पीतवर्ण बारीक पत्तियाँ नीचे झर रही थीं। दिन खिला हुआ था। अप्रत्याशित-सी उदासी फैल रही थी।

देवकी परेशान थी। आशंका से भीतर-ही-भीतर कुछ टूट गया था।

"माँ जी, उनका कुछ पता नहीं चल रहा। आगे तो अब तक बाहर से आकर न्हारी (नाश्ता) कर चुकते तो चैन आता था। आज मालूम नहीं कहाँ रह गए हैं?"

माँ के कलेजे में अंदेशे की तार कँपकँपाने लगी, "हे प्रभु, वह अपनी ज़िद पूरी कर गया दिखता है। कल कह रहा था, अम्बरसर चला जाऊँगा। न जाने उस मुए जोगी ने उस पर कैसा जादू कर डाला है!"

देवकी के चेहरे पर एक रंग आकर दूसरा जाने लगा। बूढ़े बिस्सो के मुँह पर जैसे भारी ताला लग गया हो।

भानी बोली, "कल आपकी बात सुन ली थी उसने। आप तो सदा उसे गीदड़-भभकियाँ देने वाला कहते रहे। अब वह घर छोड़कर भाग गया है।"

देवकी ने पड़ोस के पंचों के छोटे लड़के बिहारी को साथ लिया और साइकिल लेकर शहर की ओर चल पड़ी। कैरियर पर बैठा बिहारी पूछने लगा, "भाभी, भइया कहाँ गए हैं?"

"कह नहीं सकती कहाँ गए हैं, पर हमें अम्बरसर वाले अड्डे पर चलना है।"

"यदि भइया जी न मिले तो?"

"तो मैं किस मुँह से वापस लौटूँगी? सारा झंझट मेरा डाला हुआ है।"

"हुआ क्या है?"

"कुछ नहीं हुआ।" वह दृढ़चित्त होकर साइकिल चलाती रही।

बस-अड्डे से अम्बरसर की बस निकल चुकी थी। देवकी पर जैसे आसमान फट पड़ा हो। टाँगें अशक्त लगने लगीं। लक्ष्य खो जाने की अनुभूति से उसमें कमज़ोरी का संचार होने लगा। जैसे-तैसे उड़ते सिर को काबू करके सड़क पर चली आयी।

भीड़-भाड़ के कारण गाड़ियों का जाम लगा हुआ था। बसों के कंडक्टर बाहर निकलकर गाड़ी के गन्तव्य स्थल का नाम पुकार रहे थे। अचानक सुनाई दिया—अम्बरसर-अम्बरसर।

आशा की मद्धम-सी किरण उद्दीप्त हो उठी। साइकिल बिहारी को पकड़ाकर वह तेज़ी से बस के भीतर घुस गयी। मेले में खोए बालक-सा हताश चेहरा लिए घुन्ना ड्राइवर के पीछे वाली सीट पर बैठा था। तनावमुक्त होकर देवकी ने राहत की सांस खींची। तब आगे बढ़कर बाजू से थामकर उसे बाहर ले आयी।

घुन्ना ज़िद्दी और लाड़ले बच्चे की तरह बोला, "जाने दे मुझे!"

"पहले मुझे और अपने बूढ़े माँ-बाप को ज़हर दे दें, फिर जहाँ जी चाहे चले जाइए।"

"दूसरा ब्याह कराने की बजाय तू मुझे ही ज़हर क्यों नहीं दे देती?"

"औरतों वाली बातें न करें। दुनिया में जीना है तो मरद बनकर जीएं। दुनिया को घर बसाकर दिखाने में बड़ाई है। भागने पर किसी चीज़ का इलाज नहीं होता, उलटे माथे पर कालिख लगती है।"

"मैं तभी घर जाऊँगा, अगर तू बचन दे कि दुबारा ब्याह का नाम न लेगी।"

देवकी खिलखिलाने लगी।

"बैठिए साइकिल पर।"

साइकिल की डंडी पर घुन्ने को और कैरियर पर बिहारी को बिठाकर वह घर लौटने लगी। उसके मज़बूत पैर पैडलों को तेज़ गति से घुमा रहे थे।

सेहरा बाँधे घुन्ना घोड़ी पर बैठा था। आगे बाजा बज रहा था। पीछे बारात थी। बारात में सबसे आगे सजी-सँवरी देवकी—घोड़ी के साथ-साथ डग बढ़ाती, दूल्हे पर चिल्लर की बौछारें करती। गाँव के बच्चे सिक्के लूट रहे थे।

इन पलों, दुनिया में यदि कोई सबसे ज़्यादा खुश था तो वह थी देवकी। गाँव-भर में धन्य-धन्य हो रहा था—'बिस्सोनाथ के कुल को तारने वाली लच्छमी!'

कोई कहता, "देवकी अन्नपूर्णा का रूप है। जब से इनके कुल में आयी इनके लहर-बहर होने लगी...।"

सहसा देवकी के कानों में भायँ-भायँ होने लगा था। कानों के करीब ज़ोरदार पटाका चला हो जैसे। कुछ अजब-सा वातावरण बन गया था।

रात-भर हँसी ठट्ठे का तुर्क-बतुर्की उत्तर देने वाली देवकी सवेरे डोली विदा के समय उठ खड़े हुए बावेले से स्तम्भित खड़ी रह गयी थी।

मंगतू की घरवाली कह रही थी, "डोली तभी उठेगी जब उस घर से देवकी का डोरी-डंडा उठेगा। अपनी बेटी को हम किसी की चाकरी करने नहीं भेजेंगे।"

एक हड़कम्प-सा मच गया था।

घुन्ना तो जैसे अचेत हो चला था। वह बच्चों की तरह फफकने लगा, "अरी ओ भली-लोक! इस सारे स्यापे को यहीं छोड़ दे। चल, घर चली चल। मुझे बच्चे नहीं चाहिए।"

मन कठोर करके देवकी आगे बढ़ी—"मरद बनिये आप। रोने-चीखने से जगहँसाई होती है।"

"मेरे रोने पर जग हँसता है तो भले ही हँसे। मुझसे मुँह पर झूठी हँसी नहीं लायी जाती।"

"मेरे लिए रोते हैं—पाँव की जूती के लिए?"

घुन्ना फूटकर रो दिया, "तू जूती नहीं, मन की रानी है...।"

पसार में बैठी घुन्ने की नयी सास बोली, "यदि मन में पहले से एक रानी बिठा रखी है तो हमें क्या किसी हकीम ने बोला है कि अपनी नाज़ो रानी को नौकरानी बनने भेजें? अपनी मासूम बेटी को जान-बूझकर कुएँ में धकेलें...? एक निपूती की गोली बनावें...?"

' खुशी के वातावरण में मातम घुल गया था।

बारात के उत्साह को साँप सूँघ गया हो जैसे। तमाम लोग इस अनहोनी पर कानाफूसी कर रहे थे। किसी ने कुछ न खाया, न पिया। अनिर्णय में दोपहर बीतने लगी थी। तभी देवकी दिलेरी से उठकर मंगतू की घरवाली के पास चली आयी थी। दोनों में क्या-कुछ तय हुआ, वह सब उदास वातावरण के बोझिल आवरण की पृष्ठ-भूमि में खो गया। पर एकाएक एक विचित्र-सी बात हुई। कुछ ही देर में ढोल बज उठा।...बाजा बजने लगा। डोली सजने लगी। वापसी की तैयारियाँ होने लगीं।

बारात में असमंजस की लहर दौड़ गयी। खुशी और गम, दोनों एक-साथ उनके चेहरों पर झलक उठे।

देवकी कह रही थी, "भाई, सारे लोग नाचते-गाते चलो। मेरे घरवाले की पटरानी अपने घर जा रही है...।" लगता था, शब्द नहीं सूखे आँसू हैं।

"रोंदू चेहरे क्योंकर बना रखे हैं...? सब गाओ-बजाओ!" फिर वह स्वयं गाने लगी थी–

दो बहुओं के खसम, देह पर लगाओ न भसम।
राह अपनी तू मोड़, साधु बनने की जिद छोड़!!

घर पहुँचते ही गाँव की बहू-बेटियाँ और वृद्धाएँ नव-वधू को देखने आने लगी थीं। मुँह दिखाई के बाद वे बाहर आकर देवकी के गले लगतीं, "तुझे बहुत-बहुत बधाई है!"

"ये चाँद का टुकड़ा कहाँ से लाई है?"

"अरी बहिनी, यह तूने क्या किया? किस बूते पर तूने अपनी छाती पर मूँग दलने के लिए हीराँ परी-सी सुन्दर सौत बिठा ली?" कोई वृद्धा कड़वी बात कह देती है तो देवकी मुस्कराकर बात बदल देती, "दाल-भात खा लिया न चाची? मुँह जूठा किए बिना मत जाना!"

शाम ढल आयी थी। गहमा-गहमी खत्म होने लगी थी। बैंड वाले जा चुके थे। अब गाँव वाले अपने घरों को जा रहे थे।

देवकी ने भीतर जाकर दीया जलाया। देवी-देवताओं के आगे माथा टेका, फिर नयी बहू के पास जाकर निर्लिप्त स्वर में बोली, "बहन, अब इस घर की मालकिन तू है। अपना घर होशियारी से सँभालना। भगवान भला करे, तेरा घरवाला बहुत सीधा मरद है। मन से तो बच्चा ही है। पास रहेगी तो सब समझ जाएगी। उसे पूरा प्यार देना।...और यह ले घर की कुंजियाँ...तेरी माँ से बोल किया था। अब जाती हूँ...मैं।" चाभियों का छल्ला वधू की हथेली पर रखकर देवकी बाहर चली आयी थी।

घर के तनिक आगे बहती नहर की पुलिया पर पहुँचकर कुछ पल वह खड़ी रही, नीचे बहते पानी की कल-कल ध्वनि को अपने वजूद में समोती-सी। अँधेरे में खड़े-खड़े उसने आँवले के पेड़ के नीचे बैठे ससुर और फिर घरवाले को देखा। एक नज़र मकान की ओर देखा जिस पर कुछ रोज़ पहले उसने अपने हाथों से सफेदी की थी।

...अचानक अन्तस् का ताप समोए दो आँसू आँखों से ढरक पड़े। धुंधलायी आँखों से उसने अँधेरे में लेटी लम्बी पगडंडी को देखा और फिर तेज़ डग भरती उस पर चल पड़ी।

(लेखक द्वारा स्वयं अनूदित)

•

मँझली चाची

कुँवर वियोगी

चिता तैयार थी। तमाम बिरादरी के लोग उसे घेरकर शव पर चन्दन के टुकड़े रख रहे थे। मँझली चाची लकड़ियों के नीचे लोप हो गयी थी। उसने कल रात सोये-सोये प्राण त्याग दिये थे। लम्बी बीमारी तो दूर, उसे संक्षिप्त-सी तकलीफ़ न हुई थी। रात को खाना खाकर, हाथ-मुँह धोकर वह जीवन से छलछलाते प्याले की तरह सोई थी और सुबह उसके शरीर को रूह ने त्याग दिया था।

लोग धीमी आवाज़ में मरने वाली की बातें करते रहे थे और चिता की एक तरफ़ खड़ा मैं अतीत की गहराइयों में डूब रहा था। मानस पटल पर तस्वीरों की एक कतार धीमी गति से उभर रही थी। मँझली चाची के मैंने कई रूप देखे थे। चाची को देखते ही मुझे सुशील गाय, और फिर भयानक शेरनी की याद आती। और उसे मैंने दयालु, कृपालु, ममतामयी स्त्री के रूप में भी जाना था...।

जब से मैंने होश सँभाला, अपने-आपको मँझली चाची से बेहद प्रभावित पाया; उसके शरीर की एक विशेष खूबी थी। उसका रंग—निहायत गोरा, दूध-सा था। जब वह चूल्हे के पास बैठी रोटी बना रही होती. उसके दूधिया रंग में मनोहारी लाली ढल आती और चेहरा दमकने लगता।

परिवार में तीन औरतें थीं और तीन ही मर्द भी थे—मेरी माँ और मेरे पिता; सुकड़ी चाचा और उनकी पत्नी, मँझली चाची; गागाँ चाचा और उनकी पत्नी, छोटी चाची।

माँ का बड़ा गम्भीर स्वभाव था। वे बहुत कम बोलतीं। सारे परिवार पर उनका प्रभुत्व था। मैंने उन्हें कभी ऊँची आवाज़ में बोलते नहीं सुना था, फिर भी छोटे-बड़े घर के तमाम लोग उनसे दबते थे।

छोटी चाची खूब तगड़ी थी, लेकिन शक्ल-सूरत से असाधारण न थी। हर समय वह काम में व्यस्त रहती, और किसी से बतियाने की उसके पास फ़ुर्सत ही न होती। छोटी होने के कारण वैसे भी उसे ख़ामोश रहने की आदत-सी हो गयी थी। इसकी एक वजह यह भी हो सकती है कि गागाँ चाचा बेकार और निखट्टू थे। लेकिन, उनकी ज़रूरतें और नखरे सबसे ज़्यादा थे। छोटी चाची को दो गुना काम करना

पड़ता—एक तो साझे परिवार के काम करने और दूसरे गागाँ चाचा के नख़रे सहन करने। लेकिन, देखा जाए तो छोटी चाची के प्रति दया-भावना निरर्थक है, क्योंकि घर के बेश्तर काम मँझली चाची को करने पड़ते। इसके बावजूद न तो मेरी माँ की तरह उसके माथे पर स्थायी बल खिंचे रहते और न ही छोटी चाची की तरह लटें उलझ रही होतीं। सुबह-शाम जब देखो, मँझली चाची के होठों पर मुस्कान खेल रही होती। सुबह-सवेरे भी उसके कपड़ों पर एक सिलवट तक न होती। हाथ इतने नर्म और मुलायम जैसे इनसे कभी काम किया ही न हो। चेहरा हमेशा ताज़ादम दिखाई देता। काम करते हुए भी वह धुले-उजले व लोहा किए हुए कपड़े पहने रहती। लगता, वह हमारे साझे परिवार की धुरी है। मजाल है उन्होंने किसी बच्चे, नौकर, यहाँ तक कि घर के किसी कुत्ते को भी डाँटा-झपटा हो। उसके तमाम व्यक्तित्व से तृप्ति की महक आती। घर के तमाम बच्चे अपनी माँओं को छोड़कर उसी से चिपके रहते। गाँव की स्त्रियाँ और घर के तमाम नौकर-चाकर मौका मिलते ही उसे घेरकर बैठ जाते। कभी-कभी मेरी माँ भी मँझली चाची की देखा-देखी अपने माथे के बल पोंछ डालती। महज मँझली चाची ही थी जो कभी-कभार मेरी माँ के होठों को क़हक़हे के लिए विवश कर देती। गाँव की स्त्रियाँ अपने दुखड़े चाची को सुनाकर अपने मनों का भार हल्का कर लेतीं।

सुकड़ी चाचा मिलिट्री में कप्तान थे और मेरे पिता पुलिस में सूबेदार। ये दोनों ज़्यादातर परदेस में पड़े रहते। पिताजी महीने में एकाध बार गाँव आकर मिल जाते। लेकिन, सुकड़ी चाचा साल में केवल एक बार घर आते—दो महीनों की छुट्‌टी पर।

घर में खूब दूध-दही था, काफ़ी ज़मीन थी। छः जोड़ी बैल थे। पाँच घोड़े और दर्जनों भैंसें थीं। इस ज़मींदारी के अतिरिक्त परिवार के दो मर्द अफ़सर थे, इसलिए गाँव के लिहाज़ से हमारा खाता-पीता खुशहाल घर था।

पर वो दिन आज के ज़माने से बिल्कुल भिन्न थे। अब उनके विषय में सोचता हूँ तो मेरे बदन में झुरझुरी-सी दौड़ जाती है। तब और अब के दिनों में बहुत ज़्यादा अन्तर है। उन दिनों शर्म और हया का यह आलम था कि लोग दूसरों के सामने अपने बच्चे से लाड़-प्यार तो दूर रहा, बोलते तक न थे। स्त्रियों की दिनचर्या भी ऐसे ही फ़िजूल नियमों में बँधी रहती। मँझली चाची को ही ले लीजिए। जब सुकड़ी चाचा दो महीनों की छुट्‌टी पर आये होते तो मँझली चाची की दिनचर्या कुछ इस तरह होती—सुबह रोशनी की किरण निकलने से पहले कमरे से बाहर निकल आना। पीतल की बटलोई (कलसा) लिए आँगन की दूसरी स्त्रियों के संग पानी लाने दरिया पर चले जाना। वहाँ से नहा-धोकर पानी लेकर लौटना और ज़नानखाने में जाना। बच्चों को नहलाकर नाश्ता करवाना और स्कूल के लिए रवाना करना। मेरी माँ को सुकड़ी चाचा को भोजन के लिए भेजना। बाद में घर के जंजाल से निपटने लगना। पंडितों-पुरोहितों का 'गयासन' निकालकर, सेवकों की रोटी बनाकर पूजा में बैठना, फिर आती-जाती औरतों से सलाह-मशविरा, सीना-पिरोना, सफ़ेद मिट्‌टी या गोबर

फेरने जैसे बीसियों कामों से लगे हुए दिन बिता देना। रात को बच्चों और बड़ों को खाना खिलाकर धीमे क़दमों से, बिना आहट किए सुकड़ी चाचा के कमरे में चले जाना। कमरे में अँधेरा फैल रहा होता। उस कमरे में दीया तो दूर, माचिस तक जलाने की मनाही थी। सुकड़ी चाचा दिनभर मर्दों से गपशप करने के बाद देर रात गए घर लौटते। लोक-लाज के डर से दोनों अँधेरे में आहिस्ता-आहिस्ता बतियाते। एक-दूसरे की आँखों में झाँकने की लालसा लिये रात बिता देते।

ज़नानखाने में घर के मर्दों के फोटो टँगे हुए थे। मँझली चाची सुकड़ी चाचा की फ़ोटो को प्रेम-पगी और पिघलती आँखों से एकटक देखती रहती। एक दिन मैंने पूछा था, "चाची, फ़ोटो देख रही हो?"

"बच्चू, तेरे चचा को देख रही हूँ।" उसने मुझे गले से लगाते हुए कहा था, "अरे, बता तो तेरा चाचा जैसा फ़ोटो में दिखाई देता है, सचमुच ही उतना सुन्दर है? शादी को हुए चार बरस होने लगे हैं, लेकिन एक बार भी तेरे चाचा को जी भरकर नहीं देख पायी।" चाची जैसे अपने-आपसे बातें करने लगी थी। हम सब बच्चे चाची के प्यारे बनना चाहते, इसलिए मैंने तुरन्त उत्तर दिया, "सुकड़ी चाचा तो फ़ोटो से दोगुने सुन्दर हैं।"

मेरी बात सुनते ही मँझली चाची के चेहरे पर सुर्खी दौड़ गयी थी। वह डपट भरे स्वर में बोली, " धत्...भाग यहाँ से! ज़्यादा बातें न बना!" उसके व्यवहार का यह एकाएक परिवर्तन उन दिनों समझ न पाया था। हाँ, उसकी डाँट में बनावट और मिठास को महसूस करके मैं खुशी-खुशी कूदता-फलाँगता स्कूल चला गया था। लेकिन, चार साल बाद एक ऐसी घटना घटी जिससे मुझे आश्चर्य तो हुआ ही, पर वो बात समझने से मदद भी मिली।

सुकड़ी चाचा छुट्टी आए हुए थे। अगली सुबह दरिया पर मछलियाँ पकड़ने का प्रोग्राम था। तमाम बच्चे मुँह-अँधेरे उठकर तैयार हो गए। लेकिन, सुकड़ी चाचा धूप चढ़ने तक करनैलों के आँगन में बैठा मछलियों का जाल ठीक कर रहा था। मैं और सुकड़ी चाचा के दोनों बेटे बड़ी बेचैनी से इन्तज़ार करते रहे। हमें लगा, चाचा जान-बूझकर समय नष्ट कर रहा है। वह कभी जाल के धागों को गाँठें देने लगता और कभी उन्हें खोलने लगता। ऐसा करते हुए उसकी नज़र बार-बार दरिया की ओर जाने वाली ढक्की की ओर उठ जाती थी।

अचानक चाचा चौंककर खड़ा हो गया। मेरी भी नज़र ढक्की की ओर उठी। वहाँ मेरी माँ, मँझली चाची, छोटी चाची और आँगन की दूसरी औरतें नहा-धोकर लौट रही थीं।

सुकड़ी चाचा ने मस्तानी आवाज़ में मुझसे पूछा, "बड़के, इन औरतों में तेरी मँझली चाची कौन-सी है?"

मैंने हैरानी से चाचा को देखते हुए कहा, "वही, जिसने सब्ज़ सुत्थन पहन रखी है।"

सुकड़ी चाचा स्तब्ध-सा टकटकी बाँधे औरतों की ओर देखता रहा। फिर

अचानक जोश में दाएँ पैर की एड़ी पर गोल-गोल घूमकर अपनी बाईं हथेली पर दूसरे हाथ से मुक्का मारते हुए चीख उठा, ''खुश कर दिया!'' बाई गॉड, खुश कर दिया रे!''

हम सब चाचा का मुँह देखने लगे। उसने जल्दी से मच्छियों वाला जाल उठाकर दरिया की ओर दौड़ लगा दी। हम भी औरतों को भूलकर उसके पीछे-पीछे भागने लगे। लेकिन मेरे मन की एक जिज्ञासा घुन की तरह लगी रही। अवसर पाते ही मैंने सुकड़ी चाचा के लड़के से पूछा, ''अरे चमेलू, सुकड़ी चाचा ने मँझली चाची को कभी देखा नहीं क्या!''

मेरा प्रश्न सुनकर चमेलसिंह गुस्से से लाल-पीला होकर कहने लगा, ''भाई जी, आप बड़े बेशर्म हैं। मेरे माँ-बाप, ताऊ और ताई की तरह बेहया थोड़े हैं जो एक-दूसरे को देखते फिरें!''

चमेलसिंह का उत्तर सुनकर मैं चुप रहा पर मन को जिज्ञासा का घुन कोंचता रहा। दोपहर को मैं ज़नानखाने में गया तो वहाँ माँ, मँझली और छोटी चाची एक रज़ाई सी रही थीं। उन्होंने मुझे अन्दर आते नहीं देखा था। मैंने अचानक चीख लगाई, ''खुश कर दिया! बाई गॉड, खुश कर दिया!'' मेरी आवाज़ सुनते ही दोनों चाचियों ने गज़-गज़ लम्बे घूँघट निकाल लिए और उनके हाथों से रज़ाई और सूइयाँ नीचे छूट गईं। मुझे देखकर माँ ने माथे पर गहरी रेखाएँ खींच लीं। थोड़ी देर बाद मँझली चाची घूँघट खोलते हुए बोली, ''शैतान, यह आदत कहाँ से सीख आया?''

''सुकड़ी चाचा से।'' मैंने तुरन्त उत्तर दिया।

माँ ने लोहे का गज़ उठाया, लेकिन मैं तुरन्त अपनी पिटाई के डर से वहाँ से रफ़ूचक्कर हो लिया। उस दिन पहली बार मुझे पता चला कि शादी के नौ साल बाद भी मँझली चाची और सुकड़ी चाचा ने एक-दूसरे का मुँह नहीं देखा था।

कैसा ज़माना था! कैसे रिवाज थे!!

अब मैं चालीस वर्ष का हो चुका हूँ, मगर आज तक मँझली चाची के समान सुन्दर नारी कहीं नहीं देखी। और बेचारे सुकड़ी चाचा को इस रूप के दर्शनों की तड़प थी।

मँझली चाची का शेरनी वाला रूप एक अत्यन्त खौफ़नाक घटना के बाद प्रकट हुआ था। तब मैं जम्मू बोर्डिंग में चला आया था। पीछे सुकड़ी चाचा दो महीनों की छुट्टी पर घर आया था। वह अपने दोनों लड़कों को मछलियाँ पकड़ने दरिया पर ले गया। बड़े लड़के चमेलसिंह को मछलियों के लिए जाल फेंकने का ढंग समझाने में वह इतना व्यस्त था कि छोटे का उसे खयाल ही न रहा। अचानक छोटे के चिल्लाने की आवाज़ सुनाई दी। वह दरिया की तेज़ धार में डूब रहा था। चाचा ने कोई सोच-विचार किए बिना, कपड़ों और एम्यूनिशन बूटों को पहने हुए ही दरिया में छलाँग लगा दी। तेज़ प्रवाह में छोटा बहता जा रहा था। उस तक पहुँचते-पहुँचते चाचा हाँफने लगा था। कपड़े और बूट उसे नीचे की ओर खींच रहे थे। जैसे-तैसे चाचा

छोटे को एक बाँह में लपेटकर किनारे की ओर तैरने लगा पर भाग्य को कुछ और मंजूर था। चाचा छिछले पानी से दो हाथ-भर की दूरी पर रहा होगा, पानी में बहता एक शहतीर सीधे उसकी कनपटी से टकराया। चाचा और छोटा, दोनों सदा के लिए दरिया की छाती में समा गए। उनकी लाशें तक न मिल पायीं।

एक खुशहाल घर में कुहराम मच गया।

कहते हैं, मँझली चाची बिना कुछ खाए-पिए इक्कीस दिन सुकड़ी चाचा की फ़ोटो के सामने बैठी रही थी। उसने न कोई आह भरी थी, न ही आँखों में आँसू उतारे थे। वह बार-बार एक ही वाक्य पूरे इक्कीस दिन दोहराती रही थी, "खुश कर दिया...बाई गॉड, खुश कर दिया।"

जब मैं गाँव लौटा तो सबसे पहले मँझली चाची के पास पहुँचा। उसके पास मेरी माँ भी थी। चाची की माँग में सिन्दूर भी था और माथे पर सुहाग-बिन्दी भी। माँ, चाची को यह जतलाने की कोशिश कर रही थी कि अगर उसने यह चरित्र न छोड़ा तो जग-हँसाई होगी। पर चाची माँ की तमाम दलीलों का एक ही उत्तर देती, "दीदी, जब तक मेरे मर्द की लाश नहीं मिलती, मैं विधवा नहीं बनूँगी। दुनिया जितनी बदनामी दे, चाहे मेरी बोटी-बोटी काटकर गिद्धों को डाल दे।"

माँ रो-चिल्लाकर चुप हो गयी थी, मगर चाची टस-से-मस न हुई थी।

यह देखकर मेरे मस्तिष्क में एक योजना बनी थी। गाँव के तैराक डुबकियाँ लगा-लगाकर दरिया में तीन मील तक प्रवाह के साथ-साथ तैरते चले गए थे। अन्त में दोनों लाशें कमर-भर पानी में एक बरगद की जड़ों में अटकी हुई मिली थीं। लाशें मिलने के बाद ही चाची ने वैधव्य स्वीकार किया था। धर्म के अनुसार, सफ़ेद कपड़े पहने, शोक मनाया और तमाम दूसरी रस्में निभायीं। इसके बाद मँझली चाची ने अपनी वेदना सीने में बन्द कर ली और दोबारा गृहस्थी का केन्द्र बन गयी।

सफ़ेद कपड़ों में लिपटी और हार-श्रृंगार से वंचित उसकी देह ऐसी लगती जैसे इब्ने-मरियम ज़िन्दा होकर घूम रही हो। चाची के चेहरे पर पहले से भी ज़्यादा लावण्य उतर आया था। उसकी आँखों में शीशे-सी चमक थी, होठों पर मन्द स्मित और आवाज़ में जीवन्तता। जिससे बोले, जिसके संग उठे-बैठे, वही उसका भक्त बन जाए। मेरा अपना तो यह हाल था कि अपनी तरुणाई की कल्पनाओं में सदा चाची जैसी पत्नी मिलने की मनौती माँगा करता। मेरे लिए चाची का सौहार्द्र, सौन्दर्य और बुद्धि बेमिसाल थे। मन चाहता, चाची से ही शादी कर लूँ। पर सोचते ही इस अनहोनी काली कल्पना पर दाँतों-तले जीभ दबा लेता। लेकिन तौबा बेकार थी, क्योंकि आज बाल-बच्चेदार होकर भी मेरा मन अक्सर कहता है—काश! मुझे मँझली चाची का जीवन-साहचर्य मिला होता।

उन्हीं दिनों मैं जल-सेना में भर्ती हो गया। सुकड़ी चाचा और उनके छोटे लड़के की बरसी पर अपने जहाज़ से छुट्टी लेकर मैं गाँव आया तो पूरे परिवार का परिवर्तित वातावरण देखकर हैरानी हुई। मँझली चाची के पैर छुए तो उन्होंने मरियल आवाज़

में आशीष दी। मेरा माथा ठनका। ध्यान से देखने पर उनके चेहरे पर मलाल और थकावट की रेखाएँ दिखाई दीं। कपड़े भी मैले, जैसे साबुन के बिना धोए गए हों।

घर की स्वाभाविक खुशी उठ चुकी थी। सभी के चेहरे बुझे-बुझे थे। कोई भी नज़रें मिलाकर बात नहीं करता था। मुर्दनी-भरे माहौल में तमाम औपचारिकताएँ नंगी और उखड़ी-उखड़ी लग रही थीं। मैं असमंजस में था कि हँसी से उफनते इस घर को कौन-सा नाग सूँघ गया है? माँ से पूछा, उसने टाल दिया। लेकिन छोटी चाची का दो-टूक उत्तर सुनकर मैं जलकर राख हो उठा था।

''ये सारी तेरी लाड़ली मँझली चाची की करतूत है। चुड़ैल, वैधव्य की राख में जवानी में फूल उगाना चाहती है। अपना तो खो दिया, अब मेरे मर्द के पीछे पड़ी हुई है। परमात्मा करे, नाग डसे इस कुतिया डाइन को!''

मैं बोले बिना न रह सका, ''छोटी चाची, मुझसे आप बड़ी हैं। इसलिए गुस्ताख़ी क्षमा कीजिएगा। ये गन्दे शब्द आपको शोभा नहीं देते और वो भी उस देवी समान मँझली चाची के बारे में। तौबा, इतना अनर्थ न कीजिए चाची!''

मेरी बात सुनकर उसने मुँह सुजा लिया और घुटनों में सिर देकर बिलख-बिलखकर रोने लगी। मैं दुविधा में पड़ा तमाम वस्तुस्थिति पर पुनर्विचार कर रहा था। इसी हालत में गागाँ चाचा से घर की नाखुशी का कारण पूछ लिया। उन्होंने कहा, ''तमाम औरतें खुदगर्ज़ होती हैं। उनकी तो आदत ही होती है चिल्ल-पों मचाये रखने की और मर्दों का जीवन हराम किए रखने की। लेकिन इनकी बातों पर कान नहीं देना चाहिए बड़के! वक़्त के साथ हर बात खुद-ब-खुद ठीक हो जाएगी।''

उनकी इस वार्ता और वर्तमान समस्या में मुझे कोई सम्बन्ध नज़र नहीं आया। लेकिन वे शराब में धुत्त थे, इसलिए बात आगे बढ़ाना बेहतर न समझा।

घर की यह दुर्दशा अन्दर-ही-अन्दर मुझे सालती रही। साँझ को खाना खाने के बाद मुझसे रहा न गया तो मँझली चाची से पूछा, ''चाची, हमारे घर को क्या हो गया है? तमाम लोग एक-दूसरे के लिए अजनबी बन गए हैं। फूलमाला का धागा तोड़कर किसने ये तमाम फूल बिखरा दिए हैं? कोई सीधे मुँह बात तक नहीं करता।''

मँझली चाची ने मेरे गाल को थपकाया और निर्णायक स्वर में बोली, ''बेटा, यह सब जानकर क्या करेगा? पर सोचती हूँ, बिना जाने तू मानेगा नहीं, तब क्यों न खुद ही तुझे बता दूँ। तीसरे मुँह से निकली बात जाने कितनी अतिरंजित हो। बच्चू, दरअसल हमारे घर में पाप घुस आया है। मैं धर्म-संकट में फँस गयी हूँ। सूबेदार जी से विनती की थी, लेकिन वे भी कुछ न कर पाए। लगता है, अब खुद ही कुछ करना पड़ेगा।''

''मुझे बतलाइए चाची! मैं करूँगा, जो कुछ करना होगा।'' सुनकर चाची की आँखों से छम-छम करते आँसू बहने लगे। मुझे गले से खींचकर फफकते हुए वह बोली, ''ज़िन्दा रह मेरे बेटे! जुग-जुग जी! लेकिन तू छोटा है और मामला बड़ा है।

देख ना, मेरी छोटी बहन, तेरी छोटी चाची भी मुझे ही दोष देती है। आज तो बात घर में है, कल को सारे गाँव में फैल जाएगी। दुनिया थू-थू करेगी। ऐसी बदनामी होगी कि कुल की इज़्ज़त-मर्यादा सभी चली जाएगी। पर मुझसे अब और नहीं सहा जाता बेटे! अब लोग थूकें तो प्रभु इच्छा।''

इसी समय गागाँ चाचा चला आया। उसने बेहद पी रखी थी। पाँव तो नहीं डगमगा रहे थे, लेकिन जीभ लड़खड़ा रही थी। उसे देखते ही मँझली चाची सहम-सी गयी।

गागाँ चाचा कुछ देर बेतुकी बातें हाँकता रहा। फिर वह खीझ-भरे स्वर में बोला, ''बड़के! जा, अब आराम कर। तू सफ़र से आया है, थका होगा।''

उन दिनों बड़ों का इतना कहना ही काफ़ी था। जन्म से लेकर होश सँभालने तक हमारी रूह और दिमाग़ को बड़ों की गलत-से-गलत बात मानने का प्रशिक्षण दिया गया था। उसी आदत के अनुसार चूँ-चा किए बिना मैं भी वहाँ से जाने लगा।

मेरे क़दम अभी दहलीज़ पर ही थे कि मँझली चाची के कमरे में प्रलय-सी चली आयी। मैं बुत-सा बना, अपनी जगह खड़ा, इस प्रलयकांड को निहारता रहा। होश सँभालने के बाद पहली बार मैंने चाची के सिर और छाती को बिना चद्दर के देखा था। उसकी आँखों से दहकते अंगारे बरस रहे थे। माथे और गालों पर सुर्खी दौड़ रही थी। श्वास तेज़-तेज़ चल रहे थे। वह पैर फैलाकर खड़ी थी और उसके हाथों में मच्छरदानी वाला बाँस था। वह गागाँ चाचा की धुनाई कर रही थी। चाचा सन्न-सा वहाँ खड़ा था। फिर वह बाहर को भागा। पर मँझली चाची लगातार उसके कँधे, पीठ, सिर और टाँगों पर लाठी बरसाती पीछे-पीछे दौड़ी जा रही थी। छोटी चाची के कमरे की दहलीज़ के पास एक ज़ोरदार चोट चाचा के सिर पर लगी और वहीं लड़खड़ाकर नीचे गिर पड़ा। तो भी चाची ने अपने हाथों को न रोका। वह लगातार गागाँ चाचा को धुनती जा रही थी। थोड़ी देर में सहन की औरतें, मर्द और बच्चे वहाँ पर इकट्ठे हो गए लेकिन मँझली चाची को रोकने का साहस किसी में न था। चाचा लहूलुहान और मूर्छित पड़ा हुआ था। अचानक मैं बीच में कूद पड़ा। एकाध लाठी मुझ पर भी बरस गयी। लेकिन मुझे सामने पाकर चाची ने बाँस को दूर पटक दिया और मुझसे लिपटकर फूट-फूटकर रोने लगी।

इस प्रलय के बाद तमाम लोगों की जीभें खुल गयीं। सारा मामला मेरी समझ में आ गया। सुकड़ी चाचा की मृत्यु का शोक खत्म हुआ तो गागाँ चाचा अपने असली रूप में चला आया। छोटा देवर होने के कारण मँझली चाची उससे पर्दा नहीं करती थी। इस बात को आड़ बनाकर गागाँ चाचा ने वक़्त-बे-वक़्त उसके कमरे में आना-जाना शुरू कर दिया। बातचीत करते हुए इधर-उधर हाथ लगाना भी शुरू कर दिया। शुरू-शुरू में मँझली चाची ने सोचा, शायद ये हरकतें अनजाने में हो गयी हों। जब यह सिलसिला जारी रहा तो मँझली चाची ने उससे कतराना शुरू कर दिया। इससे चाचा खीझने लगा। एक दिन चाची को अकेले पाकर उसने उसे बांहों में भींच लिया और ज़बर्दस्ती

चूमने-चाटने लगा। मँझली चाची दहल उठी। बड़ी मुश्किल से अपने-आपको छुड़ाकर वह दो दिन फाका रखे रोती रही थी। लोक-लाजवश उसने चाचा की इस करतूत की किसी से बात तक न की थी।

एक रात सोये हुए चाची को अपना दम घुटता महसूस हुआ। हड़बड़ाकर वह जाग उठी। देखा, गागाँ चाचा उसकी छाती को हाथ में पकड़े मसल रहा है। मँझली चाची ने ज़ोर से गागाँ चाचा के मुँह पर अपनी एड़ी मारी और अर्धनग्न दशा में दौड़कर अपनी जेठानी यानी मेरी माँ के पास चली गयी। माँ ने छोटी चाची को सुनाया। छोटी चाची ने गागाँ चाचा से पूछा तो उसने दोष मँझली चाची के माथे मढ़ दिया, "वह झूठी है। खुद मेरे पर डोरे डाल रही है। मैंने मना किया तो मुझे बदनामी देने लगी। ऐसी बुरी औरत मैंने कहीं नहीं देखी।"

बात मेरे पिता तक पहुँची। पर वे भी कुछ उपाय करने में असफल रहे। ज़्यादतियों का सिलसिला जारी रहा। आखिर तंग आकर मँझली चाची को मच्छरदानी के बाँस से उसकी धुनाई करनी पड़ी। बीच-बचाव के लिए मैं न कूद पड़ता तो शायद जान से ही मार देती। यह तमाम क़िस्सा जान लेने के बाद मेरे मन में आया कि चिल्लाकर कहूँ—खुश कर दिया! बाई गॉड, खुश कर दिया!

इस घटना के बाद हमारे घर और गाँव में भूचाल-सा आ गया। तमाम दकियानूसी रिवाज एक-एक करके मँझली चाची के व्यक्तित्व की समीपता पाकर विस्मृति के गर्त में डाले जाने लगे। गाँव के नारी-वर्ग में एकजुटता की तरंग दौड़ रही थी। लगता था, जैसे कश्यप ऋषि ने पहाड़ तोड़कर और सरोवर को खाली करके एक नए कश्मीर की रचना कर डाली हो।

इस वारदात के बाद मँझली चाची ने सभी लोगों से घूँघट काढ़ना छोड़ दिया। उसने अपनी चादर को भी जला दिया था। ज़मीन-जायदाद में हमसे और गागाँ चाचा से अपना अलग हिस्सा ले लिया। चमेलसिंह को जम्मू बोर्डिंग में दाख़िल करवाया। वह अपने भोले चेहरे पर खूँखार शेरनी का मुखौटा ओढ़कर ज़िन्दगी के भीड़-भड़क्के में रास्ता बनाती रही।

पूरे दस वर्ष मँझली चाची का यह रूप गाँव की ज़िन्दगी पर हावी रहा। शुरू-शुरू में बूढ़ों-अधेड़ों ने उसकी खूब बदनामी की, उसे कोसा और मिलना-मिलाना बन्द कर दिया लेकिन धीरे-धीरे उफान के बैठते ही वह गाँव के जीवन का केन्द्र बन गयी।

इन दस वर्षों में गंजे के सिर के बालों की तरह हमारी बिरादरी से परदा ग़ायब हो गया। लड़कियों का स्कूल भी खुला। घरों में नल लगे और बिजली पहुँच गयी। दरिया के घाट उजड़ गए। मँझली चाची के खेत सोना उगलते रहे। अपने दूधिए बदन पर चाँदनी की तरह बेदाग़ कपड़े पहने और हाथ में सोटी पकड़े, अपने स्याह बालों पर ओढ़नी लिए वह नवचेतना की अग्रदूत बनी रही।

इस दौरान उसने गागाँ चाचा को न तो कभी बुलाया और न ही उसे मुँह लगने का अवसर दिया परन्तु छोटी चाची की वह सदा जी खोलकर सहायता करती रही। चाची का यह रूप तब तक रहा जब तक चमेलसिंह सेना में लेफ्टिनेण्ट नहीं बन गया। जिस रोज़ चमेलसिंह को कमीशन मिला, उस दिन मँझली चाची सुकड़ी चाचा की फ़ोटो के सामने बैठकर दिल खोलकर रोयी थी। देखने वाले कहते हैं, उस रोज सुकड़ी चाचा की तस्वीर बोली थी। कम-से-कम मेरी माँ तो कसमें उठाती है कि उसके कानों में ये शब्द स्पष्टतया गूँजे थे, "खुश कर दिया...बाई गॉड, खुश कर दिया!"

इसके बाद मँझली चाची गाँव के निजी जीवन में खो गयी—ठीक उन दिनों की तरह, जब वह सुहागिन थीं। यों लगता, जैसे उसने कभी शेरनी का रूप धारण किया ही न हो ।

मेरी शादी हुई। चमेलसिंह की भी। हम बाल-बच्चों वाले हो गए। मेरे माता-पिता गुज़र गए। मैं और चमेलसिंह सदा एक-साथ छुट्टियाँ लेकर घर आते। हमारी पत्नियों में भी छनती है। वे दोनों चाहे कम उम्र की औरतें हैं फिर भी मँझली चाची की दमकती रूप-राशि के आगे उनका सौन्दर्य पानी भरता।

मँझली चाची का पूरा वक़्त दूसरों की सेवा करते कटता। छोटे-बड़े तमाम, उसके किसी-न-किसी अहसान के नीचे दबे हुए थे। किसी का इलाज करवाया, किसी की सगाई करवायी, किसी की आर्थिक सहायता की, किसी को नौकरी दिलाई और किसी का सुख-दुख बाँटा।

इस बार मैं और चमेलसिंह छुट्टी पर आए तो चाची ने हमें बुलाकर कहा, "बच्चो, अब मैं चली। नाते-रिश्तेवालों को खबर कर दो। जिसे मिलना हो, मिल-मिला ले।"

मिलने वालों का ताँता लग गया। एक दिन शाम को गागाँ चाचा मँझली चाची का हाल पूछने आया। उसे देखते ही चाची रोने लगीं।

गागाँ चाचा उनके पैरों में लौट गया। उसके जाने के कुछ ही क्षणों बाद मँझली चाची की रूह अपने शरीर को त्यागकर चली गयी।

मँझली चाची की वसीयत, चाची की तरह ही हैरानकुन और अनोखी थी।

उसने अपनी तमाम सम्पत्ति छोटी चाची और उसके बच्चों के नाम लिख दी थी। वसीयत पर गवाह के तौर पर चमेलसिंह के हस्ताक्षर थे।

जब तमाम लोग लकड़ी लगा चुके तो चमेलसिंह ने चिता को आग लगा दी। देवदार की लकड़ी ने झट आग पकड़ ली और ऊँची-ऊँची लपटों में मँझली चाची का दूधिया शरीर जलने लगा। आग लगे कुछ ही देर हुई थी कि गागाँ चाचा हाँफता और दौड़ता-गिरता वहाँ आ पहुँचा और बिना किसी से नज़र मिलाए चिता की ओर जाने लगा। उसे उधर बढ़ते देखकर चमेलसिंह ने पूछा, " चाचा, उधर क्यों जा रहे हो?"

"लकड़ी देने बेटा!" गागाँ चाचा बोला।

"चाचा!" चमेलसिंह गागाँ के सामने खड़ा होकर बोला, "जैसे आये हो, वैसे ही वापस लौट जाओ। मेरी माँ की चिता में तेरी दी हुई लकड़ी नहीं शोभेगी। सीता को धरती में समाने के लिए रावण की सहायता की ज़रूरत नहीं होती।"

तभी जलते हुए शव की खोपड़ी फटने का पटाखा-सा चला। मुझे लगा, जैसे मँझली चाची चमेलसिंह से कह रही है, "खुश कर दिया! बाई गॉड, खुश कर दिया!"

अनुवाद : **ओम गोस्वामी**

•

गहरे रंग

चंचल शर्मा

बारिश अभी कुछ देर पहले ही थमी थी। मैं खिड़की में से बाहर का दृश्य देख रहा था। पानी की इक्का-दुक्का बूँदें अभी भी खिड़की के बाहर की सलाखों से गिर रही थीं। आसमान साफ हो गया था और सूरज भी निकल आया था। अगर सूरज बारिश के शीघ्र बाद निकल आए तो दृश्य बड़ा ही आकर्षक हो उठता है। मैं अपने ही विचारों में खोया बैठा प्राकृतिक दृश्य का अवलोकन कर रहा था। खिड़की के बाहर मिर्चों के पौधे लगे हुए थे। काफी ऊँचे थे पौधे। उन पर लाल और हरी मिर्चें लगी हुई थीं। पौधों पर से गिरता बूँद-बूँद पानी मेरा ध्यान अपनी ओर खींच रहा था। हमारे जीवन-पौधे पर भी कभी-कभी बारिश होती है—घटनाओं की बारिश। कभी सुख की घटनाएँ तो कभी दुख की घटनाएँ। अभी कल ही हमारे घर में बारिश हुई थी। तूफान आया था। बादल खूब गरजे थे, खूब बरसे थे। फिर बारिश धीमी हो गयी थी पर बूँदें, बारिश की बूँदें अभी तक पौधों की टहनियों पर लुढ़क रही थीं। ठीक वैसे ही, जैसे इस समय मिर्चों के पौधों या खिड़की की सलाखों पर ढरक रही हैं।

मैं एक क्लर्क हूँ। ऐसा छोटा-सा क्लर्क, जिसकी आमदनी बहुत कम होती है। यह भी एक विडम्बना है। दफ्तर में सारा काम क्लर्क करता है। बड़ी-बड़ी फाइलें, नयी-पुरानी सभी फाइलें उसे पढ़नी पड़ती हैं। एक-एक बात याद रखनी पड़ती है। आये दिन जो नये-नये कानून बनते रहते हैं उनकी जानकारी उसे रखनी होती है। अगर अफसर पूछ बैठे कि फलाँ बात कैसे हुई, क्यों हुई तो उसे तफसील बतानी पड़ती है। अफसर तो सिर्फ हाँ या ना ही लिखते हैं या फिर हस्ताक्षर करते हैं। परन्तु इतना कुछ करने के बाद भी क्लर्क को तनख्वाह बस इतनी ही मिलती है कि जो न मिले तो उसकी गुज़र न हो और जो मिले तो भी उसकी गुज़र न हो। यह क्लर्क-वर्ग तब जन्मा था जब अंग्रेज़ों ने हिन्दुस्तान में अपना राज्य सुदृढ़ कर लिया था। अफसर तो वे अपने देश से लाते थे, लेकिन क्लर्क यहाँ बनाते थे।

अंग्रेज़ अपनी इच्छानुसार सारे काम इन क्लर्कों से ही करवाते थे। किसी की गर्दन पर छुरी चलानी होती तो यह काम क्लर्क से करवाते। काम कैसा भी हो, क्लर्क

कर सकता था। लेकिन उसे बस ज़िंदा रहने के लिए ही खाना मिलता था। न कम, न ज़्यादा। क्लर्क की जो तकदीर उस समय अंग्रेज़ों ने लिख दी थी, वही आज भी उसका नसीबा है। मैं भी क्लर्कों की उसी कौम का एक बंदा हूँ। कहावत है कि जिसे कोई और काम न आए, क्लर्क बन जाए। दसवीं कक्षा पास कर लेने के बाद हाथ से काम करने में मुझे शर्म आती थी। किसी और काम के मुकाबले कुर्सी पर बैठकर कलम चलाना मुझे अधिक अच्छा लगता था। बाबू जी ने भी सारी उम्र क्लर्की ही की थी। मुझे भी यही अच्छी लगी। भरपेट खाना न कभी बाबूजी ने खाया, न हमने।

अब बाहर धीमी-धीमी हवा चल रही थी। मैंने चारपाई पर बैठे-बैठे अपने गिर्द चादर लपेट ली। बच्चे कभी अन्दर तो कभी बाहर खेल रहे थे। उनका शोर मुझे पूरी तरह से सुनाई नहीं दे रहा था। मिर्चों के पौधे झूल रहे थे। पानी की बूँदें गिर रही थीं। आसमान पर बादलों की टुकड़ियाँ इधर-उधर तैर रही थीं। कभी कोई बादल का टुकड़ा सूरज के आगे आ जाता तो छाँव हो जाती, फिर धूप चमकने लगती।

''पापा जी! वह देखो गुड्डे-गुड़िया का झूला।'' मुन्नी मुझसे लिपटकर कह रही थी।

''कहाँ बेटा?'' मैंने पूछा।

''वह देखो, आसमान पर रंग-बिरंगा झूला।'' मुन्नी ने इशारा करते हुए उत्तर दिया।

''यह गुड्डे-गुड़िया का झूला है?'' मैंने पूछा।

''और किसका है!'' उसने झुँझलाकर जवाब दिया।

''अच्छा बाबा! गुड्डे-गुड़िया का ही सही, लेकिन तुम्हें यह किसने बताया?'' मैंने शरारत से पूछा।

''दादी जी ने और किसने?'' उसने गर्व से कहा।

''अच्छा, तब तो ज़रूर ही गुड्डे-गुड़िया का झूला होगा।'' मैंने आसमान में सतरंगे इन्द्रधनुष को देखते हुए कहा।

''पापा जी, मैं भी झूला झूलूँगी।'' मुन्नी कह रही थी।

मैंने उससे पीछा छुड़ाने के लिए कह दिया, ''तो जाओ, इसी पर झूलो।''

वह एकदम भड़क उठी, ''वाह! यह भी कोई बात हुई? मैं किसी की चीज़ क्यों लेने लगी?''

उसकी यह बात सुनकर मैं सोचने लगा, 'मुन्नी कितनी सयानी हो गयी है!' वह इसके बाद भी बहुत-कुछ कहती रही, पर मैंने कुछ सुना नहीं। मैं तब अपने ही विचारों में डूब-उतरा रहा था। वह कब उठकर अपने भाई-बहनों के साथ खेलने चली गयी, मुझे पता ही नहीं चला। मैं सोच रहा था, 'मेरी दादी ने भी यही कहा था कि यह गुड्डे-गुड़िया की पेंग है। आसमान पर यह तब ही दिखाई देती है जब बारिश थमने के एकदम बाद सूरज चमकता है।' सात रंगों वाली पेंग कितनी सुन्दर,

कितनी विशाल! मैं सोचता, 'काश! मैं भी गुड्डा होता तो इस पेंग पर झूलता।' कभी जब दादी को मैंने अपनी इच्छा के बारे में बताया था तो उसने हँसते हुए कहा था, 'तू गुड्डा ही तो है! लेकिन पेंग तू तभी झूल सकेगा जब तेरी गुड़िया आएगी।'

और फिर मेरी गुड़िया भी आ गयी। शादी हुई तो मालूम हुआ कि मेरी गुड़िया भी यही सोचती थी कि शादी होगी तो अपने गुड्डे के साथ वह इस सतरंगी झूले पर झूलेगी। पर यह झूला कहाँ था जो हम झूलते? यह तो इन्द्रधनुष है, जिसे छूने का सपना, सपना ही रह जाता है। हमारे सामने तो जीवन-कमान थी जो तीर-पर-तीर मारती है। हमारे सामने ज़िंदगी की पेंग थी सुख-दुःख के बीच झुलाने वाली, कई-कई रंगों वाली। आए दिन इसके रंग बदलते रहते हैं।

अब बाबू जी का निधन हो चुका है, बूढ़ी माँ अभी जिंदा है। फिर हम दो और ऊपर से चार बच्चे। आमदनी आज भी हमेशा की तरह हाथ रोककर खर्च करने के बावजूद उतनी ही कम है जितनी पहले कभी थी। क्या-क्या पापड़ नहीं बेले आवश्यक खर्चे पूरे करने के लिए! कभी बच्चे पढ़ाये, तो कभी किसी दुकान पर टाइप का काम किया। कुल मिलाकर कुछ ही दिन ऐसे बीते हैं जिनके बारे में कहा जा सकता है, 'अच्छे नहीं तो बुरे भी नहीं थे,' नहीं तो ज़्यादातर ज़िंदगी की गाड़ी को जैसे-तैसे बस घसीटा ही है।

बैठे-बैठे मुझ पर बारिश के छींटे पड़ने लगे। सूरज छिप गया था। हवा तेज़ हो गयी थी। अब तेज़ बारिश बरस रही थी। मैंने खिड़की आहिस्ता-से बन्द कर ली। तब ही मेरी बीवी अन्दर आ गयी।

"कान में तेल डालकर बैठे हो क्या? मैं कब से चिल्ला रही हूँ, चाय पीनी है कि नहीं? जानती हूँ आप मुझसे बहुत तंग हैं, पर मैं भी कुछ कम तंग नहीं। इस घर में आकर मैं ही कौन-सी पालने में झूल रही हूँ? सुबह उठकर बैल की तरह हल में जुत जाती हूँ। रात तक काम खत्म करके मुश्किल से कमर सीधी कर पाती हूँ। घर की तंगी ने मेरी सेहत का यह हाल कर दिया है।"

उसने एक ही साँस में यह सब कह डाला था। मैं बुत बना सब सुनता रहा पहले तो, फिर मुझे भी गुस्सा आ गया। कल हुआ महाभारत फिर याद आ गया। सतरंगी पेंग मेरी आँखों से ओझल हो गयी। मैं चिल्ला पड़ा, "मुझे नहीं चाहिए चाय-वाय! तुम जैसी औरत के हाथ की चाय पीने से बेहतर है खुद अपने हाथों ज़हर घोलकर पीना। बड़ी आयी चाय पिलाने वाली! मुझे नहीं पीनी चाय-वाय!" मुझे गुस्से में भरा देख वह सिर को झटक 'हुँह' कहते हुए रसोई में चली गयी। रसोई से आती उसकी ऊँची आवाज़ सुनकर मैं जल-भुनकर कबाब हो गया। वह कह रही थी, "हाँ-हाँ, मेरे हाथ से क्यों ज़हर पीने लगे? उन्हीं के हाथों पीयोगे जिनका आपको दुःख है।" यह मुझ पर नया आरोप था। मेरे तन-बदन मे आग ही तो लग गयी। मैं पैर पटकता हुआ उठ खड़ा हुआ। पता नहीं क्या हो जाता, लेकिन तब ही माँ आ गयीं और मेरे मन की मन में ही रह गयी। माँ कह रही थीं, "अरे क्यों

आपस में बच्चों की तरह लड़ रहे हो? इतने बड़े हो गए हो, कुछ सोचा-समझा करो। बच्चों पर भी इस सबका बुरा असर पड़ता है। कल को क्या वे सोचेंगे कि कैसे हैं उनके माता-पिता?'' मैंने बूट पहने और बाहर निकल गया।

मैं रात को देर से घर लौटा। बाज़ार में ही खाना खाया और दोपहर को सिनेमा भी देखा। शाम को दोस्तों के साथ घूमता रहा। इतनी देर में गुस्सा उतर चुका था। सच तो यह है कि घर की याद भी आने लगी थी। अन्दर पहुँचा तो बच्चे सो चुके थे। पत्नी अकेली बैठी थी। मुझे देखते ही उठकर रसोई में गयी और खाना ले आयी। मेरा गुस्सा तो छू हो ही चुका था, उसकी ओर देखा तो लगा कि गुस्सा उसमें भी नहीं रह गया था। सिर्फ़ दुःख की परछाईं थी चेहरे पर। मैंने अपना अहं बनाए रखने के लिए थोड़ी कड़ाई से कहा, ''मुझे नहीं खाना खाना-वाना। अब फाके ही करूँगा। मर जाऊँ तो अच्छा हो। तुम्हें भी ठंड पड़े।''

मैं बिना कुछ खाये-पीये नहीं रहा था, यह बात मुझे देखकर कोई भी कह सकता था लेकिन उसने सच ही सुबह से कुछ भी नहीं खाया था। चेहरे की रंगत बुझी-बुझी-सी थी। कमज़ोरी साफ नज़र आ रही थी लेकिन मैंने जान-बूझकर मर्द की अकड़ को बनाये रखा। उसने झुका सिर ऊपर उठाए बिना ही दबी आवाज़ में कहा, ''चलिए, अब खा भी लीजिए। मुझसे गलती हो गयी।''

''नहीं, गलती तो मुझसे हुई है। एक बार कह दिया है कि नहीं खाऊँगा, तो नहीं खाऊँगा। मुझे मेरे हाल पर छोड़ दो!'' मैंने थोड़ा ऊँचे लहजे में कहा।

''आप नहीं खायेंगे तो मैं भी नहीं खाऊँगी!'' उसकी आवाज़ में नमी थी।

''तो मत खाओ, मेरी बला से!'' मेरी आवाज़ की खनक खोखली थी।

''अब गुस्सा थूक भी दीजिए। वैसे भी खाने के साथ भला क्या नाराज़गी? और फिर छोटी-छोटी बातों पर क्या मन मैला करना! आपने कह लिया, मैंने कह लिया, बात आयी-गयी हो गयी। वैसे मैंने कहा भी क्या था जो आप भड़क उठे? गुस्सा आजकल आपकी नाक पर रखा रहता है...। मालूम नहीं, आप इतने चिड़चिड़े क्यों हो गए हैं!'' वह एकदम मोम हो गयी थी।

''मुझे नहीं, तुम्हारे स्वभाव को कुछ हो गया है। यह ज़िंदगी काट नहीं सकती थी तो बाप से कहना था, किसी अमीर के घर तुम्हें दे देता जहाँ रोज़ रुपयों की बारिश होती रहती।'' मेरी आवाज़ का जोश एकदम ठंडा पड़ चुका था।

उसने प्यार-भरी झिड़की देते हुए कहा, ''अच्छा-अच्छा बहुत हुआ; चलो अब खाना खाओ। मुझे रुपयों की बारिश नहीं चाहिए।''यह कहते हुए उसने मुझे बाँह पकड़कर उठा लिया। मुझे तो भूख नहीं थी लेकिन उसकी इस झिड़की के आगे मैं अड़ा न रह सका। मेरा मोर्चा टूट गया। हाथ धोकर मैंने रोटी का कौर तोड़ा। वह पास बैठकर पंखा करने लगी। मैंने कौर सब्ज़ी में भिगोया और उसकी तरफ आदतन देखा। वह उस समय बड़ी प्यारी लग रही थी। हाथ का कौर मैंने उसके

मुँह की ओर बढ़ा दिया। उसने हाथ पकड़कर मेरे मुँह की ओर मोड़ते हुए कहा "खाओ, चले हो अब प्यार जताने!" मैंने फिर हाथ उसके मुँह की ओर बढ़ाया और ज़बरन कौर उसके मुँह में डाल दिया। उसने कौर के साथ-साथ मेरी उँगली भी दाँतों से पकड़ ली।

मैं चीखा, "अरे...अरे...मार डाला!" उसने मेरी उँगली छोड़ दी और डरे-डरे लहजे में बोली, "चुप करो, बच्चे उठ जायेंगे।" फिर हम दोनों एक साथ हँस दिए।

दूसरे दिन सुबह-सवेरे जब वह मुझे चाय दे रही थी, तब मुन्नी बिट्टू को जगाते हुए कह रही थी, "उठो-उठो बिट्टू! देखो, मम्मी-पापा की परसों कुट्टी हुई थी न, अब ये बट्टी किए बिना ही आपस में बोलने लग गए हैं।"

हम दोनों हँस पड़े। आधे घंटे के बाद जब गुसलखाने में नहा रहा था तब मुन्नी की आवाज़ कान में पड़ी–

"अहा, बिट्टू देखो तो...आज आसमान पर फिर गुड्डे-गुड़िया का झूला!" फिर मैंने सुना, बिट्टू कह रहा था, "हाँ, लेकिन आज इसके रंग कल से गहरे हैं।"

अनुवाद : **यश सरोज**

•

टापू का आदमी

छत्रपाल

बालों में कंघी करके वह अन्दर जाने ही लगा था कि डाकिया उसे एक लिफाफा दे गया। उसने वहीं खड़े-खड़े लिफाफा खोला। पत्र के अक्षर उसकी आँखों में जैसे काँटे चुभो गए। ''माँ, देखो तो सही,'' वह चिल्ला पड़ा। उसने महसूस किया कि यह चीख खुशी की नहीं थी। माँ हाथों पर लगा आटा झाड़ती ड्योढ़ी में आकर उसके पास खड़ी हो गयी। उसके 'क्या है?' पूछने से पहले ही वह सहज होने का नाटक करते हुए बोला, ''बाबूजी की चिट्ठी आयी है।'' माँ की आँखों में अचानक खुशी, हैरानी और तुर्शी की मिली-जुली चमक थी। उसके पीछे, मन में कुछ और भी था। बेगुनाह को मिली सज़ा का कमज़ोर-सा उलाहना।

वह और पास आ गयी—''पढ़ो तो सही!'' उसने देखा, माँ के चेहरे पर एक हल्की-सी लाली जो ज़र्दी को कुछ-कुछ फीका करती जा रही और पानी के गिलास में चीनी के छोटे क्रिस्टलों की तरह धीरे-धीरे घुलती मिठास-सी फैलती जा रही है। उसने महसूस किया कि उसकी आवाज़ में भी मामूली-सा कंपन आ गया है। वह अचानक ही उसके सिर पर हाथ फेरने लगी।

''उर्दू में है, बा'जी को बुलाता हूँ।''

बैठक का दरवाज़ा उसे खोलना नहीं पड़ा। हाथ लगाने से पहले ही वह आँखें मलते बाहर आ गए। माँ ने घूँघट निकाल लिया।

''किसकी चिट्ठी है?''

उसने चिट्ठी उन्हें पकड़ा दी। उन्होंने टूटे फ्रेम का चश्मा आँखों पर लगाया और फिर आँखों-ही-आँखों में शब्दों के लम्बे-लम्बे घूँट पीने लगे। उनकी आँखें फैलती जा रही थीं। उनका सिर चिट्ठी के इस कोने से उस कोने तक फासला तय करता हिल रहा था। ''मुबारक हो बहू, वह कल आ रहा है। मान्ने का बाप।'' उन्होंने अपनी खुशी को अपनी सफेद दाढ़ी के पीछे छिपाने की रत्ती-भर कोशिश किए बिना कहा। उनके होंठ फड़क रहे थे। पहले भी, जब भी कोई अफसोस करने आता था, इसी तरह फड़कते थे उनके होंठ। बार-बार आँसू पीने की कोशिश में उनकी आँखें थक जाती थीं और उनके नीचे पिलपिली-सी थैलियाँ उभर आती थीं।

उन्होंने चिट्ठी जेब में रख ली और बाहर चले गए। दरवाज़ा बन्द करते हुए उसने देखा कि बालों का जो गुच्छा कंघी करने के बाद उसने बाहर फेंका था, उसे हवा दोबारा अन्दर ले आयी है। वह अपने कमरे में आ गया। दीवार पर फ्रेम-मढ़ा एक ग्रुप-फोटो टँगा था। नज़दीक से उसने तीसरी पंक्ति के तीसरे आदमी पर अपनी नज़रें जमा दीं। नीचे गत्ते पर लिखे नामों में उसका नाम लिखा था—सुजान सिंह।

पंचायत का आँगन लोगों से ठसाठस भरा हुआ था। वोट पड़ चुके थे। गिनती चल रही थी। वह और बाबूजी बड़ी बेसब्री से उस घड़ी का इंतज़ार कर रहे थे जब बाबूजी की कामयाबी का ऐलान किया जाना था। "बेचारा सुजान रह गया!"दो आदमी धीमे लहजे में बात करते उधर से गुज़रे और जाते-जाते अपने साथ बाबूजी के चेहरे की रंगत भी ले गए। उनकी आँखों के आगे जैसे घनी धुंध छा गयी। उसने बाबूजी को सहारा दिया। किसी से कहकर पानी मँगवाया। पानी पीकर बाबूजी नींद में चलते-से हॉल कमरे की ओर बढ़े। उन्हें आता देखकर लोग रास्ता छोड़ने लगे। उनके पक्ष के लोगों की नज़रें झुक गयी थीं। एक व्यक्ति ने बढ़कर उनके कंधे को सहलाया भी, पर उनकी तन्द्रा नहीं टूटी। अपनी चाल को सप्रयास सँभालते हुए वे दीवार तक पहुँचे और हारों से लदी हुई गर्दन पर तने, शातिर आँखों वाले चेहरे को सुनाते हुए बोले, "साहू, सरपंची मुबारक हो!" विरोधी पक्ष भी चोट करना न भूला, "साहू सरपंच ज़िन्दाबाद!"

ये आवाज़ें लाखों सुइयों की तरह उनके तन-बदन में चुभती रहीं और वे दर्द से तिलमिलाते रहे। भीड़ जुलूस की शक्ल में नारे लगाती आगे बढ़ गयी। बाबूजी के पक्षधर कई लोग भी अब उस भीड़ का हिस्सा हो गए थे।

बार-बार लोगों की कुहनियों से धकियाए जाने से वे अब जैसे एक कोने में जा लगे थे।

पहले तो उन्हें विश्वास ही नहीं हुआ कि उनकी पराजय हो गयी है, उनका पहला ही निशाना चूक गया है। तीर को अचानक ही आकाश की ऊँचाई की ओर जाते देखकर उन्होंने अब यह मान लिया था कि वे सच ही गिर पड़े हैं और अब घायल बाज़ की तरह धरती पर लोट रहे हैं। उन्हें लगा था कि आकाश तनकर और ऊँचा हो गया है, धरती और नीचे धँस गयी है। शाम होने पर जब वह और बा'जी उन्हें ढूँढ़ते खेतों में पहुँचे तो वे कीकर के तने से टेक लगाए सिमटकर बैठे थे। गेहूँ की बालियाँ हवा में लहरा रही थीं। उसने उनका कंधा हिलाया तो वे चौंके नहीं, उठकर उनके साथ-साथ खामोशी से चलने लगे। अँधेरा हो गया था। "अच्छे लोगों को दुनिया तरक्की नहीं करने देती। हमेशा उन्हें ही सहना पड़ता है।" बा'जी उन्हें समझा रहे थे। घर पास आने पर वह दौड़ता हुआ गया और बैठक का गली में खुलने वाला दरवाज़ा उसने खोल दिया। 'घर में जमा हुए मित्रों और सम्बन्धियों का सामना बाबूजी कैसे कर पाएँगे', उसने सोचा था। बाबूजी तख़्त पर लेट गए।

कुछ देर बाद माँ आयी।

"बस, इतने में ही घबरा गए?" माँ ने उनके करीब होकर, उनके बालों में उँगलियाँ फेरते हुए कहा। फिर माँ को उसकी मौजूदगी की याद आयी और उसकी नज़रें उसके चेहरे पर आ ठहरीं। वह खामोशी से बाहर निकल गया। कुछ देर बाद माँ बाहर आयी, पर जल्दी ही खाने की थाली लेकर फिर अन्दर चली गयी।

बाबूजी ने अपने भीतर जैसे एक टापू बना लिया और वहीं बस गए। न ही बेमतलब बोलना, न सुनना। उनकी दुनिया सिमटकर बहुत छोटी हो गयी। चक्की से घर और घर से चक्की। आटा पिस जाने के बाद पीपे से बाहर गिरने लगता, पर उन्हें होश न होता। चक्की का शोर और पाटों की कटर-फटर की आवाज़ माहौल में गूँजती रहती और वे बुत बने बैठे सुनते रहते।

"दुनिया में हार भी होती है, जीत भी, पर लोग तुम्हारी तरह सिल-पत्थर नहीं हो जाते।" बा'जी उन्हें समझाते, लेकिन 'टापू के आदमी' पर इसका कुछ भी असर नहीं होता था। बा'जी ने दुनिया देखी थी। वे सोचते, 'इतनी छोटी-सी बात का इतना बड़ा असर कैसे हो सकता है? इसकी तह में ज़रूर कोई राज़ है।' शायद यह विश्वास की हार थी, मन की पराजय थी जो बाबूजी को सहज नहीं होने दे रही थी; टापू से वापस नहीं आने दे रही थी। बाबूजी को यकीन हो गया था कि यह दुनिया उनके लिए नहीं है। वे इसमें फिट नहीं हो सकते। वे अपनी ज़िन्दगी नहीं जी सकते। यह उन्हें रास नहीं आ रही है।

बाबूजी को भीतर-ही-भीतर कोई चीज़ खाये जा रही थी। वे घुल-घुलकर पहले से आधे भी नहीं रहे। माँ यह प्रतीक्षा करती थक गयी कि वे वापस आ जाएँगे। परन्तु उन्होंने जैसे स्वयं को एक मोमी लिफाफे में बन्द कर लिया था, जो उन्हें बाहर के हर प्रभाव से दूर रखता था। वह देखता, लिफाफे पर पानी की बूँदें भी पड़ती हैं, लेकिन किसी बूँद में इतनी शक्ति नहीं थी कि उसे छेदकर भीतर तक पहुँच सके।

कभी पास बैठते तो वह उनके पाँव दबाता।

"मान्नया, स्कूल से छुट्टी होने पर चक्की पर आया कर! ...मान्नया, माँ की हर बात माना कर।" उनकी आवाज़ कहीं दूर से आती लगती। उनकी बातें सुनकर वह नाराज़ तो नहीं होता था, पर एक उलझन-सी उसे ज़रूर होती थी, उनकी ऐसी बातों से।

"यह आपको क्या हो गया है? आप खुद को अपराधी क्यों महसूस करते हैं? आपने मेरा एक-एक गहना इस चुनाव की भेंट कर दिया, मैंने कभी कुछ कहा? कभी कोई शिकायत की? फिर आप मुझे इस तरह क्यों सता रहे हैं?"

मैं जब कभी रात को उठकर बाहर आता तो मुझे माँ की सिसकियों-भरी आवाज़ सुनाई देती। कुछ देर बाद एक ठहरी हुई आवाज़ सुनाई देती, "मैं सता रहा हूँ?" बाबूजी की सोचकर बोलने की आदत बन गयी थी।

"गलियाँ पक्की कराऊँगा...ट्यूबवैल लगवाऊँगा..." कच्ची नींद में बाबूजी

बड़बड़ाते। कभी-कभी चौंककर उठ बैठते और फिर काँपने लगते। उनका रंग उड़ जाता। जब सँभलते तब वे ठंडे पसीने में नहाए होते।

"सुजान, आखिर हुआ क्या है?" बा'जी कई बार नाराज़ होते, "नाहक सबको तंग कर रहा है"

"मैं तंग कर रहा हूँ?" बाबूजी कुछ सोचकर बोलते। पर घर छोड़कर जाते समय उन्होंने कुछ नहीं सोचा। चुपचाप चले गए। गाँव से या फिर...

वह स्कूल जाता, तो लड़के उस पर ताने कसते। मास्टर उस पर तरस खाते।

"बाबूजी का कुछ पता चला मानसिंह?" कोई उसे पूछता।

"नहीं जी" वह सिर हिला देता। फिर खोखले शब्द उसे घेर लेते।

"मानसिंह के बाबूजी साधू हो गए हैं।" लोगों की यह बात उसे ज़हर-बुझे तीर-सी लगती। वह गुस्से से उबलने लगता था। एक बार तो उसने यह बात कहने वाले की हालत बुरी कर दी थी। बस, बेतहाशा मारना शुरू कर दिया था उसे। जब थककर हाँफने लगा था, तभी छोड़ा था उसे। पर गुस्सा फिर भी ठंडा नहीं हुआ था उसका। अब तो यह सुनकर उसका मन भर-भर आता है। कभी-कभी तो रो भी देता है। फिर कहता है, "बाबूजी, यह आप मुझे किस मुसीबत में डालकर चले गए?"

स्कूल से सीधा वह घर आता। औरतें-ही-औरतें हमेशा उसकी माँ को घेरे हुए मिलतीं। पहली बार तो यह देखकर उसके मन में प्रश्न उठा था, 'कहीं कोई मर तो नहीं...?'

माँ चटाई पर, सिर झुकाए बैठी रहती। उसका चेहरा कितना दयनीय लगता! कमज़ोर भी बहुत हो गयी थी जैसे रोमछिद्रों से हवा धीरे-धीरे निकलती जा रही हो। औरतें उसकी हालत पर तरस खाते हुए चच्चच् करतीं।

"कितना बोझ पड़ गया है इस बेचारे पर!" औरतें उसे देखकर कहतीं।

उसे लगता, वह इधर पूरा मर्द हो गया है। वह अपने ऊपर आन पड़ी ज़िम्मेदारियों को उठाने के लिए स्वयं को तैयार करता परन्तु भारी बोझ देखकर उसके कमजोर कंधे उसे उठाने से पहले ही झुक जाते। वह स्वयं को समेटता, परन्तु शीघ्र ही फिर बिखर जाता। बा'जी उसकी हिम्मत बँधाते, "कहाँ अभी तुम्हारे खाने-खेलने के दिन थे और कहाँ ये आदमी को तोड़ देने वाली ज़िम्मेदारियाँ सिर पर आन पड़ी! पर बेटे, तुम हिम्मत नहीं हारना! कमर कसकर यह बोझ उठाना। काश! मुझमें इतनी ताकत होती।"

अपने दिल पर पत्थर रखकर वह चक्की पर जाने लगा।

'मान्नया, स्कूल के बाद चक्की पर आया कर!' उसे बाबूजी के ये शब्द याद आते। 'अच्छा ही हुआ जो उसने यह काम सीख लिया', गद्दी पर बैठा-बैठा वह सोचता। और भी बहुत-कुछ सोचता। एक दिन इसी प्रकार अपनी सोचों में डूब-उतरा रहा था कि अचानक ही यह सिलसिला टूट गया। शोर मचाते पहियों पर दौड़ता पट्टा फिसल गया और उसके कंधे का मांस उड़ाकर दीवार से जा टकराया—सर्र...पटाक!

गड़गड़ाहट आहिस्ता-आहिस्ता धीमी पड़ती एकदम खामोश हो गयी और सामने वाला चक्का पस्त हुए बिना थम गया।

चक्की रुक गयी। खून बहता-बहता हथेली तक आ पहुँचा।

दसवीं की परीक्षा हुई। वह जैसे-तैसे पास हो गया था। बा'जी ने उसे कॉलेज में दाखिला लेने को कहा तो ज़रूर, लेकिन बस कहने के लिए ही। वह खुद भी तो यह बात समझता था कि बंद चक्की कमाई नहीं करती। और इसलिए उसने कहीं नौकरी करने की बात सोची थी। उसने कई जगह नौकरी के लिए अर्ज़ियां भी दीं। कहीं-कहीं इंटरव्यू भी हुए, लेकिन काम कहीं नहीं बना। वह यत्न करके हार गया। हर नयी पराजय के साथ उसके भीतर और भी खालीपन भरता गया। निराशा और अकेलापन मिलकर उसे टुकड़ा-टुकड़ा काटते रहे, दुधारी तलवार की तरह। दिन के कार्यक्रम का सिलसिला भी संक्षिप्त से संक्षिप्ततर होता गया। न कहीं आना, न जाना। बस, वह था और उसका कमरा था, जिसमें वह सिमटा रहता, ठीक वैसे ही जैसे खतरे का संकेत पाते ही कछुआ अपने भीतर सिमट जाता है। कमरे में बैठे-बैठे वह महसूस करता कि चारों दीवारों के बीच घिरा शून्य अचानक पंख लगाकर उड़ चला है, दीवारों समेत, और किसी उजाड़ टापू में जा उतरा है। टापू के गिर्द समुद्र की डरावनी लहरों का शोर है। उसने भी अपने गिर्द फैले समुद्र में बहुत तैरकर देख लिया है। हर तरफ उसे निगलने को तत्पर लहरें ही उसे मिली हैं। उसे लगता है, उसका यह कमरा टापू नहीं, खुद उसके भीतर ही एक टापू बन गया है। यहाँ कितनी शान्ति है! तभी तो उसे सबसे दूर, स्वयं अपने-आप से भी छिटककर इसी टापू पर आना पड़ा है।

बा'जी उसे फटी-फटी आँखों से देखते। भीतर-ही-भीतर काँप-काँप उठते। उसका मन उधर से मोड़ने के लिए वे उसे तरह-तरह की बातों में बहलाते। उन्हें खुश करने के लिए वह सहज होने की कोशिश करता। उनके निश्चिन्त होकर चले जाने पर वह फिर से अपने-आप में सिमट जाता। अपने टापू पर लौट आता।

रात और दिन आपस में घुल-मिलकर महाशून्य बन जाते। वह स्वयं को इस महाशून्य में एक नन्हीं बूँद की तरह बराबर नीचे-ही-नीचे गिरता हुआ पाता। अथाह गहराई। कहीं कोई ओर-छोर नहीं। केवल आत्म-समर्पण करने की विवशता। वह कई योजनाएँ बनाता जो कुछ दूर तक आगे बढ़ने के बाद एक झटके के साथ शेष हो जातीं। आज का विचार कल पर टल जाता और कल का विचार अगले कल पर।

'बाबू जी, आपने यह कौन-सा बदला लिया है मुझसे?' वह बड़बड़ाता लेकिन बंजर धरती की ठोस छाती कुदाल की चोट खाकर भी दो बूँद पानी न उगलती। 'क्या हो गया है इन आँखों को?' वह कभी सोचता। लोग उसकी सूखी आँखों को उसकी सहनशीलता और धैर्य की संज्ञा देते—"शाबाश बेटे, धीरज रखो। सब ठीक हो जाएगा। मालूम नहीं सुजान को ऐसा क्या हो गया!"

कोई कहता, "मुझे डर है, उसने अपने-आपको कहीं कुछ कर न लिया हो!"

बा'जी चीख उठते, "नहीं-नहीं, वह ऐसा कभी नहीं करेगा। कभी नहीं।"

"तो फिर उसने अब तक कोई चिट्ठी क्यों नहीं लिखी? अपने हाथ से दो अक्षर तो लिखकर भेज ही सकता था।"

बा'जी के पास इसका कोई उत्तर न होता। परन्तु वे गर्दन हिलाते रहते, "नहीं-नहीं।"

वह बाबूजी के बारे में लोगों की बातें सुनता। कोई भी साफ-साफ नहीं कहता था, पर मन-ही-मन में सभी ने कुछ मान लिया था। आधे मन से उसने भी मान लिया था। माँ ने भी और बा'जी ने भी। आधे मन से वे तीनों ही अभी भी उनकी प्रतीक्षा कर रहे हैं।

बुआ की छोटी बेटी कहानी सुनने के लिए ज़िद करती।

"मुन्नी, दिन में कहानी नहीं सुनते। राह चलते मुसाफ़िर रास्ता भूल जाते हैं।" बुआ कहतीं और फिर जैसे अपने-आपसे बतियाने लगतीं।

"बाबू जी न जाने कौन-से स्थान पर भटक रहे होंगे! उन्होंने अपनी फोटो वाला अखबार तो देखा होगा।"

"बेटी, वह कहीं नहीं गया। सिर्फ खुद से भटक गया है। जिस दिन अपने-आप में लौट आएगा, उसी दिन घर आ जाएगा।" अखबार के 'गुमशुदा की तलाश' कॉलम में बाबू जी का फोटो छापने के सवाल पर बा'जी ने कहा था। उसे उनकी बात ठीक लगी थी, पर बुआ नहीं मानी। समाचारपत्र में छपा चित्र देखकर वे बहुत रोई थीं—"यह दिन भी देखना था!"

बुआ तीन महीने से यहीं थीं। माँ ने चारपाई पकड़ रखी थी। घर का सारा काम बुआ ने सँभाला हुआ था। उसे बड़ी शर्मिन्दगी महसूस होती। वे सब्ज़ी देतीं तो वह उनकी बाँह के गजरे गिनता। उनकी गिनती धीरे-धीरे कम होती जा रही थी। कमी सदा कष्टदायक होती है, चाहे सोने की हो या मनुष्य की।

बा'जी ने बातों-बातों में उन्हें समझाया था, "बेटी, तुम क्यों हमारे साथ कष्ट झेल रही हो? तुम्हें अपना घर भी तो सँभालना है। फिर यह कोई दो-चार महीने की बात तो लगती नहीं। हमें खुद ही सहने की आदत डालने दो।"

अन्दर लेटी हुई माँ का विश्वास प्रश्न बनकर हम तक पहुँचता, "क्या हमेशा के लिए...।"

बुआ माँ के ठीक होने के बाद ही जा पायीं। घर में रह गए तीन। वह बाहर से आता तो घर काटने को दौड़ता। बाबू जी की कमी महसूस होती। कैसे तीनों जुड़े हुए थे उस इन्सान से! उसके चले जाने से जैसे तीनों एक-दूसरे से अलग हो गए थे। जीवन में उनके रहते जो गति थी, अचानक रुक गयी थी जैसे। एक अजीब-सा ठहराव आ गया था। बा'जी सारा-सारा दिन ज्योतिषियों और पीर-फकीरों के पास बैठे रहते। वह किसी खेत या बाग में पूरा दिन निकाल देता। माँ घर में औरतों के बीच घिरी रहतीं, पर स्त्रियाँ भी कब तक आतीं! उन्हें कोई और घर मिल गया

अपनी सहानुभूति दर्शाने को। पहले पूरे गाँव की स्त्रियाँ आती थीं, फिर केवल मुहल्ले की आती रहीं और अन्त में केवल बिरादरी की महिलाएँ ही रह गयीं। बाद में माँ अकेली रह गयीं। खुद ही रोतीं और खुद ही स्वयं को सँभालती।

आहिस्ता-आहिस्ता वह भी सिमटता गया। न तो किसी काम में मन लगता और न ही कोई उत्साह ही उत्पन्न होता। रात को सोने से पहले वह हाथ-पाँव धोता ताकि थकान उतर जाए पर थकान अंग-अंग में छिपकली की तरह अपने पंजे गड़ाए चिपटी रहती। उसे लगता, तन से मन अधिक थक गया है। बेकारी की थकान उसे रात को सोने भी न देती। करवटें बदलते-बदलते और नींद का इन्तज़ार करते-करते वह किसी के बारे में सोचता। दिमाग सुन्न हो जाता। रीढ़ की हड्डी के साथ-साथ बहती पसीने की धार से रोंगटे खड़े हो जाते। उसे लगता, कहीं कुछ होने वाला है।

बाबूजी का खत सुनकर टापू टूट-टाटकर समुद्र में नहीं डूबा। पहले जैसा ही बना रहा—अपने स्थान पर अटल। शायद पानी की तरह नीचे तलहटी के साथ वह भी अपना सम्बन्ध जोड़ चुका था। वह अब टापू की कैद से छूट नहीं सकता था। न जाने भीतर क्या भर गया था जो उसे सहज नहीं होने देता था। उसका अधूरापन इतना ठोस हो गया है कि अब उसका पूर्ण होना शायद सम्भव नहीं था।

बाबू जी कल आ रहे हैं। परन्तु अब इस कमी को बाबू जी पूरा नहीं कर सकते। हाँ, उस कमी को पूरा करने वाले पहले अवश्य वही थे! उसे लगा, जैसे कहीं गहरे अवचेतन में कुछ परमाणु एक स्थान पर जमा हो रहे हैं। फिर उसने महसूस किया, परमाणुओं ने एक ठोस रूप धारण कर लिया है। गुफा में से निकलने वाली गूँज की तरह एक फ़ैसला...अवचेतन से उभर रहा था।

हाँ, कहीं कुछ होने वाला है।

बाबू जी लौटे हैं। जैसे सैर करके आए हों। साथ कोई सामान नहीं। सिर्फ़ धूल है—कपड़ों पर, चेहरे पर, सिर पर। शायद यह उसी टापू की धूल-मिट्टी है जहाँ से बाबूजी वापस लौटे हैं। घर में मेला-सा लग गया। बा'जी को लोग मुबारक पर मुबारक देने लगे। अचेतन शक्तियाँ एकदम जाग्रत होकर चेतन पर छाने लगी हैं। फ़ैसला झट सामने आ गया।

उसने पिछवाड़े का दरवाज़ा खोला। वहाँ क़ोई नहीं था। बाहर आकर वह थोड़ी देर के लिए रुका, फिर मज़बूत कदमों के साथ स्टेशन की तरफ चल पड़ा। घर से धुएँ की तरह उठती अस्पष्ट आवाज़ें मक्खियों की भिनभिनाहट की तरह उसके कानों के आस-पास उड़ने लगीं। उसने चाल तेज़ कर दी। कहीं कुछ नहीं है। बस एक टापू है और दूसरा वह।

अनुवाद : **यश सरोज**

•

खून और खून

तारा दानपुरी

आज सूर्य बहुत उदास-उदास-सा उगा था। निस्तेज, फीका। सहमा-सहमा-सा पहाड़ी के पीछे से धीरे-धीरे ऊपर उठ रहा था मानो उसका तेज और लाली किसी ने छीन ली हो।

सूर्य की तरह आज शहर भी उदास था—चुप-चुप, सहमा-सहमा। आज प्रतिदिन की तरह न कोई चहल-पहल, न कोई शोर। न कार-बाज़ार, न मंडियों में कोलाहल। न मन्दिरों में आरती और न मस्जिदों में अज़ान। सब कुछ खामोश था। तमाम लोग अपने-अपने घरों में दुबके हुए थे। कैसा है यह शहर—बेजान मुर्दाघर। न कोई हलचल थी, न कहीं जीवन-संकेत दिखता था। शहर में उजड़ापन व्याप्त था और थी निस्तब्धता।

अगर कोई हलचल थी तो सिर्फ गश्त करते सैनिकों के बूटों की आवाज़ें, जो पक्की सड़कों पर ठक्-ठक् करती खामोशी की चादर पर ठप्पे लगा रही थीं।

कभी-कभार किसी फौजी गाड़ी की आवाज़ खामोश वातावरण को चीरती हुई गुज़र जाती और उसके पश्चात् फिर वही पहले जैसा सन्नाटा छा जाता।

काम के नाम पर—काम सिर्फ अस्पताल में ही हो रहा था। जैसे कहीं युद्धस्तर पर कार्य होता है—दवाइयाँ, टीके, ऑपरेशन, पट्टियाँ—मानो सारे शहर का काम अस्पताल में ही चल रहा हो। मरीज़ों की संख्या आज अचानक बढ़ गयी थी। मरीज़ नहीं—घायल, मर्द-औरतें, बूढ़े-बच्चे—फसाद में घायल हुए इन्सान।

फसाद! जैसे ठंडी राख में से अचानक अंगारे भड़क उठे हों। मुसलमान कह रहे थे हिन्दुओं ने मस्जिद पर धावा बोला था और हिन्दू कह रहे थे मुसलमानों ने किसी हिन्दू की बाँह काट डाली है। बिना जाने ही, अपने-अपने मोर्चों पर सभी चौकस हो गए थे। एक-दूसरे के विरुद्ध भीतर-ही-भीतर नफरत की खड्डी पर तानी तनना शुरू हो गयी थी। गंडासे-बरछों की धारें सान पर तेज़ होने लगी थीं। ठंडी राख गर्म हो गयी थी और राख में दबे हुए अंगारे भड़कने को बेताब हो रहे थे। अचानक हवा के एक झोंके से राख उड़ी, अंगारे भड़ककर अलाव बन गए और सारा शहर नफ़रत की आग में जलने लगा। तेज़ धारे आपस में एक-दूसरे के अंग काटने लगे।

सड़कों-गलियों में गर्म खून फैल गया। यारी-दोस्ती, मज़हबी मेल-जोल और पड़ोसदारी—सब-कुछ नफ़रत की आग में भस्म हो गया।

जब इस नरसंहार पर पुलिस काबू न पा सकी तो सेना बुलानी पड़ी। शहर में कर्फ़्यू लगा दिया गया। लोग जहाँ-जहाँ थे, वहीं-वहीं रह गये थे—यह एक अनचाही क़ैद थी। कभी-कभी इस तरह की क़ैद भी कितनी ज़रूरी हो जाती है आदमी की अपनी ही हिफ़ाज़त के लिए।

सेना ने हालात पर तो काबू पा लिया था, मगर दहशत अभी तक बनी हुई थी जैसे किसी भी खौफ़नाक हादसे के बाद खौफ बना रहता है। हादसे के चिह्न दृश्य को ताज़ा रखते हैं। ऐसे ही अस्पताल में भी फसाद के ताज़ा चिह्न बिखरे पड़े थे। दहशत के साये तड़प रहे थे— कराह रहे थे। कोई बेहोश था, कोई मर रहा था। हिन्दू भी—मुसलमान भी जीने के लिए तरस रहे थे।

वह भी एक बेड पर बेहोश पड़ा हुआ था। सिर-मुँह पट्टियों में लिपटा हुआ। स्टैंड पर टँगी हुई खून की बोतल से कतरा-कतरा खून उसकी नाड़ियों में उतर रहा था।

मगर इसे किसने घायल किया? इसका नाम तो राम रसूल है। राम रसूल—राम और रसूल अर्थात् ईश्वर और अल्लाह। हिन्दू भी, मुसलमान भी। एक साँझा नाम। इसका सिर्फ नाम ही साँझा नहीं—इसका व्यक्तित्व, इसका काम भी साँझा समझा जाता। एक साँझी पहचान की एक साझेदारी—अलग-अलग धर्मों की एक शिनाख्त। किसने तोड़ी होगी यह साँझेदारी?

कोई नहीं जानता कि यह कौन है। हिन्दू है या मुसलमान? इसे खुद पता नहीं कि यह कौन है, माँ-बाप कौन हैं, जन्म कहाँ हुआ। यह उस समय महीने-भर का होगा जब कोई इसे अनाथ-आश्रम के पालने में छोड़ गया था बिना कोई पहचान दिये, बिना कोई धार्मिक संस्कार किए। न सुन्नत, न यज्ञोपवीत। शरीर बिल्कुल प्राकृतिक। वॉर्डन ने ही नाम रखा था—राम रसूल।

होश सँभाला तो इसने अनाथ-आश्रम को घर समझा था। अनाथ बच्चों को ही बहन-भाई, साथी-मित्र समझकर सुख-दुःख बाँटा था। सौ अभाव होते हुए भी कोई अभाव महसूस नहीं किया था। प्रेम था—सहानुभूति थी, कोई भेदभाव नहीं था। निच्छल, निष्कपट जीवन। जिसे दुनिया ठुकराती है, उसे अनाथ-आश्रम अपनाता है। माँ की गोद का स्वर्ग मानो इस आश्रम की चारदीवारी में सिमट आया था।

यह भी बिना किसी भेदभाव के सभी के घर भीख माँगने जाता था— हिन्दुओं के भी और मुसलमानों के भी। सभी मर्द-औरतों में अपने माँ-माप ढूँढ़ता था। लड़के-लड़कियों में अपने भाई-बहन पहचानता, हारमोनियम के सुर में अपनी पीड़ा घोलकर लोगों के दिलों को मोम बनाता। सभी इसे प्यार करते थे—वह सबको प्यार करता था। वह भीख नहीं माँगता था, बल्कि भीख के बहाने स्नेह का आदान-प्रदान करता था।

सुबह की प्रार्थना में 'सर्वे भवन्तु सुखिनः सर्वे सन्तु निरामयाः' बड़े चाव से पढ़ता था। पाक कुरान शरीफ की आयतें इसे कण्ठस्थ थीं। बुल्लेशाह और बाबा फरीद की काफियाँ, कबीर के दोहे यह गली-गली गाता फिरता था। यह कहता था कि सारा संसार एक अनाथ-आश्रम है और इन सबका एक ही वॉर्डन है—हम सभी एक ही कुदरत के बन्दे हैं।

मारिया नाम की एक क्रिश्चियन लड़की से इसने विवाह किया था और तब से यह आश्रम छोड़कर शहर में रहने लगा था।

विवाह के पश्चात् मानो साक्षात् शारदा माँ इसकी जिह्वा पर बैठ गई थी। जहाँ किसी ने सुना, वहीं इसके सुर की प्रशंसा होती। टी.वी., रेडियो, टेप या स्टेज पर इसे सुनकर लोग मुग्ध हो जाते थे। हिन्दू-मुसलमान सभी इसे अपना समझते थे, सभी सराहते थे—सभी पसन्द करते थे।

लेकिन आज इसे किसने नापसन्द किया था? इस महान् जीवित कलाकृति को खंडित करने की किसने कोशिश की होगी? हिन्दुओं ने या मुसलमानों ने? हिन्दुओं ने मुसलमान समझा होगा या मुसलमानों ने हिन्दू समझा होगा। इसके पिता ने वार किया होगा इस पर या भाई ने। इस नेक इन्सान की तो किसी से शत्रुता नहीं थी।

बोतल खाली हो गयी तो नर्स ने वह उतारकर दूसरी लगाई। जैसे-जैसे खून चढ़ता गया, उसकी जीवन-ज्योति बढ़ती गयी। शरीर में गर्माइश आने लगी। चेहरे पर जीवन-संकेत उभरने लगे। आँखों की पलकें फरफराईं और फिर धीरे-धीरे खुलने लगीं। पास खड़े डॉक्टर ने खुश होकर कहा, ''सर्वाइव्ड!''

जैसे-जैसे उसकी बेहोशी टूट रही थी, वैसे-वैसे धीरे-धीरे उसकी याद्दाश्त भी लौटने लगी थी। बेड, मरीज़, डॉक्टर, नर्सें, स्टैंड, खून उसे अस्पताल में होने का आभास करा रहे थे। फिर यह भी याद हो आया था कि वह यहाँ क्यों है। पिछली रात क्या हुआ था—रात की याद आते ही उसका बेजान शरीर एक बार फिर काँप उठा था। होंठों से एक चीख निकली थी—मारिया, मा...रि...या, कहाँ...है मारिया? स्वर इतना अस्पष्ट था कि पास खड़े डॉक्टर नहीं समझ पाये थे कि उसने क्या कहा है। किसे पुकारा है।

उस रात वह और मारिया बहुत देर तक फसाद के बारे में बातें करते रहे थे। यह खून-खराबा उन्हें अच्छा नहीं लग रहा था।

आधी रात के पश्चात् अचानक मारिया की आँख खुल गयी थी। उसे बाहर शोर सुनाई पड़ा था। उसने दरवाज़ा खोलकर बाहर झाँका—बाहर आग लगी हुई थी। सारा मुहल्ला धू-धू करके जल रहा था। धुआँ, आग, लोगों की भगदड़, शोर-चीख-चिल्लाहट... फसाद फिर भड़क उठा था। वह घबराकर भीतर मुड़ने लगी थी कि अचानक किसी ने उसके पेट में छुरा घोंप दिया था।

उसके मुँह से ज़ोर से एक चीख निकली थी और वह धड़ाम से फर्श पर गिर पड़ी थी।

चीख सुनते ही वह हड़बड़ाकर उठा और घबराकर बाहर निकला तो खून में लथपथ मारिया बरामदे में बेहोश पड़ी थी।

"मारिया! ...मारिया! क्या हुआ तुझे?" उसने उसे सीधा किया था। मगर मारिया का लहूलुहान शरीर धरती पर बेजान पसर गया था, मारिया मर चुकी थी।

"मारिया...मारिया, तुम मुझे छोड़कर नहीं जा सकती—मेरी प्रेरणा, मेरा उत्साह।" वह उसका सिर गोद में रखे चीख रहा था, रो रहा था कि अचानक किसी ने तेज़धार हथियार से उस पर वार किया था। पहला वार सिर पर लगने के बजाय पीठ पर लगा था। दूसरा वार सिर में काफी गहरा लगा था। वह बेहोश होकर गिर पड़ा था। फिर उसे कुछ पता नही कि उसके बाद क्या हुआ—उसे अस्पताल कौन लाया। मारिया... मात्र एक याद...एक कसक बन गयी थी।

लाल-लाल खून और खून में मारिया—लाल-लाल मारिया। अचानक उसकी नज़र स्टैंड पर टँगी खून की बोतल पर पड़ी—सुर्ख खून, मारिया के खून की तरह लाल। "यह किसका खून है—मारिया का? मारिया बैठी हुई है खून में? नहीं...यह मारिया नहीं है—यह मारिया का खून नहीं है। फिर किसका खून है? किसी हिन्दू का या मुसलमान का? मेरे शरीर में पहला खून किसका था? खून की पहचान क्यों नहीं हो रही है, किसका खून है? खून के अलग-अलग रंग क्यों नहीं होते? एक ही खून सबको क्यों चढ़ जाता है? हिन्दू का खून मुसलमान को और मुसलमान का हिन्दू को—खून भेदभाव क्यों नहीं करता? खून की सिर्फ़ एक ही पहचान है—इन्सान का खून।"

कुदरत एक है—कुदरत के बनाए हुए सारे इन्सान एक हैं—सबमें खून एक है—खून का रंग एक है। नफ़रत, वैर-फसाद, खून-खराबा, हिंसा-प्रतिहिंसा, अनुत्तरित प्रश्नों की एक अनंत कतार। और रेडियो पर खबर थी—नील आर्मस्ट्रांग चाँद की धरती पर उतरा...

आदमी चाँद पर क्या लेने जा रहा है जबकि वह धरती पर ही जीना नहीं सीख पाया। अनाथ-आश्रम में क्या बुरा था? वहाँ फसाद नहीं था, प्रेम था। सहानुभूति थी—सब एक समान थे। मैं नहीं जी सकता— इस नफ़रत-भरी दुनिया में मुझे नहीं जीना। उसकी आत्मा तड़प उठी थी।

सीधे लेटे-लेटे ही उसने अपने आस-पास की टोह ली थी। उसके पास अब कोई नहीं था। डॉक्टर वॉर्ड से जा चुका था। नर्स दूर बेंच पर बैठी रजिस्टर में कुछ लिख रही थी। शरीर में अत्यन्त निर्बलता और पीड़ा होते हुए भी उसने साहस करके अपनी बाँह में लगी हुई ब्लड-पाइप की नीडिल बाहर खींच दी। बाजू में भरा हुआ रक्त सरर्र करता फौरन बाहर आने लगा।

काफ़ी देर बाद जब नर्स उसके पास आयी तो बोतल खाली हो चुकी थी। मगर वह यह देखकर हैरान रह गयी कि ब्लड-पाइप की नीडिल उसके बाजू से निकली हुई है और खून बाजू में चढ़ने के बजाय बेड पर फैल चुका था। बेड की काफ़ी चादर भीग चुकी थी।

वह घबराहट में भागी-भागी गयी और डॉक्टर को बुला लाई। यह दृश्य देखकर डॉक्टर स्तब्ध रह गया था। आगे बढ़कर उसने उसकी नब्ज़ देखी—आँखें देखीं—छाती दबदबाई। मगर कुछ नहीं। सब-कुछ निश्चेष्ट, निष्प्राण था।

उसका राम रसूल शरीर से निकलकर न मालूम कहाँ कूच कर चुका था।

अनुवाद : **यश सरोज**

•

संस्कार

देशबन्धु डोगरा 'नूतन'

नवम्बर 3, 1982 ई.।

बस रुकी तो दर्शना पीछे से चढ़ने लगी और मैं आगे से उतरने लगा। मुझे देख वह उतरते-उतरते बोली, "आप आ गए?"

"हाँ, मैंने कहा नहीं था क्या?" यह सुनकर वह मेरे पास आ गयी तो मैंने पूछा, "मेरी डाक तो नहीं आयी होगी?"

"आयी होती तो वे भेज चुके होते।" दर्शना ने कहा और फिर दुकान की ओर मुँह करके ज़ोर से हाँक लगायी, "शाह जी! फेनियाँ आयी हैं?"

"फेनियों का क्या करोगी?" मैंने पूछा।

"कल करवाचौथ जो है। सुबह-सुबह सर्गी खानी है।"

"अरी, करवाचौथ तो पिछले महीने भी हुई थी। सारा दिन निराहार रहने से तुम अधमरी हो जाओगी और सिर-दर्द से तड़पोगी।"

"इस साल तो पण्डितों में ऐसा महाभारत छिड़ा कि सभी त्यौहार दो-दो बार आ रहे हैं। पहले तो सिर्फ़ जन्म-अष्टमी पर झगड़े होते थे और दो व्रत हो जाते थे। अबकी बार तो सियापे...।"

"मगर श्राद्ध दो बार क्यों नहीं आये?"

इस पर सभी ने क़हक़हा लगाया और देर तक हा-हा-हा होता रहा। दर्शना ने फेनियाँ अखबार में लपेटकर अपने मिनी बैग में रख लीं। हमसे आगे कुछ ही दूर पर एक पगलायी-सी औरत पुलिसवालों से तकरार में उलझी थी। ऐसा लगता था कि वह रोयी भी होगी, क्योंकि उसके काले-काले गालों पर सफेद-सफेद आँसू सूखकर अपने निशान बना चुके थे।

मैंने पूछा, "दच्छो अड़िये, इसे तो मैंने कहीं देखा है। यह भुक्कड़ तो नहीं? इसके मर्द से मैंने एक बार बूट ठीक करवाया था।"

"कौन-से खसम से?"

"भला इसके कितने खसम हैं?"

''चार मरदों को मैं देख चुकी हूँ। न जाने कितने और हैं। यह तो है ही कंजरी–कवत्ती।'' दर्शना नाक-भौं सिकोड़ रही थी।

''हैं, चार जगहों पर यह बैठी?'' मैंने हैरानी से पूछा।

''नहीं, यह नहीं बैठी, मरद आकर इसके पास बैठते रहे और यह चुड़ैल लड़-झगड़कर उन्हें भगाती रही। ज़मीन भी इसके पास काफ़ी थी–यूँ ही बेच डाली। आठ-नौ बच्चे भी जन चुकी है, एक तो चौथ (तरसों) ही मर गया। बारह बरस का था बेचारा। तीन दिन तक लाश सड़ती रही। यहाँ सड़क तक बदबू आती थी। किसी से बनाकर रखे तो कोई काम भी आए। आज लाश को दफनाना पड़ा। कवरणी से परमात्मा हाथों-हाथ बदला ले रहा है और यह समझती ही नहीं।''

मेरी मोटी अक्ल में नहीं आ रहा था कि क्या उत्तर दूँ। तर्क-वितर्क से दर्शना को कहीं सिर-दर्द न शुरू हो जाए और खाना पकाने का झंझट मेरे सिर आ जाए। बच्चे के दाँत न निकले हों तो लोग मरने पर दफना देते हैं। इधर तीस महीने तक के बच्चों को मरने पर दफनाने लगे हैं, पर इसे बारह बरस का लड़का दफनाना पड़ा। मैंने इतना ही कहा, ''मुझे सुबह मालूम हो जाता तो मैं ही दाह-संस्कार करवा देता। मड़िए, बारह बरस का लड़का दफनाना क्यों था? जी चाहता है कि लाश उखाड़कर जला दूँ। पूछूँ उससे?''

''चुप्प करके चलो जी! अपनी कामरेडी छोड़ो। हाँ! जली-भुनी कुछ कह न डाले। चलो, शायद अगली दुकान में नारियल आए हों।'' दर्शना ने कहा।

पुलिस वाले भुक्कड़ू को छेड़ रहे थे, जैसे छोटे शरारती बच्चे पागलों को छेड़ते हैं। दूकानदार मज़ाक-मज़ाक में आँखें मटका रहे थे और करवाचौथ का सौदा बेच रहे थे। हवलदार ने शरारत-भरे लहजे में पूछा, ''क्या कहा, तेरा देवर भी नहीं आया?''

''आना तो दूर, वह बुड्ढा उल्टा मुझे ही पीटने लगा। उसकी बुढ़िया ने मुझे लाठी से पीटा।'' और भुक्कड़ू अपने कुर्ते के फटे बाजू से घाव का निशान दिखाकर बोली, ''यह देखो, निशान पड़ा है।''

सिपाही बोला, ''हैं! यह तो जर्बेशदीद (गहरी चोट का केस) बन सकता है। तू पर्चा कटा। मैं सभी चमारों को एक साथ धर लूँगा।''

''साहब जी! आप खुद ही काट लो, मुझे कौन लिख देगा?''

चार वर्ष हुए, मैं एक जड़ी खोजते-खोजते इसके झोंपड़े के पास से गुज़रा था। बाहर साफ-सुथरा चूल्हा दीख पड़ा जिसमें उपले से धुआँ उठ रहा था। चमार स्त्रियाँ चूल्हे पर सफ़ाई का ध्यान गाँव की ब्राह्मण स्त्रियों से कहीं ज़्यादा रखती हैं। आँगन के एक कोने में इसका बीमार बच्चा टूटी खटिया पर पड़ा कराह रहा था। उसके सारे शरीर पर दाने और सफेद-पीली पीप थी, जिस पर मक्खियाँ भिनभिना रही थीं। झोंपड़ी की छत उतारी हुई थी और अन्दर मिट्टी के ढेर लगे थे। बाँस का बुना 'पनखर' लगाकर बच्चे को धूप से बचाने की कोशिश की गयी थी। धूप छन-छनकर

उसके पीप-भरे चिपचिपे शरीर पर पड़ रही थी और एक और अजीबो-गरीब चित्रकारी उभर रही थी जैसे पश्चिम में डूबता सूरज ऐब्सट्रेक्ट-आर्ट में खोया हुआ हो। बाकी बच्चे धूल में लोट-पोट हो रहे थे और कुछ आपस में मार-पीट कर रहे थे। एक भुक्कड़ू की छाती को चूस रहा था। दूध तो आ नहीं रहा था, केवल रबड़ के निप्पल की भाँति स्तन चबा रहा था, मानो भुक्कड़ू बेजान रबड़ हो। लेकिन भुक्कड़ू को कुछ भी आभास नहीं हो रहा था और वह बक-बक करती अपने पति से झगड़ रही थी।

"मोआ! मैंने तुझे इसलिए नहीं रखा था कि मेरे हाड़-मांस को ही चबाए। दस दिन हुए छत उतारी थी। आज किल्लर मैं अकेले लायी, गर्दन दुहरी हो गयी और तू हुक्का लेकर बुड़क-बुड़क करता रहा। कोई और होता तो छत कब की मुकम्मल हो जाती। कमबख्त जो भी मुझे मिला, वही मेरा लहू पीने वाला निखट्टू निकला।"

उसके पति ने भद्दी-सी गाली निकाली और फिर हुक्के में तीन-चार बुर्ड-बुर्ड करते हुए बोला, "मुझसे नहीं पाली जाती इतनी बड़ी फौज। तू कोई और सिधा ले नया छोकरा। तुझे तो नये-नये स्वाद चखने की आदत पड़ी है!" वह गालियाँ बके जा रहा था और भुक्कड़ू भी लपर-लपर ज़बान चलाती मुकाबला कर रही थी। बीमार बच्चा सिसक रहा था और हाथ हिलाकर मक्खियों को हटा रहा था, मगर मक्खियाँ इतनी ढीठ थीं कि पीछा नहीं छोड़ती थीं। बाकी बच्चे मिट्टी में खेलने में व्यस्त थे। गोदवाले बच्चे को जब दूध मिलने की आशा न रही तो उसने माँ का स्तन ज़ोर से काट खाया। जली-भुनी भुक्कड़ू ने भी दब-दब करके दो थप्पड़ बच्चे के जड़ दिए और अपने क्रोध को कम करने का प्रयास करने लगी। ऐसा अक्सर चलता था, क्योंकि उसका पति दिनदहाड़े पीना शुरू कर देता और बुड़बुड़ाने लगता।

बारह वर्ष की भुक्कड़ू जब पचास वर्ष के बूढ़े से ब्याही गयी तो उसका पहला पति अच्छा-खासा काम कर लेता था। करता चाहे वह जूतों की मरम्मत ही था, फिर भी चार घमाओं की खेती भी थी और गुज़ारा भी चल रहा था। हालाँकि जब से गाँव में प्लास्टिक के जूतों का चलन शुरू हुआ है, चमार लोगों का काम घट ही गया है। प्लास्टिक के जूतों की मरम्मत करने की ज़रूरत नहीं होती। किसान लोग चूल्हे में चिमटा गर्म करके फटा हुआ जूता खुद ही जोड़ लेते हैं अथवा बेकार जूते बिक जाते हैं। नायलोन की चप्पलों की मरम्मत से भी कारीगर को पंजी-दस्सी से ज़्यादा मिलता नहीं। इनके बुजुर्ग मरे हुए पशु उठा लेते थे; परन्तु जब से शुद्ध होकर ये आर्य अथवा रामदासिया कहलवाने लगे तो मुर्दा पशु घसीटना छोड़ दिया। अब गाँव में यह काम चनेला जाति का एक व्यक्ति कर लेता है, जबकि पहले यही लोग खाल उधेड़कर चमड़ा भी कमा लेते थे लेकिन जब से कमज़ोर पशुओं का व्यापार बढ़ा है, गाँव में पशु मरने की नौबत ही नहीं आती। व्यापारी लोग कमज़ोर पशु मरने से पहले ही खरीद लेते हैं और ट्रकों में भरकर चुपचाप कश्मीर पहुँचा देते हैं।

भुक्कड़ू का पहला पति जब मरा तो वह जवान ही थी। उससे वह चार लड़के और एक लड़की जन चुकी थी। दूसरा पति आया तो चार और हो गए। एक पिछले

पति से मर गया और एक अगले पति से। दूसरे पति ने लड़की की शादी भी करवा दी थी। कुछ कहते हैं, किसी बुड्ढे को बेच दी थी। दूसरे पति से भुक्कड़ू की हर समय ठनी रहती थी और वह हर समय इसकी पिटाई करता था। पति से पिटना तो नारी का धर्म है, लेकिन भुक्कड़ू अधर्म कर बैठी। शराबी पति को बाँधकर पीट डाला। भुक्कड़ू की बदनामी भी हुई और पति भी भाग खड़ा हुआ। सारे बच्चे भुक्कड़ू के गले पड़ गए।

भुक्कड़ू को तीसरा पति सरपंच साहब की दया-कृपा से मिला था। वह पहाड़ की ओर से आया था। जवान, सुन्दर, गोरा-चिट्टा किन्तु इसे एक लत थी, वह थी शराब पीने की। सरपंच साहब को ठेके की शराब महँगी पड़ती थी। इसलिए इन्हें शराब की भट्टी चलाने के लिए मुफ़्त में कारीगर मिल गया। वह कमबख्त सरपंच जी का इतना चापलूस हो गया था कि दिन-भर उनके घर ही पड़ा रहता। अपने घर पर काम करने के बजाय सरपंच साहब के घर बेगार करता। भले ही भुक्कड़ू ने तीन बच्चे इससे भी जन लिए थे–दो जुड़वाँ और एक, किन्तु निभी इसके साथ भी नहीं। सरपंच साहब के घर से शराब पीकर काफ़ी रात गए जब वह लौटता तो उसे भुक्कड़ू के पकाए खाने में स्वाद ही नहीं आता था। उधर शराब के साथ माँस की जूठन से ही वह तृप्त हो जाता था। जब भी घर पहुँचता, घुसते ही भुक्कड़ू को गालियाँ शुरू कर देता और मार-पिटाई भी कर देता था। जब वह उसकी पिटाई पर उतर आती तो सरपंच साहब भी उसे बचा नहीं पाते थे। क्यों, भुक्कड़ू बड़ी तेज़-तर्रार थी। उसकी गालियों की बमबारी से वे भी बच नहीं पाते थे। तीसरे पति ने भागना ही बेहतर समझा। लोकराज में सरपंच की कमी नहीं; किसी दूसरे सरपंच की चाकरी सही। उनके बुजुर्ग तो चाकरी करते ही आ रहे थे–कभी जेलदारों की चाकरी की, अब सरपंचों की!

बिरादरी तो भुक्कड़ू से पहले ही नाराज़ थी। परन्तु अब सरपंच साहब के नाराज़ होने पर गाँव के बाकी लोग भी हमदर्द न रहे। दूसरे, भुक्कड़ू थी भी बड़ी ज़बान-दराज़। बात तो वह किसी की सहन ही नहीं कर पाती और झट ऊट-पटाँग सुना देती।

ज़मीन तो उसकी उपजाऊ थी, मगर मर्द के बिना काम कैसे चलता? फिर भी वह लगी रही। बच्चों की संख्या भी कुछ कम नहीं थी। कपड़े पहनना तो चलो नसीब में नहीं था, मगर एक समय का खाना भी मुश्किल से मिल पाता। उधर सरपंच साहब ने भी भुक्कड़ू को तंग करने के लिए बहाना बनाया कि भुक्कड़ू अपने बच्चों को स्कूल नहीं भेजती और पंचायत की ओर से दस रुपये जुर्माना कर दिया। जुर्माना तो ज्यों-त्यों करके भुक्कड़ू ने दे दिया, लेकिन गालियों और अपशब्दों से पंचायत वालों तथा पंचायती कानून बनाने वालों के छक्के भी छुड़ा दिए। क्या मजाल कि कोई पंचायती सूरमा उसके सामने टिक पाता, क्योंकि झगड़ा करने में वह किसी से कम नहीं थी। उसने भी नौ में से आठ बच्चे स्कूल में मास्टर के हवाले किए। नंगधड़ंग, चीथड़ों में, नाक बहाते, काले-कलूटे, कुछ गोरे-चिट्टे भी थे परन्तु शरीर पर जमी मैल के कारण सभी एक रंग के हो गए थे, जिन्हें स्कूल में बैठने के लिए

अलग टाट की जरूरत थी। मास्टर जी ने प्रत्येक बच्चे का एक-एक रुपया बिल्डिंग-फंड माँगा तो वह ज़ोर-ज़ोर से चिल्लाने लगी, "मास्टर जी, सरपंच के नाम खाता खोल लो, सभी का। पढ़ाई मुफ़्त है तो किताबें आप सरकार की तरफ से दे दो। अगर स्कूल में दूध पिलाने का इन्तज़ाम हो तो मैं गोद वाले बच्चे को भी स्कूल में भरती करवा दूँ।" और ज़ोर से क़हक़हा लगा दिया।

मास्टर जी खुद गहरी सोच में पड़ गए। उनके दिमाग़ में कुछ भी नहीं आ रहा था। बच्चों के बाप के अलग-अलग नाम सुनकर चौंक पड़े, मानो महाभारत के शूरवीरों की माताओं की बहुपति-प्रथा पुनः चल पड़ी हो। उनके पति तो समृद्ध देवता थे जबकि भुक्कड़ू के पति उजड़े हुए चमार थे। भुक्कड़ू की तरफ ताकते हुए मास्टर जी ने भी मज़ाक में पूछा तो उसने भी दो टूक उत्तर दिया, "महाराज, मुझे तो मजबूरी थी। जब मेरा मरद मर जाता या मुआ भाग जाता तो पेट पालने के लिए नया मरद रखना ही पड़ा। वे मुए भी चलते गए और अपने बच्चे पीछे छोड़ते गए। औरतों को ही बच्चे जनने का बोझ उठाना पड़ता है, मरदों को एक भी जनना पड़ जाए तो मालूम पड़े। जो मुआ भी आया, मैंने ही उसे पाला-पोसा होगा। उसने सिरफ परिवार बढ़ाया और चलता बना।"

"मुई, तू ऑपरेशन क्यों नहीं करवा लेती?" उन्होंने फिर मज़ाक में पूछा।

"वे मुए ही अगर प्रेशन करवा लेते तो क्या मौत पड़ती थी? सब-कुछ ही औरत के लिए—नए-नए कानून और रिवाज? मैं अगर प्रेशन करवा के खाट पर पड़ जाती तो ये मेरे पुतन्दर कौन पालता? तीसरे दिन रपटी (चौकीदार) झोला लटकाए आ टपकता है कि बच्चे स्कूल भेजे कि नहीं? कोई मुआ यह नहीं कहता कि इनका रोटी-कपड़ा भी लो। अब आप ही सँभालो इनको। रोटी-कपड़ा भी दो और पढ़ाइयाँ भी करवाओ। बना दो सभी को अफसर—डी.सी. पढ़कर सभी शेख दुल्ला ही बन जाएंगे न..."

यह कहकर भुक्कड़ू ने दौड़ लगायी, ऐसे भागी मानो कोई उसका पीछा कर रहा हो। जाते-जाते कहती गयी, "मास्टर जी, इनका जलीफा (वजीफा) लगवा देना, आपको भी हिस्सा दूँगी।"

शाम को बच्चे घर ज़रा जल्दी ही पहुँचे थे। पूरे आठ के आठ। सबके हाथों में एक-एक कागज़ था जिस पर कुछ अक्षर लिखे थे। अक्षर-ज्ञान भले ही सीख न पाये मगर एक ही दिन में वे कई प्रकार की नयी-नयी गालियाँ तथा शरारतें सीखकर ज़रूर आए थे। कान पकड़कर मुर्गा बनना उनके लिए तो नया खेल था और कई दिन तक यह खेल चलता रहा। फिर वे कभी स्कूल गए नहीं और न किसी ने उन्हें बुला भेजा। दो बच्चों को भुक्कड़ू ने किसी ज़मींदार के घर केवल भोजन के एवज में ढोर-डंगर चराने के लिए रखवा दिया था। फिर भी सात की संख्या कायम थी।

पूरब की तरफ से एक चमार उसके पास आकर रहने लगा। बहुत ही भला मानस और मेहनती। दो फसलें पैदा करके ही उसने भुक्कड़ू का क़र्ज़ उतार दिया

था और झोंपड़ी बढ़ाकर मकान भी बना लिया था। जूतों की मरम्मत भी वह कमाल की करता था और किसानों के फैशनेबल जवान उसके पास जूतों की मरम्मत करवाने दौड़ा करते। इसने बच्चे पैदा करके परिवार भी नहीं बढ़ाया था। होनी कुछ ऐसी हो गयी कि उसे पुलिस पकड़कर ले गयी। कहते हैं कि वह किसी घर में घरजँवाई था और वहाँ घरवाले उसे बहुत तंग करते थे। गाँव में अक्सर ससुराल वाले घरजँवाई की गुलामों से भी बदतर हालत कर देते हैं। तंग आकर उसने अपनी पत्नी को ही कत्ल कर दिया और इधर भाग आया। मगर सरपंच साहब की नज़र बड़ी तेज़ थी और इतनी दूर आकर भी पकड़ा गया। भुक्कड़ू के लिए यह मर्द बहुत ही भला था। पहले के पतियों के मुकाबले में बहुत ही नेक। भुक्कड़ू के बच्चों को हद से ज़्यादा प्यार करता था और जान तोड़कर मेहनत करके कमाता था। भुक्कड़ू सोचती, 'मेरी किस्मत में भगवान ने सुख नहीं लिखा था, जिस कारण मैं मुसीबतों में मरती जा रही हूँ। कब इसकी चौदह साल की कैद छूटेगी और मैं सुख देखूँगी! कोई बात नहीं।' आखिर मेरा बिंदो भी तो बड़ा होगा; काम करने लगेगा और मुझे आसानी हो जाएगी।

लेकिन बड़ा लड़का बिंदो अक्सर बीमार रहता था। एक बार किसी को चिंगम चबाते देखकर खुद भी चिंगम बनाना शुरू कर दिया। चिंगम बनता था, गुड़ मिलाकर तारकोल से या कभी-कभार मिट्टी से और बड़े मज़े से चबाया करता था, जिससे उसका जिगर खराब हो गया था। बुखार तो उसे छोड़ता ही न था। भुक्कड़ू गाँव के गुणी-पढ़ीनों के पास जाकर कण दिखाती। कोई कहता कि जड़ियाँ खिलायी हैं, कोई कहता कि मसान खिलाए हैं। एक बार मसान के इलाज के लिए चौकी भी दिलवायी थी, फिर हर छह महीने के बाद चौकी पड़ती थी। भुक्कड़ू के पास इतना सामर्थ्य नहीं था कि हर बार ढोल बजाने वाले तथा जड़ियाँ नचाने वाले जोगियों तथा गारड़ियों का खर्च पूरा करे। बीस रुपये तो सिर्फ जोगी की फीस हो जाती थी। एक-दो बार डाक्टरों को भी दिखाया था; वे अपना इलाज बताते। जिगर की खराबी दूर करने के लिए दवाइयों तथा इंजेक्शनों के लिए पैसे कहाँ से जुटा पाती? जिसके पास भी वह गयी, उसी ने अपनी तर्ज़ का इलाज-उपचार बताया। बिना पैसों के कोई इलाज चलना नहीं था। लड़का सूखकर काँटा हो गया। भुक्कड़ू के पास इतना भी समय नहीं था कि उसके पास बैठे। उसके अनुसार तो उसके गाँव वाले सभी 'काफिर' थे, इसलिए उसे काम करने के लिए दूर-दूर जाना पड़ता था। निराशा के अन्धकार में डूबी, थकी-माँदी जब वह घर लौटती तो दूसरे बच्चों ने तोड़-फोड़ की होती थी या एक-दूसरे के सिर फोड़े होते थे।

अक्तूबर 31, 1982 ई.। भुक्कड़ू घर जल्दी ही आ गयी थी। आज वह खुश थी कि मजदूरी में काफी चावल मिले हैं। घर आकर उसे मालूम हुआ कि बीमार लड़का आँखें मींचे पड़ा है। उसकी सांस धीरे-धीरे चल रही थी। वह दिखाये तो किसे दिखाये? उसके लिए गाँव में सभी मर चुके थे। कोई ज़िन्दा भी होता तो उसका

दर्द महसूस करके सरपंच से दुश्मनी कौन मोल लेता? वह घबरा गयी, "माए, लड़का तो हाथ से गँवा रही हूँ। क्या करूँ? उठाकर डॉक्टर के पास ले जाऊँ?"

डॉक्टर तो दूर था। इसके अलावा दस रुपये उसके भी उधार के वह चुका नहीं सकी थी। पैसा नाम की कोई चीज़ उसके पास थी नहीं। भाँडे-बर्तन तो सिल्वर के भी नहीं थे। टूटी-फूटी मिट्टी की दो हँड्डियाँ बची थीं। पानी पीने के लिए मिट्टी के कूजे या टीन के डिब्बे थे जो उसने जंगल से चुराए थे। चीड़ के वृक्षों पर वे डिब्बे गन्दा बैरोजा जमा करने के लिए अक्सर लटके रहते थे। जब वे डिब्बे उसने चुराए तो रेजन के मजदूरों से वह बुरी तरह पिटी थी। दो घमाओं ज़मीन तो उसके तीसरे पति ने सरपंच साहब को उस समय बेची थी जब उसकी शराब की भट्ठी पकड़ी गयी थी। सरपंच साहब तो बाकी ज़मीन पर भी कब्ज़ा जमाने की धुन में थे। उसकी बाड़ आगे-आगे सरकती आती थी, या कहें कि दौड़ती थी। पटवारी का रिकार्ड भी भुक्कड़ू के बजाय सरपंच जी का नाम ही बोलता था और ज़मीन पर उनका कब्ज़ा 1971 के पूर्व का ही दिखाता था। 1971 के कानून के अनुसार, जो जिस ज़मीन पर हल जोतता था उसी की मिलकियत होगी—इसलिए भूस्वामी बड़ी आसानी से सेहत-इन्दराज़ करवा लेते। भला पटवारी के रिकार्ड में हेर-फेर करवाना बड़े लोगों के लिए कौन कठिन है!

न जाने दिन में कितनी बार भुक्कड़ू ऐसा सोचती थी। थक-हारकर पटवारी को भद्दी गाली देकर चुप हो जाती; या इस पर सन्तुष्ट न होती तो शेख अब्दुल्ला को मन में कोस लेती परन्तु बिन्दो सारा सन्तोष छीन लेता था। उसकी साँस रुक-रुककर चलने लगी थी। भुक्कड़ू झट समझ गयी थी। गोबर लीपकर उसने बिन्दो का फूल से भी हल्का शरीर भूमि पर उतार लिया। बाकी के बच्चे हैरान होकर देख रहे थे। उसने एक से कहा, "बेटा! पुरोहित से जाकर कहना कि बिन्दो के प्राण नहीं निकल रहे हैं। आकर गीता के दो अध्याय ही सुनाओ; मैं तेरी मेहनत नहीं रखूँगी।"

परन्तु सरपंच के भय से पुरोहित भी नहीं आया। भुक्कड़ू की गालियों के डर से कहला भेजा कि गीता गुम हो गयी है। भुक्कड़ू ने मज़दूरी से कमाए चावल बिन्दो के सिरहाने रख दिए। एक बछिया की दुम उसके हाथ छुआकर बछिया सिरहाने बाँध दी—अगले रास्ते का खर्च, क्योंकि बिना कुछ दिए उसके प्राण कहाँ छूटने थे! परन्तु जब तक पंडित मंत्रों का उच्चारण नहीं करता, कोई भी वस्तु बिन्दो को कैसे प्राप्त हो सकती थी? वह खुद ही भागी-भागी पुरोहत के पास गयी और गिड़गिड़ायी, "मड़ा, मुझसे तो तुझे वैर होगा मगर मरते बच्चे से तुम्हारा क्या वैर है? मैंने तुम्हारी कोई वग्गेआ (अवज्ञा) नहीं की, निरादरी नहीं की।"

पुरोहित ने कहा, "राँड, मुझे भी गाँव से देस-निकाला देने पर तुली है क्या? सरपंच से कौन दुश्मनी मोल ले!"

"मुए मैं तेरी मेहनत नहीं रखूँगी, बछिया भी मैं तुम्हीं को दूँगी और चावल का सेर भी, सवा रुपया दक्षिणा के बाद में चुका दूँगी। बड़ा पुन्न होगा। तू गीता पकड़ और चल। रात हो रही है, कौन मुआ देखेगा? शराब पीकर सरपंच को भी आधी मौत पड़ गयी होगी।"

बछिया के लोभ में आकर पुरोहित गीता उठाकर चल पड़ा। उसने यह देखने की ज़रूरत ही नहीं समझी कि बच्चे में प्राण हैं अथवा नहीं। उसने दीपक-बाती लाने का आदेश दिया और खुद बिना पानी छिटके ही—''अपवित्रं पवित्रो वा...'' मंत्रों का उच्चारण करने लगा। भुक्कड़ू की बला से कि वह गीता के श्लोक बोल रहा है अथवा गोदान का संकल्प। वह बिना तेल का दीपक तथा ठीकर लाया। जोत कुछ भीगी-भीगी लगती थी क्योंकि उसने आग पकड़ ली थी।

पुरोहित ने मंत्रों का उच्चारण शीघ्रता से खत्म किया और मुस्कराकर बोला, ''देखा, अब गीता सुनाने की भी ज़रूरत नहीं। प्राण तो मैंने गोदान से ही निकाल लिए हैं। हाँ, तुम्हारा काम हो गया। बछिया मैं अकेले कैसे ले जाऊँगा? तू भी आगे तक चल।'' और वह चावल समेटने लगा।

भुक्कड़ू रो रही थी। सयाने बच्चे भी माँ का साथ दे रहे थे और छोटे-छोटे रोने की नकल कर रहे थे।

आज माँ जल्दी घर पहुँची थी तो आशा बँधी थी कि खाना जल्दी मिल जाएगा, किन्तु इधर बिन्दो ने मरकर कबाड़ा ही कर दिया था, क्योंकि माँ के लाए हुए सारे चावल बिन्दो अकेला ही हड़प गया था। अँधेरा घना हो रहा था और प्रतिपदा का चन्द्रमा दीख नहीं पड़ता था।

दूसरे दिन भी भुक्कड़ू ने बिरादरी के लोगों के आगे हाथ पसारने में व्यतीत किया कि कोई आए और बिन्दो को सनखारने (जलाने के पूर्व की क्रिया) ले जाए। कोई नहीं आया। ''बिन्दो अगर जानवर होता तो चनेला भी खाल-हड्डियों के लोभ से खुशी-खुशी ले जाता। इन्सानों की जगह अगर मैं जानवर जनती तो इतनी परेशानी न होती।'' शरीकों के घर गयी तो पिटाई हो गयी। तीसरे दिन लाश सड़ने लगी। सरपंच जी के घर जाने को मन नहीं मानता था। चली जाती तो शायद सरपंच की एक हाँक पर सभी चमार भागे आते।

एक भली बात यह थी कि सूखा पड़ने के कारण गाँव में लगातार तीन दिन तक यज्ञ-हवन हो रहे थे और बच्चों को चावल-भात का आनन्द लूटने में मज़ा आ गया। जूठी पत्तलों के दाने बीनकर अगली सुबह का नाश्ता भी जुटा लेते थे, परन्तु भुक्कड़ू के मुँह में अनाज का दाना तक न गया। वह तो इसी संघर्ष में थी कि कोई आए और लड़के को जलाने ले चले।

एक आवारा पागल गाँव से गुज़रा। भुक्कड़ू के घर के पास से गुज़रा तो उसे बदबू आने लगी। वह वहाँ गया और सोचकर गम्भीरता से बोला, ''अरी, लड़का तो छोटा ही है। दफ़नाने में कोई दोष नहीं। हिन्दुस्तान में तो इससे भी बड़े-बड़े दफ़नाये जाते हैं या दरिया में फेंक दिए जाते हैं। हाँ, मेरी मानो! लकड़ियों के झंझट में कहाँ फँसोगी?''

वह सोचती, 'माए, कितना अनर्थ हो जाएगा अगर बारह बरस का लड़का दफ़नाना पड़ेगा...लेकिन काम तो सस्ता रहेगा। मुफ्त-मुफ्तो सिर्फ गढ़ा ही खोदना है।'

वह मढ़ियों (बच्चों के कब्रिस्तान) में भी नहीं गयी कि कहीं ऊँची जाति के लोग और बखेड़ा न खड़ा कर दें। मुसलमानों के कब्रिस्तान में जाने की बात ही नहीं थी। लाश उठाकर रोते-रोते नदी के किनारे चली गयी। रोती-रोती बच्चों की सारी फौज पीछे-पीछे थी। वे रोते-चीखते जा रहे थे मानो 'राम नाम सत्य' कह रहे हों। चलो अन्तिम संस्कार का प्रदर्शन इन्होंने कर लिया। माँ से थप्पड़ खाकर सभी को नहाना पड़ा ताकि भली-भाँति शुद्ध हो जाएँ।

सड़क पर पुलिस वाले आपस में मज़ाक कर रहे थे। गाँव की औरतें करवा चौथ के व्रत के लिए शृंगार का सामान—चूड़ियाँ, रिबन, सिन्दूर, सुरमा-सलाइयाँ खरीद रही थीं। भुक्कड़ू गालियाँ बके जा रही थी, "मैंने एक से कहा कि दो अध्याय गीता ही सुना दे, मैं तेरी मेहनत नहीं रखूँगी मगर कोई नहीं आया।" लगता था, वह पुरोहित का बचाव कर रही थी कि कहीं किसी ने देख न लिया हो।

दर्शना के साथ मैं सड़क पर जा रहा था। आसमान में बादलों के तोदे उभरकर कालिदास के मेघदूत बन रहे थे। चाहे इनमें पानी की एक भी बूँद नहीं थी, परन्तु इन्होंने सूर्य भगवान को पहाड़ी से कूदने के पूर्व ही दबोच लिया था। भुक्कड़ू की ज़मीन में बनी मस्जिद में लालू हाजी नमाज़े-मग़रिब की अज़ान ज़ोर से दे रहा था, "अल्लाह हू अकबर।" इधर दर्शना खीझ रही थी, "आग लगे इस गाँव में! ऐसी जगह आ गए हैं कि करवाचौथ के लिए नारियल भी नहीं मिलते।"

मेरे मन में आ रहा था कि भुक्कड़ू का बिन्दो पल-भर के लिए कब्र से बाहर निकले ताकि मैं उसे 'नैनं छिंदन्ति शस्त्राणि' श्लोक ही सुनाऊँ और उसकी चिता को दाह दूँ, क्योंकि शास्त्र-मर्यादा औरत को दाह देने की भी इजाज़त नहीं देती। परन्तु कब्रों से मुर्दे सिर्फ क़यामत वाले दिन ही बाहर निकलेंगे। मेरे लिए तब तक इन्तज़ार करना मुमकिन नहीं था। दर्शना की रफ्तार नारियल न मिलने के क्रोध से तेज़ हो गयी थी। अन्धकार ने बर्फीली पर्वतमाला को कालिख से ढक लिया था। बाकी के मुर्दे ज़िन्दा ही कब्र में जा चुके थे, किन्तु मेरे कानों में भुक्कड़ू की कर्कश आवाज़ छेद कर रही थी जिसे कोई दबा नहीं सकता था। पुलिस वाले उससे बच्चा दफनाने का पर्चा माँग रहे थे।

"साहब जी, पर्चा कटाने के लिए काग़ज़ कहाँ से लाऊँ? काग़ज़ के पैसे होते तो बिन्दो को काग़ज़ के कफ़न में ही लपेट लेती। बरसात में सूखे से धान सूख गए। कटाई के वक्त इस अम्बर को आग लग गयी। मुआ ओले बरसा बैठा। मकई की फसल उगने से पहले ही शरीकों ने उजाड़ दी। मन-भर तिल हुए थे तो दुकानदारों के सोग पड़ गया; मुए समेटकर ले गए और पूरा कर्ज़ भी नहीं उतरा। मुझे तो बिलखते बच्चे पालने हैं। पर्चा कहाँ से लाऊँ?"

अनुवाद : **ओम गोस्वामी**

•

जल्लाद

धर्मचन्द्र प्रशान्त

मैं जल्लाद हूँ। मेरा बाप भी जल्लाद था और मेरा दादा भी। ये पेशा मुझे खानदानी विरसे में मिला है, फिर इसे छोड़ क्यों दूँ? कई इसको घटिया ही नहीं, बर्बर काम कहते हैं। कुछ लोग कहते हैं कि यदि तुम्हें किसी को प्राण देने की शक्ति नहीं तो उन्हें लेने का क्या अधिकार है? इसलिए लोग मुझसे सीधे मुँह बोलते नहीं, घृणा करते हैं।

परन्तु मैं इस धंधे को बुरा नहीं समझता। कारण, मैं जान उसकी लेता हूँ जिसने दूसरे के प्राण लिए हों। यह अदले का बदला है। परन्तु कठिन बात यह है कि मेरे बच्चे भी इस धंधे को अच्छा नहीं कहते। अभी थोड़े ही दिन हुए, मेरे दोनों बेटे रुँधे कंठ से कहने लगे—बाबा, हमें लड़के जल्लाद के बेटे कहकर पुकारते हैं। वह हमसे दूर-दूर रहते हैं।

मैं बेटों को यही समझाता हूँ कि इस पेशे से मुझे रुपये मिलते हैं, हमारा खर्च चलता है। यह मेरी रोज़ी है बेटा! मैंने कई बार अपने दादा से पूछा था कि उसे यह धंधा कैसा लगता था? उसने भी यही कहा था कि शुरू-शुरू में कठिनाइयाँ और तरह-तरह की बातें मन में आयी थीं, पर मैंने किसी की परवाह नहीं की।

दादा ने मुझे फाँसी पर लटकाए जाने वालों के कई किस्से भी सुनाए। कई तो चुपचाप फाँसी के तख्ते पर चढ़ जाते हैं, परन्तु कई तो गालियों पर आ जाते हैं। अन्त तक गालियाँ देते रहते हैं। कई फाँसी पर चढ़ते वक्त नारे लगाते हैं। परन्तु जल्लाद अभ्यस्त हो जाता है। मेरा कई लोगों से इस पेशे को लेकर झगड़ा भी हो चुका है। मैं कहता हूँ यदि लोग हत्या करना बन्द कर दें तो जल्लाद भी नहीं रहेंगे।

एक दिन दादा ने कहा, " कई महीनों से किसी को फाँसी नहीं चढ़ाया तूने।"

मैंने उत्तर में कहा, "कोई आया ही नहीं।"

"इसका मतलब यह तो नहीं कि लोग हत्याएँ करना बन्द कर चुके हैं?" दादा ने हँसते हुए कहा।

"नहीं बाबा, हत्याएँ तो होती हैं, परन्तु अदालत में अपीलें भी होती हैं। इसीलिए कत्ल के केस लम्बे हो जाते हैं।"

दादा ने कहा, "मार्टिन! आज के अखबार में छपा है कि एक आदमी को सेशन कोर्ट में सज़ा हुई, पर उसने अपील नहीं की। फाँसी का हुक्म सुना दिया गया है। कभी भी सरकारी आदेश और हुक्म मिल सकता है कि जैकब नाम के उस व्यक्ति को फाँसी पर चढ़ाना है। ठीक समय पर जेल में पहुँच जाओ!"

दूसरे दिन बाज़ार में एक मित्र भी मिला। उसने भी पूछा—"क्या बात है, आजकल, तुम्हारा धंधा मंदा पड़ गया है?"

"क्या मतलब?"

"किसी को फाँसी नहीं चढ़ाया?"

"यार, कोई आया ही नहीं।"

उसने मेरे कंधे पर हाथ रखते हुए कहा, "एक बात कहूँ?"

"क्या?"

"तुम्हें एक व्यक्ति को फाँसी पर चढ़ाने के लिए हुक्म दिया जाएगा लेकिन वह हत्यारा नहीं है।"

"तो वह क्या है?"

"उसने हत्या नहीं की है।"

मुझे बड़ा आश्चर्य हुआ—"उसने यदि हत्या नहीं की तो फाँसी की सज़ा क्यों हो गयी? यह हो नहीं सकता। एकदम नामुमकिन बात है।"

वह बोला, "ऐसे केस भी होते हैं कि पुलिस ने केस बनाया और पक्का कर दिया और अभियुक्त अपने को निर्दोष सिद्ध नहीं कर सका और फाँसी पर चढ़ गया।"

मैंने सिर हिलाकर कहा, "मैं नहीं मानता। ताज़ीराते हिन्द की दफ़ा 304-ए के अधीन सौ-के-सौ गुनाहगार भले ही छूट जाएँ, मगर एक बेगुनाह को मौत की सज़ा नहीं हो सकती। यह कानून रोम में बना और भारत सरकार इसी को मान रही है।"

मेरे मित्र ने पूरे विश्वास से कहा, "वह सचमुच कातिल नहीं है। उसने अपराध स्वीकार नहीं किया, परन्तु अपने को निर्दोष भी सिद्ध नहीं कर सका।"

सिर खुजलाते हुए मेरे मुँह से यही निकला, "बड़ी विकट समस्या में फँसा दिया है यार तूने। क्या मैं यह समझूँ कि एक निर्दोष व्यक्ति को फाँसी पर चढ़ाना पड़ेगा?"

वह तो अपनी बात कहकर चला गया, परन्तु मैं उलझन में पड़ गया। पर मैं कर भी क्या सकता था! सरकारी आज्ञा को तो मानना ही पड़ेगा।

दो-चार दिन के बाद सरकारी पत्र भी आ गया। उसमें लिखा था कि जैकब नाम के व्यक्ति को शुक्रवार के दिन फाँसी पर लटकाना होगा। ठीक समय पर जेल में पहुँचो!

मैंने दादा से पूछा, "दो दिन के बाद मेरे हाथ से एक ईसाई फाँसी के तख्ते पर चढ़ेगा।"

दादा ने कहा, "इसमें समस्या क्या है? वह कातिल ही तो है! आखिर गले में फंदा डालकर उसे समाप्त ही तो करना होगा।"

"मगर..."

"मगर क्या? वह ईसाई है इसलिए डर रहे हो?"

"नहीं दादा, इसलिए कि...ऐसा कहा जा रहा है कि...वह निर्दोष है।"

दादा ने छाती और माथे पर क्रॉस बनाते हुए कहा, "ऊपर देखो मार्टिन! ईसा मसीह तुम्हें कर्तव्य निभाने के लिए कह रहे हैं।" एक क्षण बाद उन्होंने अपने से ही कहा,"परम पिता! मेरे बच्चे को दृढ़ता प्रदान कर।"

मैं बोल उठा, "बाबा! मसीह भी सलीब पर चढ़ गए थे। क्या उन्होंने कोई गुनाह किया था? क्या वह गुनाहगार थे?"

"नहीं मार्टिन, जीसस ने दूसरों के गुनाहों को अपनाया और सलीब पर चढ़ गए थे।"

दादा ने अपने दोनों हाथ आसमान की ओर उठाकर ऊपर देखा और कहा, "यीशु, मुझे अपनी गोद में छुपा लो।" उसके बाद उन्होंने अपनी आँखें बन्द कर लीं।

आखिर वह दिन भी आ गया जब मुझे जेल में जैकब को फाँसी पर चढ़ाना था। पिछली रात मुझे नींद नहीं आयी। सोचता रहा, क्या वह सचमुच निर्दोष है? उस सुबह मैंने बाथ लिया, फिर नाश्ता करके दादा से पूछा और जेल की तरफ चल पड़ा। वहाँ सब-कुछ पहले से ही तैयार था। फाँसी का तख्ता, डॉक्टर, जेल का दरोगा और कुछ अन्य अधिकारी। थोड़े ही समय में एक व्यक्ति को काले रंग का लम्बा चोगा पहनाए लाया गया। उसके पाँव में बेड़ियाँ थीं और हाथ भी बँधे थे। वही जैकब था।

जैकब चुपचाप खड़ा हो गया। मैं उसके निकट गया। अरे! यह क्या? यह... यह तो बिल्कुल ईसा की प्रतिमूर्ति है! वही दाढ़ी, वही सिर के बाल, वैसा ही शान्त चेहरा...यह क्या! क्या मसीहा फिर सलीब पर चढ़ने वाला है? मैंने बड़े ध्यान से उसकी आँखें देखीं, उनमें मुझे सलीब की छाया नज़र आयी।

'ओह! मसीहा! क्या मसीहा फिर सलीब पर चढ़ने आए हो और वह भी मेरे हाथों से?' मेरे मन ने कहा, 'नहीं! यह नहीं होगा। कभी नहीं होगा।' इतने में जज, डॉक्टर और जेल के अधिकारी फाँसी वाली जगह पर आ गए। उन्होंने मुझसे कहा, "मार्टिन! इसे टोप पहनाओ और तख्ते पर ले चलो।"

मैं काँपता हुआ उसके पास गया। उसके मुख पर विषाद की कोई रेखा नहीं थी। वह चुप था। मुझे लगा कि वह मुस्करा रहा है...

मैं चिल्ला उठा, "यह मसीहा का अवतार है! मुझसे यह नहीं होगा। नहीं होगा...कभी नहीं!"

जज और दरोगा, दोनों चिल्लाए, "तुम सरकारी जल्लाद हो। यह कातिल है। ऊपर ले जाओ इसे!"

मैं रो पड़ा, "किसी और को बुला लो हजूर! यह मुझसे नहीं होगा!"

जैकब ने तब बड़े शान्त भाव से मेरी ओर देखते हुए कहा, "डरो नहीं! इस संसार में जो भी आता है, मरने के लिए आता है। यदि कोई मरे नहीं तो इस संसार में किसी के लिए पाँव धरने के लिए जगह न रहे। यही तो हमारे महाप्रभु का उपेदश है, भूल गए क्या? चलो मैं स्वयं ऊपर चलता हूँ।"

हाय री मेरी किस्मत! आज मेरे हाथों से एक निष्पाप-निर्दोष व्यक्ति मरने जा रहा है!

ऊपर चढ़ते-चढ़ते मैंने पूछा, "क्या सचमुच ही आप निर्दोष हैं? कत्ल नहीं किया था आपने? फिर यह फाँसी क्यों?"

उसने धीमी आवाज़ में कहा, "मसीह ने कौन-सा गुनाह किया था? वे तो दूसरों के गुनाह समेटकर सलीब पर चढ़ गए थे। क्यों, है न?"

मेरी आँखों से आँसुओं की धारा फूट पड़ी। मन बोला—यहाँ से नीचे कूद पड़ूँ तो क्या...? तभी नीचे से जेल-अधिकारी ने गरजकर कहा, "भावुक मत बनो मार्टिन! अपना काम खत्म करो। ऊपर पहुँचो जल्दी!"

मैं सीढ़ियों पर रुक गया। मुझे ऐसा प्रतीत हुआ, जैसे मैं एक पहाड़ चढ़ रहा हूँ। पाँव आगे नहीं उठ रहे थे।

जेल-अधिकारी फिर गरजा, "ऊपर जाते हो या मैं आऊँ?"

बेड़ियों में जकड़े जैकब ने तभी कहा, "रुक क्यों गये? बड़े कमज़ोर हो तुम। लो, मैं ऊपर पहुँचता हूँ।" इतना कहकर वह फाँसी के तख्ते पर जा पहुँचा। तब मैं भी उस दुम्बे की तरह हो गया जिसे रस्सी से बाँधकर कसाई के छुरे के नीचे लाया जा रहा हो। नीचे खड़े अधिकारी पता नहीं क्या-क्या बड़बड़ा रहे थे। मुझे ऐसा जान पड़ा कि जल्लाद आज मैं नहीं, ये नीचे वाले हैं।

जैकब फाँसी के रस्से के ठीक नीचे खड़ा हो गया। मैंने काँपते हाथों से उसे काला टोप पहना दिया। उसने कुछ गुनगुनाया, शायद वे 'ओल्ड टैस्टामेंट' के कुछ वाक्य थे, जिन्हें मैं सुन नहीं सका। रस्से का फंदा उसके गले में कसा और स्वयं तख्ते से एक ओर हो गया और फिर तख्ते को नीचे धकेल दिया...और साथ ही मेरी चीख निकल गयी। वह लटकने लगा था। मैं नीचे उतरा और बैठ गया। कोई आधा घंटा वह लटकता रहा था। जज ने कहा, "लाश नीचे उतार लो!" मैंने लाश उतारी और नीचे रख दी। डॉक्टर ने उसकी नाड़ी देखी और दिल भी, और कहा, "यह मर चुका है। इसका टोप उतार दो!"

टोप उतारा मैंने। अरे यह क्या? वह उसी प्रकार देख रहा था जैसे जीवित

हो। जिसे फाँसी हो जाती है, उसकी आँखें बाहर निकल आती हैं और जीभ मुँह से बाहर लटक जाती है। पर वह वैसा ही सहज था। वही शान्त चेहरा...आँखों में कोई शोक या ग़म नहीं। उनमें मुझे फिर सलीब नज़र आयी।

मैंने कागज़ों पर हस्ताक्षर किए। बड़ी कठिन घड़ी थी वह। और मैं घर की ओर भागा। मुझे ऐसा लगा जैसे मरा जैकब नहीं, मैं मर गया हूँ! वह अभी जीवित है।

घर पहुँचकर मैं चिल्लाया और दादा की गोद में सिर रखकर फूट-फूटकर रो पड़ा, "दादा! मैंने अपने हाथों से मसीह को सलीब पर चढ़ा दिया है। वह सचमुच मसीह था, दादा, सचमुच वही।"

दादा ने क्रॉस बनाया और बोले, "मार्टिन, क्या सचमुच वह मसीह था? सच कह रहे हो?"

"मैं सच कह रहा हूँ दादा! बिलकुल सच। वह सचमुच मसीह था।"

दादा ने अपने दोनों हाथ उठाकर ऊपर देखा और कहा, "मुझे अपने पास बुला लो यीशू! बुला लो! परम पिता, मेरे दुःखों के बन्धन काट दो।" उन्होंने बाइबल का प्रेतात्माओं का चैप्टर पढ़ा।

अब दादा दीवार से पीठ लगाए बैठे थे। वह एकदम चुप हो गए थे। मैंने सिर उठाया, परन्तु दादा का सिर लुढ़क गया था। दादा ने सचमुच अपने प्राण त्याग दिए थे और वे ईसा की ज्योति में मिल गए थे।

मैं उठा। मेरे दोनों लड़के सामने खड़े थे। मैंने उनसे कहा, "आज से तुम जल्लाद के लड़के नहीं हो। मैंने यह धंधा छोड़ दिया है।"

अनुवाद : **यश सरोज**

•

पगला

नरदेव सिंह जमवाल

पिता की मृत्यु पर वह रोया नहीं था। और रोता भी कैसे? पालने में खेलने वाले पाँच-छः महीने के बालक को इस बात की क्या समझ हो सकती है कि माँ-बाप क्या होते हैं? रोना तो दूर, वह तो तब अँगूठा चूसते-चूसते हँसने लगता था जब कोई उसे कुलच्छना और अभागा मानकर दिल की भड़ास निकाल रहा होता। अभी उसने रेंगना ही शुरू किया था कि वह एक नयी दुनिया में पहुँच गया। यह नई दुनिया थी उसकी ननिहाल। वहाँ की हर सूरत उसके लिए अजनबी थी। केवल दो चेहरे कुछ जाने-पहचाने थे। एक माँ का चेहरा था जिसकी गोद में बैठा वह दूध के लिए रोता या दूध पीकर खेलता। दूसरा चेहरा उसके भाई का था जो चारपाई पर लेटे-लेटे कभी-कभी उसके साथ खेलता था, कभी गोद में भी उठा लेता था। उसकी गोद में वह हमेशा ऐसा महसूस करता जैसे केले के फल की तरह लटक रहा हो। ज़मीन पर गिरने से होने वाले दर्द से अभी उसकी पहचान नहीं थी। वह उसके साथ छिपकली की तरह चिपटा रहता। और फिर एक दिन ये दोनों परिचित चेहरे भी उसकी आँखों से ओझल हो गए। अब पिछले दो-तीन महीनों से केवल एक ही चेहरा निरन्तर उसकी आँखों के सामने रह गया था, जो उसकी नानी का चेहरा था। नानी की गोद में बैठकर दूध पीते समय भी वह नहीं रोया था। दूध पिलाने वाली उसकी माँ नहीं थी, परन्तु दूध का स्वाद वही था। हाँ, काँच की शीशी का दूध उसने हाथ लगाते ही पहचान लिया था।

फिर छः-सात बरस के बाद वह रोया तो न था, पर वह यह ज़रूर महसूस करता था कि जिस नानी के आँचल की छाँव में उसने इतने बरस काटे थे वह आज ज़मीन पर लेटी हुई थी और सभी कह रहे थे, बुढ़िया मर गई है। फिर उसकी आँखों के सामने ही लोग बुढ़िया को सफेद कपड़े में लपेटकर, उसके गले में फूल-मालाएँ डालकर उसे कहीं ले गए थे। वह दोबारा फिर कभी नहीं आयी। उसके बाद उसे नयी-नयी बातों का पता लगना शुरू हुआ कि यह उसकी ननिहाल है। उसका बाप नहीं है। उसकी माँ और भाई हैं, लेकिन वे दोनों दूर रहते हैं। वे जहाँ रहते हैं, वहीं उनका घर है। माँ और भाई की बात सुनते ही उसके रोम-रोम में मुहब्बत की एक

लहर दौड़ने लगती। कितने ही चेहरे उसकी आँखों के सामने आकर खड़े हो जाते। वह मेले में गुम हुए बच्चों की तरह कभी एक तो कभी दूसरे की ओर लपकता, लेकिन उन दोनों के चेहरे पहचान नहीं पाता। उसे तो यह भी याद नहीं था कि कभी उसने अपनी माँ और भाई देखे भी थे। वह कैसी माँ है जिसने अपने कलेजे के टुकड़े को काटकर इतनी दूर फेंक दिया है? दूसरे बच्चों की माताओं को उन्हें नहलाते, खिलाते, पिलाते या दुलार करते या प्यार से स्कूल भेजते देखकर वह विचारों की दुनिया में खो जाता और फिर उसे ऐसा लगता जैसे उसकी माँ भी उसे नहलाकर खिला-पिला रही है। और जब वह माँ को पुकारने की कोशिश करता तो उसका यह सपना टूट जाता।

उसकी माँ तो कहीं न होती, परन्तु उसके आसपास कोई-न-कोई उस पर हँस अवश्य रहा होता। वह हँसी उसके लिए ज़हर में बुझे तीर से कम न होती। उसे यह भी मालूम हो गया था कि वह जब भी कोई बात करने लगता है, उसकी आवाज़ उसका पूरा-पूरा साथ नहीं देती और कई बार अपनी बात समझाने के लिए उसे अपने हाथों और आँखों से काम लेना पड़ता है। उसकी इन हरकतों पर सिर्फ बच्चे ही नहीं, बल्कि बड़े-बूढ़े भी हँसते थे। वह हँसी उसे उसके सीने को तेज़ धार चाकू की तरह काटती-सी लगती और उसके दिल पर हीनता की धुंध-सी छा जाती। उसे अपने-आपसे नफ़रत होने लगती। फिर उसका दिल करता कि वह दहाड़ें मार-मारकर रोए। जब कोई उसे बेवकूफ़ कहता, उसे अपनी नानी की याद आती। उसके सामने उसे कोई भी मूर्ख नहीं कह सकता था। लेकिन अब बात-बात पर उसे बेवकूफ़, पागल, कुत्ता और गूँगा कहा जाता। उसका मन होता कि वह कहीं दूर भाग जाए। वहाँ, जहाँ उसकी माँ और भाई रहते हैं। फिर कौन माई का लाल उसे इन नामों से पुकारने का साहस करेगा?

फिर एक दिन वह बहुत खुश था। उसने देखा, उसके घर में सभी लोग खुश हैं। उसने सोचा, 'मैं तो इसलिए खुश हूँ कि मेरा मामा मुझे मेरी माँ के पास छोड़ने जा रहा है, लेकिन ये सब क्यों खुश हैं? सिर से बला टल रही है, शायद इसलिए।' यह सोचकर वह खुद ही हँस पड़ा।

'तो ये मुझे आज तक एक बोझ ही समझते थे' उसके मन में एक सवाल उठा। 'यह कैसे हो सकता है?' मन के एक कोने से जवाब मिला। वह सोच रहा था, नानी की मौत के बाद उसने हमेशा ही अपनी शक्ति से अधिक काम किया था। मामा का बड़ा बेटा हालाँकि उससे बड़ा था, लेकिन वह पूरे दिन में सिर्फ एक बार ही पानी ढोता था, वह भी तब जब उसकी मर्ज़ी होती थी। पर उसे तो सुबह ढोर बाँधना, मेमनों को चारा-पानी देना, आँगन झाड़-बुहारकर कूड़ा बाहर फेंकना होता था; और तो और, उसने तो दीवारों की पुताई तक की थी। ऐसा कौन-सा काम था, जिसे वह न करता था? 'चलो जान छूटी!' कपड़े पहनते-पहनते उसके होंठों की मुस्कराहट कुछ और भी चौड़ी हो गयी। फिर जब वह अपने मामा के साथ

घर से निकला तो उसे लगा कि उसके जाने का किसी को कोई दुःख नहीं है। किसी की भी आँख में नमी नहीं है। खुद उसकी आँखें भी नहीं भीगीं। लेकिन ड्योढ़ी लाँघते ही उसकी आँखों के आगे उसकी नानी का चेहरा घूम गया। पल-भर को उसकी आँखों के आगे अँधेरा-सा छा गया। उसकी आँखें छलकने ही वाली थीं कि उसने अपने आँसू पलकों पर ही रोक लिए । कौन जाने, जाते-जाते भी कोई उसकी हँसी उड़ाने लगे!

गाड़ी में बैठकर सफर करने का यह उसका पहला अवसर था। उसे ऐसा लग रहा था जैसे ऑपरेशन के बाद कोई अन्धा पहली बार दुनिया देख रहा हो। पहाड़ी की उस कोख में उसे भला कहाँ नज़र आतीं ये सड़कें, ये बाज़ार, ये दुकानें, ये तरह-तरह के लोग। उसने तालाब के किनारे बैठकर इनकी सिर्फ़ बातें ही सुनी थीं। लेकिन आज वह इन सारे नज़ारों को अपनी आँखों से देख रहा था; नए माहौल में आज़ाद पंछी की तरह उड़ रहा था। उसके पंख उसे इतनी तेज़ी से उड़ाए ले जा रहे थे कि सभी कुछ बड़ी जल्दी पीछे छूटता जा रहा था। उसका मन एक अजीब मस्ती से भर गया था। वह बहारों के गीत गाना चाहता था। अपनी छोटी-सी चोंच खोलना चाहता था। लेकिन वह जब भी कुछ पूछने-कहने के लिए अपने मामा की तरफ़ देखता, वह उसे चुप रहने का इशारा कर देता और वह किसी ऐसे भिखारी लड़के की तरह मन मारकर रह जाता, जिसके सामने कोई पैसा जेब से तो निकाले लेकिन उसे न देकर फिर से अपनी जेब में डाल ले। वह मायूसी के अँधेरे में डूबने-डूबने को हो जाता, लेकिन तब ही उसकी माँ और भाई की बाँहें उसे इस काले भँवर से उबार लेतीं। वह उनका स्नेह हर पल गहराता अनुभव कर रहा था और उसके होंठ हँसी में फैलते जा रहे थे।

यहाँ आकर भी उसे खुशी नसीब न हुई। मामा के जाने के बाद भी वह स्वयं को उस बैल की तरह महसूस कर रहा था, जिसे हल में जोतने के लिए खरीदकर खूँटे से बाँध दिया गया हो। जिस प्यार, जिस ममता की खोज में वह यहाँ आया था उसकी एक झलक भी उसे देखने को नहीं मिली थी। दो-तीन दिन के अनुभव से ही वह सोचने पर विवश हो गया कि भाई की बात तो खैर छोड़ो, लेकिन क्या कोई माँ भी ऐसी हो सकती है जो रोटी खिलाते समय बेटे को कहे, "पानी भी तो पी, सिर्फ खाना ही खाए जाता है।" उसने तो दूसरी माताओं को अपने मुँह का कौर निकालकर अपने बच्चों को खिलाते देखा था। दूर क्यों जाना, खुद उसकी नानी ही उसे ऐसे ही खिलाती थी। अपनी नानी और माँ की तुलना करते-करते वह गहरी चिन्ता में डूब जाता। वह माँ की दोनों आँखों में कुछ तलाशता, परन्तु निराशा ही उसके हाथ लगती। उसे अपनी नानी की आँखों में, जिन्हें वह अब कुछ-कुछ भूलता जा रहा था, अधिक ममता, अधिक प्यार देखने को मिला था। भगवान ने उससे जो अन्याय किया था, उसके लिए वह अपनी माँ की आँखों में दो बूँद आँसू देखने को तरस गया था। उसे नहीं लगता था कि उसकी माँ ने उसके सामने तो क्या,

कभी उसकी पीठ पीछे भी दो आँसू गिराए हों। हमदर्दी के दो मीठे बोल सुनने को उसके कान लगे के लगे रहे। 'नहीं, वह मेरी माँ नहीं हो सकती। कभी नहीं!' वह सोचता। पिछले आठ-नौ वर्ष माँ और बेटे के बीच कितनी बड़ी खाई बना गए थे! उसको यह शक रोज़-ब-रोज़ बढ़ता जाता और उसकी आँखें चाहे-अनचाहे भर-भर आतीं। उसने अपने विचारों को कभी अपनी माँ या भाई पर ज़ाहिर नहीं होने दिया था। यहाँ और वहाँ में बस इतना ही फ़र्क उसने महसूस किया था कि यहाँ कोई उसकी बातों पर हँसता नहीं था। लेकिन यहाँ उसकी बात का कोई सीधे मुँह जवाब भी तो नहीं देता था। उसे यहाँ भी उन्हीं नामों से बुलाया जाता था जो ननिहाल में उसकी पहचान बन गए थे। बल्कि यहाँ तो एक नाम और उसे उसके भाई ने दे दिया था—पगला! यह शब्द गर्म सीसे की तरह उसके कानों से दिल में उतर जाता था।

इस माहौल से तंग आकर उसने एक दिन अपनी माँ से कहा, "मुझे कहीं नौकरी दिलवा दो!" उसने अपनी तरफ़ से यह बात काफी सोच-समझकर कही थी। उसने सोचा था, 'माँ-भाई का यह व्यवहार शायद घर की गरीबी के कारण है। भाई के वेतन से इन दोनों की गुज़र-बसर ही मुश्किल से होती होगी, फिर ये मुझे देखकर क्यों खुश होने लगे?' माँ का जवाब सुनकर वह जलकर कोयला हो गया—"तू बाप का सिर नौकरी करेगा!" उसके मुँह से अचानक निकल गया, "बरतन तो मांज ही लूँगा।" माँ ने कोई जवाब नहीं दिया, लेकिन उसने उसकी आँखों में एक अजीबो-गरीब चमक को उभरते देखा। शाम को उसने माँ को अपने बड़े बेटे से इस सम्बन्ध में बातें करते सुना। और दूसरे ही दिन वह अपने भाई के साथ एक होटल में जा पहुँचा। उस समय उसके चेहरे पर उसके मन की खुशी की एक झलक साफ दिखाई दे रही थी। उसके मन में खुशी शायद यह सोचकर पसर आयी थी कि 'चलो, रोटी तो पेट भरकर मिलेगी' या फिर यह सोचकर कि 'माँ और भाई का बोझ तो कुछ कम होगा।' वह क्या सोच रहा था, यह तो वही बतला सकता था लेकिन उससे यह सब पूछता कौन? उसका भाई जा चुका था और उसके सामने जूठे बरतनों का ढेर पड़ा था।

एक साल गुज़र गया। वही होटल, वही बरतन। हाँ, ग्राहक ज़रूर नए-से-नए आते रहते थे। बच्चे, जवान, बूढ़े, रंग-बिरंगे कपड़ों में लिपटे लोग, लड़खड़ाते-गिरते शराबी। एक साल में उसने तरह-तरह के लोगों को देखा था। उस पर हँसने वाले भी कई लोग थे, पर ऐसे भी कई लोग उसकी नज़रों से गुज़रे थे जिन पर वह भी हँसता था। छुट्टी वाले दिन जब वह अपने कपड़े धोकर, नहाकर और धुले कपड़े पहनकर अपने बाल सँवारते समय शीशा देखता तो उसका चेहरा चमकने लगता। वह सोचता, होटल में आने वाले कई बाबुओं से वह अधिक सुन्दर है। उसका भाई महीने में एक बार आता था, मालिक से उसकी तनख्वाह लेने। वह जाता हुआ उसे पाँच रुपये दे जाता था लेकिन भाई ने कभी दिखावे के तौर पर भी उसका हाल-चाल नहीं पूछा था। वह भाई को जाते हुए तब तक देखता रहता था जब तक वह आँखों से ओझल नहीं हो जाता था। भाई के जाने के बाद वह पाँच का नोट जल्दी से

अपने बटुए में रख लेता। यह बटुआ उसे उसकी नानी ने दिया था। बटुआ छूते ही उसकी आँखें भीग जातीं। लेकिन इससे पहले कि उसके आँसू बहते, वह जूठे बरतनों के ढेर के पास जा बैठता ताकि कोई आँसू गिरे भी तो बरतनों को धो रहे पानी के साथ ही बह जाए। इस बीच उसने अपनी माँ को केवल दो या तीन बार ही देखा था। यह संयोग ही था कि वह इधर से गुज़री थी और दोनों की नज़रें एक ही समय में एक-दूसरे की ओर उठ गयी थीं। माँ हर बार चलते-चलते एक पल को रुककर आगे बढ़ गयी थी और वह उसके जाने के बाद इस बात पर पछताता रहा था कि उसकी नज़र बरतनों से उठी ही क्यों?

इस बार जब उसका भाई उसकी तनख्वाह लेने अया तो उसे एक खुशखबरी मिली थी। उसके भाई ने चलते-चलते होटल के मालिक से कहा था, " इस शुक्रवार को मेरी शादी है। बारात उसी दिन जाएगी। हो सके तो उसे भेज दीजिए। नहीं तो मैं ही आकर ले जाऊँगा। वैसे हमारे गाँव में बस जाती है लेकिन इस पगले को कहाँ मालूम होगा?" उसने यह सब सुना था और भीतर-ही-भीतर बड़ा खुश हुआ था। उसे आज भाई के 'पगला' कहने पर भी गुस्सा नहीं आया था। ननिहाल में उसने तीन-चार ब्याह देखे थे। वैसी ही रौनक अब उसके अपने घर में होगी। वह भाभी की गोद में बैठा है। एकदम राजकुमार लगता है देखने में। बाहर बाजे बज रहे हैं। अन्दर ढोलकी बज रही है। वह सालू के लम्बे घूँघट में से झाँककर भाभी का चेहरा देखने की कोशिश करता है। सुन्दर मुखड़ा, अधखुली आँखें, लाल होंठ...

"जल्दी से बरतन ला!" मालिक की आवाज़ ने उसे उसके स्वप्नलोक से घसीटकर ज़मीन पर ला पटका। शुक्रवार तक उसने कितनी ही बार उँगलियों पर दिन गिने। आखिर शुक्रवार भी आ गया। आज सुबह से ही उसक नज़र बार-बार बाहर भटक रही थी। हर बार उसे भाई की जगह कोई ग्राहक ही दिखाई देता। जैसे-जैसे सूरज ढलता जा रहा था, उसका मन भी डूबता जा रहा था। और फिर रात आ गयी। वह रोनी-सी सूरत बनाए बरतन माँजता रहा। फिर काम खत्म करके वह रजाई ओढ़कर लेट गया। परन्तु आँखों में नींद कहाँ थी? वह सोच रहा था, बारात उसके बगैर ही चली जाएगी। लेकिन रस्म के मुताबिक दूल्हे को बूट तो उसी ने पहनाने थे। और फिर कल उसे भाभी की गोद में भी तो बैठना है! वह सारी रात करवटें बदलता रहा। दूसरे दिन उसने बरतन माँजते-माँजते ही होटल के मालिक को दूसरे नौकर से कहते सुना, "इसका भाई काम-काज में फँसा होने के सबब आ नहीं पाया, तुम इसे गाड़ी चढ़ा आओ।" फिर मालिक ने उसे बुलाकर पाँच रुपये का एक नोट दिया और कहा, "फल ले जाना, परसों तक वापस आ जाना।" पाँच रुपये का यह पहला नोट था जो एकदम नया था, कहीं से मुड़ा-तुड़ा नहीं था। वह मुस्कराता हुआ होटल के मालिक की तुलना अपने मामा और भाई से करने लगा। बाप को तो उसने देखा ही नहीं था।

उसके घर पहुँचने के कुछ ही देर बाद बहू लेकर बारात भी आ पहुँची। शोर-गुल से वह घबरा-सा गया। उसके मन में उस समय खुशियों का एक सागर लहरा रहा

था। भाभी की गोद में बैठने के चाव में वह यह भी भूल गया कि माँ ने उसे खाने के लिए पूछना तो दूर, चाय पी लेने के लिए भी नहीं कहा था। 'यह उसका अपना घर है, उसे खाने के लिए कोई क्यों पूछने लगा?' यह सोचकर वह वापस आए बारातियों के साथ खुद ही आसन पर बैठ गया। अन्दर बहू पूजा के लिए बैठी हुई थी। दरवाज़े में से वह सब-कुछ देख रहा था। बहू 'गुल्लरों' से मुट्ठियाँ भर रही थी कि किसी ने मज़ाक किया, "बहू का हाथ तो काफ़ी खुला लगता है।" उसका मन खुशी से उछल पड़ा। "अच्छा, अब देवर को गोदी में बिठाओ। देर क्यों हो रही है?" ये शब्द सुनते ही उसने जल्दी-जल्दी हाथ धोये। चावल थाली में ही रह गए। वह खुशी से पगलाया-सा उठ दौड़ा। "यह 'बोबो' का छोटा लड़का जो है। यह भी तो देवर ही है। अब उस पगले को कहाँ ढूँढ़ें और ज़रूरत भी क्या है?" दरवाज़े के अन्दर पाँव रखते ही माँ के ये शब्द उसके कानों में पड़े और उसे यों लगा जैसे वह किसी एक गहरी खाई में धकेल दिया गया हो जहाँ से उसकी आवाज़ भी कोई नहीं सुन सकेगा। लाल परी और उसकी गोद में बैठा राजकुमार उसका मज़ाक उड़ाते हँस रहे थे। और उसके मन के उबाल मुँहज़ोर हो रहे थे। वह दूसरे कमरे में चारपाई पर जा गिरा। इस रात न चाहने पर भी उसे वहीं रहना पड़ रहा था अब उसे सारी रौनक, बच्चों-औरतों की हँसी सब ज़हर लग रहे थे। वह कान लपेट कर सो गया। कुछ बोला नहीं।

रात आधी से अधिक बीत चुकी थी, जब दूसरे कमरे में नयी बहू और उसके साथ आयी औरतों को सुलाकर उसकी माँ उसी कमरे में आकर अपने बिस्तर पर लुढ़क गयी। उसका भाई भी वहाँ सोया हुआ था। भाई ने उससे एक बात तक न की थी। यह भी उसे इतना बुरा नहीं लगा था जितना अब जब उसकी माँ आकर चुपचाप लेट गई थी। उसकी खामोशी वह सहन न कर पाया। आंखें खून रोने लगीं—'ये लोग मुझसे इतनी नफ़रत क्यों करते हैं? सिर्फ इसलिए कि मैं हकलाता हूँ? और क्या बुराई है मुझमें? क्या पागलपन है मुझमें? यह मेरी माँ भी जिसने मुझे जन्म दिया है, थोड़ा-बहुत दूध भी पिलाया है, मुझसे मुँह मोड़ बैठी है। आखिर क्यों? क्या गुनाह, क्या जुर्म किया है मैंने? मेरी माँ ही जब मुझे बोझ समझती है, तो फिर दूसरों का इसमें क्या दोष है?'

'इस पगले को तो शादी पर भी न बुलाया जाता, पर दुनियादारी तो निभानी ही थी।' उसके सन्दर्भ में आपस में बात करते हुए उस औरत ने आज ठीक ही कहा था। उसकी ओर उसकी पीठ थी, लेकिन उसने एक-एक शब्द साफ सुना था। लोकाचार! एक ज़हर-सा बिखर गया था, उसके होंठों पर। 'किसी पर बोझ बनकर जीना भी कोई जीना है? मुझे तो पैदा होते ही मर जाना चाहिए था, पैदा होते ही। तब न सही, अब ही सही। इस जीने से तो मर जाना अच्छा है।' उसके गर्म-गर्म आँसू कान के पीछे से लुढ़कते चारपाई में जज्ब होते जा रहे थे। वह उनसे एकदम लापरवाह मरने की तरकीबें सोच रहा था। 'गाड़ी के नीचे आकर...नहीं-नहीं!' उसके रोंगटे खड़े हो गए। होटल के सामने गाड़ी के नीचे आए आदमी की लाश, लहू से लथ-पथ उसका जिस्म—यह वीभत्स दृश्य उसकी आँखों के सामने उभर आया। 'क्यों न

कुएँ में छलाँग लगाऊँ?' उसे अँधेरे में भी गाँव के कुएँ का पानी दूर नीचे तारे की तरह चमकता दिखाई दे रहा था। तब ही उसे होटल में आए एक ग्राहक की बातें याद आयीं। वह दूसरे लोगों को आँखों-देखी सुना रहा था। 'जो औरत परसों कुएँ में से निकाली थी, उसकी तरफ तो देखना भी मुश्किल था। कैसा तो फूल गया था उसका शरीर!' उसकी छोटी-सी देह फिर भय से काँप उठी। 'फिर क्या करूँ?' बड़ी बेचैनी से उसने करवट ली। कानों में कुछ आवाज़ें पड़ीं। माँ-बेटा दोनों ही धीरे-धीरे बातें कर रहे थे—

''कुछ पैसे तो वहीं 'नेग' देने में लग गए, बाकी पिचासी रुपये गाड़ी वालों को दे दिए। जो थोड़े-से बचे थे उनमें से आते-आते मिठाई और सब्जी खरीद ली। अब मेरी जेब में एक या दो रुपये होंगे।'' यह भाई की आवाज़ थी।

''परसों जब बहू मैके जाएगी तो कम-से-कम पचास-साठ रुपए लगेंगे। मेरे पास भी अब दस-बारह रुपये होंगे।'' माँ कह रही थी। ''मैं यही तो सोच रहा हूँ! घर पहले ही खाली है, ऊपर से ज़रूरत। कौन इतने पैसे देगा? अगर कोई दे भी, तो वापस कैसे करेंगे?'' भाई बोला।

''यह समय तो किसी तरह निकले! बाकी तो खैर चन्नू की तनख्वाह से कुछ-न-कुछ घिसटता ही है। वह पगला कहाँ हिसाब पूछेगा!''

माँ की यह बात सुनते ही उसके होठों पर हँसी बिखर गयी। 'चलो' उसकी न सही, उसकी कमाई की तो ज़रूरत है! उसकी ज़िन्दगी बेकार नहीं। फिर वह मरने के बारे में क्यों सोच रहा है? उसे तो जीना चाहिए।' उसके चेहरे पर संजीदगी खिंच आयी, होंठ फड़कने लगे, 'अरे चन्नू, तू जिस जीवन को बोझ समझ रहा है उस पर तो ये लोग आस लगाए बैठे हैं। चल, अपने लिए न सही, इनके लिए ही सही, जीवन का यह ज़हर भी पी ले चन्नू!' वह एक नए उत्साह से भर गया। उसे लगा, उसके चारों ओर ज़िन्दगी-ही-ज़िन्दगी है। वह एक बादशाह है जो मखमली गद्दे पर लेटा है और उसके महल के दरवाज़े पर लोगों को नोट बाँटे जा रहे हैं। उसने बड़े गर्व से एक नज़र भिखमंगों की भीड़ पर डाली जिसमें उसका भाई भी खड़ा था, हाथ फैलाए। इस सपने में खोए-खोए न जाने कब उसे नंगी चारपाई पर नींद आ गयी।

सुबह वह जल्दी उठ बैठा। उसने देखा, रात देर तक बातें करती-करती थकी-हारी उसकी माँ और भाई गहरी नींद सो रहे थे। उसने जेब में से बटुआ निकाला। पाँच-पाँच के दस-बारह नोट उसमें मुड़े हुए पड़े थे।

उसने बटुए से सारे नोट निकालकर माँ के पैरों के पास रख दिए और बटुए को अपने सीने से लगाए वह बाहर निकल आया।

सूरज निकल रहा था। गाड़ी में बैठा-बैठा हँसता हुआ वह वापस अपने उस घर में जा रहा था जहाँ राख का ढेर और जूठे बरतनों का नीरस संगीत उसके इन्तज़ार में था।

अनुवादक : **यश सरोज**

•

कास्तु का काला तीतर

नरेन्द्र खजूरिया

कास्तु एक उपला पलट देती।

"कुर...कुर...र...र...र...।"

यह आवाज़ सुनकर कौडू तीतर चोंच उठाकर ऊपर देखता, गरदन आगे करके दौड़ पड़ता। उसके गले में पड़ा छोटा घुँघरू बज उठता। झंकार सुनकर कास्तु की आँखों के सामने छोटे-छोटे दो हाथ उभर आते, जिनमें किसी समय कंगन पड़े होते थे। अब कौडू के गले में उसी कंगन का एक घुँघरू था।

कास्तु की दुनिया गोल नहीं लम्बी है, जिस पर इधर-उधर, सब तरफ मोड़-ही-मोड़ हैं। हर मोड़ पर कास्तु को नये जीवन का अनुभव हुआ है।

दिल ढल रहा था। गहरा नाला लाँघकर कास्तु जिस समय हरे छप्पर वाली पगडंडी पर पहुँची, उसकी तेज़ नज़र हवा में लहराती रंग-बिरंगी झंडियों पर पड़ी। वह उसी ओर चल दी।

जिस समय वह फल गाँव के बाहर जगतू बरोआला (ओझा) के थान पर पहुँची, झंडियों का रंग अन्धकार में मिलकर समरस हो चुका था। थान पर जगतू बरोआला 'सुरगल' देवता के आगे धूप जला रहा था। बाहर चबूतरे तक धूप की सुगन्ध आ रही थी। सुलगती धूप की कलछी लेकर बरोआला बाहर आया।

"जै जै सुरगल देवता! तेरी साम, जै...जै..। अरे...यह कौन आ रही है?"

"बरोआला जी, मैं मुसाफिर हूँ।"

बरोआला चारों दिशाओं में कलछी फेरने लग गया।

"चहुँ दिशि करो हमरी रक्षा।"

शंख-ध्वनि करने के बाद बड़ी-सी चिलम लेकर वह बरामदे में दीवार से पीठ सटाकर बैठ गया।

पक्! पक्! पक्! हौले-हौले कश लगाकर उसने लम्बा दम लगाया—"जै सुरगल देवता!"

चिलम के ऊपर हल्की आँच निकल आयी। उसके धीमे प्रकाश में बरोआला को कास्तु की झलक-भर दिखी।

"कौन जात हो?"

"महाशी (पासी) हूँ।"

"इधर फल में कोई रिश्तेदारी है?"

"बरोआला जी, सिर से मालिक का साया उठते ही सब नाते-रिश्ते लोप हो गए हैं। एक साल पहले मेरे म्हाशे को फाँसी हो गयी थी।"

"वह क्यों?"

"कुछ क्रोधी सुभाव का आदमी था। दो रिश्तेदार एक-साथ काट डाले उसने।" लम्बी साँस लेकर कास्तु ने कहा, "बरोआला जी, इस निगोड़ी किस्मत का सत्यानास हो। अच्छी-भली गिरस्ती छीनकर माथे पर फ़कीरी लिख दी। मैंने घर-बार बेच डाला। बीसियों सेर खड़िया सिर पर उठाकर शहर में बेची, बड़े-बड़े काबिल वकील किए। बड़ी अदालतों में अपीलें कीं। पर मेरे 'म्हाशे' के भाग्य में तो फाँसी का हिलोरा ही लिखा था।"

"तो तुम फामी की घरवाली हो! वह यहाँ 'थान' पर प्रश्न पूछने आया था। औलाद के लिए पूछा था उसने।...पर अब तुम...?"

"सुनो बरोआला जी, परदेश में भीख माँगने में भी बुराई नहीं, पर नाते-रिश्तेदारों में! और फिर बरोआला जी, रिश्तेदार भी वे जिन्होंने राई का पहाड़ बनाया, गवाहियाँ दीं, मेरे 'म्हाशे' की फाँसी लगने पर खुशी से नाच उठे। उसी जगह, उन्हीं के बीच रहकर दिन कैसे काटे जा सकते थे!"

कास्तु एक और उपला पलट देती। कुलबुलाती दीमक! "कुर...कुर" कौडू तीतर टिक्-टिक्, दीमक के कीड़े खाने लगता।

कास्तु के शरीर पर भी समय ने कई उपले, ढोंके बनाए हैं, जिनमें से कुछ सूखकर भुरभुरा चुके हैं। उनका खुरदरा, ऊबड़-खाबड़ निशान ही अब बचा है। पर कुछ ढोंके और उपले बाहर से सूख जाने पर भी अन्दर से अभी तक हरे हैं। उनके अन्दर कुछ कुलबुलाता रहता है। ऐसे मौकों पर कास्तु का शरीर ऐंठने लगता है और मुँह का स्वाद बिलकुल बिगड़ जाता है।

उस रात को जगतू में 'छाया का प्रवेश' हुआ था। कास्तु ने काली का रूप धारण कर लिया था, जैसे बाढ़ से उफनती नदी पर आँधी झपट्टे मार रही हो। एक हाथ से जगतू की बाँह उमेठकर और दूसरे से उसकी काली लटें पकड़कर वह गरज रही थी– "ओ बरोआले, तेरे केश ही नहीं, आत्मा भी काली है। तूने क्या सोचकर मुझ पर हाथ डाला? बदमाश! मेरे 'म्हाशे' ने एक-साथ दो खून किए थे। पापी, एक खून करने की ताक़त तो मुझमें भी है।"

जगतू बरोआता ने कास्तु को माँ कहकर और मिन्नत-खुशामद करके अपनी जान बचाई।

कास्तु उसी रात को वहाँ से फल की ओर चल दी।

कोई नगोज़े (अलगोजे की जोड़ी) पर चन्न (डोगरी गीत) गा रहा था। सावन महीने की अँधेरी रात! फल के कुत्ते कास्तु का विकराल रूप देखकर भौंक रहे थे। चाहे वह बरोआला को क्षमा कर आयी थी, पर क्रोध से कास्तु का रोम-रोम फड़क रहा था।

"ये कुत्ते किस पर भौंक रहे हैं?" अँधेरे में छौंकू चौकीदार की आवाज़ सुनाई दी।

"अरे, पता नहीं फल के पिल्ले मेरे पीछे क्यों पड़ गए हैं?"

"कौन हो तुम?"

"एक परदेसिन हूँ।"

छौंकू चौकीदार ने उसके पास आकर माचिस जलाई।

"फल में किसके जाना है?"

"जहाँ टिकने को जगह मिल जाए।"

"जात क्या है तुम्हारी?"

"म्हाशी हूँ।"

छौंकू ने जेब से सिगरेट निकालकर सुलगायी। कास्तु ने देखा, 'नगोजे' की जोड़ी उसके गले में पड़ी है। उसने सोचा– मेरा 'म्हाशा' भी इसी तरह 'नगोजे' के सुर में सुर मिलाकर 'चन्न' गाता था।

फल में घर-घर चर्चा होने लगी–छौंकू चौकीदार ने किसी पहाड़िन को रखैल बना लिया है।

चौकीदार के घर में सिर्फ़ उसकी बूढ़ी माँ थी। कास्तु ने अपने चाम से छौंकू को और काम से उसकी माँ को मोह लिया।

उधर 'थान' पर जगतू बरोआला को 'संकेत' हुआ–'फल' पर बहुत बड़ी विपत्ति आने वाली है। गौड़ बंगाल की एक जादूगरनी ने अपने खूनी पंजे 'फल' पर टिका दिए हैं।

जितने मुँह उतनी बातें! कोई कहता, वह बेताल से काम करवाती है। रातों-रात ये मुए बेताल छौंकू चौकीदार के खेत में ताल करके उसे गोड़ भी देते हैं। वह एक गट्ठर घास लाए तो गाय-भैंसें तीन दिन खाकर भी खत्म नहीं कर पातीं। जब से आई है, जलाने की लकड़ी एक ही बार लाई है जो अभी तक ख़त्म नहीं हुई। छौंकू की माँ बेटे से कहती, "बेटा, लोग ठीक ही कहते हैं। बरोआला तो कभी झूठ नहीं बोलता। सचमुच यह औरत कोई छलावा है। आग लगे इसके काम को! हम काम के बिना ही भले! तुम इसे चलता करो!"

छौंकू यह सब सुनकर मुस्कराने लगता। गले में पड़ी 'नगोजे' की जोड़ी उतारकर उसे बजाता हुआ 'चन्न' गाने लगता।

बुढ़िया 'थान' पर जाकर छाती पीटती, "ओ बरोआले, मेरे बेटे को बचा। इस डायन ने उसे भेड़ा बना दिया है।"

जगतू बरोआला कहता, "अनर्थ होने वाला है। देवता कुपित हो गया है। रोज़ रात में वह आकर मुझे जगाता है। पर मैं किसे जगाऊँ? सारा 'फल' सो गया है। वह तब जागेगा, जब गौड़ बंगालिन सबको डकार जाएगी।"

कास्तु एक और उपला पलट देती।

"कुर...कुर...कुर...र...र...र...।"

स्मृतियों की बर्फ आज फिर पिघल रही थी। बीती घटनाएँ जैसे उस बर्फ में दबी लाशें थीं। बर्फ में दबी लाशें—जैसे उनकी अन्तिम साँस अभी-अभी निकली हो। लाशें एक के बाद दूसरी आकर कास्तु की आँखों के आगे ठक्-ठक खड़ी होती जा रही थीं। 'फल' की वह पंचायत! छौंकू की माँ का विलाप! वह लगातार छाती पीटती पंचों के आगे विलाप कर रही थी—'पंचो, इस गौड़ बंगालिन ने मेरा कलेजा खा लिया है। पंचो, आप परमेश्वर हैं! मेरे बच्चे का लहू आज भी इस डायन के होठों पर चमक रहा है! मुझे न्याय मिलना चाहिए।"

जगतू बरोआला एक टाँग पर खड़ा होकर कह रहा था, "भक्तो, मैंने पहले ही भविष्यवाणी की थी कि यह जादूगरनी है, डायन है जिसने अपने दो खसमों को डकार लिया।"

दूसरी तरफ़ नन्हे को कंधे से लगाए कास्तु बैठी थी। वह न तो बेहोश थी और न ही होश में। आँखों का बाँध तोड़कर उसके आँसू बह रहे थे। छौंकू चौकीदार अब भी उसके सामने खड़ा 'नगोज़े' बजा रहा था। 'चन्न' गा रहा था। कास्तु के मन की ग्लानि शब्दों के रूप में बाहर निकल रही थी—"अरे ओ चौकीदार! यह तूने क्या किया? अगर तुझे उस पास उतर जाना था तो मुझे इस कीचड़ में क्यों छोड़ गया?"

पंचों का फैसला सिर-माथे पर! कास्तु 'फल' से विदा हो गयी। जाते हुए उसके पीछे लोगों ने सरसों और राख फेंकी, कच्चे दूध की लस्सी छिड़की, ताकि वह गौड़ बंगालिन 'फल' में फिर न आये। कास्तु ने एक बार भी पीछे मुड़कर नहीं देखा। वह जैसे अपने लम्बे रास्ते का एक और मोड़ पार कर आयी थी। आगे फिर वही रास्ता था—वही लम्बा रास्ता! रास्ते में नीचे एक गुफ़ा थी, जिसमें कभी सर्दियों में गूजरों का परिवार आकर ठहरता था। उसी गुफ़ा में, अपने नन्हे-से बच्चे के साथ कास्तु ने प्रवेश किया।

कौड़ू तीतर अब धूल में जी भर लोट रहा था। कास्तु उसी की तरफ़ देख रही थी—"बेटे, मैं भी एक पक्षी थी। न जाने विधाता ने मुझे क्यों मनुष्य-योनि में फेंक दिया! पर यहाँ इन्सान ने मुझे अपनी बिरादरी से दूर ही रखा। न तो मुझे उड़ने दिया और न ही धरती पर चलने दिया।"

उसी समय ढोर चराकर लौटते चरवाहे बालक उधर से चिल्लाते—"कान्सू...

ऊ...ऊ...ऊ।'' कास्तु भी वैसे ही ऊँची आवाज़ में चिल्लाती, ''हाँ, हाँ, यह कौडू नहीं , कान्सू है...तुम लोगों की माँ का खसम!''

सुनकर बच्चों के पेट में हँसते-हँसते बल पड़ जाते।

'फल' के लोग, छोटे-बड़े सभी, 'सुरगल' देवता की ओर हाथ उठाकर कहते—''कान्सू का कलेजा भी कास्तु ने ही निकाला था।'' जगतू बरोआला भी ढोलक और थाली की ताल के साथ गरदन झुलाता हुआ कहता—''कास्तु ने तीतर के अन्दर कान्सू की आत्मा कैद कर रखी है...यह औरत नहीं, गौड़ बंगाल की डायन है—करकसा!''

ये बातें चलते-चलाते कास्तु के कान तक पहुँचतीं। वह जगतू का नाम ले-लेकर थूकती। अपने केश नोचती, जैसे वे जगतू बरोआला की ही लटें हों, ''ओ बरोआले आ, धूप की सुगन्ध में छुपा तेरा असली रूप मैं पहचानती हूँ। सड़ांध-भरी तेरी आत्मा उपलों के कीड़ों से अधिक गन्दे नरक में डूबी हुई है। पापी, तेरी देह लोहे की सांकलों की चोट से बहुत कठोर हो गयी है।''

कास्तु पति को जी-जहान का मालिक ही नहीं, घर का दीपक भी समझती थी। घर तो अब रहा नहीं, पर घर तो गुफ़ा में भी चाहिए था। और वह अन्तिम दीपक था—कान्सू। उसका कोई घर-बार नहीं था। वह शहर की अदालतों में झूठी गवाहियाँ देता फिरता। 'फल' से शराब ले जाकर शहर बेचता, पर सबसे पहले खुद गटक लेता।

एक दिन शाम को वह शराब पीकर नाले के पार रास्ते में औंधा पड़ा था। इस तरह गिरना-पड़ना उसके लिए कोई अनहोनी बात नहीं थी। जीवन में वह चला कम और गिरा ज्यादा था। सवेरे कास्तु जागी तो उस पार कान्सू उसी तरह गट्ठर बना पड़ा था। कास्तु काँप उठी—भाग्य फिर धोखा दे गया? कास्तु के माथे पर हत्या का एक और कलंक लग गया! लगता है, शराब की आग ने उसके कलेजे को जला डाला है। कास्तु कान्सू को उठा लायी; पूरे दस दिन उसकी सेवा करती रही। शिशु को पीठ पर लटकाए वह खड़िया, झाड़ू और टोकरियाँ बेचने रामनगर जाती। लौटते हुए कान्सू के लिए दवा ले आती।

कान्सू ठीक हुआ तो उसकी आँखों से आँसू बह निकले; कहने लगा, ''अरी अभागिन! कसम तेरी, हमें तो एक दिन खुली सड़क पर ही मरना है, पर इस बार तो तूने हमें मौत के मुँह से बचाया है।''

कास्तु कहती, ''अरे, मैं बचाने वाली होती तो अपने 'म्हाशे' और चौकीदार को न बचा लेती? मैं बचाने वाली नहीं, खाने वाली हूँ। 'फल' का बच्चा-बच्चा मुझे गौड़ बंगालिन कहता है।''

कान्सू बोला, ''अगर ऐसा नहीं भी है, तो भी तू इस सुनसान जगह पर जरूर गौड़ बंगालिन हो जाएगी। इन्सान को इन्सान का सहारा होता है। मुझे सिर छुपाने को कहीं ठिकाना नहीं है। अब तूने बचाया है तो सिर छुपाने की जगह भी दे। एक बार भाटड़े ने मेरा हाथ देखा था, उसने मुझे ब्याह वाली रेखा दिखाई थी।''

कास्तु लम्बी साँस लेकर कहती, "विधाता ने मेरी माँग के लिए सिन्दूर का नहीं, राख का योग लिखा है। सो जिधर जाती हूँ, राख उड़ती फिरती है।"

कान्सू छाती ठोंककर कहता, "ऐसा? तो फिर कान्सू विधाता का लेख मिटा कर तेरी माँग में सिन्दूर भरेगा।"

म्हाशी को लेकर फल में जैसे एक बार फिर भूचाल आ गया।

स्त्रियों की सभा होती, "ये मर्द भी कैसे गए-बीते होते हैं! इनके काले दिल का सत्यानास हो। गौड़ बंगाली की यह राँड इनके कलेजे किट-किट मरोड़ रही है, फिर भी उसी की ओर भागे जाते हैं जैसे धरती पर वही एक हुस्न-परी हो।"

पुरुषों की चौकड़ी में व्याख्या होती, "यह साली 'म्हाशी' डायन ही नहीं, इसके पास कोई वशीकरण मन्त्र भी अवश्य है...एक के पटकते ही दूसरा तैयार हो जाता है... ।"

और जगतू बरोआला काँप-काँपकर अपनी खोपड़ी बजाता, भविष्यवाणी करता, "देख लेना, एक दिन यह करकसा डायन कान्सू का कलेजा भी निकाल खाएगी। ...अगर न खाए तो सुरगल देवता का यह चेला भेड़ मूँडने वाली कैंची से अपने केश कटवा डालेगा। जै सुरगल देवता, तेरी साम... ।"

कान्सू ये आप्त-वचन सुनता तो आँखें बन्द करके ज़ोर से हँस पड़ता; कीड़ा लगने से खोखली हो चुकी उसकी अगली-पिछली दाढ़ें खुल जातीं। कहता, "भली मानस, तू तनिक भी चिन्ता मत कर; मेरा कलेजा पहले ही शराब ने खा लिया है।"

सूर्य की सिन्दूरी बिन्दी छलाँग लगाकर छुप जाने की तैयारी में थी। कास्तु का अंग-अंग टूट रहा था। स्मृतियों के असह्य बोझ ने उसे पीस डाला था। सूखे उपले उसने एक ओर अलग टिका दिए थे। कौड़ू अब भरपेट खाकर अनार के पौधे पर बैठा अपने पंख खुजला रहा था। उसके गले में घुँघरू छनछना रहा था। कास्तु की आँखों के सामने फिर से यह ताल सुनकर कंगन वाले दो छोटे-छोटे हाथ उभर-उभर आते। कास्तु की छाती में कुछ घुमड़ने लगता। किसी के नन्हे-नाजुक हाथ उसे गुदगुदा जाते। वह कौड़ू की तरफ़ देखने लगती। उसकी तेज़ चोंच सहलाती, कौड़ू तीतर में कहीं छुपे हुए अपने बेटे कौड़ू को ढूँढने लग जाती। कौड़ू के गले में बँधा घुँघरू उसी तरह धीरे-धीरे छनछना रहा था। डूबते सूर्य के सुनहरे प्रकाश में कास्तु के सामने दो नाजुक नन्हे हाथ बार-बार उभर रहे थे।

आखिरी बार ये कंगन तब छनके थे जब कास्तु ने अपने शिशु के तपते हाथों से उन्हें उतारा था। वह न जाने कितनी देर तक कंगन निहारती रही थी। तब उनमें से एक घुँघरू उतारकर उन्हें कान्सू को थमाते हुए उसने कहा था, "ये कंगन मेरे चौकीदार ने बड़े चाव से बनवाए थे।"

चौकीदार का नाम सुनकर कान्सू भड़क उठा, "अरी ओ नासमझ, सुन—अगर तेरा बच्चा बच गया तो कान्सू उसे सोने के कंगन बनवा देगा। भलीमानस, हमारी

पहुँच कचहरियों-अदालतों तक है। जिसके खिलाफ़ गवाही दे दें, उसकी मिट्टी पलीद कर दें।''

कान्सू डॉक्टर को बुलाने रामनगर चला गया। कास्तु दुबले-पतले बच्चे को गोद में डाले उसी की ओर देख रही थी। बच्चे को वात-प्रकोप हो गया था और वह इस तरह कराह रहा था जैसे जंगली बिल्ली शाम को रोती है।

दिन चढ़ आया, पर कान्सू डॉक्टर को लेकर नहीं लौटा। बच्चे की दशा बहुत खराब थी। अब वह चिड़िया के बच्चे की तरह सिर्फ़ मुँह खोल रहा था। उसके कराहने की शक्ति समाप्त हो गयी थी। बेबस कास्तु फटी नज़रों से उसे देख रही थी।

और फिर चिड़िया का बच्चा सदा के लिए सो गया। कास्तु का घोंसला, सहारा और ममता उजड़ गयी।

काफ़ी देर कान्सू की प्रतीक्षा करने के बाद, दोपहर के बाद उसने नाले के पार गढ़ा खोदा। बच्चे को अच्छी तरह नहलाकर, बना-सँवारकर उसने गड्ढे में लिटा दिया।

कास्तु बैठी विलाप कर रही थी, ''मेरे बच्चे, 'फल' वालों के डर से मैं तुम्हारे लिए जी-भर रो भी नहीं सकती। वे कहेंगे—कास्तु अपने बेटे का कलेजा निकालकर खा गयी। मैं तुम्हारा इलाज भी तो नहीं करवा सकी, उल्टे मैंने तुम्हारे कंगन भी छीन लिए। मेरे बच्चे...।''

एक दिन और एक रात कास्तु अपने बेटे की मढ़ी (कब्र) पर बैठी रही, पर कान्सू नहीं लौटा। अगले दिन बरोज़ा ढोने वाले मजदूरों ने आकर बताया कि कान्सू पीपल वाली ढक्की पर मरा पड़ा है; 'फल' के छज्जे और दरवाज़े एक बार फिर काँप उठे। रात को सुरगल देवता के 'थान' पर ढोलक और थाली फिर बज उठी। जगतू अपनी लटें नचा-नचाकर 'देवदर्शन' कर रहा था—''जै सत्यशक्ति वाले की, अपने चेले के वचन सत्य कर दिखाने वाले, तेरी साम...जै-जै...सुरगल...।''

गर्मियों में कास्तु अपने बेटे की मढ़ी पर पत्ते बिछा आती, ताकि दोपहर में उसके लाड़ले को धूप न लगे। एक दिन सवेरे वह झाड़ी से पत्ते बीन रही थी। अचानक उसमें से काले तीतर का बच्चा किर-किर करता बाहर निकल आया। माँ से बिछुड़कर वह 'चरैं-चरैं' चिल्ला रहा था। कास्तु ने उसे गोद में उठा लिया। उसे लगा, उसके कौडू ने ही तीतर का रूप धारण कर लिया है।

कास्तू अपने बेटे को कौडू कहती थी। तीतर के बच्चे को भी वह कौडू कहने लगी। कंगन का एक ही घुँघरू बचा था, वह उसने तीतर के गले में बाँध दिया। सबसे पहले जगतू ने ही ये कुफर तोला था कि कौडू तीतर में कास्तु ने कान्सू की आत्मा कैद कर रखी है। कास्तु कहती, ''सत्यानास हो इस बरोआला का! कौडू तो मेरा बेटा है, मेरा लाडला, जो आज भी नाले के पार चुपचाप लेटा है।''

कार्तिक महीने का आकाश लहू-लुहान हो रहा था। कास्तु घुटनों पर हाथों का ज़ोर डालकर उठी। कौडू अपने पंख खुजला रहा था। कास्तु उसके पास जा खड़ी हुई; बोली, "आ कौडू बेटे, घर चलें।" कास्तु ने उसकी ओर हाथ बढ़ाया। न जाने ऐसा क्या हुआ कि कौडू एकदम डर गया। गर्दन कुछ झुकाई और फुर्र से उड़ गया। कास्तु को लगा, जैसे उसके अपने प्राण-पखेरू उड़ गए हैं। "कौडूऽऽऽ... कौडू...।" गिरती-पड़ती वह उसी ओर भागी जिधर तीतर उड़ा था। चबूतरे वाले पीपल तक वह उड़ता दिखाई दिया; उसके बाद कास्तु की आँखों के आगे अँधेरा छा गया। दोनों हाथों से मुँह ढाँपकर वह बच्चों की तरह रोने लग गयी। 'फल' के बाहर उस निर्जन में वह जाने कितनी देर तक कौडू-कौडू चिल्लाती रही, पर जाने वाला निर्मोही लौटकर नहीं आया।

कास्तु की गुफ़ा आज 'देहरी' बन चुकी थी। कौडू का बाँस का पिंजरा खाली पड़ा था। खाली पिंजरा जैसे कास्तु की अपनी लाश हो। दुःख-दर्द, जलन-कसक के मूसलों के प्रहारों से जर्जर, व्यंग्य-बाणों से छलनी अपने शरीर पर कास्तु ने कौडू तीतर के सहारे एक-एक धागा कातकर जो कपड़ा बनाकर लपेटा था, आज कौडू उसे अपने साथ ही ले गया था। कास्तु की सभी वेदनाएँ आज फिर बोल उठी थीं।

"कौडू बेटे, फल वाले ठीक कहते हैं। सचमुच मैं डायन हूँ। जगतू ने सिर्फ़ वचन ही बोला था, पर तुम एक-एक करके सिधार जाने वालों ने उस वचन को सच्चा कर दिखाया।"

कास्तु ऐसे मर्मभेदी ढंग से हँसी कि उससे हँसी का नहीं, सिसकी का आभास हो रहा था।

बाहर अँधड़ गरज उठा। कास्तु को कौडू के गले में बँधे धागे की याद आयी। वह सशंक हो उठी। धागा अगर किसी वृक्ष की शाख से उलझ जाए तो? फिर उसकी आँखों के सामने चमगादड़ की तरह वृक्ष पर लटकता कौडू घूम जाता। वह झटपट बाहर आकर चीखने लग जाती—"कौडू...कौडू...!" उसकी थरथराती आवाज़ आँधी-तूफ़ान में दबकर टुकड़े-टुकड़े हो जाती।

असह्य वेदना से उसका शरीर ऐंठने-सा लगा। उसे आभास होने लगा, आज की रात उसके जीवन की अन्तिम रात है...जीवन-यात्रा का अन्तिम मोड़। वह अन्दर जाकर धरती पर लेट गयी। आँखों का बाँध आज फिर टूट गया था। हाय, उसने क्या सोचा था और क्या हुआ? महीना हुआ, उसे पता चला कि 'घोरड़ी' गाँव में किसी ने तीतर पाल रखे हैं। उसने तीतरी के लिए किसी के ज़रिए बात चलाई थी। उसने सोचा, अब कौडू के लिए बड़े पिंजरे की ज़रूरत है। भगवान ने चाहा तो अब उसकी गिरस्ती बस जाएगी। सोचते-सोचते कास्तु ऐसी भाव-विह्वल हो जाती जैसे सचमुच ही वह सास और दादी बनने वाली हो।

धीरे-से उसने करवट बदली। उसकी देह संज्ञा-शून्य और शिथिल होती जा रही थी। उसकी साँस बहुत धीरे-धीरे चल रही थी। उसे लग रहा था, वह लकवे

से अपंग होती जा रही है। वह बेबस आँखों से पिंजरे की ओर देख रही थी। अचानक उसके मुँह से ज़ोर की चीख निकल गयी, जैसे वह किसी गहरे नाले में गिर पड़ी हो। उसकी संज्ञा-शून्य देह एक बार काँपी और फिर असीम पीड़ा के कारण एक ओर लुढ़क गयी।

इसी हालत में रात का अन्तिम पहर भी बीत गया। कास्तु के कानों में कोई परिचित हवा आकर छू गयी। वह गहरी बेहोशी की समाधि में से बाहर निकल आयी।

प्रातःकाल का हल्का प्रकाश अन्दर आ रहा था। कास्तु को आभास हुआ, जैसे उसे कोई बुला रहा है। नव-स्फूर्ति का झोंका उसकी समूची देह को झकझोर गया। वह उठकर बाहर आयी। सामने अनार के पौधे पर बैठा कौडू बोल रहा था। उसे देखकर वह उछल पड़ा। उसके गले में बँधा घुँघरू छनक उठा। घुँघरू-जैसे हर्ष के दो अश्रु-बिन्दु कास्तु की आँखों से झर पड़े।

"कौडू बेटा...!"

अनुवाद : **यश सरोज**

•

धोखा

नीलाम्बरदेव शर्मा

"गुप्ता! यह चिट्ठी तुम्हारे लिए है। इसमें यद्यपि तुम्हें एक शोध-कार्यकर्ता दिखाया गया है, फिर भी महकमे वालों को समझने में देर नहीं लगेगी कि तुम फ़ारेस्ट डिपार्टमेंट में फ़ारेस्ट ऑफिसर हो। इस चिट्ठी के आधार पर रामनगर से लेकर बसन्तगढ़ के इलाके में पड़ने वाली हर फॉरेस्ट हट में तुम्हें रहने के लिए स्थान मिल जाएगा।" कहते हुए कोहली साहब ने चिट्ठी मुझे दे दी।

कोहली साहब की आयु लगभग पचास वर्ष की होगी। वह हमारे विभाग में कंजर्वेटर हैं। बोले, "पर तुम्हें सावधान कर दूँ। आज से कोई तीस वर्ष पहले एक फॉरेस्ट ऑफ़िसर ने उस इलाके के बारे में एक रिपोर्ट में लिखा था—'इस इलाके में सुन्दरता का राज्य है और यहाँ वासना जन्म लेती है।' सो भैया, तुम्हें सावधान रहना पड़ेगा। यदि कहो तो तुम्हारी पत्नी से सिफ़ारिश कर दूँ कि वह भी तुम्हारे साथ चली जाए।" कोहली साहब ने हँसी और गम्भीरता से मिश्रित स्वर में अपनी बात पूरी करते हुए कहा। सुनकर मेरा चेहरा कानों तक लाल हो गया।

"प्लीज़ कोहली साहब! अब आप ऐसी बात हमारी श्रीमती जी को मत बताइएगा। फिर तो मेरा वहाँ जाना ही रुक जाएगा।" मैंने थोड़ा गम्भीर होते हुए कहा।

कोहली साहब ने ज़ोर से ठहाका लगाया, "चलो, तुम्हारी अपील मंज़ूर कर लेते हैं। पर फिर भी देखना, कहीं परियों के देश में गुम न हो जाना!"

"डोंट वरी सर!" मैंने कोहली साहब को आश्वस्त करते हुए कहा और उनके कमरे से बाहर चला आया।

आप सोचते होंगे यह क्या चक्कर है? पर मैं आपको विश्वास दिलाता हूँ, इसमें कोई चक्कर-वक्कर नहीं। बात यह है कि अपनी ट्रेनिंग के दौरान देहरादून में मुझे लोक-संगीत और लोक-नृत्यों के अनेक कार्यक्रम देखने को मिले। इससे मेरी उत्सुकता अपने पहाड़ी संगीत और नृत्य में बढ़ गयी। यहाँ आकर मैंने रेडियो और कल्चरल अकादमी के जो प्रोग्राम देखे, उनसे भी मैं काफ़ी प्रभावित हुआ। इसलिए मैंने दफ्तर से छुट्टी लेकर पहाड़ी इलाके की सैर करने, वहाँ के लोक-गीत एकत्र

करने की योजना बना ली। कोहली साहब से मैंने चिट्ठी इसी सिलसिले में प्राप्त की थी।

दूसरे दिन मैं जम्मू से बस में बैठकर रामनगर के लिए चल पड़ा। और चीज़ों के अलावा एक टेपरिकॉर्डर और एक कैमरा भी ले लिया। कैमरा अमरीकन था पोलारॉइड, जो पाँच मिनट के भीतर फ़ोटो तैयार कर देता है।

उस दिन, रात मैंने रामनगर में ही बिताई। दूसरे दिन बस में बैठकर मजोड़ी पहुँचा ओर फिर वहाँ से पैदल चलकर शाम को बसन्तगढ़ पहुँच गया। सामान के लिए मैंने एक खच्चर का बन्दोबस्त कर लिया था।

छोटे गाँव या कस्बे के अपने फ़ायदे होते हैं। हर कोई एक-दूसरे को जानता है। संदेश देने-लाने में आसानी हो जाती है। गाँव में हर किसी के आने की खबर जल्दी फैल जाती है। और यदि आप वहाँ पहली बार आए हो, तो आपको देखने लोग आना शुरू हो जाते हैं। आप कौन हैं? क्यों आए हैं? कब तक ठहरेंगे? इत्यादि अनेक प्रश्न आपसे पूछे जाएँगे, चाहे आप इस बात को पसन्द करें अथवा नहीं।

प्रातः जब मैं उठकर हट से बाहर आया तो कुछ लोग वहाँ इकट्ठे हो गए थे। चौकीदार ने उनको हमारे आने के बारे में बता दिया था। शहरियों के बारे में उनकी उत्सुकता स्वाभाविक ही है। आज के युग में जहाँ मानव चाँद पर तो उतर चुका है और अब मंगल ग्रह तक पहुँचने की तैयारी कर रहा है, वहाँ बसन्तगढ़ तक या तो पैदल या फिर घोड़े पर चढ़कर पहुँचने को आप क्या कहेंगे? सामान्यतः कुछ बातों पर विश्वास न होने पर भी वे सत्य होती हैं। बसन्तगढ़ तक पैदल चलकर पहुँचना भी ऐसी ही एक असाधारण बात लगती है। दुआ-सलाम के पश्चात् मैंने उन्हें अपने आने के बारे में बताया। वे मेरी बातें सुनते रहे, पर उनकी नज़रों से मुझे लगा जैसे उन्हें मेरी बातों पर विश्वास नहीं हो रहा। भला कोई इतनी दूर केवल लोक-गीत इकट्ठे करने आता है? मैं हट के अन्दर गया और कैसेट-रिकॉर्डर लाकर उसे ऑन कर दिया। डोगरी लोक-गीतों को सुनकर वे विस्मय से एक-दूसरे की ओर देखने लगे। मैं फिर अन्दर से कैमरा ले आया और उनकी कुछ तस्वीरें खींच लीं। पाँच मिनट बाद उनको वे दिखा भी दीं?

''बाबू जी, आप कोई जादूगर तो नहीं?''

''नहीं भाई! यह तो साइंस का कमाल है। मैं चाहता हूँ आपके लोक-गीतों को रिकॉर्ड करूँ ताकि उन्हें उसी रूप में सुरक्षित रखा जा सके जिस रूप में आप उनको गाते हैं, नहीं तो फिल्म संगीत उनकी धुनों के असली स्वरूप को बिगाड़ देगा। लोक-संगीत और नृत्य आप लोगों का बहुत बड़ा खज़ाना है, इसकी सँभाल बड़ी ज़रूरी है।''

मुझे लगा, उन्हें मेरी बातें समझ आने लगी हैं। फिर मैंने उनसे कहा कि वे मुझे गायकों और उनकी टोलियों के नाम बताएँ। मैं उनके पास जाकर उनका संगीत रिकॉर्ड करूँगा। उनके फ़ोटो अखबारों में छपवाऊँगा, और हो सका तो तो उनमें से कुछेक को शहर में बुलवाने की कोशिश भी करूँगा।

जब तक आपसी विश्वास न हो, साधारण बात भी कठिनता के आवरण में लिपटी दिखाई देती है। परन्तु एक बार विश्वास होने पर कठिन बात भी आसान दिखने लगती है। अब उन्हें मुझ पर पूरा भरोसा था। खुशी-खुशी उन्होंने मुझे गायकों के नाम-पते दिए, और मेरा साथ देने की बात भी की।

उसी दिन दोपहर को मैंने कुछ गीत रिकॉर्ड कर लिए। दो-चार दिन वहीं ठहरकर मैंने कुछ टोलियों के गीत रिकॉर्ड किए और लोक-नाच करने वालों के चित्र भी उतारे। फिर वहाँ से मैं पनारा गाँव चला गया।

पनारा बसन्तगढ़ से कोई पाँच-छह किलोमीटर दूर है। वहाँ मेरी मुलाकात दो बहनों की टोली से हुई–सुधि और शौंकू। सुधि कोई बीस साल की होगी और शौंकू उससे कोई दो साल छोटी। रंग गोरे, परन्तु सुधि की देह कुछ भरी-भरी-सी थी। मुँह पर लालगी शौंकू की अपेक्षा अधिक थी। शौंकू पतली और लम्बी थी, रंग भी उसका अधिक गोरा था। परन्तु मुझे सुधि अधिक आकर्षक दिखाई दी। शुरू-शुरू में उसे मेरे सामने गाने में कुछ झिझक-सी महसूस हुई, पर जब मैंने उसे कुछ रिकॉर्ड किए हुए गीत सुनाए और गायकों और नर्तकों के फोटो दिखाए तो उसकी झिझक कुछ कम हो गयी। पहले मैंने उसे अपनी पसन्द का ही कोई गीत सुनाने को कहा। सुधि ने झट से गाना शुरू कर दिया–"जब प्यार किया तो डरना क्या?"

"रुको, रुको! मुझे यह गीत पसन्द नहीं। कोई और गीत सुनाओ।"

सुधि ने फिर गाना शुरू किया–"दिल देके देखो, दिल देके देखो...।"

"बस, बस।" मैंने उसे टोकते हुए कहा।

"अब क्या हो गया?" उसके स्वर में खीझ थी।

"मुझे ऐसे गीत रिकॉर्ड नहीं करने हैं।"

"साहब जी, एक बात आपसे कहूँ?"

"कहो।"

"अच्छे-अच्छे गीत तो आपको पसन्द नहीं, फिर कैसे गीत आपको सुनाऊँ?"

"देखो सुधि," मैंने कहा, "ऐसे गीत तो हम हर रोज़ रेडियो पर सुनते हैं। मुझे तुम्हारे गीत चाहिए, इस इलाके के गीत जो तुम खुशी के समय, तीज-त्यौहार, दुःख-दर्द के समय गाती हो।"

"वह भी कोई रिकॉर्ड करने लायक गीत हैं?"

"हाँ, हैं। बस अब देर मत करो और सुनाना शुरू करो।"

और फिर असन्तुष्ट भाव से उसने गीत शुरू किया–

"थोड़ा मन मेरे कन्ने लायां, थोड़ा नदिया रुढ़ाया हो।
तेरे मेरे बोल, जियां त्रक्कड़ी दे तोल, जियां त्रक्कड़ी दे तोल...हो।"

(थोड़ी-सी प्रीत मुझसे लगाना और शेष नदी में बहा देना। तेरे-मेरे वायदे तराजू के तौल के समान हैं।)

गीत के बोल कैसेट के साथ-साथ मेरे हृदय के टेप पर भी रिकॉर्ड होते जा रहे थे। फिर उसने एक और गीत शुरू किया—

"जली-बली जायां बल्टोहा देआ पानिया...."

चूल्हे में गीले उपलों के धुएँ में अपने दिल का गुबार बहाती नायिका के विरह का वर्णन सुनकर मैं सुधि की स्वर-माधुरी से विभोर हो उठा।

सुरों में मिठास और वेदना के तार झनझना रहे थे। मुझे लगा, जैसे गाना एक दैवी वरदान है। दूर-दराज़ पहाड़ी इलाके में रहकर बिना शिक्षा-दीक्षा के इन्हें गाने और नाचने की कला किसने सिखाई? जब वह गरदन झुकाकर, आँखें बन्द करके गाना शुरू करती तो मैं आत्म-विभोर हो जाता। संगीत के साथ-साथ मैं गीतों के बोलों की सराहना किए बिना न रह पाता। कैसे थे उनके रचयिता? कितनी गहरी पहचान थी उनकी प्रकृति और स्वभाव के साथ! कैसे अभिव्यक्त कर पाए थे वे नारी-हृदय की वेदना को? भाव और संगीत का संगम एक अजीब-सा जादू पैदा कर देता था।

"बहुत खूब!" मैंने कहा। मैं चाहता था कि वह गाती जाए और मैं सुनता जाऊँ। परन्तु संसार की हर चीज़ की तरह उसका गाना भी समाप्त होना था।

"बस, साहब जी! अब मैं बहुत थक गयी हूँ। बाकी के कल रिकार्ड कर लेना।"

कोई तीन-चार दिन पनारा में रहकर मैंने सुधि, शौंकू और गाँव के दूसरे मर्द-स्त्रियों के गीत रिकॉर्ड किए। सुधि और शौंकू तो क्या, पूरे गाँव के लोग जैसे मेरे मित्र बन गए थे। मैंने उनके काफ़ी फ़ोटो खींचे और फोटोज़ के साथ-साथ थोड़ी बहुत गीत गाने की फ़ीस भी दे दी।

पनारा गाँव छोड़ने से एक दिन पहले सुधि ने मुझसे कहा, "आज दोपहर हमारे घर आओ न! सोमा और भोलू के साथ मेरी फोटो खींचो न!"

"यह सोमा और भोलू कौन हैं?"

"आप इतना भी नहीं जानते? सोमा हमारी गाय है और भोलू उसका बछड़ा है।"

"ओह...!" मैंने कहा, "ज़रूर आऊँगा।"

जब मैं सुधि के घर पहुँचा, दोनों बहनें वहीं थीं। पहले मैंने उनके इकट्ठे और फिर अलग-अलग फ़ोटो खींचे, तब सुधि की सोमा और भोलू के साथ कुछ तस्वीरें खींचीं।

"अब खुश हो न?" मैंने सुधि से पूछा। और फिर रुककर कहा, "तो अब मैं चलता हूँ।"

"जरा ठहर जाओ, साहब जी! मैं अभी आयी।...शौंकू, इधर आ तो!" और फिर वह शौंकू के साथ बाहर चली गयी। एक-दो मिनट के पश्चात् सुधि कमरे में अकेली ही आयी।

"शौंकू कहाँ चली गयी?" मैंने पूछा।

"उसे मैंने खेतों में भेज दिया। है। अब परेशानी की कोई बात नहीं।"

“कैसी परेशानी? तुम क्या कह रही हो, सुधि?”

“साहब जी, आपने हमारे इतने काम किए। हमारे गीत रिकाड किए, फोटो खींचे और पैसे भी दिए। हमारे पास क्या है आपको देने के लिए, सिवाय इस तन के? मैंने सोचा, शौंकू यहाँ पर रही तो शायद आपको परेशानी हो, इसलिए मैंने उसे बाहर भेज दिया है।” कहते-कहते वह मेरी तरफ़ बढ़ने लगी। अपनी उँगलियों से वह अपनी कमीज़ के बटन खोल रही थी।

“तुम पागल तो नहीं हो गयीं?” मैंने ज़रा सख्ती से कहा, और उससे पीछे हट गया।

“क्यों? मैं आपको सुन्दर नहीं लगती? मैं आपको यकीन दिलाती हूँ मुझे कोई रोग-बीमारी नहीं है।” सुधि ने जैसे चोट खाए हुए लहजे में कहा।

“यह बात नहीं, सुधि! तुम सुन्दर हो, बहुत सुन्दर। पर शहर में मेरी पत्नी है। तुम्हारी तरह सुन्दर न सही, पर है जवान। वह मेरे बेटे की माँ है। यहाँ आने से पहले मैं वचन देकर आया था कि किसी भी परी के जाल में नहीं फँसूँगा। और मैं अपना वचन निभाऊँगा, उसमें तुम मेरी सहायता करो।”

वह लगातार मुझे देखती जा रही थी। उसकी आँखें भीग गयी थीं। निश्चय नहीं कर पाया, वह दुःखी थी या नाराज़। फिर मुझे उसके होंठों पर एक मद्धम-सी मुस्कान फैलती दिखाई दी।

“साहब जी!” वह कह रही थी, “सभी लोग आप जैसे क्यों नहीं होते?”

“क्या मतलब?” मैंने कहा।

“यहाँ जो भी आता है, चाहे वह सरकारी अफ़सर हो या चौकीदार, सियासी खड़पंच हो या ज़मींदार-साहूकार—हर एक हमें लूटना चाहता है। जैसे कि हम इन्सान नहीं, केवल भोगने की चीज़ें हैं। आपने हमें इन्सान समझा, मान दिया और पैसा भी। बदले में हमसे कुछ नहीं चाहते!”

“दूसरों के बारे में क्या कह सकता हूँ, सुधि? पर हम सभी इन्सान एक समान हैं। इसलिए यदि कोई हमें लूटना चाहे तो हमें उसके खिलाफ़ अपनी आवाज़ उठानी चाहिए।” एकाएक मुझे लगा, मैं भावुक हो गया हूँ। “अच्छा, तो मैं चलता हूँ।” कहकर मैं वहाँ से चला आया।

शहर छोड़े मुझे कोई बीस दिन हो गए थे। दो-चार दिन और रुकने का प्रोग्राम था। एक दिन शाम को बसंतगढ़ फ़ॉरेस्ट-हट में पहुँचा तो श्यामलाल को वहाँ देखकर हैरान रह गया।

“अरे श्यामलाल, तुम? कब आए?”

“बस, थोड़ी देर पहले ही पहुँचा हूँ।”

“कितने दिन का प्रोग्राम है?”

"भाई साहब, यही कोई दो-तीन हफ्ते का। इस इलाके में पंचायतों के काम-काज की पड़ताल करनी है।"

श्यामलाल मेरे एक मित्र का छोटा भाई है—पंचायत विभाग में सुपरवाइज़र। उम्र कोई चौबीस वर्ष। काम करने में तेज़ और देखने में स्मार्ट है। मेरे प्रोग्राम के बारे में सुनकर एक-दो बार मेरे साथ पनारा में भी आया था। मैं जब लोगों के साथ व्यस्त होता तब वह सुधि, शौंकू और दूसरी लड़कियों से हँस-हँसकर बातें करता रहता।

जिस दिन मैं जम्मू के लिए चलने वाला था तब मुझसे मिलने के लिए काफ़ी लोग आए थे। गायक-गायिकाएँ और दूसरे लोग, जो शायद इसलिए मेरी कद्र करने लगे थे, क्योंकि मैंने उनके गीत रिकॉर्ड किए थे और कुछ फ़ोटो खींचे थे। विदाई का समय सदा उदासी-भरा होता है। मैंने पिछले बीस-पच्चीस दिन अच्छी तरह गुज़ारे थे। प्राकृतिक सौंदर्य के साथ-साथ यहाँ के लोग भी सीधे-सादे थे। जब मैं चलने लगा तो कुछ लोगों ने कहा, "साहब जी, हमको भूल न जाना...और हमारी भूलों को क्षमा कर देना। इससे पहले कि मैं कुछ कहता, सुधि का स्वर कानों में पड़ा, "साहब जी, अगले साल भी यहाँ ज़रूर आना, आओगे न?" मैंने उसकी तरफ़ देखा। वह बड़ी सुन्दर लग रही थी और उसकी आँखों में अपनापन और आदर का भाव था।

मैंने कहा, "ज़रूर आऊँगा, और गीत भी रिकॉर्ड करूँगा। तुम लोग नए-नए गीत तैयार रखना।"

"ज़रूर।" उन सबने एक स्वर में कहा।

और फिर मैं वहाँ से चल पड़ा।

बात कुछ लम्बी होती दिखाई दे रही है, पर बात ही कुछ ऐसी है। जीवन में बहुत-सी बातें, बहुत-सी यादें ऋतुओं और संदर्भों से जुड़ी होती हैं। बहुत-से गीत इसी विषय पर लिखे गए हैं। और अगले साल जब फिर वही दिन आए तो मुझे बसन्तगढ़ का इलाका और वहाँ के लोगों की याद सताने लगी।

मैं दफ्तर से दुबारा छुट्टी लेकर बसंतगढ़ पहुँच गया। जहाँ-जहाँ भी मैं जाता, मेरे आने की खबर मुझसे पहले वहाँ पहुँच चुकी होती। हरेक का मेरे प्रति व्यवहार मित्रतापूर्ण था। परन्तु जब मैं वहाँ पहुँचा तो, न ही सुधि और न ही उसकी बहन शौंकू दिखाई दी।

एक रोज़ मैं जल्दी तैयार होकर पनारा पहुँच गया। सुधि के घर गया। वहाँ मुझे कोई नहीं दिखा तो मैंने आवाज़ लगाई, "सुधि!"

"इधर अन्दर आ जाइए!" एक मद्धम-सी आवाज मुझे सुनाई दी। यह आवाज़ सुधि की थी। मैं अन्दर गया। एक खाट पर मैले बिस्तर पर सुधि लेटी थी। पास में एक शिशु सो रहा था।

"सुधि, यह तुम्हें क्या हो गया?"

''कुछ भी तो नहीं!'' उसने हँसने का प्रयत्न करते हुए उत्तर दिया।

''और यह बच्चा?''

''यह मेरा बेटा है।''

''अच्छा? शादी कब हुई?''

''पिछले साल। आपके जाने के कुछ दिनों बाद।''

मैं समझ गया। बच्चे को जन्म देने के बाद अच्छी खुराक न मिलने के कारण वह कमज़ोर हो गयी है। उसी समय मैंने सुना, सुधि मुझसे पूछ रही है, ''साहब जी, श्यामलाल आपका छोटा भाई है न?''

''नहीं तो!''

''क्या कहा? आपका भाई नहीं? पर आपको तो वह भाई साहब कहकर ही बुलाता था?''

''बात यह है सुधि कि श्यामलाल मेरे एक मित्र का छोटा भाई है। हमारे पास वाले मुहल्ले में रहता है।''

''वह आपके साथ नहीं आया?''

''नहीं।''

''अब वह कब आएगा?''

''कुछ कह नहीं सकता। शायद वह न ही आए। उसने पहले वाली नौकरी छोड़ दी है और अब वह जम्मू से बाहर चला गया है।''

कुछ देर चुप्पी रही। तभी मैंने उसे बड़बड़ाते हुए सुना, ''तब तो बड़ा धोखा हो गया।''

''कुछ कहा तुमने?'' मैंने पूछा।

''कुछ नहीं।'' उसने काँपती आवाज़ में कहा और अपना मुँह दूसरी ओर फेर लिया।

मैं कुछ समझ न सका। कुछ क्षण वहीं खड़ा रहा। पर जब कोई हरकत नहीं हुई तो वहाँ से चला आया।

पनारा के साथ ही एक और गाँव है, खनेड़। सोचा, वहाँ जाकर लोगों से, खासकर हूरमति से मिल आऊँगा। नाम सुनकर आपको अचंभा हुआ होगा। पर उसे देखकर आप और भी अचंभित होंगे। हूरमति की आयु पचास से ऊपर होगी। उसका जन्म मुस्लिम घराने में हुआ, पर उसके व्यवहार से लगता यदि उसका कोई धर्म है तो वह है सदा खुश रहना। आप यदि अब भी उसे देखेंगे तो कहेंगे कि वह चालीस वर्ष से ऊपर नहीं, एकदम सुन्दर, हूर की भाँति। घर वालों ने उसका यह नाम क्यों रखा, शायद वह स्वयं भी न बता सके, परन्तु लोगों ने जो नाम उसका रखा, उसी नाम से वह अब जानी जाती है--हूरमति। देश के बँटवारे से पहले वह कराची तक हो आयी थी। जंगल का एक ठेकेदार उसके रूप पर मुग्ध होकर उसे अपने साथ वहाँ से ले गया था। उससे शादी भी की, परन्तु हूरमति अपने पहाड़ों को न भूल

सकी और वापस अपने गाँव खनेड़ में आ गयी। अब उसकी दो लड़कियाँ भी हैं। उसकी आँखें हरे सागर की भाँति हरी और गहरी हैं। जब बातें करते-करते वह मुस्कराती है तो उसके गोरे-गोरे गालों पर दुश्मनों का मन मोह लेने वाले गड्ढे पड़ते हैं और जब वह हँसती है तो लगता है, किसी कुशल सितार वादक ने अपने सितार के तारों को छेड़ दिया हो।

जब मैं पहुँचा, तब वह अपने खेत में काम कर रही थी। मुझे आता देखकर उसने दूर से ही कहा, ''नमस्ते बाबू जी! आप शहर से कब आए? खुश हो न?''

मैंने उसके अभिवादन का उत्तर देकर पूछा, ''हूरमति, आप कैसी हो? दो-तीन दिन पहले बसन्तगढ़ पहुँचा था। आज पनारा गया था। वापसी पर सोचा तुमसे मिलता चलूँ।''

''तो सुधि से मिलकर आए हैं? कैसी है वह?''

''मुझे तो वह काफ़ी कमज़ोर दिखाई दी। बातें भी कोई खास नहीं कीं।''

''और आपका भतीजा कैसा है?''

''मेरा भतीजा? मैं कुछ समझा नहीं, हूरमति?''

''यह लो! आपका भतीजा, यानी श्यामलाल और सुधि का बेटा।''

''पर...पर श्यामलाल तो मेरा कुछ नहीं लगता। वह तो केवल मेरे एक मित्र का भाई है, बस।'' मैंने कुछ परेशान होकर उत्तर दिया।

''पर वह तो अपने-आपको आपका छोटा भाई ही बतलाता था। और आपके जाने के बाद उसने सुधि से शादी रचाने का ढोंग भी किया था।''

''तो यह बात है!'' अनायास मेरे मुँह से निकला और वहाँ बिना रुके मैं चल पड़ा। हूरमति के शब्द मुझे सुनाई पड़े—''बड़ा धोखा हुआ है उस बेचारी के साथ!''

सहसा सुधि के शब्दों का मर्म मेरी समझ में आने लगा।

और पूरे रास्ते मैं यही सोच रहा था कि धोखा किसके साथ हुआ है। सुधि के साथ, जिसने श्यामलाल पर विश्वास करके उसे अपना तन-मन समर्पण कर दिया...या उस अबोध शिशु के साथ, जो सदा अपनी माँ से पूछता रहेगा, 'माँ! मेरा बापू कौन, कहाँ है?' अथवा स्वयं श्यामलाल के साथ, जिसे मालूम ही नहीं कि वह एक बेटे का बाप भी है।

अनुवाद : **ओम गोस्वामी**

•

कानवाई

पद्मा सचदेव

गुलाबी आज फिर गुलाबी हो रही थी। आज कानवाई आने का दिन न था। बरसों से उसे कानवाई और न कानवाई के एहसास में झूलना पड़ा है। कानवाई को न चाहने पर भी उसका एक-एक ट्रक गुलाबी ने गिना है। खाकी तिरपाल, गहरे हरे फौजी ट्रक शक्तिमान, खाकी होल्डाल, काले ट्रंक जिन पर सफेद रंग से सूबेदार पी. एस. जमवाल या लांसनाइक जीत डोगरा लिखा रहता है। सामान पर ऊँघते बैठे फौजी, इधर-उधर डोलते-से...ऊबता-सा माहौल। हर ट्रक एक-दूसरे से मिलता-सा, जैसे सरकारी बैल अनुशासन की डोर में बँधे हुए सड़क पर नाक की सीध चलते जा रहे हों।

एक, दो, साठ, सौ, फिर शुरू से गिनती। जम्मू-कश्मीर की जरनैली सड़क, ट्रकों के बोझ से हाँफती हुई, पहाड़ों के मोड़ों में दम-सा लेती हुई जब पीर पांचाल की नेहरू टनल के बाद ट्रकों को कश्मीर की हसीन वादी में उगल देती है, तब जैसे खटाक् से प्रकृति का सारा दृश्य ही बदल जाता है।

बनिहाल से गुज़रते ट्रकों पर से जब कोई सिपाही अपने जंगले पर खड़ी गुलाबी को आँख मार देता है, तब वो लाल होकर अन्दर भाग जाती है। चीड़ों के दरख़्तों पर सूरज के साये हँस पड़ते हैं। धूप सेंकती बुलबुलें हड़बड़ाकर किसी दूकान की छत पर जा बैठती हैं। ऊबता-सा माहौल बदल जाता है।

गुलाबी की रसोई से उबले हुए अंडों में से भाप आनी बन्द हो चुकी है। गुलाबी अंडा गोल-सा घुमा देती है। अंडे पक चुके हैं। अब उन्हें छीलना है। सुबह-सवेरे गुलाबी अपनी सहेली भीमी के साथ रामनगर की सड़क पर सैर करने जाती थी। वहाँ दीवार से चिपक-चिपककर चलती हुई वो दोनों ट्रक गिना करती थीं। भीमी के घर में घड़ी तो थी नहीं। जब उसकी जाग खुलती, आसमान पर बुझते हुए तारों का राखिया ढेर देखकर घर से चल देती। कभी-कभी अन्दाज़ा गलत भी होता। रात ज़्यादा होती। एक बार इसी तरह जब रात अभी काफ़ी बाकी थी, गुलाबी और भीमी सैर को निकली थीं। रामनगर पहुँचते-पहुँचते कानवाई आनी शुरू हो गयी थी। सड़क पर सैर करने वाले अभी पहुँचे न थे। फौजियों के डर से वो दोनों दीवार से लगकर

खड़ी हो जातीं। ट्रक की रोशनी के करीब आते ही वो सड़क छोड़ देतीं। पर एक दिन एक मोड़ पर ज्योंही वो सड़क के बीच चलने लगीं, बिना रोशनी का एक ट्रक साँड की तरह आ धमका था। बदहवासी में वो दोनों सड़क की दीवार पर से कूदीं और फिसलती हुई दूर नीचे जा पहुँचीं। टटोल-टटोल कर काँटे निकाले, और फिर पत्थरों पर गिरती-पड़ती तवी नदी तक जा निकलीं। पहले उन्होंने वहाँ पानी पिया, जख्म धोये, फिर फुक्का मारकर रो पड़ीं। दूर औरतें नहाने आ गयी थीं। ये दोनों भी नहाकर लौटी थीं। दोनों ने तवी का पानी हथेलियों में भरकर कसम खायी थी कि ये बात किसी को न बताएँगी। अपने पतियों को भी नहीं।

"आज क्या दोपहर का खाना नहीं पकेगा?" उसके पति बिलादर की आवाज़ रसोई की छोटी-सी चारदीवारी को कँपा गयी। गुलाबी ने घबराकर कहा, "बस, अभी लीजिए। नीम की दातुन खिड़की के पास पड़ी हैं। आप जब तक नहाकर आयें, खाना तैयार होगा।" बिलादर बाहर निकल गया। गुलाबी सोचने लगी, बापूजी ने भी क्या नाम रखा है—बिलादर! एक ही बेटा है। भाई भी न था, सो इसे अंग्रेज़ी का ब्रदर बनाते-बनाते देसी बिलादर बना दिया। उसे हँसी आ गयी। आग की कुछ चिनगारियाँ हत्तब की लकड़ी में से छिटककर उसकी मारकीन की सलवार पर आ पड़ीं।

बिलादर खाना खाकर गया तो रात को कब लौटेगा, कौन जाने! गुलाबी बरामदे में जाकर बैठ गयी। कानवाई गुज़र रहा था। जैसे ही एक ट्रक निकलता, उसकी छाती का बोझ मानो हल्का हो जाता। सड़क के उस टुकड़े को वह अपनी बहन समझती, जिस पर होकर ट्रकों का काफ़िला गुज़र रहा होता।

बरामदे की पाटी पर गुलाबी को ऊँघ आ गयी। उसने देखा, घोड़ी पर बिलादर बैठा है। थोड़ी-थोड़ी देर के बाद अपने बाप के कान में कुछ कह लेता है। लड़कियों के कहने पर वह दूल्हा देखने छत पर गयी थी। सब हैरान थे, इतने बड़े घर में गुलाबी का रिश्ता कैसे हो गया? माता की कृपा उस पर बचपन में ही हो गयी थी। सारा मुँह चेचक के दागों से भरा था। गोरी-चिट्टी गुलाबी की छोटी-छोटी कंजी आँखें ढेर सारे काजल की कालिमा में और भी छोटी दिखाई दे रही थीं। पर दाँत, कितने सुन्दर दाँत थे! जैसे मोतियों की पत्तियाँ। रंग गोरा और गुलाबी, जैसे मैदा और सिंदूर मिल गये हों। दूर से तो उसके दाग़ दिखाई न देते थे। फिर भी ससुराल में किसी ने उसे प्यार न किया। सिर्फ़ कुछ औरतें मुँह बिचकाकर चली गयीं। उसने सोचा, उसका पति तो उसे चाहेगा। घर में सास भी नहीं। ससुर के सामने तो जाने से रही। पर जब रात को नशे में धुत्त बिलादर कमरे में आकर मुश्किल से पलंग तक पहुँचा तो वह बड़ी रोयी। उसकी आँखों से परनाले उसके चेहरे पर उभरे छोटे-छोटे गड्डों में भर गये। उसने अपनी किनारी वाली चुनरी से मुँह पोंछा तो उस पर खरोंच आ गयीं। बिलादर के नथुनों से आती शराब की तेज़ बू को न सहकर वो नीचे बिछी दरी पर सो गयी।

दिन-महीने निकलते गये। उसे यह न पता चले मैं कहाँ हूँ। सहेलियों की छेड़-भरी पूछताछ में वो शरमा जाये। वैसे भी उसे ज़्यादा चुप रहने की आदत थी। बनिहाल की दूकानों पर जब बिलादर जाने लगा था तो उसके बाप ने कहा, 'इसे भी साथ ले जा। खाना बनाकर तो खिलायेगी!' तब से गुलाबी खाना बनाकर खिला रही है।

बनिहाल में ही एक सुबह जब वो झरने पर हाथ-मुँह धोने गयी थी तो बोलती हुई औरतें एकदम चुप लगा गयी थीं। एक पीले से रंग की पन्द्रह-सोलह बरस की लड़की वहाँ बैठी थी। दूर से आते-आते उसने सुना था, "तुम नीचे की तरफ़ जाकर हाथ-मुँह धोओ। यहाँ हमारी रसोइयों के लिए सुच्चा पानी आता है।" यह कहकर उसने अखरोट की दातुन को वहीं पास में थूक दिया था। दूसरी औरत जो अब तक अपनी पीतल की बलटोई रेत से घिस रही थी, पहली औरत को देखकर बोली थी, "हूँ, अब इस बिलादर का गन्द यहाँ धुला करेगा। आज ही जाकर मर्दों से बात करूँगी।"

जिस लड़की से यह सब कहा गया था, वह निर्विकार बैठी थी। गुलाबी दूर पत्थरों के पास आकर बैठ गयी। बेमन से अखरोट की दातुन करने लगी। सब औरतें जल्दी-जल्दी काम निबटाकर चली गयीं। गुलाबी ने पास आकर उस लड़की को देखा। दुनिया को हिकारत से देखने वाली उसकी नज़र झरने के पानी के बहते बुलबुलों को फटते हुए देख रही थी। पीली-सी यह लड़की बेखबर, बेपरवाह-सी बैठी थी।

गुलाबी संयत हो चुकी थी। उसने धीरे-से पूछा, "तुम्हारा नाम क्या है?"

"नाम...मेरा नाम?" यह कहकर लड़की ने आसपास यूँ देखा जैसे नाम को ढूँढ़ रही हो। गुलाबी की छोटी कंज़ी आँखों की निर्मलता और अपनेपन ने ही उसे खींचा था। नाम याद करने में या बताने में उसे जैसे कुछ दिक्कत-सी हुई, फिर उसने कहा, "मेरा नाम सीता है। पर तुम मेरा नाम क्यूँ पूछ रही हो?"

गुलाबी ने उसके सवाल को नज़रअन्दाज़ करके पूछा, "तुम कौन हो? बिलादर से तुम्हारा क्या सम्बन्ध है?"

"तुमने सुना नहीं? मैं बिलादर के अड्डे की गन्द हूँ। वो औरतें यही तो कह रही थीं।"

गुलाबी ने कहा, "उनकी बात जाने दो। मुझे तुम सच-सच बताओ। बिलादर से तुम्हारा क्या लेना-देना है?"

लड़की बोली, "तुम ये सब पूछने वाली कौन हो?"

"मैं उसकी बीवी हूँ। उसकी ब्याहता।"

लड़की खुलकर हँसी। कुछ बुलबुलें ज़रा-सा ऊपर उड़कर फिर घास में से कीड़े चुनने लगीं। खेतों में से तभी कोई गाता हुआ निकल गया—

हुस्न हुई बेपरवाइये लो...लो...
(दोस्त, हुस्न बेपरवाह होता है।)

गुलाबी ने कहा, "देखो, डरो नहीं। बताओ यह अड्डा काहे का है? तुम वहाँ क्या करती हो?"

सीता दूर सामने की पहाड़ी की तरफ़ देखते हुए बोली, "तुम उसकी बीवी हो। यह नहीं जानतीं कि बिलादर नामर्द है? वहाँ रात-भर शराब पीता है। पहले मेरी मौसी वहाँ थी। उसे टी.बी. हो गयी है। वह बटोत के अस्पताल में पड़ी है। उसी की जगह मैं आयी हूँ। बिलादर के सारे मुस्टंडे दोस्त अड्डे के अन्दर इकट्ठे होते हैं। उन्हें हँसने-खेलने के लिए कोई चाहिए। औरत से बड़ा हँसने-खेलने का खिलौना और क्या हो सकता है!" यह कह सीता रुआँसी हो गयी।

गुलाबी स्तब्ध थी। पिछले कई महीनों का राज़ उस पर खुला था।

गुलाबी ने कहा, "तुम वापस क्यूँ नहीं चली जातीं? तुम ये सब क्यूँ करती हो?"

सीता कहने लगी, "मेरे बापू को अभी भी बिलादर के 600 रुपये देने हैं।"

गुलाबी ने कहा, "रुपये तुम मुझसे ले लो। यहाँ से चली जाओ।"

सीता थोड़ी देर चुप रही। फिर बोली, "यह इस जन्म में कहाँ मुमकिन है! बिलादर मुझे जाने न देगा।... पर तुम रुपये क्यूँ दोगी?"

गुलाबी ने घमंड में भरकर कहा, "बिलादर मेरा पति है। वह दूसरी औरत के पास जाये, यह मैं नहीं सह सकती। वह नामर्द ही सही, है तो मेरा पति। और दुनिया को क्या मालूम वो नामर्द है?"

"अगर मैं चली जाऊँ तो बिलादर तुम्हें काटकर फेंक देगा। आदमी की उसके पास कोई कीमत नहीं। फिर उसका दोस्त गिरधारी, जो नामर्द नहीं है, मुझे पाताल से भी ढूँढ़ लायेगा। नहीं, इस जन्म में छुटकारा नहीं मिल सकता।"

गुलाबी ने लाचार होकर कहा, "तुम कम-से-कम यहाँ नहाने न आया करो। ऊपर उस खेत की आड़ में भी पानी का झरना है, वहाँ जा सकती हो।"

सीता ने कोई उत्तर न दिया। वहाँ से हिली भी नहीं। गुलाबी नहा-धोकर पानी की गागर छलकाती घर चली आयी।

अभी उसने रसोई में गागर रखी ही थी कि बिलादर की कड़कती आवाज़ कानों में पड़ी, "वहाँ झरने पर उस छिनाल से क्या सलाह हो रही थी? दोबारा उसके साथ देखा तो टाँगें चीरकर रख दूँगा। मेरा नाम बिलादर है!" यह कहकर उसने दातुन बाहर गली में फेंक दी।

गुलाबी काँप रही थी। शादी के बाद पहली बार बिलादर उससे यूँ बोला था। पहली बार ही गुलाबी ने नज़र उठाकर, आँखों में आँखें डालकर बिलादर को देखा था। उसकी आँखों में एक निश्चय था और कई सवाल थे। पहली बार बिलादर की आँखें झुक गयी थीं। उसने नर्म पड़कर गुलाबी से कहा था, "देखो गुलाबी, मैंने आज तक तुम्हें नहीं छुआ। मैं इस काबिल नहीं हूँ। अपना वंश चलाने के लिए शादी ही एक रास्ता था। माँ तो बचपन में ही मर गयी थी। बापू ने सब जानते हुए भी मेरी

शादी तुमसे करवा दी। अगर बच्चे न हुए तो इतनी ज़मीन-जायदाद कौन सँभालेगा? अब तो ट्रकों का काम भी तेज़ी से चल रहा है। क्या होगा इस सबका?''

गुलाबी की कंजी आँखें अब भी बिलादर पर टिकी थीं। बिलादर ने देखा तो थूक निगलकर बोला, ''बताता हूँ, बताता हूँ। अपना ट्रक-ड्राइवर है न, सरदारी? उसी से बच्चे होंगे तुम्हें। हमने माधो पण्डित से भी पूछ लिया था। शास्त्रों में यह सब जायज़ है।''

गुलाबी ने तमतमाकर दीवार पर टँगी दरांती उठा ली थी। बिलादर को देते हुए बोली थी, ''लो, यह लो दरांती, गला काट दो मेरा। मेरी शादी तुम्हारे साथ हुई है। मैं कभी किसी दूसरे आदमी का मुँह भी नहीं देखूँगी। बच्चे होने हुए तो तुमसे ही हो जायेंगे।''

बिलादर ने कहा था, ''मैं अमृतसर के बड़े डॉक्टर को भी दिखा आया हूँ। मुझसे तुम्हें कभी बच्चे नहीं हो सकते।'' ये कहकर बिलादर का लहजा थोड़ा सख्त हुआ। थोड़ा रुककर वह बोला, ''बच्चे तो मुझे चाहिए ही। बच्चों के लिए अगर एक और शादी भी करनी पड़ी तो करूँगा। पर तुम सीधे रास्ते पर आ जाओ, हम सबके लिए यही अच्छा है। और हाँ, सरदारी दोपहर को खाना यहाँ खायेगा। उसे देख लेना।'' यह कह बिलादर उसकी तरफ बिना देखे बाहर निकल गया।

बिलादर के जाते ही गुलाबी फुक्का मारकर रो पड़ी। खाना बनाते-बनाते भी वो रोती रही। आज उसे अपनी सहेली भीमी याद आ रही थी। उसने सुना था, उसकी शादी ऊधमपुर में हुई है। कोई दुकानदार है। माँ के मरने के बाद भीमी से ही वो सारी बातें करती थी। अपने मन का बोझ कहाँ पटक आये? अजनबियों के इस कस्बे में उसका अपना कौन है? उसे लगा, उसकी हालत सीता से भी ज़्यादा ख़राब है। उसने अपने आँसू बह जाने दिये। पानी तो बह गया, पर बोझ बना रहा।

दोपहर को बिलादर के साथ खाना खाने सरदारी भी आया। उसने नज़र उठाकर भी ऊपर न देखा। सरदारी भी कुछ न बोला। बीच-बीच में बिलादर ही कुछ-न-कुछ माँगता रहा। सरदारी चला गया तो बिलादर ने अपना हुक्का हाथ में ले लिया, मानो बात करने के लिए कोई सहारा चाहता हो। रसोई में काम कर रही गुलाबी से उसने कहा, ''बच्चों की कोई जल्दी नहीं है। पहले सरदारी मेरा अच्छा दोस्त बनेगा। लोगों को कानोंकान खबर न होनी चाहिए। सरदारी का ट्रक जब भी इधर से गुज़रेगा, वो यहीं रहा करेगा। तुम इस घर की मालकिन हो और हमारी इज़्ज़त भी—यह बात याद रखना!''

गुलाबी अपना काम करती जा रही थी। बिलादर में अब विश्वास आ गया था। वो ऐसे बोल रहा था जैसे ट्रकों की बात करता है। हुक्के का एक कश लेकर फिर चालू हो गया, ''मैंने तुम्हें आज तक इसीलिए कभी नहीं छुआ। मैं शुरू से ही यह जानता था। और हाँ, यह सारी स्कीम बापू ने लड़ाई है। अब हमारे घर की लाज तुम्हारे हाथ में है।''

गुलाबी कुछ न बोली थी। इस आदमी के सामने वह रोना भी न चाहती थी। उसे लग रहा था, कोई ज़िम्मेदारी का काम उसे सौंपा जा रहा है।

फिर कई बार सरदारी आया, पर गुलाबी ने उससे कभी बात न की। सरदारी भी कुछ न बोलता था।

बिलादर को अपनी स्कीम फेल होती नज़र आने लगी। एक दिन सरदारी खाना खाकर गया तो बिलादर ने अपनी कड़कती आवाज़ के साथ गुलाबी से पूछ लिया, "क्या सलाह है तुम्हारी? यह नहीं समझना कि मैं कुछ नहीं कर सकता! ...मैंने ट्रक भी सरदारी के नाम कर दिया है। कम-से-कम उससे बात तो करो! बड़ा दयानतदार आदमी है। एक-एक पाई का हिसाब देता है। और देखो, मैं अभी बड़ी नरमी बरत रहा हूँ। अगली लोहड़ी तक मेरे घर में बेटा होना ही चाहिए।"

उसके लहजे से दुःखी होकर गुलाबी फफककर रो पड़ी। किस्मत ने उसे कहाँ लाकर फँसा दिया था! उसके चेहरे के चेचक के गड्ढे गंगा-जमुना से भरने लगे। उसने बिलादर से कुछ न कहा।

बिलादर बड़े असमंजस में था। इस तरह की किसी औरत से उसका वास्ता न पड़ा था। उसे समझ नहीं आ रहा था कि क्या करे। पहली बार उसने ज़िन्दगी में किसी के आगे हाथ जोड़कर कहा, "गुलाबी, मैं तेरा पति नहीं हूँ। फेरों से कोई पति नहीं हो जाता। मैं कल पहाड़ पर सौदा लेने जा रहा हूँ। कल सरदारी आने वाला है। एक-दो बजे तक उसका ट्रक आ जायेगा। फिर वह खाना खाकर यहीं रहेगा। तुम चाहो तो शिवजी की फ़ोटो के सामने उसे माला भी पहना सकती हो। पति तो उसे मानना ही पड़ेगा। यह मेरा हुक्म है।"

दूसरे दिन मुँह-अँधेरे ही बिलादर अपनी घोड़ी लेकर चला गया था। गुलाबी अकेली रह गयी थी। रोते-रोते उसने अंडों की करी बनायी थी। दोपहर होने को अभी समय था। उसने सोचा, थोड़ा सुस्ता लूँ। चारपाई पर लेटते ही उसकी आँख लग गयी। कश्मीर से आते ट्रक उसकी आँखों के आगे घूमने लगे। अधर मुंजा से निकलते ही एक ट्रक सड़क से लुढ़ककर नीचे खड्ड में जा गिरा। हड़बड़ाकर गुलाबी ने आँखें खोलीं। वह पसीने से लथपथ थी। हिमालय से आती हवा सामने के कैलेंडर को हिला रही थी। उसने उठकर सामने बरामदे में जाकर देखा। चिनार ढलती धूप की पतली-सी परत में भीगा खड़ा था। ट्रक का कोई पता न था। गुलाबी का मन खाना खाने को न हुआ। उसने अंडों की करी पड़ोसन के बच्चों को दे दी, खुद कहवे के साथ दो बाकर-खानियाँ खाकर पड़ी रही।

उसे आज भी अच्छी तरह याद है। उसने कुल्थों की खिचड़ी पकायी थी जो उसे बहुत अच्छी लगती थी। कुल्थों की दाल से चावल भी लाल-लाल हो जाते थे। दूध की सारी मलाई उसने खिचड़ी में डाल दी थी। कोयलों की गर्म राख पर खिचड़ी पकती रही। गुलाबी सोचती रही, अगर सरदारी का ट्रक उलट गया हो तो उनका कितना नुकसान होगा! हज़ारों का ट्रक, फिर माल, और सरदारी। उसके होने वाले

बच्चों को बाप सरदारी। अचानक वह सरदारी के नक्श याद करने की कोशिश करने लगी पर उसे सिर्फ़ सरदारी की पीठ दिखाई दी। उसे लगा, कोई कहीं से चला गया है। गुलाबी को खिचड़ी की सोंधी-सोंधी महक आ रही थी पर उसका मन कुछ खाने को न हो रहा था। रसोई में दूध-दही सँभालकर उसने कुंडी लगायी और बरामदे में सो गयी। आज कमरे में उसे डर लग रहा था।

पता नहीं कितनी रात थी। चिनार के पीछे अकेला पूरा चाँद हँस रहा था। सामने वाले पहाड़ की परछाइयाँ खामोशी में हिल रही थीं। खामोशी की आवाज़ झरने के पानी की बहती बूँदों में से आ रही थी। गुलाबी को कुछ खटका-सा लगा था। तभी एक खुरदुरा-सा हाथ उसके माथे पर आ पड़ा था, जैसे बुखार नापना चाहता हो। उसने आँखें खोलीं, सरदारी ही था। गुलाबी उसे जीता-जागता देख कुछ बोलने ही लगी थी कि सरदारी उसे उठाकर कमरे में ले गया। फुसफुसाकर उसने कहा, "आज मेरे आगे वाला ट्रक अधर मुंजा के पास खड्डे में जा गिरा, इसीलिए देर हो गयी। वह ट्रक वाला मैं भी हो सकता था गुलाबी, पर मैं बच गया।"

बची-खुची रात ढलती रही। चाँद बादलों में गोते खाता रहा। तारों के झुरमुट धीरे-धीरे खिसकने लगे। आँच पर खिचड़ी अभी कोसी थी। दोनों ने पतीला सामने रखा और खाने लगे। सरदारी बोला, "गुलाबी, मैं बिलादर का कर्ज़दार हूँ। मुझसे तवी दरिया पर एक खून हो गया था। बिलादर ने दो साल मुझे अपने अड्डे पर छुपाये रखा। मैं उसकी कोई बात नहीं टाल सकता पर कर्ज़ की अदायगी में मुझे तुम मिलोगी, यह मैंने न सोचा था। मैंने तवी के पानी से अंजुली भरकर कसम खायी है कि मैं अभी अपने सम्बन्ध के बारे में किसी को न बताऊँगा। तुम भी ऐसा ही करना। बिलादर बुरा आदमी नहीं है। अपनी कमज़ोरी छिपाने के लिए यह सब करता है। और फिर बच्चे तो हमारे ही होंगे। खाली नाम उसका होगा। तुम मुझे बड़ी अच्छी लगती हो। मैं कभी शादी न करुँगा। बस, तुम मेरी रहना। बिलादर ने कसम खायी है, वो तुम्हें कभी तिनके से भी न छुयेगा। तुम मेरी अमानत हो, बिलादर के पास।"

गुलाबी रोने लगी थी। उसे लगा जैसे वो औरत न हो, आलू की बोरी हो, जहाँ चाहो खिसका दो। पर वो कुछ न बोली। उसे सीधा-सा सरदारी अच्छा लगा था। सुबह होते ही वह ट्रक लेकर चला गया था। अलसायी-सी सुबह जब गुलाबी झरने पर नहाने गयी तो पहली बार उसे सबके सामने नहाने में लाज आयी।

तब से हमेशा उसने सरदारी के आने का इन्तज़ार किया है। जंगले पर खड़े होकर कानवाई के ट्रक गिने हैं। अक्सर कानवाई वाले रोज़ गुज़रते, पर सरदारी का ट्रक न आता था। कभी पंजाब की तरफ चला जाता तो गुलाबी कानवाई गिनते-गिनते हैरान हो जाती। मिलेट्री वालों पर उसे प्यार आने लगता। छोटे-छोटे मासूम चेहरे, मुख़्तलिफ़ नक्श पर एक वरदी, जैसे माँ ने अपने बच्चों को एक-से कपड़े पहना दिये हैं। कभी उनमें से किसी का चेहरा उदास नज़र आता तो गुलाबी सोचती, अभी इसकी मूँछ भी नहीं आयी है, पता नहीं किन हालात में माँ ने भेजा होगा! इसके

जोड़ीदार पहाड़ों पर घूम-घूमकर अलगोजों की आवाज़ से अपनी प्रेमिकाओं को बुलाते होंगे। इसकी भी कोई प्रेमिका होगी तो सही। कोई-कोई सिपाही उसे देखकर अश्लीलता से हँसता तो गुलाबी को कभी गुस्सा न आता। उनमें अब उसे अपने होने वाले बेटों के चेहरे नज़र आने लगे थे। फिर जब पहला बेटा हुआ तो बिलादर खुशी से पागल हो गया। दूसरे दिन लोहड़ी थी। उसके घर में छज्जे नाचने वाले आ गये। बिलादर ने सबको जी भरकर दिया। जो पार्टी नहीं आयी, उसे उसने घर बुलवा भेजा। इक्कीस दिन होने पर ऊधमपुर से खास फौजी बैंड मँगवाया। बेटे को उठाकर यूँ घूमता रहा जैसे चाँद जमीन पर उतर आया हो। एक हाथ से बेटे को उठाकर उसने चिल्लाकर कहा, ''यह है मेरे ट्रकों का मालिक, उल्लू का पट्ठा। यह मेरी दूकानों का सेठ है।'' गुलाबी की धड़कन ऊपर ही टँगी रही, जब तक बिलादर ने बच्चा उसकी गोद में नहीं दे दिया।

सरदारी महीने-भर से ग़ायब था। शायद उसे बिलादर ने कहीं पूना-सतारा की तरफ़ काम पर भेजा था। गुलाबी बच्चे को दूध पिलाये और कान में कहे, ''तुम्हारा बाप कब आयेगा रे?''

वो रात भी उसे याद है जब वो ऊपर बरामदे में सो रही थी। नीचे के जंगले को पकड़कर सरदारी ऊपर आ गया था। उसने पहले रोज़ की तरह गुलाबी को उठा लिया था और रोता रहा था। शेर-सा सरदारी माँ-गुलाबी के कँधे से लगकर एक महीने की ग़ैरहाज़िरी का हिसाब बता रहा था। गुलाबी ने उसे चारपाई पर बिठाकर ऐसे ही सीने से भींच लिया जैसे वो सरदारी की याद आने पर अपने बेटे को भींच लेती थी।

दिया जल रहा था। सरदारी ने अपने एक महीने के बेटे को पहली बार देखा। सोया हुआ बच्चा दीये की रोशनी में अपनी आँखें और ज़ोर से भींच लेता तो सरदारी दीया नीचे रख देता। उसके सहज होते ही दीया फिर उसके मुँह के पास ले आता। बच्चा खीझकर रोने लगा। सरदारी ने अपने खुरदरे हाथों से उसकी मुट्ठी खोलनी चाही तो बच्चा और रोया। सरदारी ने गुलाबी को गोद में देकर कहा, ''यह बड़ा होगा तो मेरी तरह ट्रक चलायेगा। तब इसके हाथ इतने नाजुक न रहेंगे।''

दूसरे और फिर तीसरे लड़के के पैदा होने पर भी सरदारी ने यही बात कही थी। बिलादर और सरदारी की दोस्ती की तरह बेटे बड़े होते गये थे। गुलाबी उनका स्कूल से आने का इन्तज़ार करती तो कानवाई देखकर सोचती—आज तो सरदारी का ट्रक न आयेगा। कभी-कभी बिलादर से पूछती, ''सब्ज़ी सब ख़त्म हो गयी है। कश्मीर से ट्रक आयेगा तो सब्ज़ी आयेगी।''

तब बिलादर ने जल-भुनकर कहा था, ''यहाँ की सब्ज़ी हजम नहीं होती क्या? तीन बेटों से ज़्यादा औलाद मुझे नहीं चाहिए और अब सरदारी की शादी भी होने वाली है।''

गुलाबी सुन्न हो गयी थी।

फिर जब सरदारी आया था तो गुलाबी ने पूछा था, "तुम्हारी शादी कब है?"

सरदारी ने उसे देखा था और खीझकर कहा था, "क्यूँ, तुम्हें क्या हुआ है?"

"बिलादर कह रहा था।"

"अब मेरी शादी नहीं हो सकती। बिलादर नशे में भूल सकता है पर मैं कैसे भूल सकता हूँ? छोटे पप्पू के बाद वैसे भी मैंने ऑपरेशन करवा लिया था। नहीं तो छोटा छह बरस का हो गया, क्या तुम्हें और बच्चा न हो जाता?"

गुलाबी ने कहा था, "एक बेटी चाहिए थी मुझे। राखी-टीके पर बड़ी याद आती है। इतना कुछ घर में है। बेटी होती तो उसे देती। बेटी के बगैर घर सूना लगता है। इस जीवन में कन्यादान से बड़ा पुण्य नहीं है। लोगों की बेटियों के सुहाग गाने जाती हूँ तो कलेजा मुँह को आता है।"

सरदारी ने गुलाबी के आँसू अपने खुरदुरे हाथों में सोख लिये। कहने लगा, "गुलाबी, ये सपने हमारे नहीं हैं। तीनों बेटे बिलादर के हैं। बेटी भी उसी की होती। कन्यादान बिलादर ही करता। मैं या तुम नहीं।"

रोते हुए ही गुलाबी ने पूछा था, "तुमने ऑपरेशन क्यूँ करवा लिया? तुम्हारे घर तो बेटी हो सकती है!",

"हाँ गुलाबी, पर मेरे बच्चों की माँ तुम जो हो। मैं ये नहीं भूल सकता।"

"घर के लोग कैसे मानेंगे?"

"घर में अब है ही कौन? फिर भी मैंने कह दिया है कि मैं शादी के काबिल नहीं हूँ।"

"यह तुमने क्या किया?"

"मैं उधार की ज़िन्दगी जी रहा हूँ। अगर खून के जुर्म में फाँसी लग गयी होती तो कहाँ होता मैं, और कहाँ होतीं तुम!"

बरसों बाद गुलाबी ने एक सवाल पूछा, "उसे तुमने क्यूँ मारा था?"

सरदारी उदास हो गया। कहने लगा, "मेरी बहन हामिला हो गयी थी और वह उससे शादी करने को तैयार न था। बहन ने तवी में डूबकर आत्महत्या कर ली। मैंने उसे तवी में ही डुबो-डुबोकर मार डाला। बिलादर ने सब देखा था, और उसने मुझे यहाँ बनिहाल में छुपा लिया था। उस कैद से तो मैं बच गया, पर इस कैद से नहीं बचूँगा। बचना भी नहीं चाहता।"

गुलाबी ने उसके गुँथे हुए हाथ थामकर प्यार से कहा था, "सरदारी, मैंने जिन्दगी में सिर्फ़ तुम्हें देखा, तुम्हें ही चाहा। तुम कभी शादी मत करना!"

"मैं जानता हूँ गुलाबी, इसीलिए तो मैं शादी के काबिल नहीं हूँ।"

गुलाबी के तीनों बेटे सरदारी पर पड़े थे। कभी-कभी औरतें उसे छेड़ती भी थीं, "तीनों अपने चाचा पर गये हैं।" गुलाबी इस बात पर कभी नाराज़ न होती थी पर जब बिलादर ने सुना था तो वो नाराज़ हो गया था। उसने एक दिन सरदारी से कहा था, "चाचा, तुम घर में कम आया करो। हम अड्डे पर मिल लिया करेंगे।"

जब से सरदारी को बच्चों ने चाचा कहना शुरू किया था, बिलादर भी उसे चाचा ही कहता था। दातुन करते हुए सरदारी ने आग्नेय नेत्रों से बिलादर को ताका था। और अँगोंछा उठाकर झरने पर नहाने चला गया था।

फिर कई दिन गुलाबी कानवाई के ट्रक गिनती रही थी। महीने हो गये, फिर बरस, पर सरदारी न आया। बिलादर कुछ अपराधी-सा महसूस करता और ऊँचा-ऊँचा बोला करता। गुलाबी नफ़रत के मारे उससे सरदारी के बारे में न पूछती न ही उससे ज़्यादा बात करती। घुटन में जीते-जीते गुलाबी जैसे अन्तर्मुखी-सी हो गयी थी। मशीन की तरह घर देखती, बच्चे सँभालती। गुलाबी जैसे बेजान गुड़िया थी। औरतें कहतीं, ''भगवान ने तीन बेटे दिये हैं, इतना धन, पर गुलाबी जैसे सबसे परे है। किसी चीज़ का अभिमान उसे छू तक नहीं गया।'' गुलाबी के भीतर आग की भट्टियाँ जलती रहतीं। अब उसने ट्रक गिनने छोड़ दिये थे। खाली-खाली आँखों से भरे ट्रक देखती रहती। सामने के चिनार भर उठते, खाली हो जाते, बर्फ से लद जाते,, अँगारे-से दमकने लगते पर गुलाबी में कोई फ़र्क न आता।

फिर एक दिन जब पप्पू के बस्ते में उसने माउथ ऑर्गन देखा तो उससे पूछ लिया, ''यह कहाँ से लाये?'' पप्पू सहम गया। उसके मुँह से निकला ''चाचा।'' गुलाबी की आँखों से गंगा-जमना बह चलीं। बच्चा डर गया। गुलाबी ने पूछा, ''कहाँ है सरदारी?'' बच्चा कहने लगा, ''उसका ट्रक पनचक्की के पास खड़ा था। उसने मना किया था—माँ को न बताना।''

गुलाबी ने बच्चों को ज्यूँ-त्यूँ खाना परसा था और पड़ौस की औरत को घर बिठाकर पनचक्की पर जा पहुँची थी। ट्रक वहाँ से जा चुका था पर अब गुलाबी को यह अन्दाज़ा हो गया था कि ट्रक इस रूट पर चल रहा है। कभी-न-कभी तो आयेगा ही। फिर कई दिन निकल गये थे। एक दिन गुलाबी कहीं से आ रही थी तो रास्ते में पनचक्की के पास दरख़्तों की ओट में सरदारी का ट्रक खड़ा था। गुलाबी ने ग़ौर से देखा था—हाँ, वही तो था। पीछे लिखा था—दुआएँ देते हैं हम ट्रक बनाने वाले को, घर से बेघर कर दिया ट्रक चलाने वाले को।

नीचे सरदारी ने गुलाबी के कहने पर लिखवा लिया था—'फिर मिलेंगे।' उसी पर सिर रखकर गुलाबी फफक-फफक रो उठी थी। जैसे ट्रक न हो, सरदारी का कंधा हो।

झरने में से पानी लाते हुए सरदारी ने पहचाना, काले रंग का शॉल। उसने कश्मीर से लाकर गुलाबी को दिया था। उसमें गुलाबी ताज़े गुलाब की तरह खिल उठती थी। सरदारी ने कहा था, 'तुम्हें अब नज़र न लगेगी।' गुलाबी हँस उठी थी। सरदारी खड़े का खड़ा रह गया था। गुलाबी का जिस्म रोने के साथ-साथ काँप रहा था। उसने सोचा, इस सारी स्थिति में गुलाबी का क्या कसूर है? बिलादर से वह उस दिन के बाद कभी न मिला था। ट्रक की कमाई अड्डे पर पहुँचा देता था, जिसके पहुँचने न पहुँचने का कभी कोई संकेत न मिलता था।

गुलाबी रो रही थी, सरदारी स्तब्ध था। क्या करे, क्या न करे! उसने देखा दूर से कुछ औरतें इसी तरफ़ आ रही थीं। बाल्टी नीचे रखकर ट्रक का तिरपाल हटा वह ट्रक पर चढ़ा, उसने गुलाबी की बाँह पकड़कर उसे ऊपर खींच लिया।

गुलाबी बेहोश हो गयी थी। सरदारी उसे गोद में लिटाकर रोता रहा। औरतें निकल गयीं तो पानी की बाल्टी लाकर उसने गुलाबी के मुँह पर छींटे मारे और उसे पानी पिलाने लगा। गुलाबी को होश आया तो वह भी रोने लगी। सरदारी ने कहा, "मैं क्या करता, तुम्हीं बताओ!"

हिचकियों में ही गुलाबी बोली, "मेरे लिए तुम्हीं पति हो, मेरे बच्चों के बाप हो। इतने दिन मुझे कोई यह भी न बता पाया कि मैं विधवा हूँ या सुहागिन। तुम किसी के हाथ कहलवा नहीं सकते कि ज़िन्दा हो?"

"मैं तीन बरस पूना-सतारा चला गया था। तुम्हारी बड़ी याद आती थी। जितना पैसा कमाया, सब आकर बिलादर को भेज दिया। यह ट्रक तो मेरे ही नाम है। तो भी किस लिये करूँ! मेरे बाद इसे कौन चलायेगा? बिलादर के बेटे तो नौकर रख लेंगे।"

गुलाबी ने सरदारी के हाथ अपने हाथों में बाँध लिये। धीरे-से बोली, "उनके बाप तुम न भी हो, पर मेरे पति तो तुम ही हो।"

"यह कहाँ सच है गुलाबी!"

गुलाबी ने जैसे सुना ही नहीं; अपनी रौ में कहती रही, "मैं अब यहाँ से न जाऊँगी। तुम कहीं भी ले चलो। चाहे महीने में एक बार घर आओ, पर मैं तुमसे अलग न रहूँगी।"

"हमारे बच्चे कौन पालेगा? मैंने सुना है, बिलादर बड़े के रिश्ते की बात कर रहा है?"

"अभी तो वो पूरा बीस का भी नहीं हुआ।"

"बिलादर उम्र नहीं देखता। ठेकेदार की लड़की से शादी होगी तो लड़का उसके सारे ठेकों पर कब्ज़ा कर लेगा। एक ही लड़की है ठेकेदार की।"

"तुम आओगे शादी में?"

"नहीं, मैं बिलादर की सूरत भी नहीं देखना चाहता।"

"और मैं इस सारे तमाशे में कहाँ हूँ सरदारी? तुम्हारे कहने पर मैं बिलादर और उसके ड्रामे को सहती आ रही हूँ।"

सरदारी आँख भरकर बोला, "मैं सोचता था, बच्चों में तुम मुझे भूल जाओगी।"

"तुम भूल गये हो मुझे? बच्चे तुम्हारी वजह से हैं, तुम बच्चों की वजह से नहीं हो। तुम्हारे साथ घर बसाने के सपने देखती-देखती ही मैं मर जाऊँगी क्या?"

"नहीं गुलाबी, मेरे साथ तुम्हारा घर नहीं है। हम ट्रकवालों के घर होते भी नहीं, डेरे होते हैं। मैं बिलादर से नहीं मिलता, पर यह ज़िन्दगी उसी की दी हुई है, उसका राज़ मेरा राज़ है। कुछ ब्याज तो उतर गया, पर असल तो बाकी है ही। यह कैसे भूल जाऊँ?"

"तुम किसी को भूलो मत। पर मुझे साथ ले चलो। मुझे अब भरोसा नहीं रहा। न ज़िन्दगी का, न तुम्हारा।"

सरदारी ने गुलाबी को अपने पट्टू में छुपा लिया। ट्रक का तिरपाल हिमालय से आती तेज हवाओं से काँप रहा था। शाम के उतरने का वक्त था, बहुत-सी बुलबुलें शोर मचाती हुई अपने-अपने घोंसले ढूँढ रही थीं। पनचक्की वाला भी दरवाज़े बन्द कर रहा था। सरदारी ने गुलाबी से कहा, "यहाँ से घर काफ़ी दूर है। अब तुम जाओ। अगले वीरवार फिर यहाँ पर इन्तज़ार करूँगा।"

गुलाबी ने कहा, "झूठ तो नहीं कह रहे?"

"नहीं।"

"पर तुम्हारे क्लीनर को पता न चलेगा?"

"उसका घर पीछे है, वहीं उतर जायेगा। तुम्हारे जाने पर मैं हॉर्न दूँगा। वह किसी ट्रक में बैठकर यहाँ आ जायेगा।"

गुलाबी को याद है—लदी हुई पेटियों पर, अखरोट-बादाम की बोरियों पर, सेबों पर, कभी लकड़ी पर बैठकर उसने सरदारी को अंडे की करी के साथ खाना खिलाया है। यह ट्रक अब उसे अपना घर लगने लगा था। घर की कितनी साध होती है आँखों को! पर घर उसी के साथ होता है जिसे औरत चाहती है। सरदारी के ट्रक पर हमेशा तिरपाल बिछी रहती थी। दरख्तों के झुरमुट थोड़े-थोड़े फ़ासले पर बदलते रहते। ट्रक वहीं आसपास खड़ा रहता। गुलाबी को वह चलता-फिरता राजमहल-सा लगता।

बड़े बेटे की शादी हुई तो चिनार के मोटे दरख्त पर एक साया कंबल ओढ़े कितनी रात गये तक बैठा रहा मानो मधुमक्खियों का बहुत बड़ा छत्ता हो। पगड़ी के शमले को ऊँचा उठाकर बिलादर बेटे की घोड़ी के आगे नाच रहा था। अनारदानों के जंगल का ठेकेदार अपनी इकलौती बेटी को ब्याह रहा था। पूरी बस्ती में रौनक थी। नाक में बड़ी-सी नथ डाले गुलाबी ने गुलाबी चूनर ओढ़ रखी थी। पीली किनारी में उसका मुँह दमक रहा था। सगुन का बड़ा-सा थाल उठाये वो मोरनी की तरह आगे-आगे चल रही थी। साथ के मैदान में बिलादर के ट्रक खड़े थे। उन पर झंडियाँ लगी थीं।

दूसरे बेटे की शादी भी इसी तरह दो साल बाद धूमधाम से हो गयी थी। चिनार के मोटे तने से लगकर मधुमक्खियों का छत्ता काँपता रहा था। उसी शान से बिलादर के ट्रक सजे खड़े थे। उसी शान से दुलहिन घर आयी थी।

और आज गुलाबी के तीसरे बेटे की शादी थी। गुलाबी को लग रहा था, जैसे सवेरे से जुते बैलों के कंधों से दोपहर ढलने के वक्त हल उतारा जा रहा हो। हल्की-सी गुलाबी इधर-उधर डोल रही थी। आज सरदारी से मिले उसे पूरा एक महीना हो गया था। उसने सरदारी से कहा था, "हमारे छोटे बेटे की शादी है। बस, इसके बाद मैं आज़ाद हो जाऊँगी।"

सरदारी सारी रात का जगा था। खुमारी में ही बोला, "गुलाबी, फिर घर चलोगी न?"

गुलाबी को पता नहीं क्या हुआ था, घर का नाम सुनकर वो दहाड़ मारकर रोने लगी थी। सरदारी खुमारी से जग गया और उसे मालूम हो गया उसने क्या कहा है। गुलाबी के बालों को खोलते हुए बोला, "मैं जग गया हूँ गुलाबी, तुम भी जग जाओ। तुम अब तीन बहुओं की सास हो जाओगी। सारे घर का बोझ तुम्हारे ऊपर है। बिलादर भी अब ढल गया है। ऐसी बातें सोचने से क्या फायदा?"

गुलाबी उसके जवाब में सिर्फ रोती रही थी। मन के साथ-साथ उसकी ज़िम्मेदारियों का बोझ भी हल्का होता चला गया था। अँधेरा होने से पहले वह घर आ गयी थी। बेटे की घोड़ियाँ गाती औरतों के हुजूम में घिरकर अकेली बैठी रही थी। उसकी मुँह-लगी सहेली ने टहोका मारकर कहा था, "क्यों गुलाबी, अभी तो बिलादर और आठ बेटों की शादी आसानी से कर सकता है। फिक्र क्यों कर रही हो? जीजे के पास तो सोना उगलने वाले ट्रक हैं।"

गुलाबी हँस दी थी।

बारात के दिन उसने अपनी दोनों बहुओं के साथ जाते-जाते चिनार पर काला धब्बा देख लिया था। औरतों के हुजूम में भी उसे वही धब्बा दिखाई दे रहा था। औरतें गा रही थीं—

चढ़दी जंजी बद्दल छाया
म्हराजा, चढ़ेया ई रूप सोआया...

(बारात चढ़ते ही आसमान पर बादल घिर आये हैं। दूल्हे को क्या रंग चढ़ा है!)

गुलाबी काँप गयी। अगर बादल आ जाएँ तो सरदारी भीग जायेगा। तभी दौड़ता हुआ बिलादर यमदूत की तरह सिर पर आ खड़ा हुआ।

"गुलाबी! मैंने घोड़ी के ऊपर पैसों के साथ वरी के संदूक की चाबी भी लुटा दी है। अब क्या होगा?"

गुलाबी ने बिना घबराये कहा था, "उसकी दूसरी चाबी मेरे पास है। मैं उसे ले आती हूँ। आप लोग चलो।"

तभी भीड़ में से एक औरत बोली थी, "बिलादर भाऊ, तुम बूढ़े हो गये हो...चाबी को भी चवन्नी समझ लिया। पर कमाल है, इतनी औरतों में गुलाबी को कैसे पहचाना?"

बिलादर बोला, "भाभी! मेरी असली गुलाबी तो तुम्हीं हो।"

गुलाबी को जाते-जाते बाजों के शोर को चीरती आती ठहाकों की आवाज़ सुनाई दी थी।

चिनार के क़रीब वो पहुँची तो चिनार पर काला धब्बा नज़र न आया। चिनार के नीचे कुछ काला-सा हिल रहा था। उसने सोचा, कहीं सरदारी तो नहीं? भागकर देखा, वही था। उसे उठाया तो उसकी बाँह तप रही थी। सरदारी ने कहा, "बुखार-सा है। उतरते वक्त गिर गया। तुम्हें भागते देखा तो डर लगा। तुम जाओ गुलाबी!"

गुलाबी ने कहा, "सारी उम्र मैंने तुम्हारी बात सुनी है। अब तुम्हें मेरी बात माननी पड़ेगी। मेरा मांस ख़ाओ जो कुछ बोलो।"

गुलाबी उसे पिछले रास्ते से घर ले गयी। ऊपर भंडारघर में दीवारों पर सूखे मेवे, सब्जियों के हार लटके हुए थे। यहाँ की चाबी सिर्फ गुलाबी के पास थी। एक चारपाई बिछाकर उसने बिस्तर डाला और सरदारी को लिटाकर नीचे गयी। इत्मीनान के साथ उसने गर्म दूध में हल्दी और दो कच्चे अंडे मिलाये। सरदारी से पीने को कहा। साथ में, छोटी-सी मोरी के पास पानी की बाल्टी रखी। एक कांगड़ी चारपाई के नीचे सरकायी और बाहर से ताला बन्द करके बारात की तरफ चली गयी।

बिलादर पड़ोस की चाची के साथ नाच रहा था। चाबी लेकर बस में जा बैठा। औरतें घर आकर रतजगा करने लगीं तो गुलाबी धीरे-से खिसक ली। एक रजाई में से पुरानी रूई निकालकर कोयलों की अँगीठी लेकर छत पर चली गयी। सरदारी की कमर सेंकते हुए उसे झपकी-सी आयी। तभी नीचे से 'गुलाबी-गुलाबी' की पुकार कानों में पड़ी।

उठी तो कोयलों की आँच बुझ चुकी थी। सरदारी बेफिक्री की नींद सो रहा था। उसने सोचा, सरदारी की सारी फिक्र मैंने ओढ़ ली है। अब इसे न उतारूँगी। ताला लगाकर वह नीचे चली आयी।

दूसरे दिन सरदारी ने उससे कहा, "मैं ठीक हूँ, मुझे अब जाने दो। शाम ढलते ही बारात वापस आ जायेगी। बदनामी मोल लेने से क्या फायदा!"

"नहीं, तुम जाने के काबिल नहीं हो। बुखार तो उतरा है पर अभी तुम बड़े कमज़ोर हो। दवा की जरूरत है तुम्हें।"

"मेरी कोई दवा नहीं है गुलाबी! मेरी चिन्ता न करो। बस, एक बात मान लो। लोग तुम्हारी बातें करें, यह मुझसे सहन न होगा। मुझे आज ही जाने दो। दो-तीन दिन रह भी लिया तो क्या होगा!"

गुलाबी ने एक फ़ैसले पर पहुँचते हुए कहा, "तुम यहाँ से अगर जाओ तो ढाबे वाले की बगल की कोठरी में रहो, ठीक होने पर चले जाना। वहाँ मैं डॉक्टर को भिजवा दूँगी।"

शाम के अँधेरे में सीढ़ियाँ उतरकर सरदारी चला गया था। रात को गैस की रोशनी में बहू लेकर बाराती आ गये थे।

बिलादर के सारे सपने पूरे हो गये थे। दूसरे दिन उसने दहेज के ट्रंकों की चाबियाँ गुलाबी के पैरों के पास फेंककर कहा, "ले, अपने कमाऊ बेटों की कमाई।"

गुलाबी के मुँह से निकला, "बेटी होती तो जानते, माँ-बाप बेटी को किस मन से विदा करते हैं।"

बिलादर की आँखों में जैसे खून उतर आया था, नशे में बोला, "हाँ, अभी हौंस बाकी है। उसी के साथ जाकर क्यूँ नहीं रहती छिनाल?"

गुलाबी ने कमरे में कुंडी लगा ली। दरांती उठाकर बोली, "छिनाल? तुमने मुझे छिनाल कहा? तुमने? तुम नाली के कीड़े, तुम्हारे सुख के लिए मैं दो ज़िन्दगियों का बोझ ढोती रही। तुमने मुझे गाली दी! आज मैं तुम्हें मार डालूँगी, नहीं तो खुद मर जाऊँगी!" लड़ते-लड़ते वह लस्त हो गयी।

तब तक उसके बेटे दरवाजा तोड़कर अन्दर आ चुके थे। गुलाबी बेटों की बाँहों में बेहोश-सी हो गयी। होश आते ही वो चुपचाप उठकर झरने पर नहाने चली गयी। लौटकर उसने अपने दो-चार कपड़े लिये, चाबियाँ बड़े बेटे को दीं। सभी कोनों में दुबके थे। माँ को कभी उन्होंने ऊँचे बोलते न सुना था। बिलादर हुक्का गुड़गुड़ा रहा था। गुलाबी से नज़र मिलाने की उसकी हिम्मत न थी। औरत जात का क्या भरोसा? अगर राज़ उगल दिया तो उसकी सोने की लंका उजड़ जायेगी। गुलाबी ने चारों तरफ़ देखा और सीढ़ियाँ उतर गयी।

ढाबे पर जाकर सरदारी को उठाया और ट्रक में जा बैठी। उसको देखकर सरदारी की भी कुछ पूछने की हिम्मत न हुई। आसमान पर काले बादलों को चीरकर चाँद निकल रहा था। बायीं तरफ़ पहाड़ और दायीं तरफ़ की नदी में तेज़ी से बहता पानी चाँदनी को घोलकर पी रहा था।

सड़क कानवाई से आज़ाद थी। गुलाबी बिलादर के शिकंजे से निकल चुकी थी। ट्रक सड़क पर यूँ जा रहा था जैसे आशिक के दिमाग़ में माशूक का ख़्याल हो।

अनुवाद : **लेखिका द्वारा**

•

पंछी

बन्धु शर्मा

यह ऐसे पंछी की कहानी है, जिसे उसने कभी पालना चाहा था। चितेरे ने आकाश से नीलाहट, उषा से लाली और चाँद से चाँदनी का रंग चुराकर उसे रँगा था। गहरी सब्ज़ चोंच, पीले पंजे—छोटे-छोटे दो चप्पू-से। आँखें, सीप में जड़े मोती की तरह, मछली की स्नात आँखों-सी मासूम चंचल।

वह पंछी उसके स्याह हाथों में चोंच और चप्पू चला रहा था। डरी-डरी-सी आँखें, निहायत बेकल।

काफ़ी देर से उसके मन में साध थी, कभी घनी अमराइयों के पिछवाड़े बने उस सुर्ख छत के पहाड़ी डाक बँगले में एकाध रोज़ टिकता। जब कभी उसकी बस पहाड़ी सड़क के उस मोड़ पर पहुँचती, जहाँ सड़क अजगर की तरह टेढ़ा मोड़ बनाती थी—उसे वह सुर्ख छत का बँगला और उसका सहन और पेड़ दिखाई दे जाते। लगता, जैसे कुदरत ने अनुपम तश्तरी में कोई उपहार सजा रखा हो! ढलवान से नीचे बहते नाले का चमकीला पानी और सुनहरी धूप में नहाते सिक्ताकण ऐसे चमकते जैसे आसमान ने अपनी नैसर्गिक छटा को दोनों हाथों से लुटाया हो।

हर बार बस डीज़ल धुएँ के गोले उगलती ढलवान और नाले पर बनी पुलिया से गुज़रकर मोड़ मुड़ जाती और दृश्य धीरे-धीरे आँखों से ओझल होने लगता।

'फिर कभी', कहकर वह अपने-आप को सांत्वना देता। लेकिन उस रोज़ उसने बस को वह पुलिया न लाँघने दी थी।

''बाबू जी, ऊपर कुछ सामान तो नहीं?''

कंडक्टर के प्रश्न का उत्तर उसने अपना सफरी झोला उठाते हुए दिया था, ''नहीं।''

दूसरे क्षण वह बस से बाहर था।

कंडक्टर को शायद उसका इस तरह बस से उतर जाना अजीब लगा था, क्योंकि उसका टिकट अगले पड़ाव का था। किवाड़ की भड़क सुनकर उसे लगा, कंडक्टर ने उसे कुछ अधिक ज़ोर से बन्द किया है। शायद किसी अन्तर्विरोध के वशीभूत!

धूल का एक झोंका उसे स्पर्श करता गुज़र गया।

कंधे पर झोला लटकाये उसने आगे-पीछे देखा। सड़क वीरान थी और बस अगले मोड़ से आगे सरक चुकी थी।

उसने कंघी से बालों को बैठाया और फिर सिगरेट सुलगाने लगा। दूर नीचे डाक बँगले तक चली गयी पगडंडी पर पहला क़दम रखते हुए उसे लगा, वह हवा के झोंके-सा उस पर बहता चला जा रहा है।

डाक बँगले के अहाते में पहुँचते ही चारपाई के नीचे लेटे सुस्त-से कुत्ते ने भौंककर उसका स्वागत किया। क्षण-भर को उसके कदम रुके पर, अगले पल कुत्ता अपनी गर्दन नीचे लटकाकर पूर्ववत् लापरवाही से लेट गया। एक अधेड़ और लम्बा व्यक्ति चरमराती चारपाई को छोड़कर उसकी ओर बढ़ा। सुस्त कुत्ता भी उसके साथ फिर उठ खड़ा हुआ था।

उसने सोचा, जैसे यह अधेड़ डाक बँगले का चौकीदार है, उसी तरह यह कुत्ता चौकीदार है। यह ख्याल आते ही मन-ही-मन वह प्रफुल्लित हो उठा।

"नमस्ते! मैं चौकीदार हूँ।" आगन्तुक को निरीक्षण करती दृष्टि से देखते हुए वह बोला।

"चौकीदार! कमरा वग़ैरह मिलेगा?"

"क्यों नहीं साहब! तमाम कमरे खाली पड़े हैं, आप बेफिक्र रहिए।" फिर कुछ रुककर बोला, "रात-भर टिकेंगे?" चौकीदार की नज़र उसके सफ़री झोले पर ठहरी हुई थी।

"हो सकता है, कल की रात भी... अगर शोर न हुआ तो।" उसने जैसे चौकीदार को लम्बा साथ देने का दिलासा देना चाहा।

चौकीदार के पीछे-पीछे वह ऊँची दीवारों वाले हॉलनुमा कमरे में चला आया था।

हॉल में एक ओर पुराने ढंग का सागवानी लकड़ी का डायनिंग टेबुल पड़ा था, जिसे आठ कुर्सियाँ घेरे हुई थीं। दूसरी ओर दो सोफ़ासेट थे, जिनके मध्य छोटी तिपाइयाँ पड़ी हुई थीं।

सोफ़े पर आराम से बैठते हुए उसने तिपाई पर टाँगें फैला दीं और चौकीदार से चाय लाने के लिए कहा।

उसके जाते ही उसने कमरे का निरीक्षण करना शुरू किया।

पिछले रोशनदान से डूबते सूरज की रश्मियाँ दीवार पर टँकी सुनहरे फ्रेम वाली बड़ी तस्वीर पर पड़ रही थीं और घोड़े पर सवार फ़ौजी जनरल की छाती पर सजे पदकों की कतार चमक रही थी। कीमती वर्दी, बिर्जिस और घुटनों तक लम्बे जूतों में जनरल का व्यक्तित्व आकर्षक और रोबीला लग रहा था। पदक देखकर वह सोचने लगा—इस जनरल ने खूब युद्ध जीते होंगे!

सारे कमरे में ताज़ा वार्निश और रंग-रोगन की गंध फैली हुई थी।

चाय वाली ट्रे को तिपाई पर रखते हुए चौकीदार ने पूछा, ''साब जी, आपका बिस्तर किस कमरे में लगाऊँ?''

''जहाँ ठीक समझो, लगा दो।''

''अच्छा, तो नाले की ओर खुलने वाला कमरा खोल देता हूँ।''

चाँदनी में उसने घड़ी देखी। दोनों सूइयाँ दस पर थीं।

वह तीसरा पेग खाली कर रहा था। पीने का अभ्यस्त तो न था, बस कभी-कभार किसी यार-दोस्त की महफिल में जाम उठा लिया करता था। फिर ऐसी जगह पीने का अपना लुत्फ़ है। वह अपने को बेहद हल्का महसूस कर रहा था। नाले की एकतान सूँ-सूँ, फर-फर करती हवा, काँपती हुई पेड़ों की कोपलें, उनके सिर पर पंख फड़फड़ाकर उड़ता देर से लौटने वाला कोई पंछी और चौगिर्द सदियों से खड़े समाधिलीन पहाड़, यह सब कुछ अजीब-सा प्रभाव डाल रहे थे। अपने को वह बेहद उन्मुक्त और अमीर महसूस कर रहा था। अपने इस मस्ती-भरे अहसास को वह किसी के साथ बाँटकर भोगना चाहता था।

उसने चौकीदार को आवाज़ देकर पुकारा और उसे एक और गिलास लाने के लिए कहा। गिलास में एक 'डबल' बनाकर उसे चौकीदार की ओर बढ़ाते हुए उसने कहा, ''ले दोस्त, तू भी पी और नाले की सूँ-सूँ का शोर सुनता रह। इन पहाड़ों से स्पंदित गीतों के लम्बे और प्रतिध्वनित होते स्वर, तुझे जीने का नया रहस्य बतलाएँगे। तेरी जवानी के रसीले पड़ाव तेरी आँखों के सामने प्रत्यक्ष हो उठेंगे, जिनसे तपिश, सहारे और स्मृतियाँ समेटकर तुझे अन्तिम पड़ाव तक पहुँचना है।''

बोला तो वह बहुत कम था पर वह भावनाओं के रेले में बहकता जा रहा था। अपने सामने बैठे चौकीदार के साथ वह खूब बातें करना चाहता था। उसके मन में निरर्थक और गर्म अहसासों की बेशुमार बातें उमड़ रही थीं और होंठों पर स्पंदित हो रही थीं।

उसने महसूस किया कि वह कुछ बहकता जा रहा है। 'पीना बन्द करना चाहिए।' उसने सोचा और लौटकर अपने कमरे में चला आया।

हक्का-बक्का-सा खड़ा चौकीदार उसे अचानक इस तरह जाते हुए देखता रहा। तब उसे अपने मन में इस बाबू के लिए लगाव का अंकुर-सा फूटता महसूस हुआ।

नींद किसी सुनहरी मछली की तरह उसकी आँखों से दूर फिसलती जा रही थी। उसने नर्म गुदगुदे बिस्तर पर कई करवटें बदलीं, पर वह चमकीली मछली उसकी पकड़ से लगातार बचती जा रही थी।

उसके दिमाग़ की तहों में शील और राहुल की स्मृति उभर रही थी, जिन्हें चारदीवारी में छोड़कर वह यहाँ शहर की धूल और थकान उतार रहा था।

'कितनी कच्ची नींद है शील की!'--उसने सोचा। पैरों की आहट पाते ही जाग जाती है। कभी-कभार रात देर से लौटने पर मासूम शिकायतों की झड़ी लगा देती

है। राहुल के उसे याद करते-करते सो जाने का उलाहना देती है। फिर छोटी-छोटी बातों का अनन्त सिलसिला, जिनसे वह अनेक सूत्रों द्वारा बँधी रहती है।

उसे शील को कभी-कभी किसी बेकार बात पर चिढ़ाना याद आया। राहुल के जनने की बात लेकर वह प्रायः उसे चिढ़ाया करता था, "औरत हो तो तेरे जैसी! राहुल पैदा हुआ तो किसी को कानों-कान खबर तक न हुई। अम्मा जी ने खुद सारे गली-मोहल्ले को बताया था, अन्यथा पहला बच्चा होने पर औरतें ज़मीन-आसमान एक कर देती हैं।"

यह व्यंग्य शील के कलेजे पर छेद कर देता। यह मानने को वह कभी तैयार न थी कि प्रसव की पीड़ा उसके हिस्से कम आयी थी, उल्टे वह अवहेलना की बात लेकर बैठ जाती। कई बार यह भी होता कि छेड़छाड़ के क्षण गत वर्ष के हादसे के बोझ-तले दब जाते और उन दोनों के मध्य अभेद्य चुप्पी सिर उठा लेती। शील एकदम बुत-सी बन जाती और सुबकने लगती। वह स्वयं भी अजीब से अपराध-बोध की शिला तले अपने-आपको दबते हुए महसूस करता। इस दौरान अनन्त नीरवता दोनों को जकड़े रहती। वह विचार-भँवर में फँस जाता कि यदि उस रात वह बे-परवाह न रहता तो शायद आज वो नवजात उनसे जुदा न होता। उस रात शील ने उसे कितना रोका था! यदि वह चाहता तो 'टूर' पर किसी दूसरे साथी को भेज सकता था। मिन्नी के बुखार को उसने गंभीरता से नहीं लिया था।

दूसरी शाम को वह लौटा तो मोहल्लेवालों से पता चला था कि उसके घर वाले अस्पताल गये हुए हैं। बैग फेंककर वह अस्पताल पहुँचा था। उस समय ही उसके मानस पटल पर अपराध का अक्स अंकित हो गया था।

घबराया, हाँफता-सा वह जब बच्चों के वार्ड में पहुँचा था, मिन्नी की छोटी-सी लाश सफेद बिस्तर पर पड़ी हुई थी। दोनों हथेलियाँ खुली हुई, छोटे-छोटे होंठ नीले हो चुके थे।

उसने बेड के पाये पर सिर रखकर रोती शील के कंधे पर हाथ रखा था। उसने सिर उठाकर जिन निगाहों से उसे देखा था, वह उन्हें झेल न पाया था। अपना कंधा छुड़ाकर शील अम्माजी के गले जा लगी थी। उसे यों लग रहा था जैसे मिन्नी की छोटी-छोटी अँगुलियाँ उसकी ओर उठ रही हैं। वह अपने-आपको कटघरे में खड़ा महसूस करने लगा था। तब कई हफ्ते शील ने उससे बात न की थी। जब भी वह उसे अपनी ओर खींचता, वह रो देती।

तभी अचानक कहीं पास से ही रायफल के फायर होने की आवाज़ आयी। सुस्त कुत्ते ने ज़ोर से भौंककर इसका प्रत्युत्तर दिया। जंगल और पहाड़ गूँज उठे। उठकर वह बाहर चला आया उसी चबूतरे पर, जहाँ कुछ देर पहले बैठकर उसने शराब पी थी।

उसने देखा, दो शिकारी नाले के किनारे चलते ज़रा ऊपर को टीले की ओर मुड़े और कुछ दूर चलकर पेड़-पौधों में ओझल हो गये।

सुबह उसने शिकारियों के विषय में पूछा था। चौकीदार क़हक़हा लगाकर बोला, "साहब, ये शिकारी थोड़े हैं, ये तो कोई पंखीमार हैं, बंगाल से आये हुए। दिन-रात जंगलों और पहाड़ों में भटकते रहते हैं।" फिर कुछ याद करके सुनाने लगा, "यहाँ आये हुए लगभग एक हफ़्ता होने लगा है। पिछवाड़े जंगलात वालों का क्वार्टर है वहीं डेरा जमाये हुए हैं।" उसने उँगली से संकेत करते हुए बतलाया था।

"तो करते क्या हैं पंछियों का ये लोग?" उसने चौकीदार से पूछा था।

"नारायण जाने क्या करते हैं।" उसने अपनी लाचारी व्यक्त कर डाली, "रुई भर-भरकर इन्हें सन्दूक में रखते जाते हैं। इनके क्वार्टर के पास मुँह नहीं जाता, सिर्फ़ बदबू-ही-बदबू है वहाँ।" उसने नीचे थूक दिया, "कहते हैं, किसी महकमे के आदमी हैं। सन्दूक भर-भरकर पंछियों को कलकत्ता भेज देते हैं।" फिर घिनौनी-सी सूरत बनाकर कहने लगा, "विचित्र धंधा है! वैसे इनमें एक बाबू अच्छा पढ़ा-लिखा है, एकदम गुड आदमी, साब जी! आते-जाते मुझे आदर से बुलाता है।"

चौकीदार की आवाज़ और मुखाकृति अब शान्त हो चली थी।

उसने जंगलात के क्वार्टर के किवाड़ खटखटाये। एक बंगाली छोकरे ने दरवाज़ा खोला। उसके एक हाथ में चाकू और दूसरे में रुई का फाहा था। उसने केवल निकर और बनियान पहन रखी थी।

वह छोकरे के पीछे-पीछे अन्दर चला गया। इससे पहले कि वह उससे कुछ पूछता, छोकरा 'एक मिनट' कहकर अचानक ही नाले की ओर जाती ढलवान की ओर दौड़ा था। टीले पर लगाये जाल में रंगदार पंखों वाला एक पंछी फँसा हुआ था। उसने उधर झाँककर देखा। छोकरा पंछी को अपने काले हाथों में भींचे, इधर चला आ रहा था।

क्वार्टर में आकर छोकरे ने उसे पंछी दिखाया था। पंछी का रंग-रूप देखकर उसने उसकी चोंच पर अपने पोर से स्पर्श किया था। छोकरे का ध्यान भी पंछी पर केन्द्रित था।

वह उससे पंछी के विषय में पूछने लगा कि दूसरे हाथ में पकड़ी सूक्ष्म सुई पंछी की छाती में घुस गयी। उसके रोंगटे खड़े हो गये।

सिरिंज बाहर रखी मेज पर धरकर वह छोकरा उस कमरे में चला गया था, जिसे उसने भीतर घुसते ही पंछियों के लाशघर की संज्ञा दी थी।

वह भीतर दाखिल हुआ ही था कि मिली-जुली कई प्रकार की गंधों का भभका उसके नासापुटों द्वारा मस्तिष्क में फैल गया था। उसे लगा कि वह ऐसे दवाखाने में चला आया है जहाँ तमाम बोतलों के ढक्कन खुले हुए हैं।

इस इलाके में इतने भाँति-भाँति के पंछी हो सकते हैं, उसने सोचा तक न था। वह बंगाली बाबू से मिले बिना उन्हीं कदमों वापस चला आया।

वह कमरे में पहुँचा तो लगा, जैसे वह मरा हुआ पंछी भी उसके संग-संग चला आया हो।

उसे याद आया, छुटपन में एक बार साँझ को उसने और उसकी छोटी बहिन से एक चिड़िया तिनकों के एक पिंजरे में बन्द कर दी थी और पिंजरा अमरूद की टहनी पर लटका दिया था।

सुबह झुटपुटे में बहन को सोया छोड़कर, वह चिड़िया को बाजरे के दाने खिलाने गया था। पिंजरे के तिनकों की जाली में उसे मरी हुई चिड़िया नज़र आयी थी। उतावली में उसने इसका दरवाज़ा खोला था। चिड़िया की एक आँख बाहर निकल आयी थी और वह निष्प्राण पड़ी हुई थी।

कैसी दर्दनाक मौत थी उस छोटी-सी चिड़िया की! इसे वह आज तक भूल न पाया था, विशेष रूप से उसकी बाहर लटक आयी सफ़ेद आँख को।

बचपन की एक और घटना स्मृति-द्वार पर दस्तक देती बाहर आयी। वह अपने मामा की लड़की की शादी पर ननिहाल आया हुआ था। उस रात वह रोटी खाकर पिछवाड़े की ओर निकल गया था। रसोई के गैस-लैम्प से पिछवाड़े में दूर-दूर रोशनी की चौड़ी लकीरें-सी बिछ रही थीं। उसके पास ही बेरी के पेड़ पर पंछियों का शोरगुल मचा हुआ था।

रोशनी की एक पट्टी बेरी के पेड़ तक पहुँच रही थी। उसने देखा, एक बड़ी चक्की-सी पड़ी हुई है और उसमें विचित्र-सी हलचल हो रही है, जैसे हवा चलने पर घने पेड़ों में होती हैं। उस गोल और गिलगिले आकार से फूत्कार निकल रही थी, बिलकुल पैट्रोमैक्स गैस की तरह।

उसने देखा था, छिपकली के मुँह की तरह एक काफ़ी बड़ा मुँह चक्कीनुमा चीज पर टिका हुआ था। मास के दाने जितना, माथे पर जड़ी दो तेज़ आँखें एकटक उसे निहार रही थीं। सुर्ख पतली और त्रिशूल की तरह तेहरी जीभ, काली घटा में चमकती बिजली की तरह चमक रही थी। वह हर तरह के खतरे से बे-खबर, मंत्रबिद्ध-सा सब-कुछ देख रहा था।

वह कुंडलिनी धीरे-धीरे खुलकर एक मोटे रस्से में बदल गयी। रस्से पर पंख की रूप-रंगत के बड़े-बड़े दाग़ बने हुए थे, माना उसकी सारी पीठ पर चिड़ियों के पंख चमचमा रहे हों। उसने आस-पास देखा। वहाँ और कोई न था। अज्ञात के डर से वह काँप उठा और अन्दर की ओर भागा।

उसका चित्त बोझिल-सा होने लगा। उसके भीतर अकेलेपन का अजगर सरसराने लगा था।

उस बंगाली छोकरे के हाथों में छटपटाते रंग-बिरंगे पंछी की याद उसे बेतरह सताने लगी। इसके साथ ही अस्पताल के सफ़ेद बेड पर मृत पड़ी मिन्नी के छोटे-छोटे हाथ याद आये। तब वे नन्ही अँगुलियों वाले हाथ पिंजरे में मरी पड़ी चिड़िया के पंजों में बदल गये।

उठकर उसने कमरे की खिड़की खोल दी। हवा का एक ठण्डा झोंका उसके चेहरे से लिपटता कमरे के भीतर फैल गया और नाले की सूँ-सूँ और बढ़ गयी।

"खाना ले आऊँ साब जी?" वहाँ चौकीदार कब आ पहुँचा, वह न जान पाया। लेकिन उसके शब्द उसे विचारों के कुएँ से रस्सी की तरह बाँधकर बाहर खींच लाये थे।

"हाँ, और बिल भी।"

उत्तर सुनकर चौकीदार विस्मित-सा उसे ताकने लगा।

"पैसे ले लेंगे, साब जी! आप कहीं जा थोड़े रहे हैं।" फिर कुछ याद करके कहने लगा, "अभी इधर कोई शोर भी नहीं है।"

"आदमी के अपने अन्दर भी तो शोर हो सकता है।" वह चौकीदार की ओर देखकर हँसने लगा, "आज तो जाना ही पड़ेगा। फिर कभी ज़रूर आऊँगा।"

अपना सफ़री झोला सँभालते हुए उसने देखा, डूबते सूरज की उन्हीं सुनहरी किरणों में तस्वीर वाले जनरल के सीने पर पदकों की कतार चमचमा रही थी।

अनुवाद : **ओम गोस्वामी**

•

समधियों का उलाहना

भगवतप्रसाद साठे

मोहरू जोगी के यजमान चार गाँव में फैले थे। किसनपुर, थपलाल, गोंडा और नमांई का वही अकेला जोगी था। मोहरू का अपना कहने को और कोई न था, सिर्फ एक बेटी केसरो ही थी। लेकिन इन पाँचों गाँवों के सभी बच्चों के जन्म और जीवन के लिए मोहरू अपने को ही शाबाशी देता था। उसका यह दावा था भी सच। ज़मींदारों में बुआई करना, बीज डालना, गोड़ना और अनाज चुनना आदमी के अपने बस में होता है, लेकिन ऊपर वाले के वार से लोगों को बचाना मोहरू का ही बूता था। पकी हुई फसल के ऊपर से गुज़रता बादलों का रथ अगर मोहरू वापस न लौटा देता, तो इन्द्र खेतों पर ओलों की सफ़ेद चादर बिछाकर सबके किये-कराये पर पानी फेर देता, फिर भला मोहरू के इस दावे को कौन झुठलाता?

जोगियों की बेटियाँ जोगियों के घर ही जाती हैं। लेकिन केसरो के लिए लड़का तलाशने में मोहरू को काफ़ी परेशानी का सामना करना पड़ा। गंगू जोगी की सीमा मोहरू की सीमा के साथ लगती थी। उसका बेटा भी जवान था, लेकिन मोहरू और गंगू सारी उम्र एक-दूसरे पर वार करते रहे थे। फिर किस मुँह से वह गंगू के लड़के के साथ अपनी बेटी की शादी की बात करता? लेकिन लिखे को कौन मिटा सकता है? आखिर किसी के ज़रिये बात हुई और सगाई हो गई। गंगू की छाती गज़-भर चौड़ी हो गयी। जिसने अपने कस्बे में आज तक कभी जीत की सूरत न देखी थी, बेटे का बाप होने से ही उसने मोहरू की गरदन हमेशा के लिए झुका दी थी।

मोहरू ने केसरो को अपने हुनर में माहिर कर दिया था। जोगियों की सबसे बड़ी कमाई यह हुनर ही तो होता है। इसी के बल पर तो यजमानों में उनकी इज़्ज़त होती है।

मस्ती-भरा फागुन था। गेहूँ की बालियों में दाने पक गये थे, परन्तु अभी सूखे नहीं थे। यही समय था, जो सँभल जाता तो ज़मींदार, ज़मींदार कहलाता, नहीं तो उसके साथ-साथ लुहार, धोबी, मोची, जोगी, फ़कीर—सभी अपने-अपने पेट पर पट्टियाँ बाँध लेते। मोहरू को बुखार ने आ दबोचा। बुखार भी ऐसा कि पिंड छोड़ने का

नाम ही न ले। गाँव के लोग मन्नतें माँगने लगे कि मोहरू के ठीक होने तक सब कुछ ठीक-ठाक रहे। परन्तु मनुष्य जो सोचता है, सदा वही तो नहीं होता। कभी भगवान अपने मन की भी तो करता है। चौथे पहर आसमान पर बड़े काले बादल घिर आये और देखते-देखते अँधेरा छा गया। सबके कलेजे काँप गये। अब जान नहीं बचेगी। ऐसा चढ़ा रथ कोई मोड़ सके, ऐसा कोई भी दिखाई नहीं देता था।

मोहरू चारपाई से लगा हुआ था। केसरो ने जब बताया तो वह तड़पने लगा। जब बीमारी के आगे बस न चला तो बोला, "केसरो, अब लाज तुम्हारे हाथ में है। अपने गाँवों पर इन बादलों को बरसने न देना और न ही इन्हें गंगू के गाँव की ओर जाने देना। अभी शादी नहीं हुई तो क्या हुआ, आखिर है तो तुम्हारी ससुराल ही! इन मेघों के रथ को पीछे मोड़ दे!" केसरो ने दो-तीन बार धूल के छोटे-बड़े गुबार उड़ाकर गंगू की सीमा में फेंक दिये। परन्तु समय बाँधना कठिन था। काले बादलों के रथ को पीछे लौटाना केसरो के बस की बात न थी। फिर भी उसने बाहर जाकर मन्त्र पढ़े। मन्त्रों का प्रभाव हुआ। आकाश में हलचल हुई। पहले हवा चली, फिर आँधी आयी और फिर तूफान उठा। बादलों की मोटी काली चादर बीचोंबीच से फट गयी और फिर बादलों का रथ पीछे की ओर मुड़ने लगा। केसरो उसे और भी पीछे हटाने का यत्न करने लगी, परन्तु वह थी तो बच्ची ही। उसे पता ही न चला कि कब आधा टूटा हुआ बादल बड़ी तेज़ी से गंगू की सीमा में पहुँच गया। वहाँ 'अब बरसा कि तब बरसा' वाली स्थिति हो गयी। केसरो ने जाकर मोहरू से पूछा, "अब क्या करूँ?"

मोहरू ने शर्म से आँखें झुका लीं—"तब मैं समधी को क्या मुँह दिखाऊँगा?"

केसरो ने बाप के मन की बात समझ ली। वह बाहर चली गयी। अपने कुल की मर्यादा तो उसने बचा ली थी, परन्तु ससुराल की...। आँगन में खड़े होकर उसने सोचा, 'वह ससुराल बनने ही क्यों दे?' चंडी का रूप धरकर, हाथ में दराँती लेकर वह चल पड़ी।

अँधेरा, जंगल, उजाड़, चीते, रीछ और सूअर—इन सबसे बचकर कहाँ पहुँची होगी केसरो, कौन जाने! लेकिन फिर मोहरू को न तो केसरो ही मिली, न समधियों का उलाहना ही।

अनुवादक : **यश सरोज**

•

नायक

मदनमोहन शर्मा

पर्दा बहुत देर से उठा था।

वह भी पूरा मेक-अप करके स्टेज पर आ चुका था।

लेकिन आश्चर्य की बात यह थी कि उसकी भूमिका को देखने अभी तक एक भी व्यक्ति नहीं पहुँचा था।

इतना बड़ा थियेटर!

इतना विशाल हॉल!!

पर देखने वाला एक भी नहीं!!!

अपनी भूमिका को सफल और प्रभावशाली ढंग से निभाने के लिए उसने जी-तोड़ मेहनत की थी। रिहर्सल कर-करके थक गया था। कितनी बार उसने अपना मेक-अप और वेशभूषा बदली थी। अपने माथे पर फिट बैठने वाला सुनहरी मुकुट उसने कास्ट्यूम-रूम में पड़े सैकड़ों मुकुटों में से देख-परखकर निकाला था। माइक पर उसने कई बार अपनी आवाज़ टेस्ट की थी। कहाँ कितना ऊँचा बोलना है, कौन-सा विचार किस तरह प्रकट करना है, डायलॉग का कौन-सा हिस्सा धीरे बोलना है, कौन-से स्थल पर केवल लम्बा श्वास भरना है और कहाँ चुप रहना है—यह सब सोचने-समझने के लिए उसने कई घंटे ज़ाया किये थे। उसके नाटक का अन्तिम दृश्य इतना ट्रैजिक और मार्मिक होना चाहिए कि तमाम दर्शक--बड़े, युवक, औरतें और बच्चे—वाह-वाह कर चिल्ला उठें, उनकी आँखों में आँसू आ जायें और उनके कलेजे दर्द से भर उठें। और फिर सभी लोग सोचने पर मजबूर हो जायें कि मानव-जीवन आखिर क्या है? यह सृष्टि क्यों रची गयी है? इस महान्, अनन्त कल्पना की उड़ान से भी अधिक विस्तृत और अगम्य सृष्टि में एक मानव का प्रयोजन क्या है? उसकी औकात क्या है? अपने-आपको प्रकृति की उत्तम और सर्वश्रेष्ठ रचना कहलाने वाला मनुष्य धूल के कण से किस तरह बड़ा है? और क्या जीवन का अन्त ही हर समस्या का समाधान है या बेशर्मी से अर्थहीन बातों पर हँस-हँसकर, एक-दूसरे को झूठी तसल्लियाँ बाँटकर, हर जलालत को बर्दाश्त करके, झूठ पर सच और सच पर झूठ का रंग चढ़ाकर—

—सारी उम्र तिल-तिल करके मरते हुए, अंगारों की सेज पर लेटे-लेटे—फरेब, छल, बेइमानी, हीनता और नीचता के उबलते कड़ाहों में अपनी आत्मा को फेंककर और उस पर नित नये अभिचार चिपकाते हुए, सेंधमारी डाकाज़नी करते हुए, शराफ़त के मुखौटे ओढ़कर हर बीत रहे क्षण का लहू निचोड़कर—इस संसार की गलियों, सड़कों और भवनों में चला जाये, जिया जाये। हर पल गर्दन अकड़ाकर अपनों से कमज़ोर और दलित लोगों को बार-बार पैरों तले कुचलते-रौंदते खुद को सूरमा कहा जाये और अपने से अधिक शक्ति रखने वालों के तलवे चाटे जायें। इस तरह का जीवन जीकर सड़ी-गली आत्मा को ब्रह्माण्ड में मिलाकर, यह नाशवान शरीर मिट्टी में मिलाया जाये?— ये तमाम प्रश्न वह अपने दर्शकों के मनों में अपनी लाजवाब भूमिका से उठाना चाहता है ताकि तमाम लोग बेचैन हो उठें और फिर परेशान होकर इस अर्थहीन जीवन का अर्थ ढूँढने की कोशिश करें।

पर अफ़सोस!

बहुत ही अफ़सोस की बात थी कि उसकी भूमिका को देखने के लिए एक भी व्यक्ति न आया था। वह सोचने लगा, भला कब तक यूनानी दुःखांत नाटकों के नायक की कास्ट्यूम पहने उसे इस शाही कुर्सी पर बैठे-बैठे दर्शकों की प्रतीक्षा करनी होगी?

उसकी नज़र बार-बार उस सामने वाले गेट की ओर उठ जाती थी, जहाँ से दर्शकों को हॉल के अन्दर आना था। पर गेट बन्द था और बन्द ही रहा। इतना बड़ा हॉल और एक ही गेट, अन्दर आने के लिए भी और बाहर निकलने के लिए भी। इस थियेटर का आर्किटेक्ट ज़रूर कोई पागल होगा। यह केवल उसी की नहीं हर दर्शक और हर पात्र की राय थी। लेकिन क्या किया जा सकता था! अभिनेता एवं अभिनेत्रियों को अपनी-अपनी भूमिका निभाकर चले जाना था। उस स्टेज पर किसी को ठहरने की आज्ञा नहीं थी। और नहीं इस बात की आज्ञा थी कि उस थियेटर के बारे में आलोचना की जाये। सच्ची बात तो यह है कि जिस किसी ने आलोचना की, वह या तो पागल माना गया या फिर उसे कुत्ते की मौत मरना पड़ा।

एक और विचित्र नियम था इस थियेटर का। वह नियम यह था कि चाहे कोई व्यक्ति देखने आये अथवा नहीं, नाटक चलेगा, चलता रहेगा। प्रत्येक एक्टर अपनी-अपनी भूमिका निभायेगा। यदि किसी के हिस्से तालियाँ और वाह-वाह आ जाये तो वह केवल मन-ही-मन खुश हो सकता है, क्योंकि यदि वह सब पर अपनी खुशी प्रकट करेगा तो दूसरे अभिनेता-अभिनेत्रियों को दुःख पहुँचेगा। इसके विपरीत, यदि किसी अभिनेता या अभिनेत्री को 'ओए-ओए' और 'थूह-थूह' मिले तो वह खुल्लम-खुल्ला जन-भुन सकता है, क्योंकि उनके जलने से दूसरों का मनोरंजन होता है। ये तमाम कायदे-कानून उसे मालूम थे।

इसलिए वह अपनी भूमिका निभाने के लिए पूर्णतया तैयार बैठा था।

पर विचित्र परिस्थिति थी। एक भी दर्शक वहाँ नहीं पहुँचा था। पूरा हॉल खाली थी। सुनसान। वह नायक था। ऐसा नायक जो भूमिका निभाता नहीं, जीता है।

कुछ भी हो, अब वह और प्रतीक्षा नहीं कर सकता था। उसका कीमती समय नष्ट हो रहा था। इसलिए उसे अपना नाटक हॉल की छत और खाली कुर्सियों को ही दिखाना पड़ेगा।

भला इस खाली हॉल में उसकी आवाज़ किस तरह गूँजेगी, यह परखने के लिए वह मुँह से कोई शब्द निकालना चाह रहा था। कोई ऐसा शब्द, जो उसके नाटक के किसी भी संवाद में प्रयुक्त न हुआ हो।

पर ऐसा शब्द...! कौन-सा शब्द हो सकता था ऐसा? बड़े आश्चर्य की बात थी, उसे एक भी ऐसा शब्द याद नहीं आ रहा था। सच्ची बात तो यह थी कि तमाम शब्द उस नाटक के संवादों में संजो लिये गये थे और अपने अमूल्य संवादों का एक भी शब्द वह व्यर्थ में गँवाना नहीं चाहता था।

अन्त में जाने कैसे उसके मुँह से एक शब्द निकल ही आया। और तब वह शब्द पूरे हॉल में गूँज उठा। सुषमा! सुषमा!! सुषमा!!!

हॉल में लगे सुपर-सेंसटिव स्पीकर उस शब्द को बार-बार उगलते जा रहे थे। उस शब्द की प्रतिध्वनि कोलाहल में बदल गयी थी। कोलाहल कानों के पर्दे फाड़ रहा था। उस कोलाहल में वह अपनी भूमिका को भूल बैठा।

'बन्द करो...बन्द करो यह शोर-शराबा।' वह चीखकर कहना चाह रहा था। लेकिन वह इसलिए चिल्ला नहीं पाया, क्योंकि उसे सुनने वाला कोई भी वहाँ नहीं था।

'इन स्पीकरों के मुँह बन्द करो।'

पर बन्द कौन करे?

स्पीकरों से निकलकर वह शब्द हवा में उड़ता जा रहा था, बिखरता जा रहा था, धूम मचाता जा रहा था।

भला कौन थी सुषमा? यह नाम उसकी जीभ पर आया कैसे? अभी वह यह सोचने को ही था कि थियेटर के दूसरे सिरे पर कई तरह की रोशनियाँ फैल गयीं। कमाल हो गया था! स्वचालित लाइटिंग सिस्टम भी आज उल्टा काम कर रहा था। रोशनियाँ तो सदा मंच पर फेंकी जाती हैं। पर मंच पर अँधेरा था और हॉल के अन्तिम हिस्से में लाल, नीले, जामुनी यानी इन्द्रधनुष के सातों रंग खिलखिलकर फैल रहे थे और उन रंगों में नहा रही थी एक सुन्दर युवती, अठारह-बीस वर्ष की लड़की।

यह लड़की?

हाँ! इस लड़की को वह जानता है। नहीं-नहीं, केवल जानता ही नहीं...वह तो कभी उसकी पूजा भी करता था। पर उसकी पूजा अकारथ चली गयी थी, क्योंकि वह मूर्ख था। वह भी उस लड़की को अपने मन की बात इस डर से बता नहीं पाया था कि कहीं सुनकर वह 'फक्क' से हँस न दे। उसे मूर्ख कहकर धता न बता दे। और तब वह लड़की शादी के बाद न जाने कहाँ चली गयी थी।

खैर! यह कौन-सा मौक़ा था उसके बारे में सोचने का यह फिर इन भूली-बिसरी बातों को याद करके दुःखी होने का?

उसने आँखें मूँद लीं। इतने सुन्दर रंग, इतनी चमक-दमक, तेज़ रोशनियाँ वह देख नहीं सकता था। युग बीत चुके थे जीवन की एक ऐसी खूबसूरती देखे।

काफ़ी देर बाद उसने आँखें खोलीं, और देखकर दंग रह गया। मंच के नीचे, पहली और दूसरी पंक्ति में कुछ मर्द, औरतें, लड़कियाँ और बच्चे आकर बैठ चुके थे। इन सबकी निगाहें उस पर ठहरी हुई थीं और वे मौन दृष्टि से जैसे उससे पूछ रहे थे कि उसे अपना नाटक कब शुरू करना है।

"शुरू कर! शुरू कर अपना नाटक! और याद रख कि हम सिर्फ़ दर्शक ही नहीं, तेरे इस नाटक के ज़रूरी पात्र भी हैं।" वे सभी एक स्वर में बोल रहे थे।

"मैं तेरी नायिका हूँ। सुन रहा है तू?" एक बूढ़ी औरत जिसने अपनी माँग में मुट्ठी-भर सिन्दूर डाला हुआ था और बड़ा भद्दा मेकअप किया हुआ था, कर्कश आवाज़ में बोली।

उस औरत के बाद शेष पात्र-दर्शक भी बारी-बारी बोलने लगे और उसे सुनाने लगे कि उसके नाटक में उनकी क्या-क्या भूमिकाएँ हैं। वैसे उनका अपना अलग-थलग एक नाटक भी था, जिसमें वे या तो नायक थे या नायिकाएँ।

उनकी वे कर्ण-भेदी चीखें और आवाजें इतनी भद्दी थीं कि वह कहने को विवश हो गया कि उनके लिए वह अपना आलीशान नाटक बर्बाद नहीं कर सकता। आखिर अपने उस नाटक का वह नायक था।

ऐसा कहना उसकी भूल थी। वह इस थियेटर के कायदे-कानून की अवहेलना कैसे कर सकता था? उसे हर हालत में अपनी भूमिका निभानी पड़ेगी।

अन्ततः वह अपनी कुर्सी से उठा और पूरी शान से बोलने लगा, "मैं...मैं राजा हूँ। मैं शासक हूँ। मैं कवि हूँ। मैं प्रेमी हूँ। मैं विद्वान हूँ। कोई मामूली आदमी नहीं। ओ मेरे देवताओ! आप जानते हैं कि मेरे जैसे महापुरुष इस धरती पर कभी-कभी जन्म लेते हैं...।' अपने लम्बे सम्वाद का अभी इतना-सा अंश ही वह बोला था कि माइक फेल हो गया।

हॉल के अन्दर डरावनी चुप्पी फैल गयी।

अब उसका स्वर नहीं, दर्शकों की आवाज़ें हॉल में गूँज रही थीं। वे सभी गला फाड़-फाड़कर बोल रहे थे—"यह झूठा नाटक है! तू न राजा है, न शासक, न प्रेमी, न कवि। तू तो मिडिल स्कूल का अध्यापक है। बत्तीस वर्ष नौकरी करने के उपरान्त, दो महीने पूर्व तू सेवा-निवृत्त हुआ। अपनी इतनी लम्बी नौकरी के दौरान तू सिर छुपाने लायक एक झोंपड़ी तक न बना पाया। सारी उम्र तूने खुद भी भुखमरी सही और हमें भी भूखों मारा। तेरे पास सिवा ऊँचे-ऊँचे आदर्शों और लम्बे-लम्बे दृष्टान्तों के कभी और कुछ न था।"

"तूने मेरी एक भी इच्छा पूरी नहीं की।" वह बुढ़िया जिसकी माँग में सिन्दूर पड़ा हुआ था और जो अपने-आपको उसकी नायिका बतलाती थी, अब वह जल-भुनकर बोल रही थी—"तूने मेरे बच्चों को भूखा तड़पाया है।"

"तेरे जैसा असफल बाप कौन होगा?" एक और आवाज़ आयी।

“तेरे जैसा स्वार्थी रिश्तेदार कौन होगा।” एक अन्य आवाज़ उभरी।

“तेरे जैसा खुदगर्ज दोस्त मैंने कहीं नहीं देखा।” एक और आवाज़ गूँजी।

“तुम कभी किसी का कुछ सँवार नहीं सके।” कुछ और आवाज़ें उछलीं।

“पर मैं...!” वह क्रोध में भरकर चिल्लाया, “मैं नायक हूँ! यह नाटक मेरा है! तुम क्यों बीच में बोल रहे हो?”

“लेकिन तुम क्यों भूल रहे हो कि तेरे नाटक के हम सब मुख्य पात्र हैं?” वे लोग उससे भी अधिक गुस्से में चिल्लाये।

“तू अपने-आपको नायक का खिताब भले ही देता रहे, पर हमारी नज़रों में तू खलनायक ही सिद्ध हुआ है।” न जाने कौन आहिस्ता से बोला।

“नहीं-नहीं, मैं खलनायक नहीं हूँ। मैं राजा ईडीपस हूँ!” वह अभिमान से गरजा।

“तो हम तुम्हारी आँखें निकाल लेंगे।”

“में जूलियस सीज़र हूँ।”

“तो हम तुम्हें छुरा घोंपेंगे।”

और फिर कई हाथ हवा में लहरा उठे—तन गये। उन तने हुए हाथों में तेज़ चमकदार छुरे थे। अब वे हाथ आगे बढ़ रहे थे। मंच पर रोशनी कम होती जा रही थी। उसे अपनी भूमिका का अन्तिम हिस्सा याद आ गया।

उन लोगों को, उनके हाथों में चमकते छुरों को देखकर वह पूरी तरह आतंकित हुआ। फिर वे हाथ पूरे वेग के साथ झपटे। तब उसके शरीर में कितने छुरे, कहाँ-कहाँ घुसे, उसे कुछ होश नहीं रहा।

वह गिर चुका था।

वह लहूलुहान हो चुका था।

वह तड़प रहा था।

वह मर रहा था।

उसकी साँसें उखड़ रही थीं।

ऑपरेशन थियेटर से एक नर्स बाहर आयी। उस नर्स को कई मर्द-औरतों ने घेर लिया।

“मेरा रास्ता छोड़ो।” नर्स ने उन्हें डपटते हुए कहा।

“पर मास्टरजी का क्या हुआ?”

नर्स उन लोगों का घेरा तोड़कर अपनी चाल से टिपटिप की ध्वनि पैदा करती सामने के वार्ड में चली गयी।

उस वार्ड के किवाड़ों के ऊपर एक नर्स की खूबसूरत फ़ोटो लगी हुई थी। उसने अपने होठों पर अँगुली रखी हुई थी और फ़ोटो के नीचे लिखा हुआ था—‘साइलेंस प्लीज!”

अनुवाद : **यश सरोज**

•

ठंड

मनोज कुमार

नंगे पहाड़ों से घिरी ढलवान पर बसे लद्दाख के उस छोटे-से गाँव में वो दिसम्बर महीने की ठंड और बादलों से घिरी दोपहर थी और लोसर का दिन।

लोसर, बौद्धों के नये वर्ष का प्रथम दिन।

दो दिन और दो रातें लगातार बर्फ़बारी के बाद, आज सुबह मौसम कुछ साफ़ हुआ था। सब-कुछ ठंड के आग़ोश में सफ़ेद-सफ़ेद दिखाई दे रहा था। लेकिन उस गाँव के लोग त्यौहार की खुशी और मन में उल्लास लिये इस बात को पक्का कर रहे थे प्राकृतिक ठंड या गर्मी से ज़्यादा भीतरी भावनाएँ महत्त्व रखती हैं।

टुंडप बढ़ई नीचे सड़क के किनारे-किनारे नाचता-गाता चला जा रहा था। उसकी उम्र चाहे चालीस वर्ष की हो रही थी, तो भी देखने में वह तीस-इकत्तीस से अधिक दिखायी न देता था। तीन बरस से, जब से उसकी यत्नी यांगचंग मरी थी, वह घर में पूरी तरह अकेला रह रहा था। फिर भी, गाँव के जवान लड़के-लड़कियाँ और हमउम्र लोगों में वह ज़िन्दादिल और हँसोड़ व्यक्ति के रूप में प्रसिद्ध था।

वह नाचता-कूदता चला जा रहा था। बीच-बीच में लड़के-लड़कियाँ तालियाँ पीटना छोड़कर आपस में हँसी-ठट्ठा करके, क़हक़हे लगाने लगते। टुंडप इस सबसे बेलाग, अपने बदन को हल्के-हल्के झटके और मोड़ दे-देकर नाच रहा था। उस छोटे-से दायरे में बर्फ पिस-पिसकर मैली और गाढ़ी हो रही थी। वह साथ-साथ गाता जा रहा थाः

'हम सारे इकट्ठे छंग पीते हैं—
हम छंग पीकर भी झगड़ा नहीं करते।
हम अच्छे दोस्तों की तरह,
इकट्ठे छंग पीते हैं...।'

भीड़ कुछ और बढ़ गयी थी। कुछ जवान और अधेड़ भी उसके साथ-साथ गाने लगे थे। टुंडप हाँफ़ रहा था। अब उससे ठीक से गाया भी नहीं जा रहा था। वह तनिक रुका और टाँगें फैला कर, गरदन झटक-झटककर लम्बे-लम्बे श्वास लेने

लगा था। तभी उसकी नज़र ऊपर वाली गली से इधर आ रहे लोपजांग पर पड़ी। वह खुशी से चिल्लाने लगा, "ओ...लोपजांग! लोसर मुबारक!" और फिर अपनी टोपी हवा में उछालकर उसे पकड़ने लगा। लेकिन उसे इतनी सुध न थी कि उसे पकड़ पाता और वह टोपी सहित बर्फ़ पर गिर पड़ा। तमाम भीड़ ने क़हक़हा लगाया। कुछ सँभलकर टुंडप स्वयं भी हँसने लगा। फिर उठने की कोशिश किये बिना वहीं बैठा-बैठा गाने लगाः

'हम अच्छे दोस्तों की तरह
इकट्ठे छंग पीते हैं..।'

बढ़ई टुंडप ज़ोर-ज़ोर से गा रहा था। गाँव के कुछ कच्ची उम्र के युवक उसके आगे-पीछे घेरा डालकर खड़े थे और हँस-हँसकर उसका साथ दे रहे थे।

टुंडप ने सुबह से न मालूम कितनी छंग पी डाली थी। उसका सुर्ख चेहरा अपनी ही चिकनाई से चमक रहा था। उसकी विचित्र मुस्कान देखकर कोई भी शर्त लगा सकता था कि वह पूरे होश में नहीं है।

लोपजांग क़रीब आ पहुँचा था। हँसता हुआ घेरे में घुसकर वह टुंडप को बाँह से पकड़कर उठाते हुए बोला, "लोसर मुबारक, ओ टुंडप! सुबह से तेरा इन्तज़ार कर रहा हूँ। आ, चल घर। क्या शानदार छंग बनी है आज! चल आज़माएँ तेरे पेट में कितनी जगह बची है।

टुंडप मुस्कुराते हुए अपनी साथी के चेहरे को जोहता उठ खड़ा हुआ, "अरे, बड़ी जगह है, बहुत ज़्यादा...। जितनी पीता हूँ, सब निकलती जा रही है।"

एक और ठहाका गूँज उठा।

लोपजांग उसकी बाँह थामकर चलते हुए कहने लगा," तू तो छोकरों से भी ज़्यादा मचलने लगा है। उम्र का तो ख़याल कर।"

"अरे, हम कौन से बूढ़े हो चले हैं? अभी तो हमें शादी करनी है।"

वे घेरे से निकल आये थे। लोपजांग लगभग घसीटता हुआ उसे ऊपर वाली गली के सिरे पर ले आया था। वह उसे समझा रहा था, "देख, पीकर तू फिर बकवास करने लगा। तरगस को पहले ही शक है, अगर किसी ने जाकर उसे सुना दिया तो...?"

"जिसके जी में आये सुना दे। डोलकर मेरी है। तरगस उसे चार सौ रुपये में लाया है, मैं पाँच सौ दे दूँगा। देख लोपजांग! तू तरगस से बात कर। तीन सौ मेरे पास हैं। दो सौ का बन्दोबस्त भी हो जायेगा।"

"मेरी मौत आयी है जो जाकर उससे बात करूँ?"

"लोपजांग, तू बुज़दिल है। तू दोस्त के लिए इतना भी नहीं कर सकता? कोई बात नहीं, मैं डोलकर को उसके घर से भगा लाऊँगा। पंचायत खुद देने-दिलाने का फैसला करेगी।"

"ठीक है, ठीक है। पहले घर चल।" लोपजांग खीझने लगा था।

टुंडप चुप था। लोपजांग उसे बाँह से पकड़े सीधा खड़ा रखने की कोशिश कर रहा था। डोलकर की स्मृति में डूबे टुंडप के चेहरे पर व्यंग्यपूर्ण मुस्कान खेल गयी। लटकती गर्दन को एक झटके से सीधा किया और लोपजांग की पकड़ से छूटकर उसकी आँखों में आँखें डालकर हँसने लगा। उत्तर में लोपजांग भी हँसने लगा, जैसे वह भेद की बात जान गया हो। फिर, टुंडप की पीठ पर हल्की-सी धौल जमाकर बोला, "सीधे चल!"

टुंडप चल पड़ा। कुछ आगे जाकर उसने पीछे आ रहे लोपजांग को आँख मारी और गाना शुरू कर दियाः

"बड़े घर की बेटी,
आज चल हमारे संग।
लोसर का दिन आया,
हमारे साथ पी ले तू छंग।
छंग चढ़ जाये तो क्या,
रात काट लेना हमारे संग।"

टुंडप बाँहें हिलाता पूरी आवाज़ में गा रहा था। गली के दोनों ओर घरों की, दूसरी छतों की छोटी-छोटी खिड़कियाँ खुलने लगीं। लोग हँसते-मुस्कराते बाहर झाँकनेलगे।

पाँच-छः वर्ष का दुरजे का लड़का खिड़की से खुशी में चिल्लाने लगा, "अजांग-ले—अजांग-ले, जुले-जुले।" (नमस्कार)।

टुंडप ने हाथ हिलाकर इशारा किया, मगर गाना जारी रखा।

दुरजे का बेटा, जो खेलते-खेलते टुंडप के घर जाकर उसे रन्दा चलाते देखता, उसे अपना वादा याद दिलाने लगा, "तुमने कहा था, मेरे लिए छोटी-सी मेज़ बना दोगे। अभी तैयार हुई कि नहीं?"

टुंडप ने गाना रोककर उसकी ओर देखा और हँसने लगा, "वो...वो तो कब की तैयार पड़ी है। तू लेने क्यों नहीं आया? कल याद से चले आना।"

लड़का तालियाँ पीट-पीटकर खुश हो रहा था।

सामने खिड़की से कुंचक की पत्नी हँसते हुए बोली, "टुंडप इस समय बादशाह है...जो माँगोगे, मिलेगा। मगर अब एक हफ़्ते के बाद होश आयेगा तो तुझे मेज मिलेगी।"

टुंडप ने क़हक़हा लगाया, "नईं...नईं, जरूर मिलेगी...अम्माले, लोसर मुबारक!"

"मुबारक, तुझे भी मुबारक! ऊपर आकर दे न बधाई!"

"नईं, बाद में आऊँगा। मेरा छंग तैयार है। मैं लेकर आऊँगा। पहले ये देख... लोपजांग मुझे बाज़ार से पकड़कर लाया है। इसे...पहले इसके घर हो आऊँ।" और लोपजांग के संग-संग घिसटता वह आगे जाने लगा।

लोपजांग के घर का छोटा-सा दरवाज़ा लाँघकर, टुंडप पत्थर की सीढ़ी के पास

पहुँच गया। नीचे वाली छत में कोई खिड़की वग़ैरह न होने की वजह से वहाँ बेहद अँधेरा छाया हुआ था। वहाँ रुककर अपनी आँखों को झपकाकर वह स्वयं को अँधेरे का अभ्यासी बना रहा था। उसके आगे दो-तीन पैड़ियाँ चढ़कर लोपजांग उसे बुला रहा था, "अब चढ़ आ ऊपर! या उठाकर चढ़ाऊँ?"

टुंडप बेशर्म-सी हँसी हँसता हुआ ऊपर चढ़ने लगा। ऊपर पहुँचकर उसने अपने कपड़े झाड़े और फिर दायीं ओर रसोई से होकर बैठकनुमा कमरे में पहुँच गया। लोपजांग के लड़के-लड़कियाँ खुशी से चिल्लाने लगे। टुंडप को खयाल आया कि उसने सोच रखा था कि लोपजांग के घर जाते समय बिस्कुटों का एक पैकट ले लेगा मगर, वह भूल गया था। उसे शर्म महसूम हुई। लेकिन , उसने जोर से कहा, "लोसर मुबारक बच्चो! सभी को मुबारक! आचले, नमोले, नूले।"

लोपजांग की पत्नी लोहे की चद्दर से बने बड़े-से चूल्हे की लकड़ियों से अंगारे झाड़ते हुए और बीच-बीच में उसकी ओर देखते हुए हँसती जा रही थी।

"बच्चो, लोपजांग मुझे खींचकर ले आया। इसलिए अभी बिस्कुट साथ नहीं लाया, लेकिन थोड़ी देर बाद तुम्हें दूँगा। मुझे स्वयं बाज़ार जाना है।" फिर कुछ याद आते ही उसने अपने गुमचे (लद्दाखी परिधान) में हाथ डालकर एक 'खतक' निकाला ओर लोपजांग की गरदन पर हार की तरह पहनाकर, उसे अपने गले से लगा लिया। लोपजांग ज़ोर के ठहाके लगा रहा था।

"अरे, बस भी कर! तू भी आजकल पढ़े-लिखे छोकरों की तरह लिपट-लिपटकर मुबारक देने लगा है।"

लोपजांग के लड़के हँसते-हँसते उसकी टाँगों के पास खड़े हो गये।

"ले भाई, बैठ जा। बता 'गुड़गुड़' चाय पियेगा या छंग?" लोपजांग ने पूछा।

"गुड़गुड़ चाय भी और छंग भी।"

एक उन्मुक्त क़हक़हा कमरे में गूँज उठा। फिर लगभग दो घंटे तक गुड़गुड़ चाय, छंग, थुक्पा, मुखमुख और खुलक खाता रहा।

जब वह वहाँ से उठा, साँझ होने को आ रही थी।

"अब कहाँ जायेगा? यहीं सो जा रात-भर। घर कौन तेरे बच्चे रो रहे हैं?" लोपजांग ने कहा।

"नईं, अपने ही घर सोऊँगा, आदतें नहीं बिगाड़ते। अगले लोसर को हमारे घर हमारी डोलकर होगी। तुम ज़रूर आना!"

"अब गली में शोर न करना, तुझे तरगस का तो पता है ही।" लोपजांग अपनी पत्नी की ओर देखते हुए कहने लगा,"अपनी ओर नहीं देखता, जैसे कि तरगस की घरवाली इतना कुछ छोड़कर इससे ब्याह करने को तैयार बैठी है"

"हो जायेगी तैयार भी। अभी मैंने उससे कहा ही कहाँ है! लेकिन, हम औरत के दिल की बात समझते हैं। वह नित कोई-न-कोई बहाना बनाकर मेरे घर आयी रहती है। कभी हँसिया ठीक कराने, कभी हल बनवाने और कभी ऐसे ही।"

"और तूने सोचा वह शादी के लिए रज़ामन्द हो गयी है?"

"नईं, ऐसी बात नईं। एक नज़र होती है, देखने का ढंग होता है, बात करने का अन्दाज़ होता है। क्या वो हम नहीं पहचानते? यांगचांग को मरे अभी सिर्फ़ तीन वर्ष हुए हैं। अरे, क्या हम औरत की बातों का अर्थ बूझना भूल गये?"

"नहीं, तुझे सब मालूम है। पर, अब सीधे अपने घर जाना...।"

"अरे लोपजांग, अभी कैसे घर चला जाऊँ! अभी पता नहीं कितने घरों में बधाई देने जाना है। आज पूरे गाँव की छंग पी जाऊँगा।"

"अच्छा जुले...।"

उसे बच्चों के लिए बिस्कुटों की याद आयी। पाँच रुपये निकालकर सबसे बड़ी लड़की के हाथ में दिये और कहा कि खुद बिस्कुट ले लेना।

लोपजांग ने मना किया।

"मैं कौन-सा तुझे दे रहा हूँ? बच्चों के लिए हैं।"

कमरे से निकलकर वह गली में पहुँचा। बर्फानी हवा का झोंका उसके तपते मुँह को अच्छा लगा। वह सीधे गली में चलने लगा।

साँझ घिरने पर उसने दो और घरों में मुबारक कही और छंग के नशे में धुत होकर डोलकर की गली में चक्कर लगाने लगा। साँझ की रोशनी, गली तंग होने के कारण और भी धूमिल दीख रही थी। वह डोलकर के दरवाज़े से तीन-चार बार गुज़र चुका था और गली के परले सिरे से लौटकर चक्कर लगा रहा था। उसका दिल-दिमाग़ अधबीच में फँसा हुआ था कि बधाई देने ऊपर जाये या नहीं। एक ओर डोलकर को देखने और मुबारक देने की इच्छा, तो दूसरी ओर यह भय कि न मालूम तरगस क्या समझ बैठे। शायद उसे पता लग चुका हो या संदेह हो गया हो!

यही सोचते-सोचते काफ़ी देर हो गयी थी और चौथा पहर बीतने लगा था। सोच रहा था, क्या पता पानी भरने ही डोलकर चली आये या किसी और काम से बाहर निकले, और वह गली में मिल ले। वह द्वार के करीब आ पहुँचा था। वहाँ रुककर अन्दर को कान दिये वह कुछ सुनने की प्रतीक्षा करने लगा। गली लगभग सूनी थी। केवल दो-तीन फौजी गली के एक सिरे से निकलकर गप्पें हाँकते उसके करीब से चले गये थे। इतने में पीछे से आवाज़ आयी, "लोसर मुबारक, टुंडप!"

उसने देखा, आंदुस बिलकुल पास खड़ा है।

"क्या दरवाज़ा बंद है? अभी खुलवाता हूँ। मैं भी तरगस को बधाई देनेआया था।"

टुंडप किंकर्त्तव्यविमूढ़ खड़ा था—डरा-सा। अब ऊपर जाये बिना कोई चारा न था।

"अजांग—ले!"आंदुस ने हाँक लगाई।

तरगस के छोटे भाई रिकज़िन ने, जिसकी आयु पन्द्रह-सोलह वर्ष होगी, ऊपर से छोटी-सी खिड़की खोलकर झाँका और फिर दरवाज़ा खोलने नीचे दौड़ा आया।

"जुले नमोले, लोसर मुबारक!"

"मुबारक-मुबारक...तरगस कहाँ है?...ऊपर, अच्छा-अच्छा...।" कहते हुए आंदुस दरवाज़ा लाँघकर भीतर चला गया था।

टुंडप भी पीछे-पीछे रिकज़िन को बधाई देता अन्दर चला आया था। पैड़ियाँ चढ़ते हुए वह सोच रहा था कि उसे देखकर रिकज़िन ने सचमुच माथे पर त्रिबली खींची थी या यह महज़ उसका वहम है?

ऊपर पहुँचकर अब वह आंदुस के पीछे रसोई के द्वार पर खड़ा था। अब डर या झिझक कुछ न थी। क्या है...आज लोसर है, मुबारक देने आया हूँ। कोई क्या कह सकता है? उसने सोचा और गुमचे से 'खतक' निकालकर आंदुस के पीछे-पीछे कमरे में दाखिल हो गया।

आंदुस ने चूल्हे के पास रखी मेज़ पर अपनी खतक रखी। तरगस सभी को लोसर की मुबारक कह रहा था।

तभी टुंडप ज़ोर से बोला,"लोसर मुबारक तरगस ले (तरगस साहब)!"

तरगस ने उसे घूरकर देखा। फिर माथे के बल छिपाते हुए फीकी-सी हँसी में उत्तर दिया, "मुबारक, खैर मुबारक!"

आंदुस एक ओर हो चुका था। टुंडप ने आगे बढ़कर खतक उसके गले में पहनाया, लेकिन उसकी ओर से गले मिलने का कोई उपक्रम न होते देखकर कुछ झिझक गया और फिर उसके गले से लिपट गया। उत्तर में तरगस की बांहें हिली तक नहीं, बल्कि नीचे लटकती रहीं। उसके मुँह पर उतरी क्रोध की सुर्खी को टुंडप भाँप नहीं पाया लेकिन, उसके कंधे से होती हुई उसकी नज़र चूल्हे के पास बैठी डोलकर पर जा पड़ी। नया काला गुमचा पहने और टोपी ओढ़े वह एक पतीले में कड़छी फेरते हए उसकी ओर देख रही थी। उसके होंठों पर शरारती मुस्कान खिल रही थी। बस, टुंडप का तमाम भय और अपमान इसी में धुल गया। वह प्रसन्न था।

तरगस ने ज़रा-सी हरकत की। टुंडप तुरन्त अलग हो गया।

"बैठ जा!" तरगस ने चूल्हे के करीब दीवार के साथ लगे कालीन और तिपाई की ओर इशारा किया था। कमरे में गैस-लैम्प जल रहा था। टुंडप ने उसकी रोशनी में देखा, वहाँ पहले से बैठे कुछ आदमी रम पी रहे थे। आंदु भी बैठने के लिए उनके करीब चला गया।

"आओ भाई, टुंडप! हाल कैसे हैं?" अब पहचाना टुंडप ने, वे फौजी थे। उनमें से एक पुलवाली चौकी का क्वार्टर-मास्टर था। वह बोला, "आओ!"

"जुले साब, लोसर मुबारक!" कहते हुए वह कोने में खाली पड़ी जगह पर बैठ गया। यह कोना चूल्हे से सबसे दूर था, लेकिन, यहाँ से वह डोलकर को बखूबी देख सकता था। अपने परिचित हवलदार से मिलकर उसे और भी संतोष हुआ और उत्साह भी बढ़ गया। लगता था, हवलदार और उसके साथ आये दो सिपाही काफी

पी चुके थे। उनकी आँखें तन रही थीं। नज़रें मिलते ही वे मंद-मंद हँसने लगते। उनके सामने सूखी ख़ूबानी, मीठी सिवइयाँ, बिस्कुट, अखरोट की गिरियाँ, आमलेट, सत्तू और मुखमुख की प्लेटें और रम से अध-भरे गिलास पड़े हुए थे।

तरगस ने सूखी ख़ूबानी वाली प्लेट आंदुस और टुंडप के आगे की।

"जू-जू जुले...।" कहकर और बन्दगी करते हुए दोनों ने दो-दो ख़ूबानियाँ उठा लीं।

इतने में तरगस के छोटे भाई रिकज़िन ने दो छोटे-छोटे शीशे के गिलास उनके आगे रख दिये। अब उनमें छंग उँडेलकर कह रहा था, "दुन-ले, जू-जू दुने-ले..." (पियो जी, कृपया पीजिए)।'

टुंडप ने झट अपनी नज़र डोलकर से हटा ली और 'जू-जू जुले' कहते हुए गिलास से एक घूँट पीकर सोचने लगा, इस तरह डोलकर की ओर देखना कितनी बड़ी मूर्खता है! इस तरह तो साफ़ पता चल जायेगा।

दोबारा जब रिकज़िन गिलास भर रहा था तो वह टकटकी बाँधकर उसके चेहरे को देखता रहा। रिकज़िन चाहे जवान है, लेकिन देखने में सुन्दर नहीं। टुंडप को यह सोचकर विस्मय हुआ कि तरगस का भाई होने के कारण इसे भी डोलकर-सी औरत के साथ सोने का अवसर मिल जाता होगा। रिकज़िन अब आंदुस को छंग पिला रहा था। टुंडप ने दोबारा चूल्हे की ओर देखा। डोलकर गुड़गुड़ चाय बनाते हुए उसी की ओर देखे जा रही थी। उसके होठों पर स्वागत की वही अनिश्चित मुस्कान थी। उसने देखा, या ऐसे लगा जैसे हल्के-से गरदन झुकाकर उसने 'जुले' कहा हो। उसकी धड़कन की गति बढ़ गयी। उसने नज़र फेर ली। उसे लगा, जैसे तरगस उस पर नज़र रखे हुए है। पर तरगस फ़ौजियों के साथ अपनी दुकान की बातें कर रहा था। वह उनकी कैंटीन से दुकान के लिए बिस्कुट, ब्लेड और अनेक अन्य चीज़ें लाने की बात पक्की कर रहा था।

टुंडप ने देखा, हवलदार और दोनों सिपाही बातें चाहे तरगस से कर रहे हैं, लेकिन उसकी परवाह किये बिना वे लगातार डोलकर को देखते जा रहे हैं। तरगस को चाहे यह बात पसन्द नहीं आ रही थी, फिर भी गुस्सा न होने का दिखावा कर रहा था। वह उसी तरह 'साब जी' और 'मेजर साब जी' कहते हुए बातें किये जा रहा था। आंदुस और रिकज़िन भी उनकी ओर मुँह किये उनकी बातें सुनते जा रहे थे।

टुंडप के लिए अवसर था। उसने भी डोलकर को निहारा। अब वह आलने में ऊपर रखे गैस-लैम्प में पम्प मार रही थी। गैस के इतनी क़रीब उसका चेहरा जैसे आग का दहकता अंगारा बन गया था—सुर्ख और चमकीला। पम्प मारते हुए उसने टुंडप की ओर देखा और फिर तुरन्त तरगस को देखने लग पड़ी। टुंडप ने लक्ष्य किया कि उसके चेहरे पर कुछ घबराहट और चिन्ता थी। अब फिर वह चूल्हे के पास आकर बैठ गयी थी।

टुंडप ने देखा, चूल्हे के दूसरी ओर तरगस की पहली बीवी के दोनों बच्चे एक

कम्बल में लिपटे सोये पड़े हैं। उनके पिछवाड़े फट्टी पर कई तरह के तांबे के बरतन कतारों में सजाकर रखे गये हैं। बड़े-गड़े देगचे और कई छोटे-छोटे बरतन, कड़छियाँ, फूलदार प्यालियाँ, छंग के चाँदी के बरतन और कितना कुछ...।

कमरा, ढेर सारे बर्तन, गैस लैम्प, नये कालीन, रम पीते सिपाही—इतना कुछ देखकर, अब टुंडप अपने-आपको कुछ घटिया-सा लगने लगा। 'मेरे पास इतना कुछ कहाँ से आयेगा? डोलकर इतना कुछ छोड़कर भला मेरे घर क्यों आयेगी?'

दोबारा उसकी नज़र फिसलकर तरगस की ओर उठ गयी। हवलदार कह रहा था, ''अब जब भी हमारा अपना कोई ट्रक-ड्राइवर आयेगा, उससे हम मिट्टी का तेल दिलवा देंगे।''

आंदुस कहने लगा, ''साब, थोड़ा-सा मुझे भी ले देना। 'लेह' से बहुत महँगा पड़ता है।''

''भाई, तुझे तो सबसे पहले ले देंगे। और कुछ चाहिए तो बोल!''

सभी क़हक़हा लगाकर हँस पड़े।

तरगस खाली गिलास में रम डालने लगा था।

''थोड़ी-थोड़ी डालो, कोई जल्दी थोड़े है!'' हवलदार के साथ का सिपाही डोलकर की ओर देखते हुए कह रहा था। हवलदार ने उसे कोहनी मारी, जिसे टुंडप ने देख लिया। वह हँसने लगा। हवलदार ने उसकी ओर देखा, फिर हँसते हुए पूछने लगा, ''तू सुना भाई टुंडप, आज कितनी छंग पी?''

''साब, सच-सच कहूँ? दोपहर तक तो कुछ हिसाब था, उसके बाद कुछ पता नहीं।''

शराब से पगा एक ठहाका उठा। जब सब हँस चुके तो हवलदार को क़हक़हा बन्द करने में ज़रूरत से ज़्यादा समय लग गया, जो केवल धुत शराबी या पागल आदमी ही लगाते हैं।

खुश होकर हवलदार कहने लगा, ''केवल छंग पी है न अभी, ये रम पीता तो मालूम पड़ता धरती कहाँ है।''

''साब, रम भी खूब पी। जब से पैदा हुए हैं, पिये बिना एक दिन अछूता नहीं रहा।''

''अच्छा, तो कर गिलास इधर। आज तुझे असली सिक्किम की रम पिलायें। तू भी क्या याद करेगा!''

टुंडप ने तरगस की ओर देखा। उसके चेहरे पर क्रोध स्पष्ट था।

''अरे गिलास ला इधर! ऐसे क्या देख रहा है?'' हवलदार बोतल पकड़े प्रतीक्षा कर रहा था।

टुंडप ने तनिक बढ़कर गिलास आगे कर दिया। हवलदार ने गिलास काली और सुर्ख रम से आधे से अधिक भर दिया।

''जू-जू मेहरबानी।''

"पी जा, बेटा! न-न...पानी बिलकुल नहीं। तू इसे भी छंग बनाने लगा है।"

टुंडप ने हँसते हुए गिलास खींच लिया और फिर एक घूँट भरकर देखा।

"कैसी है?" हवलदार पूछ रहा था।

"ग्याला...साब बहुत अच्छी है।"

"अच्छा तो पी जा फटाफट। इतनी देर क्यों?" टुंडप एक ही साँस में गिलास खाली कर चुका था।

"हाँ, ऐसे। अब टुंडप गाना सुनाएगा। एक बार हमारी 'मेस' में भी इसने गीत सुनाया था।" हवलदार की फरमाइश पर दोनों सिपाहियों ने तालियाँ बजायीं और तमाम नज़रें टुंडप पर जम गयीं।

"जैसे साब की इच्छा!" टुंडप ने आगे-पीछे नज़र घुमाई। सिर्फ पल-भर डोलकर पर नज़र ठहरी होगी। वह सामने कोने में दीवार से पीठ टिकाए हँस रही थी।

फिर टुंडप ने आँखें मींचकर गरदन को हिलाते हुए लद्दाखी गीत शुरू किया—

"समय से हिचकोला न खाए,
समय को चीरता चला जाए।
ऐसा प्रेम और प्यार निभाना,
उतना सुन्दर और पवित्र—
जैसे गोम्पा बनाना।"

इसके बाद दूसरी बार के अनुरोध पर वह गा रहा था—

"हम सारे इकट्ठे छंग पीते हैं—
हम छंग पीकर भी झगड़ा नहीं करते।
हम अच्छे दोस्तों की तरह,
इकट्ठे छंग पीते हैं...।"

एक सिपाही जो ज़्यादा पी गया था और जिसे लद्दाखी भाषी का एक शब्द तक समझ न आता था, सबसे बढ़कर वाह-वाह कर रहा था। बीच-बीच में खुद भी बेसुरी तान में फिल्मी गीत गुनगुनाने लगता था।

और-और गीत होते रहे, जब तक कि वे फ़ौजी जाने के लिए उठ खड़े न हुए। उनका वक्त हो चला था। तरगस के कहने पर भी वे रोटी के लिए न रुके। उनके साथ ही टुंडप भी उठा। रम और छंग पूरे सरूर पर थी। उसे एक धक्का लगा और दीवार का सहारा लेकर वह गिरते-गिरते बचा। हवलदार ने उसे कन्धे से पकड़कर वहीं बैठा दिया।

"अरे, बैठ जा। जब रम ढल जायेगी तो चले जाना।" इतना कहकर वह और दूसरे फ़ौजी दरवाज़े से बाहर चले गये। आंदुस भी उनके साथ-साथ चला गया। उन्हें नीचे तक छोड़ने तरगस और रिकज़िन, दोनों उसके साथ बाहर निकल गये।

अब कमरे में केवल वह और डोलकर थे। पैड़ियाँ उतरकर निचले दरवाज़े से जाने वालों के क़हक़हे और जुले-जुले की आवाजें आ रही थीं। चूल्हे के पास सोये दो बच्चों में से एक जाग गया था। डोलकर उसे प्याले से चाय पिला रही थी।

उसने गरदन तिरछी करके टुंडप की ओर देखा। वह गरदन को तेज़ झटके दे रहा था। फिर डोलकर की ओर देखने लगा। नज़र मिलते ही टुंडप बेशर्मी वाली हँसी हँसकर बोला, ''रम बड़ी तेज़ थी।''

डोलकर के चेहरे पर तनिक-सी चिन्ता थी। वह उठी और पानी का एक गिलास लेकर उसके पास आयी, ''थोड़ी नहीं पी सकते थे? ये ले, पानी पी ले।''

टुंडप ने पानी ले लिया और एक ही साँस में गिलास खाली कर दिया। फिर बोला, ''आज लोसर है, आज कौन पगला कम पियेगा! तूने नहीं पी क्या?''

''मैंने तेरी तरह नहीं पी।'' कहती हुई डोलकर उसके हाथ से गिलास लेने लगी तो टुंडप ने उसका हाथ थामते हुए उसकी आँखों में आँखें डालकर व्यंग्य मिश्रित हँसी हँस दी। घबराकर डोलकर ने अपना हाथ पीछे खींच लिया, ''कुछ होश कर!''

टुंडप भी हँसने लगा। ''कसम है, यहाँ केवल तेरे लिए आया था।'' उसकी ज़बान, कुछ तो नशे के कारण और कुछ डोलकर से मुलाकात की खुशी में हकलाने लगी थी।

डोलकर पुनः जल्दी-जल्दी चूल्हे के पास पहुँची और बाहर दरवाज़े की ओर देखकर घबराहट-भरे स्वर में बोली, ''बस, चुप कर अब।'' उसकी आवाज़ इतनी धीमी थी कि मुश्किल से सुनायी दे।

दरवाज़े पर निगाह रखते हुए वह फिर से लैम्प में हवा भरने लगी।

''डोलकर...! रुपयों का प्रबन्ध मैं कर लूँगा। तीन सौ रुपये मेरे पास हैं।''

टुंडप हकलाती हुई ज़बान में धीरे-से कह पाया था।

''चुप रह, वे आ रहे हैं।'' डोलकर पीठ मोड़कर बच्चे के पास बैठ गयी और थरमस से एक कप में चाय उँडेलकर बच्चे को पिलाने लगी, जोकि खामोश बैठा भलेमानुष की तरह चाय की प्रतीक्षा कर रहा था, या फिर शरीफ़ बदमाश की तरह इनकी चालबाज़ियों को निहार रहा था।

''डोलकर!—कल मेरे घर आओगी...? कल बात करके...। दरवाज़े पर पहुँचते रिकज़िन को देखते ही टुंडप की ज़बान रुक गयी। रिकज़िन ने वहीं खड़े होकर ध्यान से डोलकर और फिर टुंडप की ओर देखा। इतने में तरगस भी आ गया था। उससे नज़रें मिलते ही टुंडप थोड़ा-सा हँसा। तरगस ने अब अपना गुस्सा और घिन छिपाने की कोई कोशिश न की।

''उठ टुंडप, अब घर चला जा...सीधा!'' नशे में होते हुए भी टुंडप अपनी इतनी बेइज़्ज़ती से जैसे स्तब्ध रह गया। उसकी मुस्कान पर जैसे किसी ने डाका डाल दिया हो। वह धीरे-से दीवार का सहारा लेकर उठा और हिचकोले खाते चल पड़ा। जाते हुए उसने डोलकर की ओर मुड़कर देखा तक नहीं। यदि देखता तो पता

चलता कि डोलकर डरी हुई है और उसके अपमान से स्तब्ध हुई है। वह बिलकुल पीठ मोड़कर चूल्हे में फूँकें लगा रही थी। ऐसी दशा में आँख मिल जाये तो वे सम्भवतः फिर कभी भी आपस में नज़रें न मिला पायेंगे।

दरवाज़े के पास रिकज़िन ने उसकी बाँह पकड़ ली और घसीटते हुए बाहर को खींचने लगा। टॉर्च लिये तरगस भी उसके पीछे खड़ा था। टॉर्च की रोशनी में कुछ पैड़ियाँ उसे घसीटते हुए उतारीं और फिर चौथी पैड़ी से रिकज़िन ने उसे नीचे धकेल दिया। टुंडप हाथों के बल ज़मीन पर दरवाज़े के पास जा गिरा।

"रिकज़िन, धक्का क्यों देता है?" उठने की कोशिश करता हुआ टुंडप बोला।

रिकज़िन और तरगस दोनों पीछे की पैड़ियाँ उतरकर ड्योढ़ी में पहुँच चुके थे। रिकज़िन ने बूट से उसकी पीठ को एक और ठोकर लगायी—"हरामी, ज़्यादा चालाक बनने की कोशिश मत कर!"

टुंडप दोबारा गिर पड़ा। तरगस ने बूट की एक और ठोकर लगायी।

टुंडप चिल्लाया, "मारो, और मारो! तुम्हारे घर आया हूँ इसलिए न! देख लूँगा तुम्हें...।"

तरगस ने टॉर्च रिकज़िन को पकड़ाई और टुंडप को गुमचे के गले से पकड़कर दीवार के साथ खड़ा करके एक ज़ोरदार मुक्का उसके मुँह पर मारा, "कुत्ते! जा जो करना है, कर ले। यह तरगस का घर है। तेरे जैसे कमीने का मैं लहू पी जाऊँगा। एक महीने से तेरी करतूतें देख रहा हूँ...।"

रिकज़िन ने जोश में आकर जलती हुई टॉर्च उसके कान पर दे मारी।

टुंडप दर्द से चिल्लाया, "हाय!"

इतने में दूसरे कान पर करारे थप्पड़ पड़ने लगे, "ओय...होये!"

इतने ज़ोर की टक्कर से टॉर्च यकलख्त बुझ गयी थी। ड्योढ़ी में गहन अँधेरा था। टुंडप की चिल्ल-पों सुनकर तरगस ने कहा, "चुप कर साले, शोर न कर। बस कर रिकज़िन! आज इतना ही...बाज़ न आया तो फिर देखेंगे। तू दरवाज़ा खोल!"

रिकज़िन ने दरवाज़ा खोला। अब टुंडप बाहर गली में पड़ा हुआ था, बर्फ़ के बीच बेजान लाश की तरह।

कुछ देर वह ऐसे ही पड़ा रहा। फिर धीरे-धीरे उठा और इधर-उधर टकराता अपने घर की ओर चल पड़ा। उसकी अँगुलियों और कनपटी पर जहाँ उसे टॉर्च की मार पड़ी थी, बेहद दर्द हो रहा था लेकिन इससे भी अधिक तकलीफ़ उसे डोलकर के घर तरगस और रिकजिन के हाथों पिटने से हो रही थी। वह अपने आपको इतना शर्मनाक और घटिया लगने लगा कि सिवा बदले के उसे कोई दूसरी बात ही न सूझ रही थी। वह गली की ढलवान उतरकर दुकान के क़रीब आ पहुँचा। कुछ लड़के इकट्ठे होकर वहाँ रबड़ के दो-तीन पुराने टायर जलाये हुए अलाव को घेरकर आग तापते गप्पें हाँक रहे थे।

"अरे...देखो टुंडप आया!" तमाम लड़के शोर करने लगे। टुंडप उनके क़रीब

पहुँच गया था। जलते रबड़ की रोशनी में लड़कों ने उसे देखा और हँसने लगे, "वो... वो...देखो...टुंडप नशे में धुत होकर गिर पड़ा।"

टुंडप ने अपने चेहरे पर हाथ फेरकर देखा कि नाक से बहता ताज़ा लहू हथेली पर लग गया है। उसने बनावटी हँसी हँसने की कोशिश करते हुए कहा, "ओह, गली में साला अँधेरा था। फिर जो लोसर के दिन शराब पीकर गिरा नहीं, उसने लोसर क्या मनाया!" टुंडप की निर्लज्ज हँसी सुनकर लड़के भी हँसने लगे।

टुंडप जाने लगा तो वे बोल उठे, "टुंडप, वो दोपहर वाला नाच-गाना हो जाये एक बार। थोड़ी-सी चोट आयी है तो क्या हुआ!"

"ये थोड़ी-सी चोट है...?अभी तुम बच्चे हो। जब चालीस के होओगे, तब ऐसी चोट लगने पर तुम मेरी तरह चलकर घर भी नहीं पहुँच पाओगे।"

लड़के गाना-गाना कहते रहे लेकिन टुंडप रुका नहीं। वह सड़क पर चलते-चलते अपनी गली के मोड़ पर पहुँच चुका था।

पीछे सड़क पर लोहे का जरीकेन बजा-बजाकर लड़के नाच-गा रहे थे। रात के सन्नाटे में उनका गाना सारे गाँव में गूँज रहा था।

टुंडप मोड़ मुड़ने से पहले कुछ रुका। उसने दूर पीछे जलते रबड़ के टायरों और गाते-बजाते लड़कों को एक नज़र देखा और अपनी गली में घुस गया। घर के दरवाज़े तक लड़कों के गाने की आवाज़ उसके कानों में सुनाई दे रही थी। वे गा रहे थे :

"हम सारे इकट्ठे छंग पीते हैं,
हम छंग पीकर झगड़ा नहीं करते।
हम अच्छे दोस्तों की तरह..."

अनुवाद : **ओम गोस्वामी**

•

पूरा आदमी

रामकुमार अबरोल

मैं एक पढ़ा-लिखा आदमी हूँ। बेवकूफ़ तो नहीं ही हूँ। किसी दूसरे की बातों में सहज ही आने वाला नहीं हूँ। मुझ पर लाईलग होने का आरोप लगाना सरासर ज़्यादती होगी। हाँ, इतना ज़रूर है कि मैं बम्बई पहली बार आया था। बम्बई को शहर नहीं, बड़ी भारी मशीन कहना ही ठीक होगा। एक ऐसी मशीन, जिसमें लाखों पुरज़े अपना-अपना काम करते रहते हैं, एक-दूसरे से कोई सरोकार रखे बिना, एक-दूसरे के दर्द को समझे बिना। अब अगर कोई इंजीनियर मुझ जैसे नये पुरज़े को इस मशीन में फिट करने की कोशिश करे तो इसका क्या अंजाम होगा, इसकी कल्पना सहज ही की जा सकती है। मशीन को तो जो होगा सो होगा ही, नये पुरज़े की जो हालत होगी उसकी कहानी कुछ ऐसी होगी जिसे किसी को सुनाया भी नहीं जा सकेगा और जिसे सुनाये बिना रहा भी नहीं जा सकेगा।

मुझे बम्बई आये हुए पन्द्रह दिन हो गये थे। जम्मू जाने के लिए स्लीपिंग-बर्थ बुक कराने बॉम्बे सेण्ट्रल जा रहा था। लेमिंग्टन रोड उतरा था बस से। वहाँ से स्टेशन की दूरी मीलों में नहीं, गज़ों में है। लेकिन मेरे लिए यही कुछ गज़ कई मील लम्बे हो गये। सौ फुट चौड़ी सड़क पर लारियाँ, मोटरें, रिक्शे, साइकिलें और स्कूटर बड़ी बेतरतीबी से फैले थे। ठीक वैसे ही जैसे मेरे जैसे किसी नये पुरज़े ने मशीन में किसी गलत जगह फिट होने की कोशिश की हो और पुराने पुरज़ों ने गुस्से से भरकर प्रतिशोध भाव से काम करना शुरू कर दिया हो—कुछ ऐसी अनियन्त्रित गति से कि मशीन एक ज़ोरदार धमाके के साथ टूट गयी हो और सभी पुरज़े बम्बई की इस खुली सड़क पर यहाँ-वहाँ बिखर गये हों।

मैं सड़क पार करने की बात अभी सोच ही रहा था कि किसी ने मेरे कंधे पर अपना हाथ रख दिया। मैंने मुड़कर देखा, वह मेरा परिचित नहीं था। मैं सड़क के बीचों-बीच पहुँच चुका था। अगर उस आदमी ने मुझे न रोका होता तो मैं शायद सड़क पार करते-करते ज़िन्दगी की हद ही पार कर गया होता। उस आदमी ने मुझे सँभाला तो मैं उसी के साथ चल दिया। थोड़ी दूर चलने के बाद वह खड़ा हो गया। मेरी ओर देखकर मुस्कराया और बोला, "नम्बर हाउस या प्राइवेट?" सच जानिए,

यह मुहावरा मैंने पहली बार सुना था। इसका मतलब समझे बिना ही मैंने गरदन हिला दी। यह आदमी मेरा भला ही चाहेगा, मैंने सोचा था। पता नहीं क्यों मुझे उस पर कुछ विश्वास-सा हो गया था। उसने एक टैक्सी को हाथ दिया। हम दोनों उसमें बैठ गये।

कुछ दूर जाकर टैक्सी एक जगह खड़ी हो गयी।

उसने बाहर निकलकर मीटर देखा। मुझे बाहर आने के लिए कहा और ड्राइवर को पाँच रुपये देने के लिए इशारा किया। रुपये देकर मैं चुपचाप उसके पीछे चल दिया।

"आप कहाँ जा रहे थे?" उस आदमी ने टैक्सी में बैठते हुए मुझसे पूछा था, हिन्दी में। जवाब में मैंने उसे बताया था कि मैं पठानकोट का टिकट लेने के लिए स्टेशन जा रहा था। उसने मुस्कराकर कहा था, "पठानकोट को जाने के लिए टिकट जब चाहोगे, मिल जायेगा। आपको मैं पहले एक ऐसी नयी जगह का टिकट लेकर दूँगा, जहाँ जाने के बाद फिर और कहीं जाने का आप नाम ही नहीं लेंगे।" आश्चर्य से मेरे होंठ कुछ इस तरह खुल गये कि उनके बीच एक अजीब-सा ख़ला बन गया। उस समय अगर मुझे किसी ने देखा होता तो यही सोचा होता कि मैं हँस रहा था। खैर, अगर यह हँसी थी भी, तो सिर्फ़ एक बनावटी हँसी थी। हम एक कोठी के पास पहुँचकर रुक गये। लोहे के बड़े दरवाज़े पर एक पठान वर्दी पहने, हाथ में बन्दूक लिये खड़ा था। वह मेरे साथी को देखकर मुस्कराया। उसके मुस्कराने का ढंग कुछ ऐसा था कि मुझे लगा कि मेरा साथी और पठान, दोनों भाई-भाई हैं।

पठान ने दरवाज़ा खोल दिया।

हम गेट के अन्दर हो गये। 'दो रुपये,' मेरे साथी ने मुझे इशारा किया। मेरी नज़र पठान की ओर मुड़ गयी। पठान अपनी लम्बी-लम्बी, खौफ़नाक मूँछों को ताव देता हुआ मेरी ओर देख रहा था और बड़े ही भोंडेपन से मुस्करा रहा था। उसके दो मोटे-मोटे होंठों के बीच से झाँकते छोटे-छोटे पीले दाँतों के बारे में सोचता मैं अपने साथी के साथ आगे बढ़ गया होता, यह जाने बिना कि हमसे भूल हुई है। लेकिन जब पठान ने अपना भारी हाथ मेरे कंधे पर रखा तो मुझे अपनी भूल का एहसास हुआ। मैंने बड़ी तेज़ी से जेब में हाथ डाला और दो रुपये का नोट निकालकर उस भूत के हाथ पर रख दिया। मैं मुड़ा नहीं था, बल्कि मैंने अपने सिर के ऊपर से अपना बाजू पीछे बढ़ाकर उसे पैसे दे दिये थे। मैं अपने साथी के साथ अब तक कोई दो दर्ज़न कमरे पार कर चुका था। वह मुझसे कुछ आगे था और अब एक बड़े कमरे के दरवाज़े के समीप पहुँचकर ठहर गया था। उसने मुझे इशारे से अपने पास बुलाया। मैं उसके करीब पहुँच गया। मैंने कमरे में झाँककर देखा और फिर खुशी से सीटियाँ बजाने लगा। मेरे साथी ने हँसते हुए अपना हाथ आगे फैला दिया, "मेरा इनाम?" उसने कहा। आप कहेंगे, मैं जान-बूझकर सीधी-सादी बात को उलझाकर इसमें कहानीपन लाने की कोशिश कर रहा हूँ। लेकिन नहीं, बात ऐसी नहीं है। सच

तो यह है कि मुझे अभी तक अपने साथी की नीयत पर किसी प्रकार का कोई सन्देह नहीं हुआ था। मैंने उत्सुकतावश एक बार फिर से कमरे के अन्दर झाँककर देखा और फिर अपने साथी पर एक नज़र डाली। उसका हाथ मेरे सामने अभी भी वैसे ही फैला हुआ था। बिना कुछ सोचे-समझे मैंने अपनी जेब में हाथ डालकर यंत्रवत् पाँच रुपये का एक नोट निकाल लिया।

"वैल, क्या माँगटा?" मैं चौंक गया। मेरे सामने एक औरत खड़ी थी—बूढ़ी मेम। मेरे माथे पर पसीने की बूँदें उभर आईं। मैंने घबराकर अपने साथी की ओर देखा। मेरे पैरों के नीचे से ज़मीन निकल गयी। वह वहाँ मौजूद नहीं था। मेरा हाथ भी खाली था। वह नोट ले गया था। याद नहीं नोट मैंने स्वयं उसे पकड़ाया था या उसने खुद ही जल्दी से उसे मेरे हाथ से छीन लिया था। मेम ने मेरा हाथ पकड़ा और मुझे कमरे में ले गयी। बड़े सलीके से सजाए गये उस कमरे में अलग-अलग मेज़ों पर एक-दूसरे में खोये कई जोड़े बैठे थे। कुछ मेजों पर अंग्रेज़, चीनी, पारसी, बर्मी और दूसरी लड़कियाँ अकेली भी बैठी थीं। अकेली बैठी लड़कियों में से जब कोई मेरी ओर देखती तो मुस्करा देती, लेकिन जोड़े अपनी बातों में मगन दुनिया को भुलाये बैठे थे। कोई जोड़ा चाय पी रहा था तो कोई लैमन, कोई कॉफ़ी तो कोई... पता नहीं, क्या-क्या था वहाँ! कभी कोई जोड़ा उठकर उस बड़े कमरे के साथ वाले छोटे-छोटे कमरों में से किसी एक में चला जाता!

"कौन माँगटा?" बूढ़ी मेम जैसे आकर फिर मेरे सिर पर सवार हो गयी।

"चाय!" मैंने कहा।

"चाय भी होगा। पहले छोकरी देखो!" आप मानेंगे झूठ लेकिन मेरी हालत कुछ ऐसी थी जैसे अभी-अभी मेरे सिर पर कोई बम फटा हो। मेरी सारी अज्ञानता और मूर्खता के अँधेरे जैसे पलक झपकते ही लुप्त हो गये। सारी बात मेरी समझ में आ गयी। मैंने बम्बई के बारे में बहुत-कुछ सुन रखा था। पर जिस तरह मैं इस जाल में फँस गया था, आप उसकी कल्पना भी नहीं कर सकते। काश! आप मेरी जगह होते तो जानते-समझते मेरी मुसीबत को। मुझे चुप देखकर मेम चली गयी और थोड़ी देर बाद एक अंग्रेज़ लड़की मेरी मेज़ पर आकर बैठ गयी। मैं तब तक सँभल चुका था। उसकी मुस्कराहट के जवाब में मैंने भी मुस्कराने का प्रयत्न किया। अंग्रेज़ी में हमारे बीच कुछ सवाल-जवाब हुए। कुछ देर तक यह सिलसिला चला। विश्वास कीजिए, अभी तक सारी बातचीत मौसम, बम्बई, अंग्रेज़ी पिक्चरों और ऐसी ही दूसरी छोटी-मोटी चीज़ों के बारे में थी। मैं तो जो था सो था ही, पर वह भी कुछ कम नहीं थी। मुझमें जो शरम-हया थीं, उसका कुछ अंश मुझे उसकी आँखों में भी दिखाई दिया। दूसरे ही क्षण मैंने अपने विचारों का रुख मोड़ दिया, जो उसको नायिका बनाने की कोशिश में थे। सजा हुआ होने पर भी कमरा बदसूरती की एक भद्दी तसवीर था। कोई भी समझदार व्यक्ति वहाँ की एक-एक चीज़ को उसके असली रूप में देख सकता था। तरह-तरह के सिगरेटों की मिली-जुली गंध मेरी नाक तक

बदबू बनकर पहुँच रही थी। चारों ओर से उठते क़हक़हे मेरे कानों के परदों को फाड़े डाल रहे थे। मुझे यों लगा, जैसे हर किसी का मुँह पककर फोड़ा बन गया हो और उसमें से पीप बह रहा हो। मेरी साँस रुकने लगी। मैं उठ खड़ा हुआ, लेकिन तब ही मुझे चक्कर आ गया। इससे पहले कि मुझे सँभालने के लिए उस लड़की के हाथ मुझ तक पहुँचें, मैं कमरे का दरवाज़ा पार करके कोठी के बड़े फाटक, लोहे के गेट तक पहुँच गया। मैंने हाँफते हुए पठान से गेट खोलने के लिए कहा। मैंने जेब में हाथ डालकर जितने पैसे हाथ आये, निकालकर पठान को थमा दिये और दरवाज़े से निकलकर दौड़ पड़ा। थोड़ी देर बाद, कुछ सचेत होने पर मुझे स्वयं ही अपनी मूर्खता पर हँसी आ गयी। मैंने रूमाल निकालकर मुँह और माथा पोंछा, दो-तीन लम्बी-लम्बी साँसें लीं और फिर आदमियों की तरह चलने लगा।

एक सप्ताह बाद मैं जम्मू जाने के लिए फ्रंटियर मेल में स्लीपिंग बर्थ पर लेटा हुआ था। सामने वाली बर्थ अभी तक खाली थी। हमारे डिब्बे की बाकी सवारियाँ आ गयी थीं। डिब्बे में एक शोर-सा मचा हुआ था। कोई सामान रख रहा था, कोई लेटने के लिए बिस्तर बिछा रहा था। कोई थर्मस में पानी भर रहा था, कोई दूसरे से ऊँची आवाज़ में बातें कर रहा था। गाड़ी चलने में मुश्किल से पाँच-सात मिनट रहे होंगे कि मेरे सामने वाली सीट पर कुली सामान रखने लगा। मैंने मुड़कर देखा तो देखता ही रह गया। मैंने स्वयं को विश्वास दिलाने के लिए दो-तीन बार आँखें मलकर उस ओर देखा। यह मेरी आँखों का भ्रम नहीं था। यह वही अंग्रेज़ लड़की थी जिसे मैंने एक सप्ताह पहले 'नम्बर हाउस' में देखा था। जब कुली सामान रख चुका तो उसने उसको पैसे दिये। फिर रूमाल निकालकर चेहरा पोंछा और तब उसकी नज़र मुझ पर पड़ी। उसकी आँखें फटी-की-फटी रह गयीं। धीरे-धीरे उसकी आँखों में उभरे विस्मय की चमक कम होने लगी और होंठों पर मुस्कराहट फैलने लगी। मुझे लगा, जैसे मैं उसी 'नम्बर हाउस' के हॉल में बैठा हूँ। सिगरेटों और इत्र की मिली-जुली गंध मेरी नाक में चढ़ने लगी। फोड़े से पीप रिसने लगा और चेहरा घुलने लगा।

मैंने सुराही में से पानी उँडेलकर गिलास भरा और एक ही साँस में पी गया। पानी पीने के बाद मैंने मुँह पर हाथ फेरा। फिर मुड़कर उस लड़की की ओर देखा जो सामने वाली बर्थ पर बैठी अब कोई पत्रिका पढ़ रही थी। उस पर से नज़र हटाकर मैंने इधर-उधर देखा। सब-कुछ अपनी जगह पर था, यानी मैं होश में था। मैंने किताब निकाल ली, पर किताब के पृष्ठों से मुझे 'नम्बर हाउस' उभरता दिखाई देने लगा। मैंने किताब बन्द कर दी और करवट बदलकर लेट गया।

कुछ देर बाद मैंने करवट बदली। मेरी नज़र लड़की पर पड़ी। वह विस्मित-सी मुझे देख रही थी। शायद वह जब से आयी तब से मेरी ओर ही देख रही थी, या फिर यह संयोग था कि इधर मैंने करवट बदली थी उधर उसका ध्यान मेरी ओर

हो गया था। मैंने अपना ध्यान उसकी तरफ से हटाने की कोशिश की। इस प्रयास में मैं न जाने कब तक यों ही करवटें बदलता रहा। मेरे मन में भिन्न-भिन्न विचारों के बीच युद्ध होता रहा। आख़िर मेरी आँखें बन्द होने लगीं। गाड़ी की गड़गड़ाहट का शोर धीरे-धीरे कम होने लगा और फिर एकदम थम गया। मेरा मन दूर, बहुत दूर एक पहाड़ी के नीचे जा पहुँचा। मैंने पहाड़ी चढ़कर एक बड़ा, ऊँचा दरवाज़ा पार किया। नौ फुट लम्बी कब्र के पास से गुज़रकर मैंने एक बड़ा ही पुररौनक बाज़ार पार किया। आख़िर मैं राजा की मंडी के पास एक हवेली में जा पहुँचा, जहाँ रेणु थी—रेणु का प्यार था। रेणु ने मेरे साथ अपनी जीवन-डोर बाँधने के लिए दुनिया से टक्कर ली थी। नहीं तो कहाँ मैं, कहाँ रेणु! यह मेल सम्भव ही न था। रेणु एक अमीर घर की रोशनी थी और मैंने सदा गरीबी के अँधेरे में ही ठोकरें खायी थीं। रेणु को अपना बनाने की लालसा ही एकमात्र शक्ति थी जिसके सहारे मैं पढ़ा-लिखा और डॉक्टर बना था। रेणु के प्रेम और मेरे परिश्रम के सामने अन्ततः उसके माता-पिता को हार माननी पड़ी थी। अब थोड़े ही दिनों में हम मज़बूत बन्धन में बँधने वाले थे। मेरा और रेणु का विवाह! दो दिलों की मासूम और पवित्र धड़कनों का एक अटूट बन्धन!

मेरी आँख खुल गयी। कोई मुझे झकझोरकर जगा रहा था। मैंने करवट बदली। वह लड़की मेरी बर्थ के करीब खड़ी ऊपर की ओर इशारा करती कुछ कह रही थी। मैंने नज़र उठाकर देखा। अगर मैंने एक ही छलाँग में उठकर ट्रंकों को न सँभाल लिया होता तो ट्रंक मेरे सिर पर ही आ गिरते। मैं ट्रंकों को ठीक से रखने लगा। मेरे मन में खुशी की एक लहर-सी दौड़ गयी। इन ट्रंकों में शादी का सामान था, मेरी और रेणु की शादी का। मैंने रेणु की पसंद की चीज़ें सारे बम्बई शहर में से चुन-चुनकर खरीदी थीं। प्रतीक्षा की घड़ी एक लम्बी रात बन गयी थी। कब रेणु इन चीज़ों को देखेगी? मैं अपने मन की अधीरता पर स्वयं ही हँस दिया।

"किस सोच में डूबे हैं?"

"हूँ?...कुछ नहीं!"

मैंने लड़की को देखते हुए उसके प्रश्न का अंग्रेज़ीं में ही जवाब दिया। उसने अपने मुँह पर हाथ रखकर अपनी हँसी को रोकने का प्रयत्न किया। मैंने उसे गौर से देखा। मुझे उसके चेहरे पर मासूमियत खेलती दिखाई दी।

"क्या नाम है तुम्हारा?"

"मार्था!"

"मेरा नाम किशोर है!"

मैंने उसके पूछने से पहले ही अपना नाम बता दिया। यहीं से हमारी जान-पहचान का सिलसिला आरम्भ हुआ। रात को हम दोनों ने एक-साथ खाना खाया। मार्था की एक खूबी यह थी कि उसे दूसरों को अपने गुणों से प्रभावित करने का हुनर आता था। खाना खाने के बाद हम देर तक बातें करते रहे। अब हमारे बीच संकोच

नहीं रह गया था। मैंने उससे वही सवाल पूछ लिया जो मेरे मन में तब उठा था जब मैंने उसे 'नम्बर हाउस' में देखा था। मार्था के गोरे माथे की तीन लकीरें गहरी हो गयीं। इन लकीरों में मार्था की ज़िन्दगी की न जाने कितनी घटनाएँ अंकित थीं। उसने नज़र उठायी। मुझे लगा, जैसे शान्त झील में तूफान आया हो। मैं शुरू से ही एक भावुक आदमी हूँ। सो, मार्था की कहानी के टेढ़े-मेढ़े मोड़ों में खुद भी गुम हो गया। वह अपनी कहानी सुना रही थी और मैं खोया-सा उसे देख रहा था। कहानी थी ही कितनी! जल्दी खत्म हो गयी। कहानी की नींव मार्था की एक भूल पर खड़ी थी। जब तक यह पथरीली नींव सलामत थी तब तक मार्था को तड़पते ही रहना था। न ही यह नींव टूटनी थी, न ही मार्था को जीवन का सुख मिलना था। नींव टूटती भी कैसे, जब मार्था को उसका विक्टर अब कभी नहीं मिलना था। वही विक्टर, जो उसे अपने प्राणों से भी अधिक प्यार करता था। विक्टर युद्ध से आने वाला था। मार्था बहुत खुश थी लेकिन जिस विक्टर की प्रतीक्षा में मार्था व्याकुल थी वही विक्टर जब दो वर्ष बाद आया तो उसे देखकर मार्था चीख मारकर बेहोश हो गयी थी। वह मुसीबत में घिरे एक परदेसी की तरह दो-तीन दिन मार्था के घर रहा था। वह यह जानने के लिए वहाँ आया था कि कहीं मार्था की नज़रें तो नहीं बदल गयीं? बदल ही तो गयी थीं मार्था की नज़रें। तभी तो उसने उसे पहचाना नहीं था। पहचानती भी कैसे? विक्टर के चेहरे के नाम पर अब एक नाक, एक आँख तथा जले-कटे गोश्त का एक टुकड़ा ही रह गया था। कौन कह सकता था कि उसके शरीर का कौन-कौन-सा अंग नहीं रह गया था! एक बाजू का हाथ और एक टाँग तो नहीं ही थी। कुल मिलाकर बड़ी डरावनी चीज़ हो गया था वह। अगर पहचान भी लेती तो क्या वह उसे अपनाती, इसका फैसला वह आज तक नहीं कर पायी थी। फिर विक्टर ऐसा लोप हुआ कि कभी उसका नामोनिशान भी नहीं मिला। विक्टर उसके घर में मेहमान रहा था, मार्था को यह उसके जाने के बाद पता चला था। उसके बाद मार्था का जीवन एक लम्बी कहानी बनकर रह गया।

मार्था ने अपनी बात पूरी करके मेरी ओर देखा। उसका चेहरा रोने से लाल हो गया। अभी मैं यह सोच ही रहा था कि मार्था से सहानुभूति करूँ या घृणा कि उसके बोल मेरे कानों में पड़े, "जो भी मेरी कहानी सुनता है, मुझसे हमदर्दी जताता है। मेरी हालत पर अफसोस करता है। लेकिन मुझे इन शब्दों से इतनी नफ़रत है कि...।" शेष बात मार्था के मुँह में ही रह गयी। मैं अपनी जगह से उछलकर सामने मार्था पर जा गिरा। फिर शादी के सामान वाले ट्रंक मुझे अपने ऊपर गिरते दिखाई दिये। उसके बाद बेहोशी के गार में फिसलते हुए मैंने मुसाफिरों की भयानक चीखें सुनीं।

गाड़ी उलटने के कई सप्ताह बाद मुझे होश आया। तब मुझे पता चला कि मैं किशोर नहीं रह गया था, बल्कि विक्टर बन गया था।

पूरे दो वर्ष हो गये थे जगह-जगह भटकते हुए। रेणु का सामना करने का

हौसला मुझमें भी नहीं हुआ था। मैं किसी एक जगह नहीं टिकता था, क्योंकि मेरा मन घायल था और बेचैन रहता था। मैं कोई ढंग का काम भी नहीं कर सकता था। भला कोई आधे शरीर वाले व्यक्ति को पूरा काम देने का जोखिम क्यों उठाने लगा? मैं आधा आदमी हूँ, यह शायद आपको झूठ लगे। मुझे भी विश्वास नहीं होता, क्योंकि एक बार एक महात्मा ने मुझसे कहा था, "किशोर! तुम जैसे भाग्य वाले मनुष्य इस संसार में गिनती के हैं, जिन्हें ईश्वर ने ऐसा सुन्दर शरीर दिया है। दुनिया में सब-कुछ मिल सकता है–रुपया, सम्मान, प्रतिष्ठा, सब-कुछ। यदि नहीं मिल सकता तो एक सुन्दर, मज़बूत, पूरा शरीर।" पर अब इन बातों का क्या लाभ? अब आप मुझे देख ही रहे हैं। मैं शब्द-जाल के पीछे अपना अंगहीन शरीर तो नहीं छुपा सकता।

हाँ, आपको एक बात बताना भूल ही गया। वही बात, जो मेरे मन का सहारा है। जी हाँ, रेणु की बात; अपनी प्यारी रेणु की बात जिसकी आँखों में मैं आज भी पहले वाला ही किशोर हूँ। रेणु को आज भी मेरे चेहरे पर दो आँखें दिखाई देती हैं। उसकी नज़र में आज भी मेरी दो बांहें हैं। वह जब देखती है, मेरे चेहरे के गहरे, लम्बे-चौड़े, भद्दे दाग़ छुप जाते हैं। मैं पहले की तरह ही दौड़ता-भागता हूँ। उसके लिए तड़पता हूँ। फूलों से भी नाज़ुक रेणु के शरीर को जब मैं अपने एक हाथ से छूता हूँ, तो लगता है जैसे किसी पूरे आदमी ने अपने अर्द्धांगिनी को भींचकर छाती के साथ लगा लिया हो। ठीक भी है, मैं रेणु के होते हुए आधा आदमी हो भी कैसे सकता हूँ? मेरा आधा हिस्सा तो रेणु है। मेरा आधा शरीर है वह! यदि वह नहीं हो तो...तो दो वर्ष तक मेरी प्रतीक्षा क्यों करती? क्या अपनी जवान आशाओं के तेल से मेरे इन्तज़ार में अपने प्यार का दीप इस तरह जलाये रखती? रेणु मार्था नहीं थी, जिसने घर आये प्रियतम को ठुकरा दिया था। रेणु रेणु थी, सच्ची प्रीति की देवी! उसने दो वर्ष के अन्तराल के बाद मुझे जम्मू से कई सौ मील दूर एक घाटी में ढूँढ़ लिया था और मेरे जख़्मों पर अपने प्यासे होंठ रख दिये थे।

अनुवादक : **यश सरोज**

•

बदनामी की छाँव

प्रो. रामनाथ शास्त्री

आज रविवार है। नन्दलाल को स्कूल नहीं जाना था। उसने सोचा—भावज अभी मन्दिर गयी हैं, आज खाना देर से बनेगा। क्यों न ज़रा बाज़ार तक हो आऊँ! पैंट-चप्पल पहने हुए था, खूँटी से बुश्शर्ट उतारी और पहनता हुआ बाहर निकला। निकलते ही उसने बायीं ओर की गली से आती ढोलक की आवाज़ सुनी। याद आया, भावज ने कहा था— दुसालियों की लड़की का विवाह है, कोई काम-काज हो तो पूछ आना। चलो, शाम को हो आऊँगा। इतने में ढोलक की आवाज़ के साथ डोगरी 'सुहाग' के बोल उसके कानों में पड़े—

"पिता जी, मेरे लिए वर की तलाश कीजिये।"
"बेटी, कैसा वर तलाश करूँ?"
"जैसे चन्द्रसमूह में कृष्ण कन्हैया हों।
मेरा वर राम जैसा हो, मेरा देवर लक्ष्मण जैसा,
सास कौशल्या जैसी और ससुर महाराज दशरथ जैसे।
मैं तो अयोध्या का राज्य माँगती हूँ
ताकि मैं बैठी-बैठी शासन करूँ।"

एक तो गाने वाली लड़कियों का स्वर मीठा और सधा हुआ था। दूसरे गीत के बोल इतने कोमल, इतने मार्मिक थे कि नन्दलाल रुककर उन्हें सुनता रहा। गीत की अन्तिम पंक्तियों ने उसके मन को विशेष रूप से छुआ। वह सोचने लगा—हर जवान लड़की विवाह-योग्य अवस्था में यह क्यों चाहती है कि उसे रामचन्द्र जैसा पति तथा कौशल्या जैसी सास मिले? क्या इसीलिए भोले माता-पिता अपनी कन्याओं के नाम रखते हैं: जानकी, जनकदुलारी, सीता?

सीता—इस नाम के साथ ही मुहल्ले की सीता, उसकी भावज की सहेली उसकी नज़रों में आकर मुस्कराने लगी। उसने सोचा—इसके माँ बाप ने भी कोई ऐसी ही आकांक्षा लेकर इसका यह नाम रखा होगा। लेकिन बेटियों के ऐसे नाम रखने वाले माता-पिता यह क्यों भूल जाते हैं कि सीता भी अयोध्या में अधिक दिन राज्य नहीं कर पायी थी। 14 वर्ष वनवास और उसमें रावण की क़ैद भोगकर जब वह लौटी,

तब किसी विक्षिप्त धोबी के विष-भरे अपशब्दों ने फिर उसे जंगल की शरण में भेज दिया!

नन्दलाल चकित था कि आज जैसे यह एक नयी बात उसकी समझ आयी है। अपने मुहल्ले की यह सीता भी सौन्दर्य में किसी से कम नहीं है। गज़ब की है यह औरत। इस गरीबी में भी उसका डर सारा मुहल्ला मानता है। मुहल्ले-भर में हर जगह कितनी चर्चा है उसकी! भाग्य का उपहास देखिए कि कहाँ वह और कहाँ उसका वह कुरूप घरवाला लब्भू! कैसा कन्हैया वर मिला है बेचारी को, जिसे देखकर हँसे बिना रहा नहीं जाता! सारी रामायण पढ़ जाइये, आपको लब्भू जैसा कोई पात्र नज़र नहीं आयेगा। नन्दलाल परेशान था कि आखिर यह मेल बैठा कैसे होगा? सीता के माँ-बाप की ऐसी क्या लाचारी रही होगी जो उन्होंने परियों जैसी अपनी इस बेटी को ऐसे गये-गुजरे के पल्ले बाँध दिया?

नन्दलाल ने देखा कि वह सीता के मकान के सामने आ पहुँचा है। बड़ी ड्योढ़ी के आगे तीन-चार सीढ़ियाँ उतरकर सामने खुला आँगन है और उसी के पश्चिम में एक खुला-सा कमरा है। सीता सामने ही दरी पर बैठी सिलाई की मशीन चला रही थी। नन्दलाल को देखकर उसने मशीन रोक ली और मुस्कराकर बोली—"शुक्र है देवर जी, तुम्हें भी सीता का खयाल आया। न-न, दरी पर क्यों बैठते हो? यह कुर्सी जो पड़ी है...तुम्हें मेरी कसम है!"

"आज तुम्हारे साथ लड़ने आया हूँ, भाभी!" नन्दलाल ने कुर्सी पर बैठते ही कहा।

"मेरे साथ लड़ने आये हो? मैंने किसी का क्या बिगाड़ा है देवर जी?" मुस्कराने से सीता के गालों में जो गढ़े पड़ते हैं, नन्दलाल की नज़र उनमें जा फँसी।

"भाभी, मेरी समझ में यह नहीं आता कि तेरे बारे में नित नयी कहानियाँ कौन गढ़ता है, क्यों गढ़ता है? क्या मुहल्ले में दूसरी औरतें नहीं हैं? लेकिन कहानियाँ रोज़ तुम्हारी ही सुनने में आती हैं। क्यों भला?"

सीता ने मुस्कराते हुए जवाब दिया, "लेकिन मुहल्ले में मेरे जैसी कोई और हो भी! कहानियाँ क्या सभी की बनती हैं देवर जी? लेकिन इन कहानियों के बनने पर आप दुःखी क्यों है? कहानियाँ तो आदमी की बननी ही चाहिए। यह क्या हुआ कि जन्मे, ठोकरें खाईं, रोए-हँसे और गुमनामी के अँधेरे में खो गये! दुनिया इसी को न जाने क्यों सुखी जीवन कहती है। क्यों देवर जी? आप जरा इस बात पर सोचिए, तब तक मैं मशीन की फिरकी पर धागा चढ़ा लेती हूँ।" सीता फिरकी पर धागा चढ़ाने लगी और मास्टर नन्दलाल चकित विमूढ़-सा, मशीन पर झुकी हुई सीता को घूरने लगा। कभी वह उसके सुन्दर केश देखता, कभी चमकता माथा, कभी तीखी नाक और कभी कमान-सी वक्र काली भौंहें।

जल्दी-जल्दी मशीन चलाने से कुछ धागा फिरकी के बाहर लिपट गया था। सीता मशीन को उल्टा घुमाकर उसे छुड़ाने लगी। उसके चेहरे पर खीझ का कोई

निशान नहीं था। पतले गुलाबी होंठों पर वही मुस्कान खेल रही थी। सीता ने नज़र उठाकर कहा– "अरे, तुम तो सोच ही सोच में पड़ गये! क्या सोचने लगे हो?"

"यही सोच रहा हूँ भाभी, कि लोग ऐसी कहानियों से कितना डरते हैं, लेकिन एक तुम हो जो मानती हो कि वह जीवन ही नहीं जिसकी कहानियाँ न बनें।"

"झूठ तो नहीं कहती नन्दलाल जी! अच्छा छोड़ो इस चर्चा को, और यह बताओ कि तुमने मेरे बारे में नया क्या-क्या सुना है? क्या नयी कहानियाँ बन रही हैं मेरी?" सीता फिर मुस्कराई और उसके गालों के बीच फिर दो गढ़े बन गये।

"लेकिन भाभी, तुम लोग यह मकान ही क्यों नहीं छोड़ देते? क्या किराये पर और कहीं मकान नहीं मिल सकता?" नन्दलाल ने जैसे उसे मुक्ति-मार्ग दिखाया।

सीता ने जैसे सुना नहीं। सुना नहीं तो फिर वह मुस्कराई क्यों? वह सुई के धागे से फिरकी के धागे को ऊपर खींचने में लगी थी। लगता था, उसे वह कमीज़ जल्दी ही सीकर तैयार करनी है। नन्दलाल उसके आकर्षण-भरे चेहरे की ओर एकटक देखता हुआ सोच रहा था–सीता कभी खुलकर हँसती क्यों नहीं? उसने इसे कभी हँसते हुए नहीं देखा। शायद वह जानती है कि उसके मुस्कराने में जो जादू है वह उसके हँसने में नहीं।

उसे याद आया, कल उसके घर आयी औरतों में भी इसी बात की चर्चा थी। नन्दलाल स्कूल से आकर अपने कमरे में बैठा चाय पी रहा था कि बाहर आँगन में हो रही बातचीत उसके कान में पड़ी थी। एक औरत बोली–'यह भी इस गश्ती (क़ुलटा) की एक चाल है।' चाय का एक घूँट पीकर नन्दलाल ने चौंककर प्याला नीचे तिपाई पर रख दिया।

दूसरी ने समर्थन किया, 'खुलकर हँसती नहीं इसमें भी कोई राज़ है। मेरी बात याद रखो, राँड का शायद कोई दाँत खराब होगा। वह दिखाई दे जाये तो उसकी सुन्दरता की शोहरत को दाग़ न लग जाये!' और अपनी बात पर स्वयं ही वह औरत खिलखिलाकर हँस पड़ी थी।

तीसरी और भी दूर की कौड़ी लाई–'नहीं-नहीं, दाँत उसके मोतियों जैसे हैं। लेकिन हँसने से उसके गालों में वे गढ़े कहाँ बनते होंगे, जो मुस्कराने से सहज ही बन जाते हैं।"

'लेकिन एक बात समझ में नहीं आती कि परमेश्वर इतना रूप ऐसे पतित लोगों को क्यों देता है? सूरत देखकर तो लगता है जैसे कोई राज भोगने वाली है।' दिवाकर की माँ ने हाथ हिलाकर कहा।

'इन गालों के गढ़ों में आज तक न जाने कितने चतुर, कितने मूढ़ डुबो चुकी है यह शूर्पनखा! इसके भी नाक-कान किसी ने न काटे तो कहियो।' एक और ने भविष्यवाणी की।

दिवाकर की माँ को यह बात सुनकर मज़ा तो आया, लेकिन उसे दुःख भी

था कि यह बात पूरी होने वाली नहीं। बड़ी निराश-सी होकर बोली–'घरवाला है मरदूद जानवर। नाक-कान कौन काटेगा?' एक औरत ने आवाज़ दबाकर कहा, 'आजकल जहाँ रहती है, सुना है, उस डॉक्टर का शिकार कर चुकी है।' उसके लहजे से स्पष्ट था जैसे वह यह समाचार कहीं पाताल से निकालकर लाई है, लेकिन दिवाकर की माँ को यह पर्देदारी भी अच्छी नहीं लगी। उसने उसे डाँटकर कहा, 'अरी इस तरह डर-डर के क्यों बोलती है? जो बात सारे मुहल्ले में फैल चुकी है उसमें भला अब छिपाव क्या? और वह बदमाश डॉक्टर, क्या नाम है भला उसका, जसोदालाल या जसोदानन्दन? अब बाल सफेद होने लगे हैं, तो उसे भी यह रास रचाने का शौक़ चर्राया है। राधा जो उसे ढूँढ़ती हुई वहाँ आ गयी है! पर्दा है किरायेदारी का, और इस पर्दे के पीछे परमात्मा जाने क्या-क्या तमाशे हो रहे हैं। ये समझते हैं कि कोई देखता-जानता नहीं, लेकिन कल को देखना सभी लोग उस खूसट पर थूकेंगे।'

एक स्त्री ने समर्थन किया, 'सुना है दिवाकर की माँ, कि डॉक्टर अपनी घरवाली को तो बुलाता भी नहीं। कहते हैं, वह बेचारी जलती-कुढ़ती रहती है। जले-कुढ़े क्यों नहीं? उसकी छाती पर मूँग दलने के लिए डॉक्टर इस जादूगरनी को जो ले आया है। डॉक्टर के लड़कों का कहते हैं, उससे भी बुरा हाल है। ऐसे डरे-सहमे रहते हैं कि बेचारों का विकास ही रुक गया है। बेड़ा गर्क हो जाये इस डायन का!'

"यह क्या? आप फिर सोच में डूब गये, देवर जी? इस कच्ची उमर में इतना सोचोगे तो चेहरे की यह लाली पीली पड़ जायेगी। बड़ी बुरी चीज़ बनायी है ईश्वर ने यह सोच भी। जवानी से इसे बैर, हँसी-खेल की यह दुश्मन। क्या कह रहे थे आप, यह मकान क्यों नहीं बदल लेती? आप ही ले चलिये न अपने यहाँ! दे देना एक छोटा-सा कमरा, किराये पर। वहाँ मुझे आपका संरक्षण भी सहज ही प्राप्त हो जायेगा।" सीता मुस्कराई।

"अपना मकान कहीं होता तो ले ही चलता तुम्हें भाभी, पर जहाँ हूँ वहाँ तो मैं भी एक किरायेदार के समान ही हूँ। हर महीने 60-70 रुपये भावज के हाथ पर रखता हूँ तो रहता हूँ।" और नन्दलाल सोचने लगा–यदि मेरा अपना छोटा-सा मकान भी यहाँ होता, तो मैं एक दिन के लिए भी सीता को इस लंका में न रहने देता। यह मुहल्ला इसके लिए लंका नहीं तो और क्या है?

"आपका अपना मकान होता तो आप मुझे ज़रूर ही वहाँ ले जाते? सच?" सीता मुस्कराई।

"सच!" नन्दलाल को लगा कि वह 'सच' पक्की सीढ़ियों पर से लुढ़कती कांसे की थाली की तरह उसके मन में दूर तक झन-झन करता हुआ उतरता चला गया है। कितना गहरा होता है आदमी का मन!

"लेकिन देवर जी, तुम मुझे अपने घर ले क्यों जाते? इसलिए कि तुम्हें मुझ पर तरस आता है या इसलिए कि तुम्हें भरोसा है कि लोग सीता के बारे में जो

निन्दा की बातें फैलाते हैं वे निराधार हैं? या फिर और कोई कारण है?" सीता ने मुस्कराकर पूछा और वह कमीज़ के कफों के अन्दर डालने के लिए लट्ठे का टुकड़ा कैंची से कतरने लगी। इधर नन्दलाल बेचारा इन बातों से परेशान हो उठा—कैसे सवाल पूछे हैं इसने? क्या जवाब है इनका?...तरस आने वाली बात भी ठीक है। यह बेचारी मेहनती, जवान औरत है। लोगों के कपड़े सीकर अपना, अपने सीधे-सादे पति का और अपने इकलौते बेटे का निर्वाह कर रही है। कभी मन्दिर-शिवालय नहीं जाती, कथा-सत्संग के लिए इसे फुरसत नहीं। मेले-पर्वों में इसे रुचि नहीं। हाँ, कपड़ा ज़रूर अच्छा साफ पहनती है तो क्या बुरा करती है? अपना ही तो परिश्रम है! ऐसे प्राणी पर कलंक लगाया जाये तो तरस क्यों न आये? और रही लोगों में फैली हुई इसकी अपकीर्ति, तो इसके पास थोड़ी देर बैठकर और इससे बातें कर लेने पर मन मानता ही नहीं कि यह औरत बदचलन है। दरअसल इसका सौन्दर्य ही इसका दुश्मन हो गया है। औरतों में ईर्ष्या-द्वेष तो जैसे उनके रक्त में घुले-मिले रहते हैं। इसे देख-देख कर जलती हैं और मन की जलन को निकालने के लिए इसकी निन्दा और बदनामी करती हैं। पर—निन्दा का भी तो अपना एक रस होता है। यह बेचारी बुरी नहीं है, लेकिन इसको जान-बूझकर बदनाम किया जाता है। इसकी आँखों में कहाँ है वैसा कलुष? इसकी मुस्कराहट में कहाँ है वह विषैलापन? हाँ, इसने पूछा है कि इन दो बातों के अलावा क्या और कोई कारण भी है मेरी सहानुभूति का? नन्दलाल ने अपने मन में झाँककर देखा। सीता उसको देख रही थी। नन्दलाल की नज़रें उससे मिलीं तो उसकी सारी देह में रोमांच हो आया। सीता ने नज़र झुका ली। अब नन्दलाल उसे देखने लगा। उसका दिल धड़क रहा था।

"तीनों में से कौन-सी बात ठीक है देवर जी?" सीता ने मुस्कराते हुए पूछा।

"तीनों भाभी!" नन्दलाल के मुँह से जैसे सहसा निकल गया।

"तीनों? क्या कोई तीसरी बात भी है देवर जी?" सीता मुस्कराई और नन्दलाल की झुकी हुई नज़रों से उसके सरल चित्त की थाह लेने लगी।

नन्दलाल स्वयं हैरान था कि उसने यह क्या जवाब दे दिया है! सीता ने उसकी परेशानी भाँप ली और मशीन चलाने लगी।

नन्दलाल सीता का कोई सगा देवर है नहीं। इस मुहल्ले में सीता जब आयी थी, तब नन्दलाल की भावज से ही पहले उसका परिचय हुआ था। धीरे-धीरे इस परिचय ने मैत्री का रूप ले लिया। नन्दलाल की भावज ने ही सीता के सिलाई के काम को चलाने-बढ़ाने में मदद दी थी। इसीलिए सीता उसका बड़ा आदर करती है। नन्दलाल को अपनी भावज की मार्फत ही सीता से परिचित होने का मौका मिला था और वह भी उसे भाभी कहकर पुकारने लगा था। नन्दलाल एक प्राइवेट स्कूल में पढ़ाता है। 125 रुपये मासिक वेतन पाता है। उसमें से 60-70 रुपये घर का खर्च चलाने के लिए भावज को दे देता है। नन्दलाल का बड़ा भाई, उसकी भावज का पति, अमृतसर में

किसी मिल में काम करता है। नन्दलाल की परवरिश उसी ने की है इसलिए नन्दलाल भावज को माता-तुल्य मानता है। लेकिन इन दिनों उसे यह देखकर खीज और ग्लानि होती है कि उन्हीं के घर में मुहल्ले की औरतों का वह 'सत्संग' जुटता है जिसमें 'सीता ऐसी है, सीता वैसी है' की रोचक चर्चा चलती है। यह देखकर उसे लज्जा और दुःख होता है कि इसकी भावज भी अब इन बातों का प्रतिवाद नहीं करती। रोज़ इन बातों को इस तरह मौन प्रोत्साहन देने से तो लगता है कि उसकी भावज भी अब सीता को नेक औरत नहीं समझती। कहाँ-कहाँ से ये लोग गुप्त बातें निकाल लाते हैं। हमारे घर की तरह दूसरे घरों में भी इसी तरह की निन्दा-गोष्ठियाँ जुटती होंगी, लेकिन नन्दलाल जिस बात से हैरान होता है वह है सीता की मुस्कराहट। वह जब भी कभी, उसकी निन्दा की बातें सुनकर उससे पूछताछ करने आया, तभी उसने देखा कि सीता उन बातों को सुनकर न तो कभी घबराई, न डरी, न झिझकी। बस, सहज भाव से मुस्कुराकर वह इतना ही पूछती,"और क्या कहते हैं लोग?"

आँगन में बूटों की आवाज़ सुनकर सीता ने उधर देखा। डॉ. जसोदानन्दन खाँसते हुए आये और अपनी बैठक के किवाड़ खोलकर अन्दर चले गये। उन्होंने कपड़े बदलते हुए सीता के दरवाज़े की ओर दो-तीन बार देखा। कुर्सी पर बैठे नन्दलाल की पीठ ही उन्हें दिखाई दी। धोती-कुरता पहनकर और पैरों में सफेद चप्पल डालकर वे बाहर निकले और सीता के दरवाज़े के पास आ खड़े हुए। पूछा, "क्या हाल है अब बेटे का सीता? रात को उसे खाँसी तो नहीं हुई? इस वक्त कहाँ है?"

"आज वह खेलने गया है डॉक्टर साहब! कितने दिन हो गये थे खाट पर पड़े हुए। आज ज़िद करने लगा तो मैंने रोका नहीं।" सीता ने कहा।

नन्दलाल कुर्सी पर से उठ खड़ा हुआ। उसने डॉक्टर साहब को हाथ जोड़कर नमस्ते की। जवानी ने बुढ़ापे का अदब किया, बुढ़ापा इसी से प्रसन्न हो उठा।

"आप कौन हैं सीता? मैंने नहीं पहचाना इन्हें।"

"मेरे देवर हैं डॉक्टर जी!"

"अच्छा-अच्छा भई देवर-भाभी की बातों में तीसरा आदमी मुखल क्यों हो? क्या नाम है इनका?"

"नन्दलाल।"

"अच्छा नाम है। कोई ज़रूरी नहीं कि सीता के देवर का नाम लक्ष्मण या भरत ही हो।" डॉक्टर ने हल्का-सा क़हक़हा लगाया और अपने मकान के भीतरी हिस्से में चले गये। उसकी चप्पल की आवाज़ मद्धम पड़ी तो सीता ने कहा, "देवर जी, यही हैं डॉक्टर जसोदानन्दन, जिन पर आजकल मैंने जादू किया हुआ है। देखा तुमने, मेरे जाल में फँसकर कैसे तड़प रहे हैं, कैसे बेहाल हैं? इन्हीं के बारे में सुनकर तुम आज मुझसे झगड़ा करने आये थे न? देख लिया न इन्हें देवर जी? मेरे लालू के प्राण इसी डॉक्टर के बचाये हैं। पिछले दिनों उसे निमोनिया हो गया था। लालू के पिताजी को तुमने देखा ही है। क्या काम कर सकते हैं वे? इन्हीं डॉक्टर साहब

ने अपने रसूख से उन्हें कपड़े की किसी दुकान पर नौकर रखवा दिया है। 45 रुपये वे भी ले आते है। उनका यह कमरा किराये पर लेकर मैं कितनी सुखी और निश्चिन्त हूँ, क्या बताऊँ! इनके डर से मुहल्ले के मनचले लोग कपड़ा सिलाने का बहाना बनाकर भी यहाँ नहीं आने पाते। क्या यह मामूली बात है देवर जी?''

''लेकिन भाभी, औरतें तो कहती हैं कि यह डॉक्टर कसाई से भी अधिक क्रूर है। अपनी घरवाली से बोलता तक नहीं, लड़के बेचारे इसके सामने आते भी डरते हैं।''

''किसी के मन की कोई क्या जाने नन्दलाल जी! तीन लड़के थे इसके। मँझला लड़का इसको सबसे ज़्यादा प्यारा था। मैंने तो उसे देखा नहीं, लेकिन सभी कहते हैं कि वह रूप और गुण, दोनों बातों में अपूर्व था। वह एक दिन अचानक नदी में डूबकर मर गया। उसकी मौत ने डॉक्टर को उदास और चिड़चिड़ा कर दिया। बाकी दो लड़के कुसंग में बिगड़े हुए, पढ़ने-लिखने में पिछड़े हुए। डॉक्टर बेचारा भी बाप है, दुखी होता है। उन्हें झिड़कता है, बुरा-भला कहता है पर वे हैं 'काली कम्बली, चढ़े न दूजो रंग।' घरवाली बेचारी चिर-रोगिनी है। जोड़ों में दर्द रहता है उसे। नालायक बेटे उसे ही आ-जाकर तंग करते हैं। वह न कहीं जाती है, न आती है। दिन गुज़र जाता है बेचारी का चौके-चूल्हे और पूजा-पाठ में। ऐसी गृहस्थी में डॉक्टर भला क्रूर न दिखाई दे तो और क्या दिखाई दे? उसे किसी ने घर से बाहर हँसते नहीं देखा। और अपने घर में सीता जैसी जादूगरनी को कमरा किराये पर देकर वह उससे हँस-हँसकर बातें करता है। कैसे लोग हैं देवर जी ये? न किसी को रोते देखकर पसीजते हैं, न हँसते देखकर खुश होते हैं। अब कोई क्या करे?'' सीता के मुस्कराने से उसके चेहरे पर फिर से पहली आभा आ गयी थी। नन्दलाल का तरुण हृदय यह धूप-छाँव देखकर विभोर हो उठा।

''वैसे एक बात आपको बताऊँ नन्दलाल जी?'' सीता ने उसे अपनी ओर घूरते हुए देखकर कहा। नन्दलाल एकटक उसे देखता रहा।

''देवर जी, मर्दों और औरतों में वैसे एक फर्क होता है। डॉक्टर को ही देखिए। मुझ पर उसे दया आती है, लालू की बीमारी के दिनों में उसे वह दिन में दो-दो, तीन-तीन बार देखता था, लेकिन दवाइयों के पैसे वह माँगकर ले लेता था। कमरे के किराये के बारे में उसकी ताकीद है कि महीने की चार तारीख तक उसे किराया मिल जाना चाहिए। खाने-पीने के बारे में भी उसने आज तक हमसे 'यह लो, वह दो' की रस्म नहीं चलाई। कहने का मतलब यह कि उसका तरस और सहानुभूति एक व्यावहारिक मर्यादा में बँधे हुए हैं। आप अपनी ओर ही देखें। आपको मुझसे कितनी सहानुभूति है! आपका अपना मकान होता तो आप मुझे वहाँ किराये पर या शायद बिना किराये ही छोटा-मोटा कमरा भी दे देते। लेकिन आज तक कभी आपने अपनी तम्बी-कमीज़ भी सीने के लिए मुझे नहीं दी।''

''तम्बी-कमीज़? लेकिन भाभी, मैं तो तम्बी-कमीज़ पहनता नहीं।'' नन्दलाल ज़रा घबरा गया। सीता ने मुस्कराकर कहा–

"आप पहनते भी होते, तब भी आप मुझसे नहीं सिलाते देवर जी! आपसे छिपा तो है नहीं कि मेरी गुज़र-बसर इसी मशीन की मज़दूरी पर है। और दूसरी तरफ़ है मुहल्ले की ये औरतें। मेरी पीछे-पीछे हज़ार निन्दा करती हैं, तोहमतें लगाती हैं। लेकिन उन्हीं की बदौलत मेरे पास सिलाई का इतना काम है कि दिन-रात मशीन चलाकर भी उसे पूरा नहीं कर पाती हूँ।"

"तुम्हारे हाथ की सिलाई में सफाई है भाभी, और तुम उजरत भी कम लेती हो। सिलाई का काम तुम्हारे पास क्यों नहीं आयेगा?" नन्दलाल ने चतुराई से उसकीप्रशंसा की।

"यह बात नहीं है देवर जी! चार पैसों की बचत समझकर यह काम मेरे पास नहीं आता। इतना काम मिलने का कारण है—मुझे पास आकर देखने का उनका कौतूहल। मुहल्ले की ये भोली नेक औरतें मेरे बारे में जब कई तरह की रंग-बिरंगी बातें सुनती हैं, तब कौतूहल से मुझे देखने आती हैं। पर खाली हाथ कैसे आयें? सो, एक-आध कपड़ा सीने के लिए ले आती हैं। शुरू-शुरू में मुझे घूर-घूरकर देखती हैं, परखती हैं, तोलती हैं और फिर मेरी हमदर्द, मेरी सखियाँ बन जाती हैं। अब मुहल्ले में मेरे विषय में जहाँ भी जो-जो चर्चा होती हैं, वे ही आकर एक-एक बात मुझे सुना जाती हैं। मैं कैसे कहूँ कि ये औरतें बुरी हैं? लाख निन्दा-अपवाद करें, पर मेरी परवरिश भी तो वे ही कर रही हैं। क्यों, झूठ है देवर जी?" सीता ने मुस्कराकर पूछा।

नन्दलाल अवाक् होकर उसे देखता रहा। कुछ बोल ही नहीं सका।

"मुझे डर इनकी इस निन्दा, बदनामी करने का नहीं, नन्दू भैया! मुझे डर उस दिन का है जब इन सभी को मुझसे हमदर्दी हो जायेगी। उस दिन मेरा यह काम घट जायेगा। फिर तो उनके साथ मित्रता का नाता निभाने के लिए मुझे मन्दिर भी और शिवालय भी जाना पड़ेगा, सत्संग-कीर्तन में भी शामिल होना पड़ेगा और इनके यहाँ शिष्टाचार निभाने के लिए भी आना-जाना पड़ेगा। मेरा धन्धा रुकने लगेगा। इसलिए इन सरल निन्दक नारियों से अपना यह मौजूदा रिश्ता मुझे बड़ा रास आ रहा है। यह बदनामी मेरे लिए ठंडी छाँव का काम दे रही है। इसके संरक्षण में मेरा परिवार पल रहा है। मैं तो सच पूछिए, देवर जी, बड़ी सुखी हूँ। बड़ी निश्चिन्त हूँ।"

नन्दलाल ने आँगन में दो स्त्रियों को बातें करते आते सुना तो वह उठकर खड़ा हो गया। घंटा, डेढ़-घंटा तो उसे हो गया था वहाँ बैठे हुए।

"अच्छा भाभी, अब चलता हूँ।" कहकर नन्दलाल कमरे से बाहर आया तो दोनों औरतें उसे घूर-घूरकर देखने लगीं।

एक ने आँखों के इशारे से प्रश्न किया, "अरी, यह कौन था?"

दूसरी ने ओंठ बिचकाकर गरदन को हल्का-सा झटका दिया, जैसे कह रही हो, "मुझे क्या मालूम!"

और फिर दोनों सीता के पास दरी पर जा बैठीं।

अनुवाद : **यश सरोज**

•

बिक्खू

विश्वनाथ खजूरिया

एक पहर रात बीते एक कच्चे मकान के आँगन में चार-पाँच व्यक्ति, टिमटिमाते दीये की लौ में बैठे, अपनी चिन्ता के बखिए उधेड़ रहे थे। दुःख था कुछ दिन पहले नगर में मंचित नाटक का। ''अरे अछूत नाटक...। राम-राम! इससे तो हरिजनों का सिर फिर जायेगा।'' गाँव के सवर्ण टोले में हाय-तौबा मची हुई थी।

''धर्म-द्रोही नाटककार ने हमारी सनातन मर्यादाओं को खंडित करने की कुचेष्टा की है। ऐसा पातकी अध्यापक हमारी औलाद को पथ-भ्रष्ट कर देगा। ऐसे दूषित नाटक के प्रचार से हमारे धर्म...'' पं. धर्मदास जी ने कहते-कहते ठंडी गहरी आह भरी।

और उनकी दर्दभरी बात को यूँ पूरा किया ड्राईंग मास्टर रामलाल बख्शी ने, ''हाँ, पंडित जी, धर्म के लिए संकट पैदा हो जायेगा...।''

धनीराम शाह को अपनी साहूकारी की नौका डूबने का अंदेशा था कि ऐसे-ऐसे फिजूल नाटक देखकर असामियों की खोपड़ी औंधी हो जायेगी।

और वैसे ही कुछ अंदेशे दुर्योधन ज़मींदार को थे कि असामियों से 'अब डंडे के ज़ोर पर बेगार लेना मुश्किल हो जायेगा।' उन्होंने बोतल से आखिरी पेग उँडेलकर और आम के अचार की फाँकी चूसते-चूसते ड्राइँग मास्टर को उकसाया, ''देखो न बक्शी साहब, वह है न स...सा...क्या नाम...बिक्खू , वह आजकल 'गरीब नवाज' के बजाय नमस्ते कहकर निकल जाती है। और नाटक लिखने वाले उस मास्टर को हाँ...।'' अगली बात उसकी बदबूदार डकार में खो गयी।

ड्राइँग मास्टर ने एक ही घूँट में गिलास खाली किया और मूँछों को ताव देकर कहा, ''ठाकुर साब! उन दोनों को दिन में तारे न दिखा दूँ तो बाप का बेटा नहीं...!''

छुट्टी का दिन था। हम दो टीचर और एक दुकानदार, जो नगर-सुधार सभा अधिकारी भी था, अपनी बारी की प्रतीक्षा में बैठे बातें कर रहे थे। उन दिनों नगर-भर में उस दलित (अछूत) नाटक की ही चर्चा थी। नाई की दुकान तो उस चर्चा का मुख्य अड्डा था। बात के चलते ही खालक दर्जी भी पास वाली दुकान से उठकर आ गया मानो वह पहले से ही इस ताक में था। छूटते ही वह बोला, ''इन हरिजनों

के लिए तुम इतने आँसू टपकाते हो, तो उनके हाथ का छुआ खाते क्यों नहीं? सिर्फ़ उनका ड्रामा खेलने से उन लोगों का भला नहीं होगा...।''

मैं समझ रहा था कि दर्जी के व्यंग्य का निशाना मैं ही था। किन्तु उसे बीच में ही लपक लिया नगर-सुधार सभा के अधिकारी ने और बोला, ''तुम्हारा ऐतराज बे-बुनियाद है। हरजिन हमारे अंग-संग हैं। उनके हाथ की चीज़ हम बड़े शौक़ से खा लेते हैं।''

देश-विभाजन से पूर्व का ज़माना था। घटनाएँ नाटकीय ढंग से घट रही थीं। चरमराते समाजी ढाँचे की अनुगूँज दूर-दूर जा पहुँची थी। राज्य के इस तिमिराच्छन्न वातावरण में एक छोटे-से नाटक ने देहाती समाज को दो हिस्सों में बाँट दिया था। सामने हलवाई जलेबियाँ बना रहा था, और केवल इत्तफ़ाक समझिये कि ऐन उसी वक़्त एक चमार पिछली गली से आ निकला। तत्काल दर्जी ने हलवाई को हाँक लगाई, ''लाला, दमड़ू चमार के हाथ एक पाव-भर जलेबियाँ इधर भेज देना ज़रा।''

चमार ने जलेबियाँ लाकर गुप्ता के आगे रख दीं। गुप्ता को झिझकते देख मैंने उसके कान में कहा, ''अब इस चैलेंज को कबूल करना ही होगा, गुप्ता जी! वरना आपके दावे की कलई उतर जायेगी।'' उसने फुसफुसाकर उत्तर दिया, ''पहल आप करें। आप आर्यसमाजी हैं।'' मैंने जलेबी की एक फाँकी मुँह में डाल ली। बाकी गुप्ता जी ने बिना संकोच के खा लीं। सवर्ण टोले में जैसे बम गिरा हो–राम-राम! घोर पाप किया इन लोगों ने! अपनी पाँत में बैठने योग्य नहीं रहे...ये।

मेरे घर पहुँचने से पहले ही खबर पहुँच चुकी थी कि अछूत नाटक वाले मास्टर ने चमार के हाथ से लेकर जलेबियाँ खा ली हैं। मेरे एक शिष्य ने खबर दी कि ड्राइँग मास्टर बावली पर लोगों को सुना रहा था कि आपने चमार के हाथ से लेकर जलेबियाँ खा ली हैं। आँधी के रेले के समान यह खबर सारे नगर में फैल गयी।

एक पंडित ने गुप्ता जी से प्रायश्चित्त करवाकर उसे गंगाजल पिलाकर, और अन्न-वस्त्रादि दान दिलवाकर, दूषित जलेबियाँ खाने के दोष से मुक्त कर दिया।

मुझ पर भी दबाव का शिकंजा कसा जाने लगा कि मैं भी प्रायश्चित्त करूँ। मेरे लिए एक तीखे त्रिशूल पर बैठने का विधान था। इस त्रिशूल की तीन किरचों के अनुसार, मुझे जो-जो कुछ करना होता वह इस तरह था–

आठ पहर बिना अन्न-जल ग्रहण किये रहना होगा।

पाँच पंडितों से प्रयोगपाठ-हवन, अन्न-वस्त्र और गऊ-दान।

उपस्थित जनता के सामने क्षमा-याचना और ब्रह्म-भोज।

इनकार की सूरत में मुनासिब दण्ड भोगना।

एक-समान दोष के लिए गुप्ता जी और मेरे प्रायश्चित्त में इतना फर्क? इतनी धाँधली? मैंने सरे-आम प्रायश्चित्त करने से इनकार कर दिया।

'खिसियानी बिल्ली खम्बा नोचे' वाली बात थी। उन लोगों ने मेरा हुक्का-पानी बन्द करवाने की भी धमकी दी। मेरे मित्रों को मुझसे अलग करने के प्रयत्न होने

लगे। परन्तु ऐसे लोगे भी थे जिनकी आँखों में नये युग के उदय की चमक व्याप्त हो रही थी। ऐसे लोगों में मेरे हैड-मास्टर और बाहर के सरकारी मुलाजिमों का नैतिक समर्थन मुझे मिलता रहा। नगरवासी मित्र ज़रूर मुझसे कतराने लगे।

मेरे विरोधी मुझको नीचा दिखाने के दाँव-पेंच सोचते रहे। दूसरी ओर बिक्खू अपने टोले के लोगों को समझा रही थी, ''हमें अछूत नाटक की आवाज़ को बल प्रदान करना है। उसके लिखने वाले को अपने समर्थन का भरोसा देना है। इसमें हमारी अपनी भलाई है।''

फिर एक दिन एकाएक उन पंचों की ओर से एक हुक्मनामा आ पहुँचा कि अमुक दिन, इतने बजे, अमुक मन्दिर में हाज़िर हो जाऊँ। चिट्ठी पढ़कर मेरी पत्नी ने कहा था, ''वह कौन होते हैं ऐसा सम्मन भेजने वाले? हमें प्रायश्चित्त का ढोंग नहीं करना है।'' गुस्से में वह चिठ्ठी फाड़ने लगी थी, किन्तु मैंने रोक दिया, ''नहीं, उन मूर्खों ने अपने हाथ काटकर हमें दे दिये हैं। न जाने कब इसकी ज़रूरत पड़ जाये।''

पेशी पर जाने या न जाने का फैसला लेने से पहले मैं एकान्त में कुछ विचार करना चाहता था।

पुराने किले के पिछवाड़े के मैदान में, मैं गहरी सोच में डूबा चक्कर काट रहा था। डूबते सूरज की रक्तिम किरणों से किले की खस्ता बुर्जियों की परछाइयों से अनेक भाँति के आकार धरती पर बन रहे थे और बिगड़ रहे थे।

एक बड़े-से पत्थर पर बैठकर मैंने उधर से मुँह फेर लिया। ठंडी हवा की थपकियों से मन कुछ स्थिर हुआ।

अचानक पीछे से जनानी आवाज़ आयी, ''मास्टर जी!''

थोड़े फ़ासले पर बिक्खू खड़ी थी। नमस्ते के उपरान्त उसी ने बात चलाई, ''हाँ तो सुना है, उन बगुला भगतों ने कोई चिठ्ठी भेजी है आपको?''

''हाँ तो, लेकिन आपको कैसे मालूम हुआ?''

वह हँसकर बोली, ''मैंने अज्ञात को जानने की विद्या जो पढ़ रखी है। है ना अजीब बात? वैसे इस नगर की कई बातें बड़ी अजीब हैं। देखो न, जिस आदमी के हाथ उन्होंने आपको चिठ्ठी भेजी थी ना—अनिरुद्ध कटवाल, वही मुझको सुना गया है। है न अजीब बात?'' खिलखिलाकर हँस पड़ी बिक्खू, फिर गम्भीर होकर बोली, ''और हाँ, आपका डायन माक्टर है ना, उससे खबरदार रहना, हाँ! वह बड़ा शैतान है।''

''डायन माक्टर नहीं, ड्राइँग मास्टर कहो जी!''

''जाने मेरी बला! मैं पढ़ी-लिखी थोड़ी हूँ जी! और सुनिये, मुझे भेद की एक और बात मालूम हुई है कि सारा झगड़ा तो उस ड्रैमे (ड्रामे) का है। वह जलेबीकांड तो एक पलीता मात्र था, आपके विरुद्ध आग भड़काने का।''

''मेरा भी यही विचार है, बिक्खू जी! लेकिन आपको यह कैसे मालूम हुआ?''

"दमड़ू चमार से, जो वह जलेबियाँ आपके लिए लाया था। और सुनिये, दमड़ू ने स्वीकार किया है कि उस शैतान मास्टर ने उसे उस काम के लिए एक डब्बल रुपया इनाम का पेशगी दिया था।"

"आप उड़ते पंछी के पर काटती हैं...आप धन्य हैं!" बेसाख्ता मेरे मुख से निकला।

"मैं कुछ नहीं मास्टर जी, महान् तो आप हैं। आपने हम पिछड़े और गरीब दलित लोगों की युगों पुरानी पीड़ा महसूस की है, हमारी मूक वेदना को वाणी दी है। सदियों से हमारे प्रति हो रहे अन्याय को चौराहे पर नंगा किया है, आपके नाटक ने। हमारी खातिर आपने साँप की बांबी में हाथ डाला है... ।" बिक्खू हाँफ रही थी। शेरनी के समान उसका उत्साह था—"हमारा प्रण है कि अपना बस चलते हम आप पर कोई आँच न आने देंगे।"

और घर जाने से पहले वह पक्की ताकीद कर गयी, "ठीक समय पर मन्दिर में ज़रूर पहुँचें मास्टर जी!"

उस रोज़ निश्चित समय पर मन्दिर पहुँचा तो देखा कि ड्योढ़ी के बाहर बहुत से हरिजन नर-नारी वहाँ मौजूद थे। इतनी उत्सुक नज़रों को अपनी ओर ताकते देख मुझे कुछ अटपटा-सा लगा। बिक्खू ने अपनी गरदन से हल्का-सा इशारा किया। उसके होठों पर मुस्कान खेल रही थी।

दिल मेरा धड़क ज़रूर रहा था, किन्तु उस धड़कन को छुपाने हेतु मैं मज़बूत कदम बढ़ाने का दिखावा करता मन्दिर की भीतरी परिक्रमा में चला गया। बीस-पच्चीस व्यक्ति अजीब नज़रों से मेरी ओर घूर रहे थे।

परिक्रमा के सींखचों के ऐन सामने, दीवार के सहारे बैठते हुए, अपने भीतर से निकली लम्बी साँस को मैंने बीच में ही रोक लिया। इतने में बिक्खू सींखचों के बाहर आकर खड़ी हो गयी। उसके गले से निकली खंखार की आवाज़ ने उस गम्भीर शान्त वातावरण को तरंगित कर दिया मानो किसी शान्त सरोवर में कंकर आ पड़ने से लहरियाँ पैदा हो गयी हों। मेरी ओर तिरछी निगाहों में ही जैसे उसने एक खामोश सन्देश दिया और वापस चली गयी। उसे देखते ही कई मानुसों की मूँछों की ऐंठन ढीली और उनके चेहरों की रंगत पीली पड़ गयी। शर्मिन्दगी में उनकी आँखें झुक गयीं। कुछ सरगोशियाँ हुईं। फिर सेठ बेलीराम पालथी मारे हुए सरकते-सरकते मेरे पास आये और बड़प्पन की टोन में बोले, "आप हमारे मित्र के स्नेही हैं, उस नाते आपसे मेरा अनुरोध है कि आप प्रायश्चित्त करवा लें, ताकि यह टंटा दूर हो।" मैंने दो टूक उत्तर दिया, "उसी नाते आपको मेरी सलाह है कि आप सब सज्जन मिलकर प्रायश्चित्त कर लें, ताकि इन गरीब हरिजनों के प्रति किये गये अपने पाप-कर्मों के लिए ईश्वरीय दंड भोगने से आप बच जायें... ।"

"और मेरी ओर से इतना और जोड़ लें, कि आपके ये ऊँची जाति वाले बगुला

भगत...!" बिक्खू बोली थी, वह फिर सींखचों के बाहर आकर खड़ी हो गयी थी, "ये बेईमान खड़पंच...!" आगे की बात इस कहानी की क़ैद में न आ सकी क्योंकि बिक्खू की बात पूरी होने से पहले ही पंच-सरपंच लोग अपना-अपना दामन झाड़ते उठकर चले गये। किसी ने पीछे मुड़कर न देखा। और उस बहादुर नारी ने खिल-खिलाकर कहा था, "अब आप भी उठो मास्टर जी! जाओ घर अपने। सब बगुले उड़ गये!"

अनुवाद : **यश सरोज**

•

गैरहाज़िर

वेद राही

स्यालकोट (पाकिस्तान) के उन मुहल्लों में, जहाँ जम्मू से गये हुए मुहाजिरों की तादाद ज़्यादा है, यह खबर धुएँ की तरह फैल गयी कि गामे जर्राह का इन्तक़ाल हो गया है। सभी को धक्का-सा लगा। लोग लम्बी साँसें ले-लेकर क़लमा पढ़ने लगे, "इन्न लिल्लाहे व इन्ना इलयहे राजऊन।"

लोगों को ज़्यादा ग़म इस बात का था कि गामे की जम्मू जाने की ख़्वाहिश आख़िरदम तक पूरी नहीं हुई। बेचारे ने दो बार चोरी से सरहद पार करने की कोशिश की, लेकिन दोनों बार फौजियों ने उसे पकड़ लिया और कई-कई हफ्तों तक अन्दर बन्द रखा। एक बार तो मार-मारकर पसलियाँ तक तोड़ दीं। फिर भी उसकी जम्मू जाने की हसरत नहीं मिटी।

दरअसल बाकी सब लोगों की दिली ख़्वाहिश भी यही थी। उनके बस में होता तो वे भी कभी-न-कभी अपने छूटे हुए शहर का एक चक्कर ज़रूर लगाते। आज गामे की मौत ने उन्हें उनकी मजबूरी कर तल्ख़ एहसास करवा दिया। उनके दिल और भी उदास हो गये।

लोगों की आँखों के सामने से गामे का चेहरा नहीं हट रहा था। बात कोई भी कर रहा होता, वह जम्मू का नाम बीच में ज़रूर ले आता। उनकी इस आदत से लोग खीज उठते थे। मगर जब किसी को उससे कोई काम आ पड़ता या याद आ जाती तो फौरन जम्मू शहर का ज़िक्र छेड़ देता। उसे खुश करने और उसकी तवज्जो हासिल करने के लिए बस इतना ही कहना काफी होता, "काठे बेर खाने को जी चाहता है।" बस फिर देखो गामा कैसे आपको तवी के किनारे ले जाता है और गुल्लू के बाड़े से लेकर नगरोटे तक की बेरियों के बारे में क्या-क्या बताता है। यही वजह थी कि लोगों का ख़याल था कि गामे ने जितनी बार जम्मू-जम्मू की रट लगाई है, अगर उतनी बार वह अल्लाह-अल्लाह पुकारता तो मक्के-मदीने जाये बगैर उसे हज्जे-अकबर सवाब मिल जाता। मगर उसे इस बात की परवाह नहीं थी। उसके लिए जम्मू का पीर-मिट्ठा बाज़ार जन्नत से ज्यादा दिलकश था।

उस बाजार का पहला मोड़ मुड़ते ही गामे की दुकान आ जाती थी। वह हज्जाम का काम करता था। लोग उसे गामा हज्जाम कम और गामा जर्राह ज़्यादा कहते थे। उसके पास एक अकसीर मरहम था, जिससे वह बड़े-बड़े ज़िद्दी फोड़े-फुन्सियों और बालखोरे का शर्तिया इलाज करता था। चीरा यों देता कि बड़े-बड़े सर्जन भी क्या देते होंगे। उसकी हिकमत पर सबको भरोसा था। सभी मज़हबों के लोग उसके पास आते थे। वह किसी आने वाले से कभी उसका नाम या जात नहीं पूछता था। जो ठीक हो जाता, उसे दुआएँ देकर वापस भेजता।

गामे का बचपन तवी नदी की ढक्कियाँ चढ़ते-उतरते और बेर-गरने खाते हुए गुज़रा था। खटीकों के तालाब, परेड और नहर तक उसकी शैतानियों की कोई हद नहीं थी। पतंगें उड़ाने का उसे बड़ा शौक था। सराजों की ढक्की वाले देवकीनन्दन के काटू काटकर उसे बड़ा मज़ा आता था। दोनों पक्के यार थे। दोनों पढ़ते कम और आवारा ज़्यादा घूमते थे। इसलिए चौथी जमात तक आते-आते गामे के बाप ने उसे दुकान पर बिठाना शुरू कर दिया था।

लेकिन गामा दुकान पर बैठने वाली शै नहीं था। अपना कोई सुराग़ छोड़े बगैर वह गायब हो जाता। बाप उसे पकड़-पकड़कर लाता, रस्सी से हाथ-पाँव बाँधता, मुँह में मिरचें डालता, छड़ी से खाल उधेड़ देता, मगर उस पर कोई असर न होता। उसकी शैतानियाँ बढ़ ही नहीं रही थीं, बल्कि खतरे की हद तक पहुँच रही थीं। रात को सिनेमा देखकर जाता तो कभी सिर फटा होता, कभी आँख सूजी होती। कोई और चारा न देखकर उसके बाप ने उसका निकाह कर दिया। उस वक़्त गामे की उम्र सत्रह साल थी, और उसकी बीवी फातिमा की सोलह।

गामा ने फातिमा को देखा तो देखता ही रह गया।

उसके बाद वह अपनी सारी शरारतें भूल गया। आवारागर्दी खत्म हो गयी। ज़िन्दगी यों बदल गयी जैसे मौसम बदलता है। अपनी सारी जवानी उसने फातिमा की गोद में डाल दी।

गामे का बाप म्हूदा जर्राह, मरने से पहले अपने पोते को गोद में खिलाना चाहता था, मगर फातिमा ने जैसे बच्चा नहीं पैदा करने की कसम खा ली थी। दस साल के बाद भी कोई उम्मीद नहीं हुई तो म्हूदे ने गामे का दूसरा निकाह करने की ठान ली। गामे को यह मंजूर नहीं था। बाप-बेटे में ठन गयी। गाली-दुश्नाम पर उतर आये। फातिमा रोती रहती। घर जहन्नुम बन गया। गामा फ़ातिमा को दिलासा देता, दिलजोई करता मगर उस दिन वह हैरान रह गया जब फतिमा ने खुद उससे कहा कि उसे अब्बा की बात मान लेनी चाहिए और दूसरा विवाह कर लेना चाहिए। गामे की समझ में कुछ नहीं आया। वह बाप के सामने लाजवाब हो गया। कुछ और नहीं सूझा तो चुपचाप घर से निकल गया।

चार दिन और चार रातों वह दर-दर भटकता रहा।

उधर फातिमा ने ज़ार-ज़ार रोकर अपना बुरा हाल कर लिया। पानी भी नही

पिया। रोटी पकाकर ससुर के आगे रख देती। मगर वह भी कैसे खाता? आखिर उसने हार मान ली, और गामे को ढूँढने निकला। उसे बेटे के ठिकानों का पता था, शाम तक तवी के पार जंगल में उसे जा पकड़ा। उसका दूसरा निकाह नहीं करने की कसम खाई, और उसे वापस ले आया।

कुछ सालों बाद पोते का मुँह देखने की ख़्वाहिश अपने दिल में ही लेकर म्हूदे जर्राह ने इस जहाने-फ़ानी से कूच किया, और गामा जर्राह खुदमुख़्तार होकर दुकान पर बैठा।

फातिमा बहुत कोशिश कर रही थी कि उसकी गोद हरी हो जाये। पहले डॉक्टरों-हकीमों के चक्कर लगाये, फिर पीरों-फ़कीरों को नज़रें-नियाजें दीं। जहाँ किसी ने कहा, गयी, मगर मुराद पूरी नहीं हुई। गामा उसे दिलासे देता कि यह सब अल्लाह के हाथ में है, उसे मेहर करनी होगी तो करेगा, नहीं तो सब्र करो। लेकिन फातिमा को महसूस होता कि परवरदिगार ने उसे सब-कुछ देकर भी कुछ नहीं दिया। वह दिल मसोसकर रह गयी, और आखिर बीमार पड़ गयी। जैसे-जैसे इलाज हुआ, उसकी हालत और भी खराब होती गयी। गामा घबरा गया। उसने अपनी तरफ से कोई कसर नहीं छोड़ी। पर कुदरत को कुछ और ही मंजूर था। एक रोज़ फातिमा गामे की तरफ़ देखते-देखते हमेशा के लिए उससे जुदा हो गयी।

गामे की आँखों के आगे अँधेरा छा गया। सारा जहान उसके लिए बेमतलब हो गया। इतना गहरा जख़्म लगा कि सारा खून कतरा-कतरा बह गया। उस घर में रहना भी उसके लिए मुहाल हो गया जहाँ इतने साल उसने फातिमा के साथ गुज़ारे थे।

अब वह दिन-भर नाई और जर्राही का काम करता, और रात को वहीं दुकान के थड़े पर सो जाता। जब नींद नहीं आती तो कब्रिस्तान जाकर फातिमा की कब्र से टेक लगाकर बैठा रहता। कभी रोता, कभी बड़बड़ाता रहता।

पाँच-सात बरस बीते तो सन् 1947 की कयामत आ गयी। जम्मू-कश्मीर पर कबाइलियों ने चढ़ाई कर दी। इधर जम्मू शहर में मुसलमानों का कत्ले-आम शुरू हो गया। हर तरफ अफरा-तफरी और खून-खराबा था। मुसलमान भाग रहे थे, मगर गामा कभी शहर छोड़कर जाने की सोच भी नहीं सकता था। यहाँ उसकी फातिमा की कब्र थी। इतने हंगामे में भी वह कई-कई घण्टे फातिमा की कब्र से लगकर बैठा रहता। एक रात वह कब्रिस्तान से वापस आ रहा था कि किसी हिन्दू जवान ने पीछे से उस पर तलवार का वार किया। वह चीखा और नीचे गिर गया। अचानक उसी वक्त मुसलमानों की एक टोली वहाँ आ पहुँची। उन्होंने हिन्दू टोली का मुकाबला किया, और उन्हें भगा दिया। फिर उन्होंने ज़ख़्मी गामे को उठाया, और उसे अपने साथ ट्रक में डालकर स्यालकोट की तरफ़ ले चले। रास्ते में फिर ट्रक को रोककर मार-काट शुरू हो गयी। हमलावरों ने गामे को मुर्दा समझकर उसे छोड़ दिया। उसे जब होश आया तो अँधेरा ही था। जम्मू पहुँचने की जल्दी में

बिना सोचे-समझे वह एक तरफ चल दिया। जब सुबह हुई तो देखा वह स्यालकोट पहुँच गया था।

उस वक्त उसकी उम्र पैंतीस बरस थी। और बाकी बरस उसने नाई और जर्राही का काम करते हुए स्यालकोट में काटे। ये भी पैंतीस बरस थे। इन पैंतीस बरसों में उसने पैंतीस लाख बार जम्मू का नाम लिया होगा। आज सत्तर बरस के बूढ़े गामा जर्राह की मौत की खबर सुनकर जम्मू से गये हुए दूसरे मुहाजिर लोगों ने सोचा—चलो, अब उसकी रूह को चैन नसीब होगा। आग ठंडी होगी। आखिर सारे गम, सारे दुःख साँस लेने तक ही हैं। इसी तरह की बात करते-करते लोग उसकी दुकान पर इकट्ठा हुए, उसका जनाज़ा उठाया, और कब्रिस्तान ले गये। गामे के साथ उन्होंने अपने जम्मू जाने की हसरत भी दफना दी और चुपचाप घरों को लौट गये।

किसी को इस बात की खबर नहीं हुई कि गामें की रूह की आग ठंडी नहीं हुई। वह कब्र में भी बेचैन था, और तड़प रहा था। वह मुसलमान था, और मुसलमानों की रूह हिन्दुओं की आत्मा की तरह मरने के फौरन बाद अपना चोला नहीं बदलती। गामे की रूह को उसके जिस्म में क़यामत तक पड़े रहना था। यह अल्लाह का फरमान है, और इसे कोई झुठला नहीं सकता। उसकी रूह सोच रही थी कि वह अपना जिस्म कब्र में छोड़कर कुछ दिनों के लिए जम्मू जाकर आये तो क्या हर्ज है! क़यामत आने में अभी बहुत देर है। यहाँ कोई काम नहीं, न नाई का, न जर्राह का, पड़े-पड़े करना भी क्या है? उसे बार-बार याद आ रहे थे पीरमिट्ठे का तंग बाज़ार, खटीकों के तालाब की पत्थरों वाली गलियाँ, तवी नदी के धारे, बेर, गरने, जामुन, उर्दू बाजार, उत्तम टाकीज़, स्कूल, परेड, नहर और कब्रिस्तान में फातिमा की कब्र। कब्र की याद से रूह और भी बेकरार हो गयी। उसे खबर थी कि अब किसी वीजा या पासपोर्ट की भी ज़रूरत नहीं। किराया भी नहीं लगेगा। सरहद पार करके जिस रास्ते से आया था, उसी रास्ते जाना था। अभी कब्र की मिट्टी भी गीली थी। एक ही ईंट उखाड़ने की ज़रूरत थी।

हर तरफ़ वीरानी छाई हुई थी। क़यामत के लम्बे इन्तज़ार में सोई हुई कब्रें, और उनमें लम्बी तानकर पड़े हुए मुर्दे। बिलकुल शहरे-खामोशां। जब गामे जर्राह की गीली कब्र की एक ईंट उखड़ी तो कोई खटका नहीं हुआ। आक, धतूरे और काँटेदार झाड़ियों को कानों कान खबर नहीं हुई कि गामे की रूह अपना जिस्म छोड़कर कब्र से निकल गयी है। और मग़रबी फाटक से होकर जम्मू की तरफ चल पड़ी है।

शहर से बाहर निकलते हुए उसे खयाल आया कि स्यालकोट वाली अपनी दुकान और दुकान के पीछे अपनी कोठरी का चक्कर लगाकर देखे तो सही कि उस पर किसी ने नाजायज़ कब्ज़ा तो नहीं कर लिया है? एक पल के लिए खड़े होकर उसने यह बात सोची ज़रूर, मगर दुकान की तरफ उसका पाँव नहीं उठा। दिल ही राज़ी नहीं था। पैंतीस साल वहाँ रहकर भी रूह का उस दुकान और उस कोठरी

के साथ कोई लगाव पैदा नहीं हुआ था। गामे के जिस्म में रहकर उसने मजबूरी में इतने साल वहाँ गुज़ारे थे। एक होने के बावजूद रूह और जिस्म के दरम्यान इतना फ़ासला हो सकता है, इसका एहसास गामे जर्राह से ज़्यादा और किसी को नहीं हो सकता था। अगर अलॉट हुई प्रॉपर्टी पर किसी ने नाजायज़ कब्ज़ा कर भी लिया है तो कर ले, मेरा उससे क्या वास्ता? यह सोचकर उसकी रूह स्यालकोट की तरफ पीठ करके जम्मू की तरफ चल पड़ी।

रूह को चलने में कोई दिक्क़त नहीं हो रही थी। ऐसा सफ़र उसने पहले कभी नहीं किया था। ऐसी आज़ादी का एहसास उसे पहले कभी नहीं हुआ था। यों लग रहा था जैसे कोई परिन्दा शाम होने पर घर लौट रहा हो।

वह सरहद पर पहुँच गया। दोनों तरफ़ के फौजी बन्दूकें ताने खड़े थे। दोनों तरफ़ उनके अपने-अपने झंडे लहरा रहे थे। काँटों वाले तार चमक रहे थे। तारों के दरम्यान खाली ज़मीन थी। वह जानता था यह ज़मीन न हिन्दुस्तान की है न पाकिस्तान की। उसे महसूस हुआ असली ज़मीन यही है। वह आगे बढ़ा, ताकि उस ज़मीन पर खड़ा हो जाये। यह देखकर उसे बड़ी खुशी हुई कि दोनों तरफ के फौजी उसे नहीं देख पा रहे थे। पहले दो बार वह इसी जगह पकड़ा जा चुका था। अब वह हर कैद से आज़ाद था।

उस असली ज़मीन पर खड़े रहकर उसने दो चूहों को देखा, जो एक-दूसरे को प्यार कर रहे थे? देखते-देखते जैसे वह कहीं खो गया। होश तब आया जब उसने देखा, एक चूहा हिन्दुस्तान की तरफ़ और एक पाकिस्तान की तरफ़ भाग रहा है।

फिर उसने कुछ कनखजूरों को दोनों सरहदों के आर-पार जाते हुए देखा। चींटियों की एक कतार इस हद से उस हद तक जा रही थी।

काफ़ी देर तक वहाँ खड़े रहकर वह यह सब-कुछ देखता रहा। फिर धीरे-धीरे जम्मू की तरफ़ चल पड़ा।

दूर से पहाड़ी ऊपर जम्मू शहर का नज़ारा देखकर उसकी चाल तेज़ हो गयी। सतवारी के क़रीब पहुँचते हुए उसे एहसास होने लगा कि पिछले पैंतीस सालों में काफ़ी कुछ बदल गया है। रेलवे स्टेशन की जगह कुछ इमारतें खड़ी हो गयी हैं। पुराने कैंचियों वाले पुल की जगह नया लेटा हुआ पुल बन गया है। ताँगों के बदले स्कूटरों और मैटाडोरों की भरमार है। लोगों की भीड़ में उसे साँस घुटती हुई महसूस हुआ। गुमटी के नीचे बने हुए चौक को पार करने के लिए उसे बहुत इन्तज़ार करना पड़ा। फिर जब कदम बढ़ाया तो एक कार ने उसे गिरा दिया। उसके मुँह से चीख निकल गयी। मगर न तो वह कार रुकी, न उसकी चीख सुनकर लोगों ने उसकी तरफ देखा। वह चुपचाप आगे बढ़ता गया।

सड़क के किनारे बहुत से बच्चे स्कूल जा रहे थे। उन्होंने सफ़ेद कमीज़ें और नीली नेकरें पहनी हुई थीं। पाँवों में बूट और मोज़े थे। कन्धों पे बस्ते लटके हुए! वे गामे को बहुत अच्छे लगे। वह बच्चों की तरफ देखता रहा। जब वह छोटा था

तो ऐसी वर्दियाँ पहनने का रिवाज नहीं था। अचानक स्कूल की घंटी बजने लगी। बगैर कुछ सोचे-समझे वह भी बच्चों के पीछे-पीछे स्कूल के अन्दर चला गया।

इसी स्कूल में वह भी चार-पाँच साल पढ़ता रहा था। चौथी जमात में वह वहीं जा बैठा, जहाँ वह अपने ज़माने में बैठता था। मास्टर साहब हाज़िरी लगाने लगे—''शाकिर अली!''

आवाज़ आयी, ''हाज़िर जनाब!''

''दीन दयाल!''

''हाज़िर जनाब!''

''रोशन लाल!''

''हाज़िर जनाब!''

''रौनक सिंह!''

''हाज़िर जनाब!''

''गुलाम मुहम्मद!''

गामे की रूह बोल उठी, ''हाजिर जनाब!'' लेकिन उसने देखा कि उसकी आवाज़ किसी ने नहीं सुनी। जिस लड़के का नाम गुलाम मुहम्मद था, वह गैर-हाज़िर था। न उसकी आवाज़ आयी, न किसी ने गामे की आवाज़ सुनी। मास्टर साहब अगले लड़के की हाज़िरी लगाने में मसरूफ हो गये।

गामा समझ गया, अब इस दुनिया में उसकी हाजिरी नहीं लग सकती। उसकी आँखों में आँसू आ गये। गरदन नीची करके वह बाहर निकल आया। शुक्र है कि फातिमा का बहुत पहले इन्क़ाल हो चुका था; अगर कहीं वह ज़िन्दा होती तो शायद वह भी उसकी हाज़िरी न लगाती।

इन्हीं खयालों में खोया हुआ वह कब्रिस्तान पहुँचा। देखा तो वहाँ का नक्शा ही बदल चुका था। दीवारें बढ़कर आगे आ गयी थीं और कब्रों की तादाद बहुत ज़्यादा थी। तवी की तरफ वाले कोने में वह जा खड़ा हुआ, जहाँ लम्बी घास उगी हुई थी। वह वहाँ टकटकी बाँधकर देखने लगा। मिट्टी के नीचे कुछ पुरानी ईंटों की नोकें दिखाई दे रही थीं। आगे बढ़कर उसने मिट्टी हटानी शुरू की। चार लाल ईंटों के बीच उसे एक काली ईंट दिखाई दी। वह ईंट उखाड़कर उसने एक तरफ़ रखी तो नीचे एक चौकोर सिल नज़र आयी, जो उसने अपने हाथ से फातिमा की कब्र पर रखी थी। सिल हटाते ही वहाँ एक बड़ा सूराख बन गया। उसने चुपके से पाँव अन्दर रखा, और फिसलकर अन्दर चला गया।

फातिमा की रूह चीख उठी, ''गामे ! मेरे गामे!''

गामे की रूह भी चिल्लाई, ''फातिमा! मेरी जान! मेरी रूह!''

दोनों एक-दूसरे को अपनी बांहों में में भरकर तड़पने लगे, रोने लगे, फिर रोते-रोते हँसने लगे, फिर हँसते-हँसते बातें करने लगे।

''पैंतीस साल तुमने मुझे याद नहीं किया।'' फातिमा ने शिकवा करते हुए कहा।

"यह क्या कह रही हो तुम? तुम्हारी याद ने तो मुझे इतने सालों तक ज़िन्दा रखा। मगर मेरी यह गलती थी कि मैं ज़िन्दा रहा। जल्दी मरता तो जल्दी यहाँ आता।"

"मरना-जीना तो अल्लाह के हाथ है।" फातिमा बोली।

"अल्लाह बड़ा कारसाज़ है।" गामा बोला, "उसने फिर हमें मिलवा दिया।"

दोनों रूहें एक-दूसरे में जज़्ब हो रही थीं।

अचानक फातिमा बोली, "चल, अपने घर चलें।"

"घर? कौन-से घर?"

"जहाँ हमने तेरह बरस एक-साथ रहकर गुज़ारे थे। तुम्हारे साथ फिर उस घर में जाकर मेरा खोया हुआ सब-कुछ मुझे मिल जायेगा।"

गामे को बात जँच गयी।

पैंतीस सालों के बाद उठकर बैठते हुए फातिमा को अजीब लगा। कब्र के सूराख में से पहले गामा बाहर निकला, फिर उसने हाथ बढ़ाकर फातिमा को बाहर निकलने में मदद की। खुली हवा में आकर फातिमा ने अँगड़ाई ली, जैसे नींद खुली हो! आस-पास इतनी कब्रें देखकर उसे डर लगा। सोचने लगी, 'इस जगह मैंने इतने बरस गुज़ारे हैं?' फिर उसने गामे से कहा, "जल्दी कर, निकल यहाँ से!"

सड़क पर आकर उन्हें सामने से दो आदमी आते हुए दिखाई दिये। फातिमा गामे की ओट में हो गयी। गामा हँस पड़ा, और उसे समझाने लगा, "तू नाहक इन लोगों से शरमा रही है। इन्हें तुम्हारा कुछ नज़र नहीं आ रहा।"

"क्या मतलब?" फातिमा ने हैरान होकर पूछा।

"तू अपना जिस्म तो कब्र के अन्दर ही छोड़ आयी है। इस वक्त सिर्फ तेरी रूह मेरी रूह के साथ चल रही है। ये लोग हमें तो नज़र आ रहे हैं, हम इनको नहीं।" और फिर अपनी बात का यकीन दिलाने के लिए गामे ने लोगों को आवाज़ दी, "बादशाहो! मेरी बात तो सुनो।" मगर वे लोग बगैर आवाज़ सुने उनके आगे से गुज़र गये।

फातिमा को गामे की बात का यकीन हो गया। उसने बेझिझक गामे का हाथ अपने हाथ में लिया, और बड़े नखरे से उसके आगे-आगे चलने लगी।

दोनों अपने घर के सामने जा खड़े हुए।

दरवाज़ा वही था, पैंतीस साल पुराना। मगर अब जगह-जगह से दरक गया था। गामा एक दरार में से अन्दर दाखिल होने लगा। फातिमा ने उसका हाथ थाम लिया। दोनों अपने उस छोटे से आँगन में आ गये। छोटी-छोटी लाल ईंटें घिस गयी थीं। कई टूट भी चुकी थीं। चूल्हा वहीं था। एक बूढ़ी औरत दाल के पतीले में कड़छी घुमा रही थी।

गामे ने फातिमा के कान में आहिस्ता से कहा, "अगर तू ज़िन्दा होती तो इसी तरह बूढ़ी हो गयी होती, और हाँडी में कुछ पका रही होती।"

फातिमा ने तुनककर जवाब दिया, "मैं कभी बूढ़ी न होती, तुम हो गये होते।"

गामा बोला, "मैं तो हो चुका था। कल तक बूढ़ा ही था। आज तुम्हारे पास आकर जवान हो गया हूँ।"

बूढ़ी औरत उनकी मौजूदगी से बेखबर अब आटा गूँध रही थी। फातिमा ने कहा, "मेरा दिल चाहता है, आज मैं तुम्हें इसी तरह रोटी बनाकर खिलाऊँ।...इस बुढ़िया को उठने दो, फिर मैं वहाँ बैठकर तुम्हारे लिए फुल्के बनाऊँगी।"

"अगर तुम्हें मेरे लिए फुल्के बनाने हैं तो फिर कोई अच्छा-सा सालन भी बनाना।"

"तुम्हें भिंडियाँ बहुत पसन्द थीं न?"

"हाँ।"

"आज वही बनाऊँगी।"

"मगर भिंडियाँ हैं कहाँ?"

"शायद कहीं अन्दर हों। आओ, हम देख लेते हैं।"

दोनों अन्दर कमरे में चले गये। वहाँ अँधेरा था। मगर अँधेरे में भी फातिमा ने एक ताकचे में हाथ डाला, और कुछ टटोलने लगी।

"क्या ढूँढ़ रही हो?" गामे ने पूछा।

फातिमा ने जवाब दिया, "इस ताकचे के पीछे एक सूराख में मैंने एक डिबिया छुपाकर रखी थी।" यह कहकर उसने हाथ बाहर निकाला। उसके हाथ में सचमुच एक डिबिया थी।

"यह डिबिया यहाँ तुमने रखी थी?"

"हाँ।"

"क्या है इसमें?"

"ज़हर।"

"ज़हर?"

"हाँ, यह देखो।"

गामे ने देखा, सचमुच ज़हर था। हैरान होकर उसने पूछा, "यह ज़हर क्यों रखा था तुमने?"

"अब्बा तुम्हारा दूसरा निकाह करना चाहते थे न!"

"तुमने भी तो हामी भर दी थी"

"तुम्हारे अब्बा की खुशी के लिए। उनका हक था कि वह पोते का मुँह देखकर मरते लेकिन मैंने ठान ली थी कि तुम्हारी दूसरी शादी होते ही मैं ज़हर खा लूँगी।"

फातिमा की यह बात सुनकर गामे पर पागलपन सवार हो गया। फातिमा को सीने से लगाकर वह उसे बेतहाशा प्यार करने लगा, "मेरी जान! मेरी रूह! मेरी फातिमा! अगर तू ज़हर खा लेती तो मैं भी कैसे जी सकता था?" और फातिमा उसके प्यार से निढाल होकर कह रही थी, "अब चाहे कुछ भी हो जाये, मैं तुम्हें

यहाँ से नहीं जाने दूँगी।" गामा बोला, "अब मैं यहाँ से क्यों जाऊँगा? मेरा वहाँ क्या है?"

यह बात मुँह से निकलते ही गामे को महसूस हुआ किसी गैबी हाथ ने झपट्टा मार कर उसे उठा लिया है, और बड़ी तेज़ी से ऊपर ले जा रहा है। फातिमा की रूह चींखें मारने लगी, "गामे! गामे! क्या हुआ तुम्हें? कहाँ चले गये तुम?"

उधर गामा भी चीख-चीखकर आवाज़ें दे रहा था, "फातिमा! फातिमा! कहाँ है तू? यह क्या हुआ? मेरी जान! मेरी रूह! फातिमा! फातिमा!"

गैबी हाथ में वह छटपटा रहा था, और फातिमा से दूर-दूर होता जा रहा था। वह देखने की कोशिश कर रहा था कि उसे कौन झपटकर ले जा रहा है, मगर अँधेरे में उसे कोई दिखाई नहीं दे रहा था। जब वह चीख-चिल्लाकर बेदम हो गया तो उसके कानों में एक आवाज़ आयी, "काफ़िर! खंजीर की औलाद! मरदूद!"

गामे ने छटपटाते हुए बड़ी मुश्किल से पूछा, "भाई जान! किसको गाली दे रहे हैं? कौन हैं आप?"

एक खौफनाक आवाज़ ने जवाब दिया, "मैं मल्कुल-मौत हूँ।"

"भाईजान! मुझे तो आप बहुत पहले से मार चुके हैं।"

"हाँ, मगर क़यामत तक पहरेदारी का काम भी मेरा है।"

"रूहों पर पहरेदारी का काम?"

"हाँ, इसलिए कि वो तुम्हारी तरह काफ़िर न हो जायें।"

"मैंने क्या कुफ्र किया है?"

"बताता हूँ," मल्कुल-मौत को फिर गुस्सा आ गया, "अभी बताता हूँ, ठहर जा बदजात! बेईमान!" गालियाँ देते हुए मल्कुल-मौत के हाथ की जकड़ और भी कस गयी। गामे का साँस लेना मुश्किल हो गया। उसने तड़पते हुए पूछा,"इतना तो बता दें हुज़ूर! मुझे आप कहाँ ले जा रहे हैं?"

मल्कुल-मौत ने अपनी खौफ़नाक आवाज़ में जवाब दिया, "स्यालकोट, जहाँ तुम्हारा जिस्म पड़ा हुआ है।"

गामा चीखा, "नहीं, मुझे वहाँ नहीं जाना है, मुझे वहाँ नहीं जाना।"

"चुप कर हरामी। तुझे जाना ही पड़ेगा। मैंने गलती की जो तुझे कब्र के बाहर जाने दिया। मैंने सोचा था तू घूम-फिरकर वापस आ जायेगा, मगर तू अव्वल दर्जे का बदमाश निकला। पूरा दस नम्बरी!"

"शाह जी, मैंने ऐसा क्या कसूर किया है?"

"तू फातिमा से कह रहा था—मैं अपनी कब्र में वापस नहीं जाऊँगा। कहा था या नहीं?"

"कहा था!"

"बेपीर! बेदीन! तूने अपने मज़हब की तौहीन की है। तुझे मालूम नहीं कि क़यामत तक सभी मुर्दों का अपनी-अपनी कब्र में पड़े रहना लाज़िमी है? जब क़यामत

के दिन फ़रिश्ते सूर फूँकेंगे तो सभी मुर्दे उठ खड़े होंगे। अगर तू अपनी कब्र में होगा ही नहीं तो उठेगा कैसे?" यह कहते-कहते मल्कुल-मौत ने गामे की रूह को एकदम उसकी कब्र में दे पटका।

वह रोता-चिल्लाता रहा, और उसकी कब्र खुद-ब-खुद बन्द हो गयी। उसकी आहो-ज़ारी सुनने वाला कोई नहीं था। फातिमा उससे बहुत दूर थी। अब वह उससे कभी नहीं मिल सकता था।

अनुवाद : **लेखक द्वारा**

•

दन्त कथा

रत्न केसर 'रियासवी'

जब भी उसकी जिह्वा को बोलने से ज़रा-सी भी फुरसत मिलती तो निश्चल बैठने के स्थान पर वो मुँह में उसके नकली दाँत से छेड़छाड़ करने लगती। इस समय भी जिह्वा ने अपनी नोक को बल देकर और नकली दाँत पकड़कर उसे तालू से चिपका रखा था। यह जिह्वा की एक आम आदत थी। वो जब भी चुप होता, उसकी जिह्वा उस गरीब दाँत के साथ छेड़खानी करने लगती। असली बात तो यह है कि उसे यह नकली मेहमान पहले ही दिन से विष-सा लगा था और इसीलिए जब उसे अपने पहले और ओरिजिनल दाँत का घाटा महसूस होता तो वो अपनी खीझ उतारने के लिए इस नकली दाँत पर पिल पड़ती जैसे वो जिरह करके इससे उसकी असली ज़ात व बिरादरी की टोह लेना चाहती हो। तो फिर वो उसके मसाले वाले वजूद से शरारतें करने लगती। उसे पहले बायीं ओर से, फिर दायीं ओर से ठहोका लगाती और फिर अपनी नोक को और पतला करके दाँत व तालू के बीच के स्थान में घुसकर, नीचे-ऊपर एक-दो झटके देकर और एक फाइनल जर्क आगे-पीछे कराकर, खुद मासूमियत से बिछ जाती और बेचारा दाँत निर्विरोध अपना स्थान त्यागकर, सीधा उसके ऊपर जा गिरता।

इस सारी कार्रवाई में होंठ घुटकर यूँ बन्द रहते कि बाहर का व्यक्ति खास जासूसी करने पर भी पता न लगा पाता कि मुँह में बिना शोर-शराबे के किसने किसका तख़्ता पलट दिया।

नकली दाँत को लेकर जिह्वा मुँह के भीतर-ही-भीतर उसे पूरी प्रदक्षिणा करवाती और हर दाँत से उसे मिलवाती। उसे ज़्यादा शर्मिन्दा करने के लिए असली दाँत से उसकी दो-चार टक्करें भी करवा देती। हर असली दाँत इस नकली दाँत का स्पर्श तो महसूस करता पर उसमें उसे कुछ परायापन नहीं लगता। महसूस करने का रिवाज असल में इनकी बिरादरी में नहीं था। जब भी जिह्वा का मन अपनी छेड़खानी से भर जाता तो वो तुरन्त एक पलटा खाकर उसे फिट करके बाहर से भी निपट लेती। पर इस समय वो अपनी नोक का सहारा देकर दाँत को काबू में करके सुस्ता रही थी।

कच्ची छावनी पहुँचकर मेटाडोर भी खड़ी हो गयी थी। उसी में वो नकली दाँत वाला पंचतीर्थों के मुहल्ले से बैठकर नानक नगर जाने के लिए चढ़ा था। इस समय मेटाडोर का क्लीनर व इंजन, दोनों ही चालू थे। क्लीनर गला फाड़कर चिल्ला रहा था—"बाहरो-बाहर, गांधी नगर, नानक नगर, रेलवे स्टेशन, रेलवे-रेलवे... ।"

वहाँ खड़े-खड़े ड्राइवर ने अपनी निगाह दायीं तरफ़ अफ़गान गली के भीतर तक रखी हुई थी और क्लीनर मेटाडोर से लटककर, पीछे से ताँगे वाली गली से लेकर रानी तालाब से आने-जाने वालों का अपनी तिरछी दृष्टि से निरीक्षण करता जा रहा था। वह आम क्लीनर की आदत के मुताबिक़ आते-जाते जोड़ों को नज़र-अन्दाज़ करके सिर्फ अकेली सवारियों से मुखातिब था।

"चलना, चलना भैणजी, आओ जी भीतर बड़ी जगह है।" और सवारी सच में ही उसकी मेटाडोर में आकर चढ़ जाती।

एक पल के लिए उसने सोचा, काश! इन क्लीनरों को पाकिस्तान से लगते इन्सपैक्शन टॉवर के ऊपर तैनात किया जाये और बता दिया जाये कि सीमा पार से कुछ सवारियाँ आने वाली हैं और उनके पास सामान भी होगा, तो मजाल है जो इनकी नज़र बचाकर कोई भी निकल जाये, यानि कि अँधेरे का फायदा भी कोई न उठा सकता था। न ही काँटे वाली तारों की ज़रूरत और न ही इतना खर्चा। बस आगे लपककर मेटाडोर में बैठाने का काम बी.एस.एफ. कर लेगी।

वो इन फालतू ख़यालात पर मुस्करा दिया और मुसकराते ही जिह्वा दाँतों से अलग-थलग हो गयी। स्टैण्ड से मेटाडोर भी धीरे-धीरे खिसकने लगी, पर उस बच्चे की तरह, जो स्कूल न जाना चाहता हो और जिसे माँ बाँह से पकड़कर आगे धकेल रही हो और बच्चा मुड़-मुड़कर दादी को बुला रहा हो।

जिह्वा ने दाँत फिर गिरा दिया था और बिना दाँत की ख़ाली जगह को चाट रही थी। अगर उसका साईं असली दाँत ज़िन्दा रहता तो यह स्थान खाली क्यों होता।

उसे खयाल आया वो कितना पक्का था! ढक्कन चाहे बीयर की बोतल का होता चाहे सोडे की बोतल का, उस दाँत के होते हुए कभी चाबी की ज़रूरत महसूस न होती थी। वो दाँत कभी भुरा तक न था, पर मौत उस जवान पट्ठे को इससे छीनकर ले गयी थी। उसे उसकी मौत का वो दिन याद आया और एक आह उसके भीतर से निकली। दाँत को जिह्वा पर गिरे देखकर वो बन्द होठों से फिर भीतर चली गयी। काश! उसने दो बरस पहले रियासी के परेड ग्राउन्ड में ज्योतिपुरम् वाली टीम के साथ बैठकर क्रिकेट का मैच न देखा होता और काश! उस टीम का सातवें नम्बर का खिलाड़ी उस रोज ऐन मौक़े पर बीमार न होता। पर होनी बड़ी बलवान है। जब ये सब-कुछ होना था तो फिर भई वो सब-कुछ क्यों न होता? क्रिकेट वैसे भी उसकी खास कमज़ोरी थी।

यही कमज़ोरी उसके दाँत को ले डूबी। क्रिकेट के बारे में वो सारी बारिकियों का जानकार था। क्रिकेट सम्राट पत्रिका, क्रिकेट कमेंटरी व टी.वी. उसके गुरु थे।

किसी वक्त मारी हुई शान आज उसके आगे आ गयी थी। उसका ज्ञान तो कागज़ों तक ही महदूद था। बैट तो उसने कभी हाथ में लेकर भी न देखा था। कभी बचपन में कोई खेल खेला भी तो वो 'गागर फिस्सी', डुगबट्टा, सेतोलिया, गुल्ली-डंडा या डेड पला ही था। कभी बहुत हुआ तो कबड्डी खेली होगी, वो भी जब बड़ी आसानी से खेली जाती तो। या सबको इकट्ठे गले लगाना होता तो, क्योंकि सबके इकट्ठे गले लगने पर बेइज़्ज़ती बँट जाती थी। पर आज एक खिलाड़ी के न आने से और उसके द्वारा कई बार ना-नुकर करने पर भी उसे ज्योतिपुरम् वाली टीम में शामिल होना ही पड़ा था।

फ़ील्डिंग तो वो गोड़े व टाँगें रगड़वाकर तथा बाहों की कुहनियाँ छिलवाकर सीख चुका था, पर अब बारी बैटिंग की थी। लड़के उसे शंगारा कहते थे। कोई उसे पैड पकड़ा रहा था कोई दास्ताने। कोई उसके बूटों के तस्मे बाँध रहा था। छठा खिलाड़ी आउट होकर वापस आ रहा था। इसने भी ज़रा-सी टोपी फँसाकर तिरछी की और तालियों की गड़गड़ाहट में मैदान के बीच उतर पड़ा। इस शोर-शराबे में उसे कपिलदेव याद आ गया।

काश! वही इस समय खेल का पासा पलट सकता। उसने पीछे मुड़कर पहले आसमान की तरफ़ देखा। उसे लगा, टी. वी. के कैमरे चल रहे हैं और कमेंट्रेटर कह रहा है, इस समय वो सूर्य प्रणाम कर रहे हैं। पर यह बात दूसरी है कि जिधर वो देख रहा था वहाँ सूर्य बादलों की ओट में था। उसकी टीम वाले अभी ज़ोर से तालियाँ मार रहे थे। रियासी वाली विरोधी टीम भी कुछ घबराई-सी लग रही थी। वो सोच न पा रही थी कि यह कितना बड़ा खिलाड़ी होगा जिसे इतनी तालियाँ मिल रही हैं।

उसने पिच पर पहुँचकर बड़े खिलाड़ियों वाला स्टाइल मारा। आगे बढ़कर बैट के सिरे को एक-दो बार ठकटोरा, दबाया, फिर अपना पूरा बोझ बैट के हैंडिल पर, दोनों हाथ रखकर डाला। दो-चार करवटें बदलीं और इतनी जल्दी टाँगों को झाड़ा कि जैसे कीड़े चढ़ गये हों। उसने अम्पायर की ओर देखा और गार्ड माँगा। अम्पायर के इशारों को नज़रअन्दाज़ करते हुए उसने यह समझने की कोई ज़रूरत महसूस नहीं की कि वो क्या कह रहा है। उसने लाठी की तरह बैट कंधे पर डाला और चारों तरफ नज़र डालकर फील्ड का मुआयना किया। फिर श्रीकान्त की तरह टाँगें चौड़ी करके खड़ा हुआ और शास्त्री की तरह बैट ऊपर-नीचे करते हुए गेंद का इन्तज़ार करने लगा।

इतनी देर में बॉलर ने गेंद पैंट के आगे-पीछे व कभी छाती पर घिस-घिसकर चनैनी के लाल टमाटर की तरह चमका ली थी। बॉलर बड़ी तेज़ी से बॉलिंग करता था और इस वक़्त अपनी 'हैट्रिक' पूरी करने पर लगा था।

अम्पायर ने इशारा किया और बॉलर अपने लम्बे रन के सिरे से दौड़ने लगा उसके दिमाग में आउट होने वाले प्लेयरों की ग़लतियाँ घूमने लगीं। कमेंटरी का इन्तज़ाम

न होने पर भी उसके दिमाग़ में कई रेडियो बजने लगे, जिनमें कमेंटेटर कह रहा था—उन्होंने बाहर जाती हुई गेंद से छेड़खानी की और...। नहीं, वो कोई छेड़खानी न करेगा। फिर उसे लगा जैसे कोई कह रहा हो कि उन्होंने गेंद पर से नज़र हटा ली थी, नतीजा क्लीयर बोल्ड। नहीं, उसने सोचा वो आखिरी पल तक गेंद को देखेगा और ऐसे ही हुआ भी। वो वहाँ तक बॉलर के एक्शन और उसके हाथ से छूटे बॉल को देखता रहा जहाँ तक उसकी नज़र जाती रही। फिर पता नहीं क्या हुआ कि बॉल ज़मीन से टकराकर सीधी उसके मुँह पर आकर लगी। न ही फुटवर्क की ज़रूरत पड़ी और न ही बैट अपनी जगह से उखड़ा, बस वो बैट छोड़कर बैठ गया। नतीजतन उसका अगला दाँत फौत हो गया और उसे पिच पर ही थूकना पड़ा। इसके साथ ही उसका दूसरा दाँत भी अपनी सावधान वाली पोजीशन छोड़कर बेशर्म वाली स्थिति में आ गया।

मतलब यह कि अब वो भी अपनी जगह से थोड़ा-बहुत हिल-डुल सकता था। खिलाड़ी जी के माथे से पसीना छूटने लगा और वो रिटायर्ड-हर्ट वापस पैविलियन हो गये।

काश! वो न खेलता। ऐसे प्यारे व ओरिजिनल दाँत की कुरबानी न देनी पड़ती। उसे बचपन का अपना वो दूध का दाँत भी याद आया जो पहले टूटा था। उसके टूटने पर उसने उसे उपले में धँसाकर उपला दूर फेंक दिया था और कहा था—

"चिड़िया, चिड़िया, दूध वाला ले जा, चाँदी वाला दे जा।"

आज वो चाँदी वाला भी ऐसे ही धूल में अटा पड़ा था। क्या इसी दिन के लिए उसे चिड़िया से माँगा था? इसके बाद उसका तो मानो चेहरा ही बदल गया था। शर्म के मारे न तो वो पन्द्रह दिन मुस्कराया और न ही दिन के उजाले में बाहर ही निकला। जाता भी कैसे?

इस हादसे के दूसरे दिन उसने दफ़्तर जाने का रिस्क लिया तो था, पर जैसे ही वो कुर्सी पर बैठा उसके सब क्लर्क, क्लीनर व मिस्त्री एक-एक करके अफ़सोस करने आए। और फिर बार-बार दाँत टूटने की रामकहानी सुनाते-सुनाते उसका गला बैठ गया। इतने पर भी कोई बात न थी।

पर आराम से बैठे देखकर उसका एस.डी.सी. डाक पैड लेकर उसके सामने आ बैठा था। कहाँ-कहाँ दस्तख़्त करवाने हैं, किस काग़ज़ में क्या है, उसका संक्षिप्त ब्यौरा देने के लिए वो मेज़ पर एकदम झुक आया था। इस पोजीशन में उसका मुँह ठीक उसके मुँह के पास, सामने था। अचानक जो दरख्वास्त उसने उसके सामने पहले रखी, उसे देखकर उसके मुँह से निकला कि इसे 'थ्रू प्रॉपर चैनल' आना चाहिए था। इससे पहले कि वो अपना जुमला पूरा करता, एस.डी.सी. मेज़ से दो गज़ पीछे हो, अपनी कमीज़ के कफ़ से अपना मुँह पोंछने लगा, क्योंकि बॉस का एक दाँत शॉर्ट होने से लफ्ज थ्रू कहते वक्त मुँह से कुछ थूक एस.डी.सी के मुँह पर गिर पड़ा था। हाय, सबऑर्डिनेट बेचारा मुँह पोंछकर फिर लपका क्योंकि मसला मस्टर शीट

का था जो एकदम अकेले में ही डिस्कस करना था। इस एक्शन पर बॉस भी शर्मिन्दा था और उसने प्रायश्चित्त करने के लिए कुछ लफ़्ज़ भींचकर रख लिये थे। जैसे ही एस.डी.सी. का मुँह निशाने पर आया तो उसने 'सॉरी' कहा। 'सॉरी' कहते ही बेचारे एस.डी.सी. के मुँह पर दूसरा कोट भी फिर गया। बॉस और शर्मिन्दा न हो, इसलिए इस बार एस.डी.सी. ने मुँह पोंछने का यत्न भी न किया। उसे मालूम था, जैसे ही क्लर्क बाहर जाएगा इस बात की चर्चा पूरे सब-डिवीजन में होगी। लिहाजा, वो सीट छोड़कर सीधा घर आ गया। घर में भी उसका चैन डिस्टर्ब हो गया था। जैसे कि गुस्से में मुँह बिचकाने पर अब वो पहले जैसी बात न थी। कभी आदतन वो मुँह बिचका भी लेता तो डरने के बजाए बच्चे हँसने लगते। एक कहता—हाय, पापा का दाँत किधर गया?—ये पापा कैसे दिख रहे हैं? वो सारा गुस्सा पी लेता और मुँह बिचकाने की स्थिति से बाहर आ जाता। पूरे पन्द्रह दिन बाद डेंटिस्ट ने नकली दाँत फिट किया था और उसकी सब मूवमेंट्स रूटीन पर उतर आयी थीं।

पर मेटाडोर पुलिस वाले के कई डंडे खाने के बाद भी आगे बढ़ना नहीं चाहती थी, पर उसे जल्दी थी। वो टी.वी. पर आने वाली रात आठ चालीस की खबरें मिस नहीं करना चाहता था। उसे पता था कि उसके बोलने का ड्राइवर पर कोई असर न होगा। लिहाजा, उसने जिह्वा को दाँतों से छेड़खानी करने की खुली छूट दे दी। जिह्वा की आदत ने नकली दाँत को काफ़ी ढीला कर दिया था। इतना ढीला कि इस बार रामलीला में बेइज्जती होते-होते पोस्टपोन हो गयी। वो सीन याद करके उसे हँसी आ गयी। साथ वाली सवारी ने उसे मशकूक नज़रों से देखा। पर वो क्या करता! सीन ही ऐसा था।

सीता स्वयंवर का सीन था और वो परशुराम का पार्ट कर रहा था।

लक्ष्मण अपना तेज़-तर्रार डायलॉग बोलकर तालियाँ हासिल कर रहा था, और सीन की ज़रूरत के मुताबिक़ अब तक परशुराम को भी आगबबूला हो जाना चाहिए था, क्योंकि लक्ष्मण के डायलॉग में रम्ज़ें ही कुछ ऐसी थी। पर परशुराम यहाँ क्या करता! एक तो नकली मूँछ ढलककर उसके होठों में आ फँसी थी। दूसरा, जिह्वा ने डायलॉग भी बोलना था और ढीला दाँत भी सँभालना था। इसलिए परशुराम कुछ फीका रहा और लक्ष्मण के तमतमाने पर उसे पब्लिक की एक बार फिर तालियाँ मिली। लोग हैरान थे कि यह परशुराम लक्ष्मण पर छाया रहता था, इस बार इसे क्या हुआ? परशुराम अपनी स्थिति भूल गया। परन्तु उसका अगला डायलॉग काफी ज़ोरदार था। इससे पहले कि लक्ष्मण को मिलने वाली तालियाँ बन्द होतीं, परशुराम गर्जा—

"खामोश बदज़बान! हमारे सामने ऐसा अभिमान? तूने हमारे स्वभाव को नहीं जाना, हम कौन है, नहीं पहचाना। अरे, इस कुल्हाड़े से लाखों सिर काटे हैं। यही है वो परसा, इससे सहस्त्रबाहु की भुजाएँ काट-काटकर टुकड़े किए हैं मैंने...।"

डायलॉग मुकम्मल होने पर तालियाँ तो खूब बजीं, कई जेबों से परशुराम को

इनाम देने के लिए नोट भी निकल आए। सीन जमने लगा था, पर जिस घटना का अंदेशा था, वो घट गयी। लफ़्ज़ 'सहस्त्रबाहु' पर ज़ोर देते समय नकली दाँत सीधा आउटशूट होकर लक्ष्मण जी के मुँह पर गिरा। लक्ष्मण इसके लिए कतई तैयार न था। उधर लोगों की तालियों और वाह-वाह का शोर मच गया। इधर लक्ष्मण हैरान कि युद्ध तो सिर्फ डायलॉग का था। शस्त्र सिर्फ दिखाने थे, वार नहीं करना था, आँखें निकालकर देखना था, दाँत किटकिटाने थे पर परशुराम ने यह कौन-सी मिसाइल छोड़ी जो सीधी उसके मुँह पर आकर गिरी? उसकी नाक दर्द के मारे लूँ-लूँ कर रही थी और वो डायलॉग बोलने के स्थान पर उस चीज़ को देख रहा था, जो इससे टकराकर ज़मीन पर गिरी थी और फिर ज़मीन से उछलकर सीधी पेटी-मास्टर की पेटी के सुरों पर जा अटकी थी। मास्टर जी ने ट्यून बन्द कर उसे उँगलियों से पकड़ा और निरीक्षण करने लगे कि यह क्या चीज़ है? किसका है और कहाँ से आया है? आखिर निर्णय हुआ कि किसी का नकली दाँत है। लक्ष्मण अपने डायलॉग भूल गया। बड़ी मुश्किल से प्रॉम्पटर ने सीना सीधा किया, पर लक्ष्मण अब इस तरह अटक-अटककर डायलॉग बोल रहा था जैसे बीच-बीच से पहाड़ा सुना रहा हो।

परशुराम को मुसीबत आ गयी थी। पर उसने परसे की ओट में अपना मुँह करके डायलॉग निभा लिए थे।

क्योंकि, न ही उसके चेहरे पर अब नकली मूँछ थी और न ही नकली दाँत। मुश्किल से पर्दा गिरा और वो परशुरामी वस्त्रों को पहने-पहने सीधा पेटी मास्टर के पास आ खड़ा हुआ। इससे पहले कि मास्टर जी उस दाँत को दूर फेंक देते, उसने उनके हाथ से दाँत झपट लिया। वाह दाँत जी आपकी लीलाएँ!

अब तक मेटाडोर शालीमार तक ही पहुँच पायी थी। घिसटती-घिसटती आगे की ओर जा रही थी। उसके साथ ही दाँत की करतूतों की यादें भी घिसट रही थीं।

इस दाँत ने एक दफ़ा उसके महकमे के एक जीप ड्राइवर की शराब एक हफ्ते के लिए छुड़ा दी थी। बाहर टूर पर उसने एक शाम ड्रिंक पार्टनर न होने से अपने ड्राइवर को ही दावत दी थी, पर एटीकेट की शर्तें भी बताई थीं। अभी उसका पहला पैग भी खत्म न हुआ था कि ड्राइवर तीसरे को हाथ मार रहा था। अब वो शराब में पानी मिलाने का कष्ट भी न कर रहा था। यही ड्राइवर उसके सामने सिगरेट भी न पीता था, अब खुद ही दो सिगरेट सुलगाकर एक उसे ऑफर कर रहा था। चौथे व पाँचवें पैग के बाद वो साहेब की दो प्रमोशन्स भी सैंक्शन कर चुका था।

साहब ने एक दो-बार टोका भी कि—"ड्राइवर, एटीकेट याद रखो!" पर ड्राइवर कह रहा था कि—"साहब, बात ही ज़रा-सी है। मैंने जनाब का अटैचीकेस जनाब की चारपाई के नीचे ही रखा है।"

साहब ने खुले मुँह अपनी जिह्वा दाँत पर चलानी शुरू कर दी। कभी दाँत उखड़ आए, कभी अपनी जगह फिट हो जाए। एक-दो दफा ड्राइवर की नज़र भी पड़ी पर उसे अपने दिमाग़ पर विश्वास न रहा था। वो सारा दोष शराब के गले

मढ़कर खड़ा हो गया और बिना खाए-पिए बूटों समेत सो गया। फिर वो पूरा हफ्ता सूफी रहा। शायद फिर किसी से सुना होगा कि साहब का वो दाँत नकली था। पीने के लिए हौसला उसने फिर से जुटा लिया होगा।

नुमायश वाले स्टैण्ड पर पहुँचते न पहुँचते मेटाडोर फुल हो चुकी थी। पर फिर भी एक औरत अपने तीन बच्चे इस तरह घुसाने का यत्न कर रही थी जैसे कोई भरी हुई गुल्लक में रुपये का नोट घुसा रहा हो। फिर वो स्त्री खुद चढ़ी और सीट के सामने ही दो सवारियों के बीच ज़रा-सी जगह देखकर अपनी गोदी के बच्चे समेत वहाँ घुस गयी। आवाज़ देकर बिखरे हुए बच्चों की हाज़िरी ली। एक-दो भले मानसों को उन्हें सौपा, फिर गोदी का लाल सामने वाले को पकड़ाकर खुद सौदे-सुल्फ से भरे प्लास्टिक के लिफाफों को सहेजने लगी। जिसे उसने पूरे अधिकार के साथ गोदी का लाल थमाया था वो अभी तक पीला हो रहा था। न करने का तो सवाल ही न था।

मेटाडोर के चलते ही इस बच्चे के हाथ भी चलने लगे। पहला झपाटा उसने इसके चश्मे पर मारा। नीचे गिरते-गिरते चश्मे को उसने मुश्किल से थामा और उसे नाक पर चिपकाकर एक उँगली से थामे रखा। पर उसकी असली मूँछों पर हमला होने पर बच्चे की माँ ने ही मुश्किल से मूँछें छुड़ाईं। हँसते-हँसते कहने लगी—"बड़ा शैतान है! असल में ये आपको देखकर अपना पापा समझ बैठा है। वो भी मूँछ वाले हैं न!" इससे पहले कि वो उत्तर देता, मेटाडोर पुल पर आ गयी थी और लोग हाथ जोड़कर बाहू के किले वाली माता को सिर नवा रहे थे। कुछ समय के लिए वो भी अपने मुँह की रखवाली छोड़कर आँखें बन्द करके ध्यान लगाने लगा था, पर जैसे वो बच्चा भी इसी ताक में था उसने एक उँगली सीधी उसकी नाक में घुसेड़ दी। नतीजा, एक जोर की छींक और दाँत जी यह जा वो जा; सीधे औरत की साड़ी की परतों में छुप गया। बच्चे को सँभालने लगा तो चश्मा गिर गया। झटका ही ऐसा था।

वो औरत भी चौंककर सीट से उठने का उपक्रम करने लगी थी। अभी उसका हाथ चश्मे को उठाकर वापस आ ही रहा था कि साड़ी की परतों में से झड़ते दाँत को भी कैच करके समेट लाने में वो कामयाब हो गया। उसका हाथ सीधा मुँह की तरफ गया और बाकी का काम तुरन्त जिह्वा ने कर लिया। दाँत फिर एक बार अपने स्थान पर सही सलामत जम गया। यह सब-कुछ एक ही एक्शन में हो गया। शायद किसी की भी नज़र न पड़ सकी थी, पर औरत ने बैठते-बैठते पूछ लिया—

"वो दाँत आपका था?"

"नहीं जी, हमारा कहाँ! वो तो नकली था।" उसने जवाब दिया। बात आगे न बढ़ सकी क्योंकि औरत का स्टॉप आ गया था। उसने उससे बच्चा खींचा और बाकियों को भी निकलने का इशारा किया। बच्चे भी माहिर पैराट्रुपर की तरह दरवाज़े के फुट बोर्ड से छलाँगें लगा चुके थे।

इसका स्टॉप आने तक मेटाडोर तकरीबन खाली हो चुकी थी। एक वो था और एक काले ट्रंक वाला फ़ौजी था। नानक नगर लास्ट मोड़ वाला चौक आ गया था। गाड़ी रुकी और इससे पहले कि वो भी उतरता, क्लीनर ने फ़ौजी का ट्रंक सड़क पर रख दिया। फ़ौजी कह रहा था कि–''मैंने रेलवे स्टेशन जाना है।''

पर ड्राइवर और क्लीनर इन्कार कर रहे थे। वे दलील दे रहे थे कि तुम्हें अकेले लेकर गाड़ी स्टेशन नहीं जाएगी। दूर ही कितना है! वो सामने तो दिखायी दे रहा है। चलो उतरो! अब हम घर जाएँगे।

इस धाँधली पर उसे भी गुस्सा आने लगा और फ़ौजी की वकालत करने से पहले उसने गला अच्छी तरह रगड़कर साफ किया और खिड़की में से सड़क की खाली जगह देखकर आख थूऽऽ किया। पर होनी की चल गयी। गुस्से के उबाल में वो नकली दाँत की बात भूल गया था। नतीजे के तौर पर दाँत भी नीचे गिर गया। अब इनसे उलझने का विचार छोड़कर वो दाँत ढूँढ़ने के लिए एकदम नीचे उतरा और फ़ौजी भी उसके पीछे ही बुड़बुड़ करता उतरकर अपना ट्रंक एक तरफ करने लगा। इससे पहले कि वो अपने दाँत तक पहुँचता, मेटाडोर मोड़ काटने के लिए दो-तीन बार आगे-पीछे हुई और फिर दाँत के ऊपर से निकल गयी।

फिर भी वह बल्ब की रोशनी में वो जगह ढूँढ़ सकता था जहाँ दाँत गिरा था। उसने ढूँढा, पर दाँत तो फना होकर दफन हो चुका था।

रेलवे स्टेशन की तरफ जाते एक साए को उसने घूरा। स्टेशन के माथे के ऊपर बिजली के बल्बों के जलते-बुझते अक्षरों में 'ल' गायब था। 'उत्तरी रेलवे'। 'ल' काफी देर से गायब था, फिर भी किसी को कोई एतराज़ न था–न जनता को, न ही महकमे को। काम तो चल ही रहा था।

अनुवाद : **पद्मा सचदेव**

•

गिरवी

शिवदेव मन्हास

मैं भइया के घर से काफी दूर निकल आया हूँ, मगर उनके मुख से निकले शब्द अभी तक मेरा पीछा किए जा रहे हैं। मैंने अपने कदमों की गति तेज़ कर दी है, पर शब्द फिर भी पीछे नहीं छूट रहे। दोनों हाथों से मैंने कान बन्द कर लिए हैं, पर वे शब्द मेरी हथेलियों को बेधते हुए जाने कैसे कानों के पर्दों को फाड़े जा रहे हैं। जेब में फूटी कौड़ी तक नहीं है कि बस पर ही बैठ जाऊँ। सड़क के किनारे लगा 'मील-पत्थर' बता रहा है कि गाँव अभी भी दस मील दूर है।

कितनी आशा से पिताजी ने मुझे आज सुबह भइया के पास भेजा था! उन्हें भी क्या पता था कि उनका वह बेटा, जिसकी प्रशंसा करते वह थकते नहीं हैं—जिसे वह अक्सर 'सरवन पुत्तर' की संज्ञा दिया करते हैं, इतना बदल गया होगा। मैं ही कहाँ जाने वाला था भइया के पास? यह पिता जी ही थे, जिनकी बुझी-बुझी-सी आँखों और गिड़गिड़ाते हुए हाथों ने मुझे मजबूर कर दिया और मैं भूल गया कि मैं तो बड़े भइया के लिए सदा मूर्ख और निकम्मा ही रहा हूँ। उनके लिए मैंने कितना त्याग किया है, वह क्या जानें? आज मेरी और उनकी बराबरी भी क्या है? वह ठहरे कॉलेज के प्रोफेसर और मैं...मैं एक प्राइवेट फ़र्म का मामूली चपरासी। फ़र्म का मालिक चार सौ रुपये देते समय मुझे इस तरह घूरता है जैसे मैं इसका हक़दार भी न होऊँ।

मुझे अब भी याद आते हैं वो दिन, जब मैं बहुत छोटा था—तीसरी कक्षा का विद्यार्थी, और भइया उन दिनों आठवीं में पढ़ते थे। सारा दिन दफ़्तर में क्लर्क का काम करके थके हुए जब पिताजी घर लौटते तो हम दोनों उनसे जा लिपटते। रात को सोते समय मुझमें और भइया में यह होड़ लगी रहती कि कौन पिता जी के साथ सोता है? आखिर जीत मेरी ही होती थी।

चारपाई पर लेटे हुए पिता जी भइया से पूछते, "बोलो बेटा, बड़े होकर तुम क्या बनोगे?"

"बहुत बड़ा अफ़सर," भइया उत्तर देते। तब पिता जी मुझसे पूछते, "पप्पू, तुम क्या बनोगे बड़े होकर?"

"मैं...मैं भइया से भी बड़ा अफ़सर बनूँगा।"

आज चार सौ रुपये की पगार से छह पेट पल रहे हैं—पिताजी, माताजी और तीन बहनें। हर माह उधार सिर पर चढ़ता जा रहा है। कैसे मुक्त हो पाऊँगा मैं इससे? पिता जी की दवाई पर ही पचास-साठ रुपये खर्च हो जाते हैं। अब तो लोगों ने भी उधार देना बन्द कर दिया है। आये दिन कोई-न-कोई पैसे वसूल करने चला आता है। हर बार उनसे धमकियाँ सुननी पड़ती हैं। न ही मैं पैसे लौटाने में समर्थ हो पाया हूँ और न ही उन्होंने आना छोड़ा है।

पीछे से गाड़ी के हॉर्न की आवाज़ से मैं चौंक-सा जाता हूँ। मुझे लगता है कि मैं सड़क के बीचोंबीच चल रहा था। एक तरफ हटने लगता हूँ कि गाड़ी यकायक मेरे निकट आकर रुकती है। गाड़ी का चालक एक भद्दी-सी गाली देता हुआ फिर गाड़ी सड़क पर दौड़ा देता है। सड़क पर अब धूल-ही-धूल है। मैं हाथों से धूल झाड़ने लगता हूँ। गाँव अभी भी छह मील दूर है। धूल ने मेरे कपड़ों और चेहरे को पूरी तरह से बदल दिया है। उँगली को माथे पर रगड़ता हूँ। एक मोटी-सी परत हाथों से चिपक जाती है। मैं सोचने लगता हूँ—क्या मैं ऐसा था?

चलते-चलते फिर सोचें आने लगती हैं। बीते दिनों की सोचें। कैसे थे वे दिन? काश! आज भी मेरे पास कुछ देने को हो तो मैं उसे भी बाँट दूँ। पता नहीं मैं अपने बारे में क्यों कुछ न सोच सका? जब भइया बी.ए. पास हुए थे, तब मैंने भी नौवीं कक्षा उत्तीर्ण की थी। उन्होंने आगे पढ़ने की ज़िद की। दोनों को पढ़ाने की हैसियत पिताजी में न थी। मुझे ही पीछे हटना पड़ा। पिताजी ने भी मेरी उपेक्षा ही की। काश! मैं भी ज़िद करता। मैं भी भइया की तरह फ़र्ज़ से आँखें मूँद लेता—घर की खस्ता हालत न देखता। मगर तब हमारे घर में 'मैं' शब्द के स्थान पर 'हम' शब्द प्रयोग में लाया जाता था। मैंने एक सूट में सर्दियों की ठिठुरती शामें काटीं, पर भइया के लिए चार-चार सूट बनते रहे। माताजी मुझसे चोरी भइया को कुछ-न-कुछ देती रहीं—खिलाती रहीं, और मैं अनदेखा करता रहा।

मुझे वह दिन भी याद है, जब भइया ने अचानक घर आकर बताया था कि कल उन्होंने कॉलेज में फीस भरनी है। इसके लिए सौ रुपये चाहिए। यह कहकर वह बाहर चले गये थे।

इतना पैसा कहाँ से आएगा, इस पर माता जी व पिता जी में देर तक बातें होती रही थी। न वे सोये थे और न ही मुझे नींद आयी थी। मगर भइया पास ही चारपाई पर पड़े खुर्राटे भरते रहे थे।

सुबह भइया को पैसे मिल गये थे। कहाँ से, यह उन्होंने पूछना शायद उचित न समझा। पर मैं जानता था कि माताजी ने अपने अन्तिम गहने को भी साहूकार के पास 'गिरवी' रख दिया था। फिर भइया के खर्चे दिन-प्रतिदिन बढ़ते गए और घर की एक-एक कीमती चीज़ कौड़ियों के भाव बिकती गयीं।

पिता जी रिटायर हुए तो जी.पी. फण्ड से मिली राशि उधार वालों के खातों व रिश्तेदारों के ब्याहों पर फुर्र हो गयी। किसी ने भी विरोध नहीं किया। मैं भी

चुप रहा, पर जब पिताजी की मामूली-सी पेंशन से घर का खर्चा चलना मुश्किल हो गया तो उन्होंने मुझे एक प्राइवेट फर्म में ढाई सौ रुपये पर चपरासी लगवा दिया।

भइया की पढ़ाई समाप्त हुई तो उनकी कॉलेज में लेक्चरर के पद पर नियुक्ति हो गयी। उसी वर्ष उन्होंने अपनी मर्ज़ी से शादी भी कर ली और भाभी को अपने साथ शहर ले गए। फिर तो कभी-कभार ही गाँव आते। हर बार अपनी रामकथा सुनाते रहते, अपने खर्चे गिनवाते और जाती बार गाँव से सौगात के रूप में आटा-चावल आदि लेते जाते। घर का प्रत्येक सदस्य भइया व भाभी को यूँ निहारता जैसे कोई प्यासा शर्बत को देखता है, पर भइया या भाभी को मानो अब हमसे कोई सरोकार न रह गया था। मुझे तो भइया से न जाने क्यों डर-सा लगने लगा था। उनके आने पर मैं जहाँ-तहाँ छिपता फिरता। बचपन में हारने वाला भइया जीवन की बहुत बड़ी बाजी जीत गया था।

खुद को जब भी आईने में देखता हूँ तो लगता है जैसे मैं जवानी में ही बूढ़ा हो गया हूँ।

जाने कितने सपने देखे थे माँ ने हमारी शादी के? बहू का चाव ही रहा है उन्हें। भाभी तो घर आने से पहले ही अलग हो गयी। मैं शादी कर नहीं सकता, क्योंकि घर में तीन जवान बहनें हैं। उनके लिए कुछ करना है। माँ ने कई बार पिता जी से बात की है। मगर अब पिताजी घुटनों में सिर धरे रहते हैं। माँ ने भइया को खत लिखवाये हैं, जिनमें एक ही बात दोहराई होती है, "घर आकर हमसे मिल गिल जाओ... तुम्हारी बहनों की शादी करनी है।" पर आज तक उनके पत्रों के उत्तर नहीं लौटे हैं। माताजी व पिताजी को अब भी बड़े भइया से आस है।

चलते-चलते अचानक पाँव रुक गए हैं। झुककर देखता हूँ जूते का तला मुँह फाड़े हुए है। अँधेरा भी गहरा हो चला है। मैं जूते उठाकर हाथ में पकड़ लेता हूँ। गाँव अब दो मील की ही दूरी पर है मगर मुझे लगता है कि अगर मैं एक कदम भी और चला तो अवश्य चकराकर गिर जाऊँगा। कुछ देर यहीं सड़क पर बैठ लूँ। मगर नहीं, मुझे चलना होगा, क्योंकि यह सफर मुझे ही तय करना है। घर पहुँचूँगा, कुछ देर लेटूँगा तभी सुबह छह बजे फ़र्म में पहुँच पाऊँगा। फ़र्म का मालिक पाँच मिनट लेट होने पर भी नहीं छोड़ता। मगर...मेरे पास तो कोई पैसा ही नहीं बचा है और तनख्वाह मिलने में अभी तीन दिन शेष हैं। अपने खर्चे के लिए मेरे पास बारह रुपये थे ही। ये मेरे लिए काफ़ी थे, यदि मुझे भइया के घर न जाना पड़ता तो। उनसे कुछ-न-कुछ मिलने की आस मुझे थी ही, इसलिए मैंने सभी पैसों के फल ले लिए, बच्चों के लिए। पहली बार उनके घर जा रहा था, खाली हाथ कैसे जाता? मगर भइया ने...!

जब मैं उनके घर पहुँचा तो देखा, वहाँ काफी लोग आये हुए हैं। नौकरों से पता चला कि वे आज अपनी शादी की साल-गिरह मना रहे हैं। मुझे घर आया देखकर भइया को ज़रा-सी भी खुशी न हुई। उनके माथे पर सलवटें पड़ गईं। शाम तक

पार्टी चलती रही, पर किसी ने भी मेरी ओर न देखा। जब नौकर खाना खाने लगे तो मुझे भी उन्हीं के साथ बिठा दिया गया। मैंने सिर झुकाकर खाना खाने में ही अपनी भलाई समझी, क्योंकि यह भइया की इज़्ज़त का सवाल था। वह ऊँचे 'स्टेटस' वाले लोगों से मेरा क्या परिचय करवाते? मैं समय खोज रहा था कि उन्हें अपना प्रयोजन बताऊँ, मगर भइया ने 'पिक्चर' का प्रोग्राम बना लिया। मेरे धैर्य का बाँध टूटने लगा। मुझे घर लौटना था। इसलिए मैंने भइया को एक तरफ बुला कर अपनी बात कही। पहले तो वह देर तक चुप रहे, फिर मौन भंग करके बोले, "देख पप्पू, पैसा तो मेरे पास है नहीं। यहाँ सोसाइटी ही ऐसी है—बहुत दिखावट करनी पड़ती है हमें। उधार ही कहीं से ले देता, पर तुम लोग उधार चुकता कैसे करोगे? गिरवी रखने के लिए भी तुम्हारे पास कुछ नहीं है।"

'गिरवी' शब्द सुनते ही मुझे लगा, 'हम' शब्द का रहा-सहा महल भी गिरकर चूर हो गया है। औपचारिकतावश उन्होंने मुझे रात रुकने को कहा, पर मैं बिना कुछ कहे उनके घर से बाहर निकल आया। उनके ठहाके और उन ठहाकों के बीच बीच में उभरता 'गिरवी' शब्द अभी तक मेरे पीछे चला आ रहा है।

कुत्ते के भौंकने की आवाज़ ने जैसे मुझे जगाया है। सामने मेरा घर है। बाहर का दरवाज़ा खुला पड़ा है। भीतर से बातें होने की आवाज़ें आ रही हैं। पिताजी अब भी भइया की ही बातें कर रहे होंगे—उन्हीं का गुणगान कर रहे होंगे—'क्या लाए हो भइया के घर से, सभी बहनें पूछ बैठेंगीं। पिताजी व माताजी भी सवालों के ढेर लगा देंगे। उन्हें क्या उत्तर दूँगा? भीतर जाने से पहले मुझे 'गिरवी' शब्द का कोई नया अर्थ खोजना होगा, जिसे मेरे घर के लोग आसानी से पचा सकें, जिससे पिताजी की आँखों की चमक बरकरार रह सके, जिससे उनकी आशाओं द्वारा निर्मित 'हम' शब्द का महल कुछ पल और खड़ा रह सके।

अनुवादक : **लेखक द्वारा अनूदित**

•

प्रायश्चित्त

दुर्गादत्त शास्त्री

बाबू रामप्रकाश आज घूमने के लिए अड्डे की ओर निकल आये थे। तभी एक बस आकर खड़ी हो गयी। यात्री अपना-अपना सामान सँभालने लगे। एक स्त्री गाड़ी से उतरी और धीरे से एक किशोर को, जिसकी आयु लगभग 15-16 वर्ष होगी, एक ओर बैठाकर उसने दूसरा सामान भी सँभाल लिया। बाबू जी दूर खड़े बस से उतरती सवारियों को निहार रहे थे, उनकी दृष्टि उस पर पड़ी। इतने में एक कुली ने आकर कहा–

"बाबू जी, वह बहन जी आपको बुला रही हैं।"

"कौन? वह?"

"जी हाँ।"

प्रकाश वहाँ पहुँचे तो उस देवी ने दोनों हाथ जोड़कर कहा–

"नमस्ते बाबू जी!"

प्रकाश ने भी हाथ जोड़ दिये, "नमस्ते जी! आपको मैंने...।"

स्त्री ने लजाते हुए कहा, "आपने मुझे पहचाना नहीं, मैं पुन्नी हूँ।"

"ओह पूर्णिमा देवी! क्षमा करना, क्लर्क का जीवन कुछ ऐसा जीवन है कि उसे केवल ऑफिस के काग़ज़ों की ही याद रहती है। फिर डाकखाने के बाबू की दशा तो और भी दयनीय है। अच्छा, बुरा न मानना। तुमने अपने आने की सूचना क्यों न भेज दी?"

पूर्णिमा ने आँखें झुकाए ही उत्तर दिया, "मैं जानती थी कि आप यहाँ हैं। यह लड़का रुग्ण है, वायु-परिवर्तन हो जाए इसलिए यहाँ आयी हूँ। कहिए, बहन जी तो प्रसन्न हैं न? बिटिया सन्तोष तो अब बहुत बड़ी हो गयी होगी?"

"मुझसे क्या पूछती हो? घर चलो, अपनी बहन से मिलो और बिटिया को भी देख लो। मैं टैक्सी लाता हूँ।"

"नहीं बाबू जी, धन्यवाद।" उसने निरीह नेत्रों से बाबू जी को देखते हुए कहा, "मैं कुछ दिन यहीं हूँ, सबसे मिलूँगी। आपसे भेंट हो गयी, मेरा सौभाग्य है। वैसे

इस समय संसार में बिना आपके और बहन जी के मेरा है भी कौन?" उसने एक दीर्घ निःश्वास छोड़ा, "और अभी तो मुझे सीधे सेनिटोरियम ही पहुँचना है।"

बाबू जी पूर्णिमा की व्याकुलता समझ गए। आत्मीयता के स्वर में बोले, "पूर्णिमा देवी, तुम मेरे साथ चलो, रात जैसे-तैसे काटो और कल जैसा तुम कहोगी, वैसाही होगा।"

"नहीं बाबू जी," पूर्णिमा ने कहा—"मुझे आप वहाँ तक पहुँचा ही दें।" उसके नेत्र गीले हो आए थे। बाबू जी उदास भाव से टैक्सी लेने चले गए। टैक्सी आयी और उसमें बैठकर तीनों सेनिटोरियम पहुँचे। रामप्रकाश मिलनसार सज्जन थे, प्रायः सभी से उनका व्यवहार मधुर था, इसलिए डॉक्टर ने भी सज्जनता दिखाई। सारा प्रबन्ध हो गया।

"अच्छा बाबूजी, अब आप जाइए, आपको कष्ट हुआ। कल बहन जी से और बिटिया से ज़रूर मिला देना।"

बाबू जी का कंठ भर आया। आँसू गिरने ही वाले थे कि वहाँ से टल गए—बिना बोले, बिना एक शब्द कहे। "अच्छा डॉक्टर साहब, नमस्ते, बड़ी मेहरबानी। प्रातः दर्शन करूँगा। सम्बन्धित लोगों से कह दीजिएगा कि इन्हें कोई कष्ट...!"

"बाबू जी, आप सुबह उनसे ही पूछ लीजिएगा।" डॉक्टर ने हँसकर उ त्तरदिया।

'धन्यवाद' कहकर रामप्रकाश चल दिये, कुछ खोये-खोये। घर पहुँचने पर पत्नी ने पूछा—"क्यों जी, इतनी देर कहाँ लगा दी?" उसके स्वर में कुछ खीझ थी। अब तक रसोई भी ठंडी हो चुकी थी। उन्होंने अनमने भाव से कहा, "मुझे भूख नहीं, कमला, तुम खा लो।"

"क्यों क्या बात है? सौ बार कहा है कि घूमने निकलते हो तो अच्छी तरह तन-बदन ढाँप के निकला करो। यह डलहौजी है, शक्करगढ़ या बटाला नहीं। यहाँ झट सर्दी-जुकाम हो जाता है। अच्छा, अब बैठो तो, मैं चाय बना लाती हूँ।" यह कहकर कमला रसोई में चली गयी।

रामप्रकाश के कानों में कमला के शब्द गूँज रहे थे। आज शक्करगढ़ पाकिस्तान में है। अठारह वर्ष बीत गये। जिस मुहल्ले में ये रहते थे, वह बड़ा अच्छा और सभ्य था। पड़ोसी भी अत्यन्त सज्जन थे। उसी मुहल्ले में पूर्णिमा का घर था। पूर्णिमा-स्वर्ण में सुगन्ध-सी, अत्यन्त दयामयी—बुद्ध की मूर्तिमती करुणा-सी, सलज्ज अनिंद्य रूपवती, जो हँसती तो फूल झड़ते, और बोलती तो झंकृत सितार की मधुरिमा से भी मधुर शब्द फूटते। कमला के साथ उसका बड़ा हेल-मेल हो गया था, काया-छाया का-सा। एक दिन कमला ही ने बताया था कि यही वह पुन्नी है जिसके साथ आपके विवाह की बात चली थी, पर पूरी नहीं उतरी। प्रकाश ने सुना तो मन-ही-मन अपने भाग्य पर झुँझलाहट हुई। पुन्नी को भी हुई या नहीं, राम जाने! कमला भी तो सुन्दर थी, स्नेहशील थी, पर मन को सन्तोष कहाँ? तृप्ति कहाँ? मनुष्य कितना ही सुखी-समृद्ध क्यों न हो, अपूर्णता पिण्ड कहाँ छोड़ती है? बस एक अदम्य लालसा, एक सूक्ष्म वासना पुन्नी के प्रति प्रकाश बाबू के अन्तर्मन में आ छिपी।

यह वही लड़की है और यह वही लड़का है बस, जब से दोनों ने यह जाना, एक अज्ञात लज्जा उनके हृदयों में घर कर गयी। अब उन्हें कुछ भी कहना-सुनना होता तो कमला का सहयोग लेते। दोनों सतृष्ण एक-दूसरे को देखते, पर आँखें बचाकर। उनमें खुली आँखों से निहारने की सामर्थ्य नहीं थी। कमला चाय लेकर आयी, "आज पढ़ने-लिखने को नमस्कार ही करो और चाय पीकर लेट जाओ।"

"जाओ, तुम भोजन करो। तुम तो व्यर्थ की चिन्ता करने लगती हो।"

"क्या करें! विधाता ने स्त्रियों के माथे पर चिन्ता के सिवाय लिखा ही क्या है!"

"तुम ठीक कहती हो कमला!" बाबू जी के स्वर में बड़ी खिन्नता थी।

कमला सिर से पाँव तक काँप गयी, बोली—"क्या बात है? आप इतने अशान्त क्यों हैं?"

बाबू जी ने चाहा कि सब कुछ कह दें, परन्तु केवल इतना ही कह पाये—"कोई बात नही कमला! तुम भोजन करो।"

कमला के रसोईघर में जाने के बाद अतीत फिर साकार हो उठा।

कमला माँ बनने वाली थी और उन्हें विभागीय परीक्षा के लिए लाहौर जाना था। बाबू रामप्रकाश पूर्णिमा की माँ के भरोसे पत्नी को छोड़ लाहौर चले गये। उनके जाने के बाद तीसरे दिन कमला ने एक बच्ची को जन्म दिया। पूर्णिमा ने बीमारी के समय कमला की बहुत सेवा की और बच्ची का नाम भी स्वयं ही रखा। प्रकाश के लाहौर से आने पर पत्नी ने बताया कि किस प्रकार पूर्णिमा ने उसकी सेवा की। पूरे इक्कीस दिन तक चूल्हे-चौके और सभी प्रकार की सेवा-सुश्रूषा का भार उसी ने ढोया था। प्रकाश और कमला उस देवी के ऋण से सदा-सदा के लिए दब गये—हनुमान के उपकारों से राम-सीता की तरह।

पत्नी के कमरे में प्रवेश करने से विचार-शृंखला फिर टूट गयी।

कमला ने धीरे से टेबुल-लैम्प बुझाया और बिस्तर पर लेट गयी।

उस अन्धकार में चित्रपट के चित्रों की भाँति गत जीवन के चित्र और भी चमक उठे। बाबूजी ऑफिस से आये हैं और वह उनकी आहट पाते ही घबराकर खड़ी हो गयी। बच्ची को कमला के पास छोड़ स्वयं वहाँ से भाग गयी। पहले उन्होंने बच्ची को प्यार किया और फिर भोजन करने लगे।

"जानते हो, पुन्नी का विवाह है। वाग्दान हो गया। विवाह में कुछ ही दिन बाकी हैं। लड़का सेना में है। छुट्टी आया है।" कमला ने उससे कहा।

प्रकाश यह सुनते ही स्तम्भित रह गये। भोजन भी कुछ अच्छा न लगा। कार्यालय में भी मन न लगा। साथ ही, यह डर भी लगा कि कहीं मेरी मनोदशा कमला के लिए सन्देह का कारण न बन जाये।

पुन्नी के विवाह पर कमला ने एक साड़ी और एक अँगूठी दी। इसके बाद विभाजन के समय वह भयंकर बवण्डर उठा जिसमें न जाने कौन किधर जा पड़ा। तब से पूर्णिमा और उसके पति की बाबूजी को कोई खबर नहीं मिली; कभी यत्न भी न किया। हाँ, इतना पता था कि वे लोग गाँव में जा बसे हैं। और आज...उस तपस्विनी-वेषधारिणी को एकाएक देखकर लगा, मानो वह कादम्बरी की महाश्वेता थी, जिसने अपने प्राणेश्वर के लिए योगिनी का व्रत ले लिया हो। प्रकाश का मन हाहाकार कर उठा। उसका श्वेत परिधान, माथे में सौभाग्यसूचक बिंदिया नहीं। कहीं विश्वासघाती शत्रु उसका सौभाग्य-सिन्दूर पोंछ तो नहीं गया? "इस समय संसार में आपके बिना—हे भगवान दूसरा कौन है!" बाबू रामप्रकाश बिस्तर से उठे और कमरे से बाहर चले गये। भावुक अधिक थे। एकान्त में अपनी आशंकाओं के भय से आँसू बह आये। "मैंने आज तक बेचारी की सुधि नहीं ली, कमला के कहने पर भी नहीं। उसकी सुध न लेने के कई कारण हो सकते हैं। आज का आडम्बर-पूर्ण, स्वकेन्द्रित जीवन व्यतीत करता हुआ, अजाने राह में, अपने स्वार्थ से ही फुर्सत नहीं। किसी की खबर कौन ले? पर पूर्णिमा कोई और नहीं, उसकी उपकारिणी है, उसकी कमला की जीवनदायिनी है। भगवान, मुझे क्षमा कर दो!"

सुबह हो गयी। बाबू जी उठे और कहा—"सन्तोष बेटी! आज चौका तुम सँभालो। स्कूल न जाना! और हाँ कमला, तुम तैयार हो जाओ। सेनिटोरियम चलना है। वहाँ तुम्हारी पुन्नी अपने बीमार बच्चे को लेकर आयी है। कभी उसने तुम्हें जीवन दिया था और आज प्रयत्न करो कि उसके बच्चे को जीवन मिले! अपने पुण्यों की, अपने सर्वस्व की बाज़ी लगाओ।" यह कहते हुए बाबूजी की आँखें सावन-भादों बन गयीं। कमला जड़ित-स्तम्भित थी। फिर सहसा वह भी फूट पड़ी, बोली—"तुमने तो रात-भर प्रायश्चित्त करके शुद्धि कर ली, पर मुझे पवित्र नहीं होने दिया। अच्छा चलो, मुझे उस देवी के चरणों में जल्दी पहुँचा दो!"

❑ ❑ ❑